DAS RATTENTÖCHTERLEIN.
(Japanisches Kindermärchen)._№4.

DAS RATTENTÖCHTERLEIN.
(Japanisches Kindermärchen)._№5

DAS RATTENTÖCHTERLEIN.
(Japanisches Kindermärchen)._№ 6.

BIBLIOTHECA

»Dracula«

HANSER

Bram Stoker

Im Haus des Grafen Dracula

Erzählungen

Aus dem Englischen von
Burkhart Kroeber
Michael Krüger
Norbert Miller
Friedrich Polakovics
Wilfried Sczepan

Carl Hanser Verlag

Auswahl und Zusammenstellung: Michael Krüger
Ausstattung: Uwe Bremer
Die Vorlagen für die Vorsatzblätter
stellte Didi Petrikat zur Verfügung;
es handelt sich um das japanische
Kindermärchen »Das Rattentöchterlein«.

ISBN 3 446 11847 0

Printed in Switzerland
by Buchdruckerei Carl Meyer & Söhne
Jona bei Rapperswil SG

Die Squaw

In jenen Tagen war Nürnberg noch nicht der allbekannte, von unzähligen Touristen durchstöberte Ort, der es inzwischen geworden ist. Irving hatte den *Faust* noch nicht gespielt, und so war der großen Mehrheit eines reisenden Publikums jene alte Stadt nicht einmal dem Namen nach geläufig. Wir befanden uns damals, noch keine zwei Wochen verheiratet, auf unserer Hochzeitsreise, und so war es nur natürlich, daß ein jeder von uns sich insgeheim nach Gesellschaft sehnte. Dergestalt kam's, daß wir auf dem Bahnhof zu Frankfurt, als jener muntere Fremde auftauchte, Elias P. Hutcheson mit Namen und aus Isthmian City, Bleeding Gulch, Maple Tree County, Nebraska, gebürtig – dergestalt kam's, daß wir seine beiläufige Bemerkung, er befinde sich auf dem Wege nach dem verwünschtesten alten Trümmerhaufen von Stadt in »Jurrop«, wie er Europa nannte, und er halte dafür, daß dieses wochenlange Alleinreisen jeden intelligenten, tatkräftigen Bürger zum Trübsalbläser und reif für das Irrenhaus mache, als jenen Wink mit dem Zaunpfahl nahmen, als der sie gemeint war, und von uns aus den Vorschlag machten, die Weiterfahrt nach Nürnberg gemeinsam anzutreten. Hinterher, als meine Frau und ich unsre Meinung über solchen Entschluß austauschten, kamen wir drauf, daß ein jeder von uns das Nämliche vorschlagen gewollt, freilich bloß unter verschämtem Zaudern, um nur ja nicht als allzu begierig nach fremder Gesellschaft zu erscheinen, weil dies ja im Hinblick auf unser junges Eheglück zu eher abträglichen Schlußfolgerungen hätte Anlaß geben können. Indes, unser löblicher Vorsatz war gründlich zunichte gemacht worden durch den Umstand, daß wir gleichzeitig zu sprechen anhuben – nicht minder gleichzeitig verstummten – und aufs neue wie aus einem Munde weiterredeten. Allein was soll's – die Sache kam zustande, Elias P. Hutcheson ward in unsre Gesellschaft aufgenommen, und Amelia wie auch ich sollten im Handumdrehen die Vorteile solchen Entschlusses erkennen: anstatt uns über Gott und die Welt zu streiten, wie wir's bisher getan, fanden wir uns nunmehr durch die Gegenwart eines Dritten von derlei Zänkereien abgehalten, ja benützten vielmehr jede sich bietende Gelegenheit, miteinander schönzutun – auch an den unmöglichsten Orten. Und Amelia wird nicht müde zu beteuern, daß sie, aus solcher Erfahrung klug geworden, seither allen Freunden den ernsthaften Rat gibt, sich für die Flitterwochen der Begleitung eines Dritten zu versichern.

Nun, wir »absolvierten« Nürnberg also zu dritt und waren recht angetan von den kernigen Randbemerkungen unsres neuen, transatlantischen Reisegefährten, der zufolge seiner für uns gänzlich ungewohnten, derb-anheimelnden Redeweise und seines herrlichen Schatzes bestandener Abenteuer sehr wohl aus einem Roman hätte hervorgegangen sein können.

Das interessanteste Besichtigungsobjekt war für uns die Nürnberger Burg, und so sah uns der festgesetzte Tag auf dem Wege dorthin, und zwar auf der äußeren, ostseitigen Stadtmauer.

Die Burg ist auf einem die Stadt beherrschenden Felsmassiv errichtet und wird an ihrer Nordseite geschützt durch einen Graben von enormer Tiefe. Nürnberg selber ist ja zum großen Glück niemals geplündert oder gebrandschatzt worden – andernfalls könnte es wahrhaftig nicht so nagelneu und wie aus dem Ei gepellt aussehen. Seit Jahrhunderten hat man den Graben nicht mehr für Verteidigungszwecke benötigt, und so ist seine Sohle nunmehr von allerlei Teegärten und Obstpflanzungen belebt, und dies seit so langer Zeit, daß manche Bäume schon ein beträchtliches Maß erreicht haben.

Während wir nun in aller Gemächlichkeit auf der Stadtmauer dahinschlenderten unter der brütenden Julisonne, blieben wir immer wieder stehen, um die jeweils sich vor uns breitende Aussicht nach Gebühr zu bewundern – insbesondere jene weite, von Dörfern und Städten durchsetzte Ebene, welche fernhin begrenzt ist durch verblauende Berge, ganz als wär's eine Landschaft von der

Meisterhand des großen Claude Lorrain. Und hatten wir uns sattgesehen an solch herrlichem Panorama, so wandten wir uns voll Entzücken wieder der Stadt zu mit ihrer Unzahl von altertümlichen Giebeln und nahezu gartengroßen, steilen und roten Ziegeldächern, die gepunktet sind von reihenweise übereinanderliegenden Dachbodenfenstern. Nahebei zu unserer Rechten ragten die Türme der Burg in den Himmel, und in noch geringerem Abstand erhob sich der grimmige Folter-Turm, welcher der fesselndste Platz in der gesamten Stadt war und wohl auch noch ist. Durch die Jahrhunderte ist ja die Überlieferung der Nürnberger Eisernen Jungfrau auf uns gekommen als ein Beispiel für die erschreckenden Grausamkeiten, derer die Spezies Mensch nun einmal fähig ist. Schon seit langem hatten wir solcher Begegnung voll Interesse entgegengeblickt, und nun standen wir vor dem Gemäuer, das solchem Folterinstrument zum Obdach dient.

Während einer unsrer Pausen lehnten wir uns über die Mauerbrüstung und blickten hinunter. Die Gärten lagen wohl an die sechzig Fuß unter uns, und die Sonne stach darauf hernieder mit der intensiven, brütenden Hitze eines Backofens. Jenseits der Gärten erhob sich die graue, grimmige, scheinbar endlos hohe Mauer und verlor sich nach beiden Seiten hin in der Verschachtelung von Bastionen und Grabenschräge. Bäume und Strauchwerk bekrönten jene Mauer, und darüber ragten die hohen Häuser zum Himmel, deren wuchtige Schönheit noch gesteigert erscheint durch die darüber hingegangene Zeit. Die Sonne brannte hernieder, die Hitze hatte uns träge gemacht, Zeit hatten wir im Überfluß – also verweilten wir uns und lehnten uns über die Mauer. Und siehe da, just zu unseren Füßen bot sich uns ein allerliebster Anblick: hingestreckt in der Sonne lag dort eine große, schwarze Katze, während um sie herum ein winziges, nicht minder schwarzes Kätzchen seine possierlichen Sprünge vollführte. Ab und an bewegte die Alte die Schwanzspitze, um ihr Junges zum weiteren Spiel anzureizen, oder schubste es in der nämlichen Absicht mit der Pfote von sich. Diese Szene spielte sich, wie schon gesagt, gerade zu unseren Füßen am unteren Ende der Mauer ab, und Elias P. Hutcheson, der solches Spiel noch von sich aus beleben wollte, bückte sich und nahm einen Kiesel mittlerer Größe vom Wege auf.

»Schaut her«, sagte er. »Ich lass' ihn ganz nahe neben das Kätzchen fallen! Die zwei werden sich nicht schlecht wundern, woher das gekommen ist!«

»Oh – sehen Sie sich vor«, warnte meine Frau, »Sie könnten das Kleine treffen!«

»Bei mir so gut wie ausgeschlossen, Gnädigste«, versetzte Elias P. »Wo ich doch so zart bin wie ein Kirschbäumchen aus Maine! Teufel auch, ich werde doch dem hübschen kleinen Mistvieh nichts zuleide tun. So wenig, wie ich ein kleines Kind skalpieren möchte! Ihre bunten Socken können Sie drauf wetten! Sehen Sie doch her, ich lass' den Kiesel ganz weit draußen fallen, so daß gar nichts weiter passieren kann!« Damit beugte er sich über die Mauerbrüstung, streckte den Arm ins Leere und ließ den Stein los. Doch ob nun eine Anziehungskraft wirksam ist von den großen zu den kleinen Dingen oder, wahrscheinlicher noch, ob die Mauer nicht senkrecht abfällt, sondern am unteren Ende um ein weniges schräg ist – jedenfalls konnten wir solche Schräge von oben nicht wahrnehmen, der Stein schlug mit ungutem Aufprall mitten auf den Kopf des Kätzchens und verspritzte dessen winziges Gehirn nach allen Seiten. Die Alte tat einen raschen Blick nach oben, und wir sahen, daß ihre grünlich schillernden Augen sich sekundenlang auf Elias P. Hutcheson hefteten. Doch gleich darauf wandte sie sich ihrem Jungen zu, welches bis auf ein schwaches Gliederzucken reglos neben ihr lag, während ein schmaler Streifen Blutes aus der klaffenden Kopfwunde sickerte. Mit einem dumpfen Klagelaut, der nachgerade schon aus menschlicher Kehle zu kommen schien, beugte die Alte sich über ihr Kätzchen und fing an, dessen Wunde zu lecken, wobei sie recht jämmerlich miaute. Indes, alsbald schien sie seinen Tod erkannt zu haben und blickte aufs neue zu uns herauf. Mein Lebtag werd' ich solchen Anblick nicht vergessen, denn jenes Katzenvieh sah nunmehr aus wie die

Inkarnation des tödlichsten Hasses! Die grünlichen Augen funkelten in gespenstischem Feuer, und die weißen, scharfen Zähne schienen von sich aus zu leuchten inmitten all des Blutes, von dem ihr das Maul zusamt den Barthaaren besudelt war. Sie fletschte das Gebiß und zeigte sämtliche Krallen. Dann aber tat sie einen wilden Satz wandaufwärts, um uns zu erreichen, fiel aber im Erlöschen des Schwunges zurück und sah danach noch scheußlicher aus, denn sie war auf das tote Kätzchen gestürzt und wies uns, wieder auf die Beine gekommen, ein von Gehirnmasse und Blut verschmiertes Fell. Amelia wäre über solchem Anblick beinahe in Ohnmacht gefallen, und ich mußte sie stützen, als ich sie von der Mauerbrüstung wegzog und zu einer Bank führte, welche nahebei im Schatten einer breiten Platane stand. Dort erlangte sie nach und nach ihre Fassung wieder. Ich aber ging aufs neue zu Hutcheson, welcher noch immer reglos über die Mauerbrüstung gebeugt stand und auf das wütende Katzenvieh hinunterblickte.

Während ich neben ihn trat, sagte er:

»Na, ich muß schon sagen, das ist die wildeste Bestie, die ich mein Lebtag zu Gesicht bekommen habe – bis auf das eine Mal, wo die Apachensquaw es scharf gehabt hat auf den »Spleißer«. Das war ein Halbindianer, und er hat so geheißen wegen der Art, wie er ihren Kleinen zugerichtet hat, nachdem er ihn ihr gestohlen hatte bei einem Überfall, um den Roten zu zeigen, wie sehr er es zu schätzen wußte, daß sie seine Mutter am Marterpfahl angebraten hatten. Ja, und jene Apachensquaw hat genau so wild dreingesehen wie die Bestie dort unten, und dieser Blick ist ihr zur zweiten Natur geworden. Mehr als drei Jahre lang war sie hinter dem »Spleißer« her, bis die Krieger ihres Stammes ihn geschnappt und ihr gebracht haben. Hinterher hat's dann geheißen, noch kein Mensch auf Gottes Erdboden, ob Weißer oder Roter, sei eines so qualvollen Todes gestorben. Nur ein einziges Mal hab' ich sie lächeln sehen, und das war, als ich ihr den Rest gegeben habe. Bin eben noch rechtzeitig in das Lager gekommen, um den »Spleißer« abkratzen zu sehen, und er war gar nicht traurig darüber! Ist ein harter Bursche gewesen, obzwar ich mit ihm nichts mehr zu tun haben mochte nach der Geschichte mit dem Apachenbengel – denn das war eine böse Sache, und er hätt' sich lieber wie ein Weißer aufführen sollen, er hat ja so ausgesehen –, aber sie haben ihm's nach Strich und Faden heimgezahlt, das kann man wohl sagen! Verdammt noch mal, ich hab' mir einen Fetzen von der Haut genommen, die sie ihm abgezogen hatten, und mein Notizbuch drin einbinden lassen. Ich trag' es noch heute bei mir – da ist es!« Sprach's und klopfte sich auf die Brusttasche seines Überrocks.

Während er dies von sich gab, setzte die Katze ihre verzweifelten Anstrengungen fort, die Mauer zu erklettern. Immer wieder nahm sie einen Anlauf und sprang unglaublich hoch. Wie heftig sie auch aufschlug beim Zurückfallen – es schien ihr nichts auszumachen, denn sie versuchte es sofort wieder mit erneuter Energie. Und nach jedem weiteren Absturz sah sie noch grausiger aus als zuvor. Hutcheson, der an sich ein gutherziger Mensch war – meine Frau und ich hatten zu wiederholten Malen beobachtet, daß er Tieren und auch Menschen gegenüber recht mitfühlend sein konnte –, schien zutiefst betroffen ob der rasenden Wut, in welche die Katze sich hineingesteigert hatte.

»Ich muß schon sagen«, meinte er, »das arme Vieh ist ja total von Sinnen und verzweifelt! Komm, komm, du armes Ding! Es war ja nicht mit Absicht – aber das macht dir dein Kleines auch nicht mehr lebendig! Was soll man da sagen – um nichts in der Welt hätt' ich haben mögen, daß so was passiert! Da sieht man wieder, was ein Mensch mit seinen zwei linken Händen anrichten kann, wenn er zu spielen versucht! Sieht wirklich aus, als wär' ich sogar für eine Katze zu blöd! Sagen Sie mal, Colonel«, – dies seine nette Art, Titel taxfrei zu verleihen – »ich darf wohl hoffen, daß Ihre Frau Gemahlin mir diesen scheußlichen Mißgriff nicht übelnimmt? Hätt' ich gewußt, wie das ausgeht – nicht um alles in der Welt hätt' ich's getan!«

Er trat zu Amelia und fing an, sie überschwänglich um Vergebung zu bitten. Und sie, in ihrer gewohnten Weichherzigkeit, beeilte sich zu versichern, sie wisse nur zu gut, daß es nicht mit Absicht geschehen sei. Dies gesagt, traten wir allesamt wieder an die Mauerbrüstung und blickten hinunter.

Die Katze, Hutchesons Gesicht aus den Augen, hatte sich von der Mauer zurückgezogen, saß aber weiterhin sprungbereit auf den Hinterbeinen. Und in der Tat: sobald sie ihres Todfeindes wieder ansichtig ward, tat sie in blinder, besinnungsloser Wut einen Satz, der grotesk gewirkt hätte, wäre der gesamte Vorgang nicht so erschrekkend real gewesen! Das Vieh versuchte erst gar nicht, die Mauer zu erklettern, sondern schnellte sich einfach gegen seinen Widersacher, als könnten Haß und Wut ihm Flügel verleihen und dergestalt helfen, die große Distanz zu überwinden. Amelia, in ihrer fraulichen Besorgtheit, war darob zutiefst betroffen und wandte sich warnend an Elias P.:

»O weh! Da werden Sie sich aber vorsehen müssen! Wahrhaftig, das Vieh würde versuchen, Ihnen den Garaus zu machen, wenn es ihm gelänge, hier herauf zu kommen! Die Mordlust funkelt ihm ja aus den Augen!«

Der Angeredete ließ ein belustigtes Lachen hören. »Vergebung, Gnädigste«, sagte er. »Aber ich kann nicht anders! Könnten Sie sich wirklich einen Mann vorstellen, der sich mit Grizzlybären und Rothäuten herumgeschlagen hat, bloß um jetzt auf der Hut sein zu müssen vor einem Katzenvieh?«

Sobald die Katze sein Lachen vernommen hatte, wandelte sich ihr Verhalten von Grund auf: nicht länger sprang sie oder versuchte, die Mauer zu erklettern, sondern ging ganz still zu ihrem toten Kätzchen zurück und begann, es zu lecken und zu liebkosen, als wäre noch Leben in ihm.

»Da sieht man's wieder!« rief ich. »Das ist die Wirkung eines wahrhaft starken Mannes: sogar die unvernünftige Kreatur in all ihrer Raserei erkennt die Stimme des Meisters und beugt sich seinem Gebot!«

»Ganz wie eine Indianersquaw!« Das war alles, was Elias P. Hutcheson erwiderte, während wir längs des

Stadtgrabens dahinschritten. Ab und zu warfen wir einen Blick über die Mauer und mußten jedesmal feststellen, daß die Katze uns folgte. Zuerst war sie ja bei ihrem toten Kätzchen geblieben, aber als wir uns weiter und weiter von ihr entfernten, nahm sie das Kleine mit den Zähnen auf und kam hinter uns her. Doch nach einer Weile mußte sie's fallengelassen haben, denn sie folgte uns jetzt allein. Offenbar hatte sie den Leichnam irgendwo versteckt. Amelia wurde immer unruhiger angesichts solcher Beharrlichkeit und wiederholte ihre Warnung zu mehreren Malen. Der Amerikaner aber lachte bloß darüber. Erst als er sah, daß solche Beunruhigung echt war, sagte er:

»Glauben Sie mir, Gnädigste, Sie brauchen sich nicht zu ängstigen wegen des Katzenviehs. Unsereins geht nie ohne Waffe – da!« Bei diesen Worten klopfte er auf die Revolvertasche über der hinteren Hüftgegend. »Und bevor Sie sich Sorgen machen, will ich die Bestie lieber gleich abknallen, hier an Ort und Stelle, und es riskieren, daß die Polizei einem freien Bürger der Vereinigten Staaten Scherereien macht, weil er gegen die hierzulande geltenden Vorschriften verstößt!« Bei diesen Worten spähte er neuerlich über die Mauer. Die Katze jedoch, seiner ansichtig werdend, zog sich murrend zurück und verkroch sich in einem hohen Blumenbeet. Er aber fuhr fort: »Verdammt will ich sein, wenn das Katzenvieh nicht besser als mancher Christenmensch weiß, wieviel es geschlagen hat! Ich schätze, wir haben sie jetzt zum letzten Mal gesehen! Wetten, daß sie sich zu ihrem kaputten Balg zurückschleicht und ihn ganz im Stillen beiseiteschafft – ein privates Katzenbegräbnis gewissermaßen!«

Amelia zog es vor, von nun an zu schweigen, auf daß der andere nicht in falsch verstandner Freundlichkeit auf den Gedanken käme, seine Drohung wahrzumachen. So gingen wir denn weiter und überschritten die kleine Holzbrücke zu der Einfahrt, von der aus die steile, gepflasterte Straße den fünfkantigen Folter-Turm mit der eigentlichen Burg verbindet. Von der Brücke aus erblickten wir die Katze neuerlich tief unter uns. Sobald sie uns bemerkt hatte, schien ihre Wut sich zu erneuern, denn sie unternahm ein paar wilde Anstrengungen, um über die steile Mauer zu uns herauf zu gelangen. Hutcheson lachte, während er ihr zusah und sagte:

»Na, dann adieu, du altes Miststück! Tut mir leid, daß ich deine Gefühle verletzt habe, aber die Zeit heilt alle Wunden! Also, bis später!« Damit betraten wir den langen, dämmrigen Torweg und standen alsbald vor dem Eingang zur Burg.

Als wir wieder ins Freie traten nach unsrer Besichtigung dieses wohl schönsten alten Bauwerkes, dem nicht einmal die wohlgemeinten Anstrengungen der neugotischen Restauratoren vor vierzig Jahren etwas anzuhaben vermocht – wiewohl man damals alles knallweiß angestrichen hat –, war uns der unerfreuliche Vorfall nahezu aus dem Gedächtnis entschwunden. Der alte Lindenbaum mit seinem mächtigen, knorrigen Stamm, der schon an die neun Jahrhunderte überdauert hat, der tiefe Brunnen, vor Zeiten von Kriegsgefangenen in den Grundfelsen gehauen, sowie der herrliche Ausblick, der sich von der Stadtmauer bietet, wo wir fast eine Viertelstunde lang dem Läuten sämtlicher Glockentürme lauschten – all das hatte dazu beigetragen, die Erinnerung an das erschlagene Kätzchen aus uns zu tilgen.

Wir waren die einzigen Besucher, welche an jenem Vormittag den Folter-Turm betreten hatten – so zumindest sagte der alte Kustos – und konnten, da niemand anderer uns im Wege war, alles aufs genaueste besichtigen und uns auf befriedigendere Weise umtun, als dies im andern Falle möglich gewesen wäre. Der Kustos, welcher in uns die alleinige Einnahmequelle jenes Tages sah, tat denn auch alles, um unsren Wünschen gefügig zu sein. Und wahrhaftig, jener Folter-Turm ist ja auch ein grimmiger Ort, sogar noch jetzt, da tausende von Besuchern ihn mit ihrem Leben erfüllen. In den Tagen aber, von denen hier die Rede ist, bot er einen noch viel grimmigeren, ja überaus grausigen Anblick. Der Staub der Jahrhunderte schien auf diesem Gemäuer zu liegen, und Düsternis wie Schrecken seiner Erinnerungen machten sich fühlbar in einer Art, welche der pantheistischen Seele eines Philo oder Spinoza nicht übel angestanden hätte. Die unterste Kammer, welche wir betraten, war in ihrem gewohnten Zustand ganz offenkundig ein Ort der schwärzesten Finsternis, denn sogar das durch die geöffnete Tür einfallende, warme Sonnenlicht verlor sich alsbald zwischen den gewaltigen Mauern und zeigte bloß deren rohes, unebenes Steingefüge, als hätte man eben erst das Baugerüst abgenommen. Doch war alles ringsum mit Staub bedeckt und wies nur gelegentlich dunklere Flecken auf, die, wenn Mauern reden könnten, sehr wohl zu erzählen gewußt hätten von vergangenen Ängsten und Qualen. So waren wir froh, als es über die verstaubte, hölzerne Treppe hinaufging, wobei der Kustos die Außentür offen ließ, auf daß wir nicht im Dunkeln tappen müßten. Denn die eine, in einem Mauerhalter steckende, übelriechende Kerze mit ihrem ungeschneuzten Docht verbreitete nur unzureichendes Licht. Als wir durch die offene Falltür die Ecke der nächsthöheren Kammer betraten, hielt sich Amelia so dicht an mich, daß ich buchstäblich ihren Herzschlag spüren konnte, und ich für mein Teil muß sagen, daß ihre Angst mich nicht wunder nahm, denn dieser Raum war noch grausiger als der untere! Zwar gab es hier etwas mehr Licht, doch reichte es eben hin, uns das entsetzliche Innre notdürftig vor Augen zu führen. Die Erbauer des Turmes waren ganz offenkundig darauf bedacht gewesen, nur denjenigen Besuchern die Wohltat des Tageslichts und des Blicks über die Dächer zu verstatten, welche bis zum obersten Stockwerk hinaufgelangt waren. Dort gab es, wie wir schon von draußen gesehen hatten, eine Reihe von Fenstern, freilich nur von mittelalterlich enger Abmessung. Alle anderen Maueröffnungen im Turme waren schmale Schießscharten, wie die Verteidigung in jenen Zeiten sie erfordert hat. Nur wenige davon erhellten die Kammer, in der wir uns nun befanden, und auch sie waren so hoch oben angebracht, daß man zufolge der Stärke dieser Mauern von nirgendwo den Himmel erblicken konnte. In Wandgestellen oder auch nur unordentlich übereinandergelehnt, standen eine Anzahl Richtschwerter an den Wänden – große Bidhänder mit breiter Klinge und scharfer Schneide –, und gleich daneben erblickten wir etwelche Holzblöcke, darauf die Delinquenten ihr Haupt hatten legen müssen. Da und dort waren Kerben in das Holz gehauen, offenbar wenn man den Schlag gar zu vehement geführt hatte. Ringsherum in dieser Kammer standen noch viele Folterwerkzeuge, deren Anblick dem Betrachter den Herzschlag stocken machte: da gab es mit Stacheln besetzte Stühle, welche beim Daraufsetzen die gräßlichsten Schmerzen verursachten; ferner Stühle und Liegebänke mit stumpfen Höckern, welche zwar nicht gleich so schmerzhaft waren, aber auf langsamere Weise nicht weniger wirksam; Streckfoltern, Gürtel, Stiefel, Handschuhe, Halseisen – all das verstellbar, um einen stufenweise sich steigernden Schmerz hervorzurufen; stählerne Körbe, darin man nach Bedarf den Kopf zu Brei zerquetschen konnte; Wächterhaken mit langen Handgriffen und scharfer Schneide, die bei jeglicher Gegenwehr tief ins Fleisch schnitten – dies eine Besonderheit der alten Nürnberger Stadtwache –, und noch eine Unzahl anderer Vorrichtungen, einzig dazu erdacht, daß der Mensch seinem Mitmenschen qualvolle Verletzungen zufügen könne. Amelia verlor alle Farbe beim Anblick solcher Schrecknisse, fiel aber gottlob nicht in Ohnmacht, sondern setzte sich in einem Anfall von Schwäche auf solch einen Marterstuhl. Indes, sie fuhr sogleich mit einem Aufschrei in die Höhe, und von einer Ohnmacht konnte nun keine Rede mehr sein: wir hielten beide dafür, es sei bloß der Staub gewesen, der ihr das Kleid beschmutzt hatte, doch mochten auch die rostigen Stacheln sich bemerkbar gemacht haben. Mr. Hutcheson jedenfalls begleitete solche Erklärung mit seinem jovialen Lachen.

Das Hauptobjekt in jener Schreckenskammer war aber die Vorrichtung, welche unter dem Namen »Eiserne Jungfrau« bekannt ist. Sie stand nahezu in der Mitte des Raumes und war eine plumpe Frauengestalt von glockenförmigem Zuschnitt oder, um einen zutreffenderen Vergleich zu ziehen, von der Form der Frau Noah in dem bekannten Kinderspielzeug, doch ohne die schlanke Taille und die runden Hüften, durch welche dies schönste Mitglied der Familie Noah sich auszeichnet. Man hätte in dem Gebilde wohl kaum eine menschliche Figur erkannt, wäre da nicht das rohe, durch den Gießer vorne angebrachte Frauenantlitz gewesen. Die Maschine war über und über von Rost und von Staub bedeckt. Ein Seil war an einem etwa in Gürtelhöhe angebrachten Ring ihrer Vorderseite befestigt und lief über einen Flaschenzug, welcher an einem Stützbalken der Decke hing. Der Kustos, den Seilzug betätigend, zeigte uns, daß der Vorderteil der Figur in Angeln aufschwang gleich einer Tür. Dergestalt sahen wir, daß die Wände der Maschine von beträchtlicher Stärke waren und eben genug Raum für die Aufnahme eines Menschen gewährten. Die Tür war von der nämlichen Dicke wie die übrige Wand und mußte überdies sehr schwer sein, denn der Kustos bedurfte beim Öffnen all seiner Kraft, obschon er sich dabei des Flaschenzuges bediente. Solches Gewicht rührte wohl von der Absicht her, die um ein weniges geneigte Tür von selber in ihren Angeln zuschwingen zu lassen, sobald man den Gegenzug freigegeben hatte. Die Innenseite war über und über vom Rost zerstört, ja mehr noch, denn jener Rost, welcher bloß von der Zeit herrührt, hätte sich nimmermehr so tief in die eiserne Wandung einfressen können! Nein, diese Löcher mußten wohl die Spur von grausigeren Flecken sein! Indes, der ganze diabolische Zweck, dem diese Vorrichtung diente, ward uns erst enthüllt, als die Tür weit genug offenstand, so daß wir einen Blick auf ihre Innenseite tun konnten. Auf ihr waren mehrere lange Spieße angebracht, vierkantig und massiv an der Basis, doch jeweils auslaufend in eine scharfe Spitze und dergestalt angeordnet, daß beim Zufallen der Tür sich die oberen in die Augen des Opfers bohren mußten, die weiter unten angebrachten jedoch in dessen Herz und Eingeweide. Solcher Anblick war zuviel für die arme Amelia, und so sank sie denn sogleich in eine Ohnmacht. Ich mußte die Besinnungslose über die Treppe hinunterschaffen und im Freien auf eine Bank betten, bis sie wieder zu sich gekommen war. Daß sie der Anblick bis ins Innerste verstört hatte, sollte sich erst viel später bei meinem erstgeborenen Sohne herausstellen: noch heute weist er auf der Brust ein rauhes Muttermal auf, welches nach Meinung der gesamten Verwandtschaft die Umrisse der Nürnberger Eisernen Jungfrau hat.

Als wir die Folterkammer zum andernmal betraten, fanden wir Hutcheson noch immer vor jenem monströsen Gebilde stehen. Offenbar hatte er sich seine Gedanken darüber gemacht und ließ uns nun an deren Resultat in Form einer kurzen, einleitenden Ansprache teilhaben.

»Na schön – ich glaube fast, ich bin hier auf etwas draufgekommen, während unsre Gnädigste sich draußen von ihrer Ohnmacht erholt hat. Mir will's nämlich scheinen, als wären wir da drüben hinter dem großen Teich recht rückständig geblieben. Dort draußen auf der Prärie haben wir nämlich geglaubt, wir könnten, soweit's die Menschenquälerei betrifft, von den Indianern noch allerhand dazulernen. Jetzt aber sehe ich, daß die Wilden von dieser mittelalterlichen Gerechtsame noch bei weitem ausgestochen werden! Der ›Spleißer‹ hat ja ein ganz wackeres Blatt gespielt gegen jene Apachensquaw – aber diese junge Dame hier hätt' gegen ihn die Hand voller Trümpfe gehabt! Die Spitzen dieser Spieße sehen noch immer ganz schön scharf aus, wiewohl ihre Kanten zerfressen sind von all dem Zeug, in das sie sich gebohrt haben. Wär' eigentlich recht hübsch von unserer Indianerbehörde, ein paar Exemplare dieses reizenden Spielzeugs in die Reservationen zu schicken, bloß um den Kerlen zusamt ihren Squaws zu zeigen, wie sehr ihnen die altehrwürdige Kultur sogar noch auf diesem Gebiet überlegen ist! Ich glaube, ich werd' auf eine Minute da hineinkriechen, nur um das Gefühl so richtig auszukosten!«

»O nein – auf keinen Fall!« rief Amelia da. »Das wäre gar zu schrecklich!«

»Sehen Sie, Gnädigste, ich glaube, daß nichts dem Forschergeist zu schrecklich sein sollte. Zu meiner Zeit hab' ich noch in ganz anderen Sachen gesteckt – habe eine ganze Nacht in einem Pferdekadaver zugebracht und das Präriefeuer über mich weggehen lassen oben im Montana-Territorium. Und ein andermal hab' ich in einem toten

Büffel übernachtet, das war, als die Comanchen auf dem Kriegspfad waren und ich nicht Lust hatte, mir von ihnen das Fell über die Ohren ziehen zu lassen. Dann wieder war ich zwei Tage lang in einem Stollen der Billy Broncho Goldminen in Neu-Mexiko, und außerdem bin ich einer der vier gewesen, die beim Fundament-Bau für die Buffalo-Brücke einen dreiviertel Tag in dem umgekippten Caisson eingeschlossen waren. Nein, mein Lebtag hab' ich mich noch vor keiner Erfahrung gedrückt, und ich denke nicht daran, jetzt damit anzufangen!«

Da wir schließlich einsehen mußten, daß er auf seinem Experiment beharren werde, sagte ich: »Nun gut, alter Freund, so machen Sie schon, damit wir's bald hinter uns haben!«

»In Ordnung, General«, versetzte er. »Aber nach meiner Rechnung sind wir noch nicht so weit. Meine Herren Vorgänger in der Blechbüchse da sind ja nicht ganz freiwillig hineingegangen, und so vermute ich, daß es da ein paar recht dekorative Stricke gegeben hat, bevor es richtig losgegangen ist. Und weil ich dies Ding nun einmal durchmachen will, wie sich's gehört, so muß ich vorher wohl nach allen Regeln der Kunst gefesselt werden. Ich glaube, der alte Tagdieb da wird schon irgendeinen Strick dazu auftreiben können?«

Die letzten Worte hatte er in fragendem Ton an den alten Kustos gerichtet. Dieser, der zwar den Sinn solcher Rede, nicht aber deren Feinheiten und bildhafte Wendungen verstanden hatte, schüttelte abwehrend den Kopf. Indes, solcher Protest war die reine Formsache und ließ sich unschwer aus der Welt schaffen: der Amerikaner drückte dem sich Weigernden eine Goldmünze in die Hand und sagte: »Da, Partner, das ist für dich! Und mach dir weiter keine Sorgen, brauchst mir den Strick ja nicht um den Hals zu legen. Also komm schon!« Daraufhin brachte der Alte ein dünnes, zerfasertes Seil zum Vorschein und fing an, unsern Reisegefährten kunstgerecht zu fesseln. Sobald das obenherum geschehen war, sagte Hutcheson:

»Halt ein, Richter, halt ein! Ich denke, daß ich zu

schwer bin, als daß du mich allein in deinen Blechkübel schaffen könntest. So laß mich erst selber hineingehn, dann kannst du mir in einem Aufwaschen auch noch die Füße zusammenbinden!«

Unter diesen Worten hatte er sich rücklings in die Öffnung gezwängt, die eben breit genug war, um ihn aufzunehmen. Er paßte wirklich nur mit genauer Not hinein. Amelia folgte dem Vorgang mit angstvollen Blicken, wollte aber offensichtlich nicht mehr widersprechen. Jetzt vollendete der Kustos sein Geschäft, indem er dem Amerikaner auch noch die Füße zusammenschnürte, so daß dieser nun völlig unbeweglich in seinem selbstgewählten Kerker steckte. Er schien dies Gefühl tatsächlich in vollen Zügen auszukosten, denn das halbe Lächeln, welches er gewohnheitsmäßig zur Schau trug, erblühte nunmehr zu strahlender Heiterkeit, während er sagte:

»Nach dem Kasten da zu schließen, ist Eva aus einer Zwergenrippe gemacht worden! Viel Platz ist hier wahrhaftig nicht für einen ausgewachsenen Bürger der Vereinigten Staaten! Drüben in Idaho haben wir unsere *Särge* geräumiger gemacht! Und jetzt, Richter, kannst du anfangen, die Tür zu schließen – aber ganz langsam, das bitt' ich mir aus! Ich möchte das nämliche Vergnügen dabei genießen, das die Galgenvögel vor mir empfunden haben, sobald die Spieße auf ihre Augen zugekommen sind!«

»O nein, nur das nicht, nein!« brach es jetzt hysterisch aus Amelia hervor. »Das ist ja schauderhaft – das kann ja kein Mensch aushalten – ich zumindest nicht, nein, ich nicht!« Indes, der Amerikaner ließ sich nun nicht mehr abhalten. »Hören Sie mal, Colonel«, sagte er, »wie wär's, wenn Sie mit Ihrer Gnädigsten einen kleinen Spaziergang machten? Ich möchte die Frau Gemahlin ja um nichts in der Welt in ihren Gefühlen verletzen – aber da ich nun einmal hier bin nach einer Reise von achttausend Meilen, wär's mir allzu hart, auf eine Erfahrung verzichten zu sollen, nach der mir so sehr das Maul gewässert hat! Wann hat der Mensch denn schon Gelegenheit, sich als veritables Büchsenfleisch zu fühlen! Ich und der Richter da – wir beide werden die Sache in kürzester Zeit unter uns abmachen, und wenn ihr zwei wieder zurück seid, können wir gemeinsam drüber lachen.«

So behielt denn zum andern Mal unsre Neugierde die Oberhand: Amelia blieb wo sie war, klammerte sich fest an mich und sah unter Zittern und Beben zu, wie der Kustos nun Zoll für Zoll das Halteseil, an welchem die eiserne Tür hing, nachzulassen begann. Und wahrhaftig – Hutchesons Miene strahlte vor Vergnügen, als die eisernen Spieße sich nunmehr auf seine Augen zubewegten.

»Well!« sagte er. »Seit ich New York verlassen habe, war mir keine solche Freude mehr vergönnt! Bis auf eine Schlägerei mit einem französischen Matrosen in Wapping – aber die ist auch nicht das Wahre gewesen – hab' ich auf diesem erbärmlichen Kontinent, wo's weder Bären noch Rothäute gibt und wo kein Mensch eine Waffe tragen darf, noch kein so schönes Erlebnis gehabt – he, langsam, Richter! Nur keine Übereilung! Unsereins will was geboten haben für sein Geld – ich zumindest schon!«

Der Kustos muß noch etwas von dem Henkerblut seiner Vorfahren in sich gehabt haben, denn er bediente die Foltermaschine mit einer wohlerwognen, wahrhaft quälenden Langsamkeit, so daß nach Ablauf von fünf schier endlosen Minuten, als die äußere Türkante noch nicht halb so viele Zoll zurückgelegt hatte, Amelia von Übelkeit überkommen ward. Ich sah, wie das Blut ihr aus den Lippen wich, und spürte, daß ihr Griff um meinen Arm sich lockerte. Schon hielt ich Ausschau nach einem Ort, wo ich sie hätte betten können, bemerkte aber, als ich wieder auf sie blickte, daß sie wie gebannt auf eine Stelle *neben* der Eisernen Jungfrau starrte! Ihren Blicken folgend, gewahrte ich eben noch, wie unsre schwarze Katze sich hinter der Maschine verbarg! Ihre grünlichen Augen leuchteten wie Warnlichter in der Düsternis der Kammer, und diese gespenstische Farbe ward noch gesteigert durch das Blut, von welchem Fell und Maul des Katzenviehs verschmiert waren. In höchster Aufregung rief ich:

»Die Katze! Gebt acht auf die Katze!« Doch in eben dem Moment tat das Vieh einen Satz *vor* die Foltermaschine! Wie ein triumphierender Dämon sah sie nun aus! Ihre Augen schillerten in blutdürstigem Haß, und sämtliche Haare sträubten sich ihr, so daß sie plötzlich von doppelter Größe zu sein schien. Ihr Schwanz aber peitschte die Luft wie der eines Tigers, wenn er die Beute sprunggerecht vor sich hat. Als Elias P. Hutcheson das Katzenvieh erblickte, war er hocherfreut, ja seine Augen funkelten nahezu vor Vergnügen, während er sagte:

»Hol mich der Teufel, wenn unsre Squaw nicht volle Kriegsbemalung trägt! Bloß, gebt ihr nur ja einen Tritt, falls sie mir zu nahe kommt, denn der Chef hat mich so dauerhaft gefesselt, daß ich nicht wüßte, wie ich meine Augen zu schützen hätte, falls sie etwa Lust darauf bekäme – he, langsam, Richter! Laß das Seil nicht weiter nach, oder ich bin erledigt!«

In diesem Moment sank Amelia in Ohnmacht, und ich mußte sie um die Hüften fassen, sonst wäre sie mir zu Boden gestürzt. Schon im Begriff, mich der Ärmsten zuzuwenden, gewahrte ich eben noch, wie die Katze sich zum Sprung anschickte, und fuhr herum, um das Vieh davonzujagen.

Doch schon im nächsten Augenblick, mit einem höllischen, fauchenden Schrei, schnellte sie sich vorwärts – doch nicht etwa auf Hutcheson, wie wir erwartet hatten, sondern dem Kustos direkt ins Gesicht! Und mit weit hervorgestreckten Krallen, ganz wie bei den chinesischen Darstellungen des sich bäumenden Drachens, fuhr sie dem armen Kerl direkt ins Auge, riß es ihm entzwei und zog ihm einen klaffenden Schlitz über die Wange, aus dem sogleich das Blut schoß, als hätte man eine Ader angeschlagen.

Mit einem gellenden Entsetzensschrei, welcher dem Schmerz noch zuvorkam, sprang der Mann zurück und ließ dabei das Halteseil los. Ich tat einen Satz, um es abzufangen, doch war's schon zu spät: in sausendem Tempo surrte es durch den Flaschenzug unterm zerrenden Gewicht der selbsttätig zuschwingenden, schweren Eisentür!

Noch während sie zuschlug, erhaschte ich einen Blick auf das Antlitz unsres bedauernswerten Gefährten: starr vor Entsetzen stierte er wie betäubt auf das zuschlagende Verhängnis und brachte keinen Laut über die Lippen.

Und dann taten die eisernen Spieße ihr Werk. Das Ende war rasch – zum Glück! Denn sobald ich die Tür wieder aufgewunden hatte, waren sie so tief in die Augen eingedrungen, daß sie sich noch hinten im zerschmetterten Schädel verkeilt hatten und nun den Toten aus seinem eisernen Verlies herauszerrten, bis er, gefesselt wie er war, mit ekelhaft flappendem Aufschlag vornüber zu Boden fiel, und zwar auf das Kinn, denn die ausfahrenden Spieße hatten ihm das Gesicht nach oben gedreht.

Ich stürzte zu meiner Frau, hob sie auf und schaffte sie eilends hinaus, denn ich fürchtete ernstlich um ihren Verstand für den Fall, daß sie beim Erwachen aus ihrer Ohnmacht solch eine Szene vor Augen gehabt hätte. Draußen bettete ich die Leblose auf eine Bank und hastete wieder in den Turm. An den Holzpfeiler gelehnt, stöhnte der Kustos vor Schmerzen und preßte das vom Blut sich zusehends rötende Taschentuch gegen die Augen. Aber gekauert über den Kopf des armen Amerikaners fand ich das Katzenvieh vor, laut schnurrend in schmatzendem Behagen, während es das Blut aufleckte, das aus den zerschlitzten, blicklosen Augenhöhlen hervorquoll.

Ich glaube nicht, daß mir irgend jemand den Vorwurf der Grausamkeit machen wird, wenn ich gestehe, daß ich das nächstbeste Richtschwert ergriff und das Vieh mit einem einzigen Streich mitten entzweihieb.

Das Festmahl der Ratten

Verläßt man Paris auf der Avenue d'Orléans, überschreitet die Stadtgrenze und wendet sich nach rechts, gelangt man in eine ziemlich trostlose und nicht gerade anziehende Gegend. Rechts und links, vor und hinter einem, überall türmen sich große Unrat- und Abfallhaufen, die im Laufe der Zeit dort entstanden sind.

Paris hat sein Nacht- wie auch sein Tagleben, und der Reisende, der sein Hotel in der Rue de Rivoli oder der Rue St. Honoré zu später Abendstunde betritt oder es früh am Morgen verläßt, vermag, wenn er sich Montrouge nähert, den Zweck jener großen, wie Dampfkessel auf Rädern aussehenden Wagen unschwer zu erraten, die er allenthalben stehen sieht.

Jede Großstadt hat ihre besonderen Institutionen, die sich aus ihren ureigenen Bedürfnissen herleiten und deren bemerkenswerteste in Paris die Zunft der Lumpensammler ist. Am frühen Morgen – und das Leben in Paris beginnt schon zu sehr früher Stunde – kann man in den meisten Straßen auf dem Bürgersteig gegenüber Hofeinfahrten und Durchgängen sowie jeweils zwischen ein paar Häusern, ähnlich wie noch heute in einigen amerikanischen Städten und zum Teil sogar noch in New York, geräumige Holzkisten stehen sehen, in die die Hausangestellten oder Wohnungsinhaber den angehäuften Kehricht vom Vortag entleeren. Um diese hölzernen Behälter versammeln sich Scharen armseliger und ausgemergelter Männer und Frauen, um nach vollbrachter Tätigkeit sozusagen nach frischen Weideplätzen mit neuen Arbeitsmöglichkeiten Ausschau zu halten. Zu den Gerätschaften dieser Gilde gehören ein über die Schulter geworfener grobfädiger Sack oder ein Korb und ein kleines Kratzeisen, mit dem sie den Inhalt der Mülltonnen aufs gewissenhafteste durchstochern, umwenden und kritisch prüfen. Mit Hilfe der Kratzeisen klauben sie alles Verwertbare, was sie nur finden können, auf und stopfen es in ihre Körbe, wobei sie die gleiche Geschicklichkeit an den Tag legen wie etwa ein Chinese beim Gebrauch seiner Eßstäbchen.

Paris ist eine Stadt der Zentralisation – und Zentralisation und Klasseneinteilung hängen eng zusammen. In früheren Zeiten tritt die Klassenschichtung als Wegbereiterin der ersten Zentralisierungsbestrebungen auf. Alle Dinge ähnlichen oder verwandten Charakters werden zu Gruppen zusammengefaßt, und aus der Gruppierung solcher Gruppen entsteht eine Gesamtheit, ein Mittelpunkt. Wir erkennen viele radial verlaufende Arme mit unzähligen Fühlern, und in der Mitte erhebt sich ein gigantisches Haupt mit einem allumfassenden Gehirn, scharf nach allen Seiten ausspähenden Augen und feinem Gehör – und einem unersättlichen Maul.

Andere Städte ähneln Vögeln, Fischen und sonstigem Getier mit normalem Appetit und normaler Verdauung. Allein Paris kommt der Apotheose des Kraken gleich. Als Produkt einer ad absurdum geführten Zentralisierung entspricht es ziemlich genau dem Teufelsfisch (Dicrobatis kuhli); und nirgendwo ist die Ähnlichkeit merkwürdiger als in der Gleichartigkeit des Verdauungsapparates.

Intelligente Touristen, die ihre Individualität den Herren Cook oder Gaze überantwortet haben und nun Paris in drei Tagen »schaffen« zu können glauben, wundern sich oft, wie es wohl zugehen mag, daß das Mittagessen, das in London runde sechs Shilling kosten würde, in einem Café im Palais Royal für nur drei Francs zu haben ist. Sie brauchen sich nicht mehr zu wundern, wenn sie nur die Klasseneinteilung – eine theoretische Besonderheit des Pariser Lebens – berücksichtigen und sich mit den Gegebenheiten vertraut machen, die der Entstehung des Chiffonniers zugrunde liegen.

Das Paris des Jahres 1850 glich keineswegs dem Paris von heute, und wer das unter Napoleon III. von Baron Haussmann umgestaltete Stadtbild durchstreift, kann sich kaum vorstellen, wie es vor fünfundvierzig Jahren aussah.

Zu den Örtlichkeiten, die keine Veränderung erfahren haben, gehören auch jene Distrikte, wo Müll und Unrat abgelagert werden. Müll bleibt Müll, und zwar überall auf der Welt und zu allen Zeiten, und die Familienähnlichkeit von Kehrichthaufen ist verblüffend. Daher vermag sich der Reisende, der die Umgebung von Montrouge besucht, mit einiger Phantasie mühelos in das Jahr 1850 zurückzuversetzen.

In diesem Jahr hielt ich mich länger als sonst in Paris auf. Ich war bis über beide Ohren in eine junge Dame verliebt, die zwar meine leidenschaftliche Zuneigung erwiderte, sich aber den Wünschen ihrer Eltern doch insofern fügte, als sie versprochen hatte, mich ein Jahr lang weder zu besuchen noch mit mir Briefe zu tauschen. Mir blieb nichts anderes übrig, als in diese Bedingungen einzuwilligen, freilich in der vagen Hoffnung, die elterliche Zustimmung zu unserer Verbindung zu erlangen. Ich hatte feierlich gelobt, während der Probezeit außerhalb der Landesgrenzen zu bleiben und meiner Auserwählten nicht vor Ablauf des Jahres zu schreiben.

Es versteht sich, daß mir diese Zeit nur sehr langsam verging. Niemand aus meiner Familie oder meinem Bekanntenkreis fand sich bereit, mir von Alice Kunde zu geben; auch legte keiner ihrer eigenen Verwandten soviel Großherzigkeit an den Tag, mir, wenn auch nur gelegentlich, ein Wort des Trostes zukommen zu lassen und mich ihres Wohlbefindens zu versichern. Sechs Monate lang reiste ich in Europa umher, doch da Reisen mir keine befriedigende Zerstreuung boten, beschloß ich, nach Paris zu fahren, wo ich von London aus zumindest leicht zu erreichen war für den Fall, daß ein glücklicher Umstand mich vor der vereinbarten Zeit dorthin rufen sollte. Daß »die Hoffnung, die sich verzeucht, das hertz engstet«, konnte sich nicht trefflicher als an mir beweisen, denn außer der ständigen Sehnsucht nach Alicens liebem Antlitz befiel mich die quälende Angst, mir könnte etwas zustoßen und mich nach Ablauf der Frist daran hindern, Alice zu beweisen, daß ich während der ganzen langen Probezeit ihr in mich gesetztes Vertrauen gerechtfertigt und meine eigene Zuneigung zu ihr sich nicht geändert hatte. So haftete jenem Abenteuer, in das ich mich stürzte, ein unbändiges Vergnügen eigener Art an, barg es doch eine Fülle möglicher unangenehmer Folgen, die das übliche Maß an Risiken weit überschritten.

Wie alle Reisenden hatte auch ich die besonders interessanten Sehenswürdigkeiten im ersten Monat meines Aufenthalts sämtlich frequentiert, und so suchte ich im zweiten Monat überall dort nach Zerstreuung und Vergnügungen, wohin es mich gerade trieb. Nach mehreren Ausflügen in die besser bekannten Vororte begann ich zu ahnen, daß in der sozialen Wildnis, die zwischen diesen Anziehungspunkten lag, es so etwas wie eine Terra incognita gab, zumindest was den Reiseführer betraf. Demzufolge ging ich von nun an bei meinen Erkundungsmanövern streng systematisch vor und setzte meine Streifzüge jeweils an dem Punkt fort, wo ich sie am Vortag unterbrochen hatte.

Im Laufe der Zeit führten mich meine Wanderungen auch in die Nähe von Montrouge. In dieser Gegend lag, wie ich sogleich erkannte, das Ultima Thule in der Erforschung gesellschaftlicher Zustände – ein Landstrich, ebensowenig bekannt wie das Quellgebiet des Weißen Nils. Und so faßte ich den Entschluß, den Chiffonnier philosophisch zu untersuchen – seinen Lebensraum, seine Lebensweise und seine Erwerbsmittel.

Das Vorhaben erwies sich als nicht gerade appetitlich und war mit erheblichen Schwierigkeiten verbunden; auch bestand nur geringe Aussicht auf lohnende und dem Unternehmen angemessene Ereignisse. Ungeachtet der Stimme der Vernunft behielt mein Eigensinn die Oberhand, und ich machte mich mit einer Begeisterung ans Werk, die ich kaum aufgebracht hätte, wäre es um eine Untersuchung mit noch so nutzbringender oder verdienstlicher Zielsetzung gegangen.

Am Spätnachmittag eines schönen Septembertages drang ich bis zum Allerheiligsten der Stätte des Unrats vor. Der Platz war offensichtlich der anerkannte Aufenthaltsort einer Reihe von Chiffonniers, denn die Anordnung der Kehrichthaufen in der Nähe der Straße entbehrte nicht eines gewissen Systems. Ich schritt an diesen Haufen vorüber, die wie Posten auf Wache dastanden, fest entschlossen, weiter in die Geheimnisse der Kloakenstadt einzudringen und den Weg des Unrats bis zu seinem allerletzten Bestimmungsort aufzuspüren.

Im Vorübergehen wurde ich etlicher Gestalten gewahr, die hinter den Abfallhaufen hin und her huschten und mit unverhohlenem Interesse jeden Schritt des Fremden beobachteten. Die Gegend ähnelte einer Miniaturausgabe des Schweizerlandes, und während ich auf meinem gewundenen Weg umsichtig voranschritt, merkte ich nicht, daß ich mir immer mehr den Rückweg versperrte.

Nach kurzer Zeit befand ich mich, wie es schien, in einer Art Gemeinwesen, das die Chiffonniers unter sich aufgeteilt haben mußten. Ich sah eine Reihe armseliger Holzhütten, wie man sie noch in den entlegenen Gegenden des Bog of Allan antreffen mag – primitiv gefügte Unterkünfte mit Wänden aus lehmverschmiertem Flechtwerk und groben Strohdächern aus Stallabfällen –, Behausungen, die man um keinen Preis betreten möchte und die selbst in Wasserfarben nur bei entsprechend einfühlsamer Behandlung des Vorwurfs sich einigermaßen pittoresk ausnehmen dürften. Inmitten dieser Hütten stand einer der seltsamsten und am meisten zweckentfremdeten Gegenstände – ich kann nicht sagen: Behausungen –, die ich je zu Gesicht bekommen hatte. Ein riesiger alter Kleiderschrank, das imponierende Überbleibsel aus irgendeinem Boudoir Charles' VII. oder Henris II., war in eine veritable Wohnstätte verwandelt worden. Die Doppeltüren standen offen, so daß sich den Blicken der Öffentlichkeit der gesamte Haushalt darbot. In der offenen Hälfte des Kleiderschranks war ein gemeinsamer Aufenthaltsraum von etwa vier mal sechs Fuß eingerichtet, in dem nicht weniger als sechs altgediente Soldaten der Ersten Republik in zerschlissenen und fadenscheinigen Uniformen pfeiferauchend um ein Becken mit glühenden Holzkohlen saßen. Augenscheinlich gehörten sie zur Zunft der Tagediebe und Taugenichtse, der »mauvais sujets«, wie die Franzosen sagen. Ihre Triefaugen und schlaff herunterhängenden Kinnladen deuteten darauf hin, daß sie im Übermaß dem Absinth zusprachen, und in ihrem müde-verstörten Blick spiegelte sich lauernde Grausamkeit, die der Trunksucht hart auf den Fersen zu folgen pflegt. Die andere Seite des Schrankes stand wie eh und je; sogar die Wäschefächer waren noch intakt, wenn man davon absieht, daß sie auf die Hälfte ihrer ursprünglichen Breite zugeschnitten waren und in jedem der sechs Fächer sich eine aus Lumpen und Stroh bereitete Lagerstatt befand. Das halbe Dutzend ehrenwerter Kumpane, das in diesem Gebilde hauste, beäugte mich, als ich vorüberging, mit unverhohlener Neugier, und als ich mich nach ein paar Schritten umdrehte, sah ich, wie sie ihre Köpfe tuschelnd zusammensteckten. Die ganze Sache gefiel mir nicht, denn ihr Schlupfwinkel lag ziemlich abseits, und die Männer machten auf mich in der Tat den Eindruck abgefeimter Bösewichte. Jedoch ich sah keinen Grund zur Besorgnis und ging meines Weges, wobei ich immer tiefer in die Wüste vordrang. Der Pfad wand sich gleichsam in Schlangenlinien, und da ich mich in einer Reihe von Halbkreisen bewegte, wie man sie gewöhnlich beim Holländern auf dem Eise ausführt, verlor ich allmählich die Orientierung.

Als ich gerade wieder um einen der halbaufgeschütteten Abfallhaufen bog, erblickte ich einen alten Soldaten, der in zerlumptem Mantel auf einer Strohschütte saß.

»Sieh mal einer an«, sagte ich mir, »wie würdig doch die Erste Republik hier durch ihre Soldaten vertreten ist!« Als ich vorbeiging, blickte der Alte nicht einmal auf, sondern starrte mit teilnahmsloser Beharrlichkeit auf den Boden. Und wiederum dachte ich mir: Was doch ein rauhes Kriegerleben alles bewirken kann! Die Wißbegierde dieses Alten gehört längst der Vergangenheit an.

Nach einigen Schritten drehte ich mich jedoch plötzlich um und sah, daß seine Neugier keineswegs erloschen war, denn der Veteran hatte den Kopf gehoben und betrachtete mich mit einem äußerst merkwürdigen Ausdruck. Mir fiel auf, daß er einem der in den Zeitungen gesuchten sechs ehrenwerten Bürger bis aufs Haar glich. Als sich unsere Blicke kreuzten, ließ er den Kopf sinken, und ohne weiter an den alten Krieger zu denken, setzte ich meinen Weg fort in der Überzeugung, daß zwischen diesen alten Haudegen eine merkwürdige Ähnlichkeit bestand.

Bald stieß ich auf einen anderen Veteranen in einer ähnlichen Situation. Auch er bemerkte mich nicht, als ich vorüberging. Inzwischen war es später Nachmittag geworden, und ich beschloß, den soeben zurückgelegten Weg in umgekehrter Richtung zu gehen. Ich wandte mich also um, und da ich mehrere Fußspuren erkannte, die an verschiedenen Unrathaufen vorbeiführten, konnte ich nicht mehr feststellen, welcher Spur ich folgen mußte. In meiner Verwirrung wünschte ich jemandem zu begegnen, den ich hätte nach dem Weg fragen können, aber es war niemand zu sehen. Ich beschloß, noch ein paar Abfallhaufen weiter zu gehen, um dann vielleicht noch einmal Ausschau zu halten – doch weit und breit keine Menschenseele.

Mißmutig setzte ich einen Fuß vor den anderen, als ich nach einigen hundert Yards einen einzelnen Bretterschuppen der Art wie zuvor auftauchen sah, nur mit dem Unterschied, daß dieser nicht als Behausung gedacht war, denn er bestand nur aus einem Dach mit drei Wänden und war nach vorn offen. Aus dem Anblick, den die nähere Umgebung bot, schloß ich, daß es sich um einen Sortierplatz handelte. In dem Schuppen erkannte ich ein uraltes Weib mit zerfurchtem Gesicht.

Ich trat näher und fragte nach dem Weg. Sogleich erhob sie sich und begann ein Gespräch mit mir; und just in dem Augenblick fiel mir ein, daß hier mitten im Kehrichtreich genau der Ort war, um Einzelheiten über die Geschichte der Pariser Lumpensammler zu erfahren, zumal aus dem Munde jemandes, der dem Aussehen nach der älteste der hier Ansässigen zu sein schien.

Ich begann Fragen zu stellen, und die Alte gab mir höchst aufschlußreiche Antworten – sie hatte zu den »Tricoteusen« gehört, die tagtäglich vor der Guillotine saßen, und eine aktive Rolle unter den Weibern gespielt, die sich während der Revolution durch besondere Gewalttätigkeit hervorgetan hatten. Plötzlich unterbrach sie ihren Redefluß: »M'sieur müssen vom Stehen rechtschaffen müde sein«, staubte einen wackligen Schemel ab und schob ihn mir hin. Ich spürte aus vielerlei Gründen kaum ein Verlangen, mich zu setzen; doch die Alte benahm sich so zuvorkommend, daß ich nicht Gefahr laufen wollte, sie durch meine Weigerung zu kränken. Darüber hinaus war die Unterhaltung mit jemandem, der an der Erstürmung der Bastille teilgenommen hatte, so interessant, daß ich schließlich doch Platz nahm.

Während wir uns unterhielten, trat hinter dem Bretterverschlag ein alter Mann hervor, noch älter, noch gebeugter, noch runzliger als die Frau. »Das ist Pierre«, sagte sie, »der wird M'sieur, wenn's beliebt, allerhand erzählen können, denn Pierre war nämlich überall dabei, bei der Bastille und auch in Waterloo.« Der Greis griff sich auf meine Bitte einen weiteren Schemel, und schon schwelgten wir in Erinnerungen an die Revolution. Obgleich das, was er auf dem Leibe trug, eher von einer Vogelscheuche zu stammen schien, glich der Alte ansonsten in seinem Gebaren den sechs Haudegen, denen ich zuvor begegnet war.

Ich saß jetzt in der Mitte der niedrigen Hütte, wobei meine beiden Gastgeber – der Mann rechts von mir, die Frau zu meiner Linken – um ein geringes vor mir auf ihren Schemeln hockten. Der Schuppen war mit allem möglichen Plunder und zahllosen Gegenständen vollgestopft, die ich gern weit weg gewünscht hätte. In der einen Ecke lag ein Haufen Lappen und Lumpen, die sich durch die Lebensregungen irgendwelchen Ungeziefers zu bewegen schienen, in der anderen türmte sich ein Haufen Knochen, deren Gestank mir fast den Atem verschlug. Wenn ich ab und zu einen flüchtigen Blick auf die beiden Haufen warf, konnte ich die funkelnden Augen der Ratten erkennen, die den Ort in Scharen bevölkerten. Diese ekelhaften Tiere waren schon schlimm genug, aber was noch grauenvoller aussah, war ein altes Fleischerbeil, das auf der rechten Seite an der Wand lehnte und an dessen eisernem Stiel Klumpen geronnenen Blutes klebten. Dennoch schenkte ich diesen Dingen keine allzu große Bedeutung.

Was die beiden Alten zu berichten wußten, faszinierte mich so, daß ich immer länger blieb, bis es schließlich Abend wurde und die Abfallhaufen düstere Schatten über die Rinnen und Mulden dazwischen warfen.

Nach einer Weile verspürte ich ein unbehagliches Gefühl in mir aufsteigen. Ich hätte nicht zu sagen vermocht, wie und warum, aber irgendwie waren meine Zweifel nicht behoben. Unbehaglichkeit ist ein Instinkt und bedeutet Warnung. Die psychischen Fähigkeiten erweisen sich oft als die Wachtposten des Intellekts, und wenn sie Alarm schlagen, beginnt der Verstand zu arbeiten, wenn auch vielleicht nur unbewußt.

So auch bei mir. Allmählich fiel mir wieder ein, wo ich war und was mich umgab, und ich fragte mich, wie es mir wohl ergehen würde, falls man mich überfallen sollte. Und dann drängte sich mir plötzlich der Gedanke auf – wenn auch ohne ersichtliche Ursache –, daß ich in Gefahr war. Eine innere Stimme riet zur Besonnenheit: »Sei ganz ruhig und laß dir nichts anmerken«, und so gab ich mich gelassen und ließ mir nichts anmerken, wußte ich doch, daß vier heimtückische Augen auf mich gerichtet waren. Vier Augen – wenn nicht mehr! Mein Gott, was für eine schreckliche Vorstellung! Der ganze Schuppen konnte auf drei Seiten von gemeinen Verbrechern umstellt sein! Ja, ich konnte bereits einer Bande von Desperados ins Netz gegangen sein, wie sie nur ein halbes Jahrhundert periodischer Revolutionen hervorzubringen vermag.

Mit dem Gefühl von Gefahr im Verzuge wurden Verstand und Beobachtungsgabe geschärft, und ich reagierte aufmerksamer, als es sonst meiner Gewohnheit entsprach. Schon eine ganze Weile war mir aufgefallen, daß die Blicke der Alten unablässig auf meinen Händen ruhten. Alsbald erkannte ich den Grund – meine Ringe. Auf meinem linken kleinen Finger trug ich einen großen Siegelring, an der rechten Hand einen ansehnlichen Diamanten. Falls ich also wirklich in Gefahr war, mußte ich zunächst bemüht sein, die beiden keinerlei Verdacht schöpfen zu lassen. Daher brachte ich unser Gespräch allmählich auf das Thema des Lumpensammelns, auf die Abwässer- und Sickergruben, auf die Dinge, die man dort finden kann, und so auch auf Schmuck und Juwelen. Dann packte ich eine günstige Gelegenheit beim Schopfe und fragte die Alte ohne Umschweife, ob sie sich auf Pretiosen verstünde. Ja, ein wenig schon. Ich streckte die rechte Hand aus und bat sie, den Diamanten zu begutachten. Ihr Augenlicht sei schlecht, meinte sie und beugte sich tief über meine Rechte. Mit gutgespielter Gleichgültigkeit erwiderte ich: »Bitte um Verzeihung! Aber *so* geht es doch bestimmt viel besser«, streifte den Diamanten vom Finger und reichte ihn ihr. Als sie den Edelstein berührte, glaubte ich in ihrem zerfurchten, eingefallenen Gesicht einen Zug von abgrundtiefer Bösartigkeit aufleuchten zu sehen. Blitzschnell warf sie mir einen lauernden Blick zu.

Sie beugte sich noch immer über den Ring, so als wollte sie ihn genau prüfen. Der alte Mann starrte aus der offenen Seite der Hütte unverwandt vor sich hin, wobei er umständlich in seinen Taschen kramte und schließlich ein Tütchen Tabak sowie eine Pfeife zutage förderte, die er umständlich zu stopfen begann. Ich nutzte die entstandene Gesprächspause und die von meinem Gesicht vorübergehend abgewendeten Blicke der beiden Alten aus, um mich aufmerksam in dem Raum umzusehen, der jetzt langsam in der Abenddämmerung verschwamm. Dort häufte sich noch immer allerlei stinkender Unrat, hier in der rechten Ecke lehnte nach wie vor die gräßliche blutbefleckte Axt an der Wand, und allüberall, trotz der zunehmenden Dunkelheit, das bösartige Funkeln der Rattenaugen. Einige glaubte ich sogar durch die Ritzen der rückwärtigen Bretterwand in der Nähe des Erdbodens zu erkennen. Doch was war das? Glommen diese Augen nicht größer, heller, unheilvoller?

Einen Augenblick schien mein Herz stillzustehen; mich überkam ein Schwindelgefühl, eine Art von geistiger Trunkenheit, so als werde der Körper nur aufrecht gehalten, weil ihm keine Zeit zum Fallen bleibt, ehe er sich wieder gefangen hat. Aber in der nächsten Sekunde war ich schon wieder gefaßt und trug nach außen vollkommene Gelassenheit und Selbstbeherrschung zur Schau, während in meinem Innern alle Instinkte und Gefühle sozusagen in Alarmbereitschaft verharrten und ich mich vor Tatendrang kaum zu halten wußte.

Jetzt erkannte ich erst das ganze Ausmaß der Gefahr, in der ich schwebte: Ich befand mich in der Hand von Leuten, die zu allem entschlossen waren! Ich hatte nicht die geringste Ahnung, wie viele von ihnen eigentlich hinter dem Schuppen dicht an den Boden gepreßt lagen, bereit, jeden Augenblick loszuschlagen. Ich wußte zwar, daß ich groß und stark war, und meinen Widersachern blieb dies ebenfalls nicht verborgen. Auch dürfte ihnen nicht entgangen sein, daß ich Engländer war und um mein Leben kämpfen würde. In den letzten wenigen Sekunden hatte sich, wie ich meinte, meine Lage zum Vorteil verändert, denn ich erkannte die Gefahr und begriff die Situation. Jetzt sollte mein Mut, meine Geduld und Beharrlichkeit auf die Probe gestellt werden – die praktische Bewährung im Kampf mochte dann später folgen!

Die Alte hob den Kopf und äußerte ihre Zufriedenheit:

»Sehr schön, der Ring, wirklich – ein schönes Stück! Ach ja – auch ich hatte mal solche Ringe, viele, und Armreifen und Ohrringe! Damals führte ich nämlich die ganze Stadt an der Nase herum, ich hielt alle zum besten! Aber heute haben sie mich vergessen. Sie haben mich einfach vergessen! Ja natürlich, sie haben ja nie von mir gehört. Vielleicht erinnern sich noch ihre Großväter an mich, einige zumindest!« Sie stieß ein heiseres krächzendes Lachen aus und setzte mich dadurch in Erstaunen, daß sie mir den Ring mit einer gewissen altväterlichen Grandezza zurückreichte, die etwas Rührendes an sich hatte.

Der alte Mann musterte sie mit plötzlich aufgeflammter Wildheit, erhob sich zur Hälfte von seinem Schemel und wandte sich mit knarrender Stimme unvermittelt an mich:

»Zeigen Sie doch mal her!«

Ich wollte ihm gerade den Ring geben, als das Hutzelweib sich einmischte:

»Nein, nein! Bloß nicht den Ring Pierre geben! Pierre

ist nämlich ein komischer Kauz. Er verliert alle möglichen Sachen; und dann einen so hübschen Ring!«

»Hexe!« bellte der Greis wütend zurück. Auf einmal sagte die Alte mit übertrieben lauter Stimme:

»Halt! Ich will noch rasch etwas über einen Ring erzählen.« Im Tonfall dieses einen Satzes schwang etwas mit, was mich erschauern ließ. Vielleicht war es auch nur meine Überempfindlichkeit, meine hochgradig gesteigerte nervöse Erregung, aber ich hatte den Eindruck, daß sie nicht zu mir gesprochen hatte. Zwar leuchteten aus den Knochenhaufen noch immer die Augen der Ratten, doch vermißte ich die Lichtpunkte hinter den Ritzen der rückwärtigen Bretterwand. Noch während ich angestrengt starrte, tauchten sie wieder auf. Das »Halt!« der Alten hatte mir noch einmal eine letzte Frist gewährt, und die Männer hatten sich in ihre Lauerstellung zurückgezogen.

»Vor langer Zeit habe ich mal einen Ring verloren – einen wunderschönen Diamantreifen, der einer Königin gehört hatte. Ihn hatte mir ein Steuereinnehmer geschenkt, der sich später die Gurgel durchschnitt, nachdem ich ihm den Laufpaß gegeben hatte. Ich dachte, das Ding muß doch gestohlen sein, und beschuldigte kurzerhand meine Leute, aber keine Spur. Die Polizei kam und meinte, der Ring kann doch in die Kanalisation geraten sein. Also stiegen wir hinunter – ich in meinen guten Sachen! Ich traute denen nämlich nicht mit meinem Ring. Seit diesem Vorfall damals weiß ich mehr über Kloaken – und über Ratten! Nie werde ich diesen gräßlichen Ort vergessen, wo es wimmelte von funkelnden Augen, eine förmliche Wand dieser Biester war im Schein unserer Fakkeln zu erkennen. Endlich gelangten wir unter das Haus, in dem ich wohnte. Wir suchten das Ausflußende des Abwasserrohrs und fanden dort in Schlamm und Kot eingebettet tatsächlich meinen Ring. Doch bevor wir aus der stinkenden Finsternis rauskrochen, fanden wir noch etwas anderes. Als wir uns der Schachtöffnung näherten, kam ein Schwarm Kanalratten – diesmal waren's menschliche – auf uns zugestürmt. Sie berichteten der Polizei, daß einer ihrer Leute in die Kanalisation hinabgestiegen, aber nicht zurückgekehrt war. Er war nur kurz vor uns 'reingegangen und konnte, falls er sich verlaufen hatte, kaum weit weg sein. Die Polizisten sollten suchen helfen, und so machten wir kehrt. Sie wollten nicht, daß ich mitging, aber ich bestand drauf. Es war ein neues erregendes Gefühl, und hatte ich nicht meinen Ring wieder? Wir brauchten nicht weit zu gehen, bis wir fanden, was wir suchten. Der Wasserstand war niedrig, und der Boden der Schmutzwasserrinne war mit Steinen, Schutt und so'nem Zeug vollgeschüttet. Er muß sich noch gewehrt haben, selbst als seine Fackel schon aus war. Aber es waren zu viele von den Biestern! Die hatten nicht viel Federlesens gemacht! Die Knochen waren noch warm und sauber abgenagt. Sogar ihre eigenen toten Artgenossen hatten sie aufgefressen, denn es lagen die Knochen von Ratten und die des Mannes umher. Die anderen – ich meine die Ratten in Menschengestalt – nahmen die Nachricht mit Gleichgültigkeit auf, als sie ihren Kumpan tot daliegen sahen, wenn sie ihm auch zu Lebzeiten bestimmt geholfen hätten. Ach was! Was liegt schon daran, ob man lebendig oder tot ist?!«

»Und Sie hatten kein bißchen Angst?« fragte ich.

»Angst?« echote sie mit verächtlichem Lachen. »Ich und Angst! Fragen Sie mal Pierre! Damals war ich freilich jünger, und als ich durch den schrecklichen Kanal mit seiner aufgetürmten Wand voller gieriger Augen kam, die sich im Lichtschein der Fackeln bewegten, war mir gar nicht wohl. Dennoch blieb ich den Männern um einiges voraus, das hab' ich so an mir. Ich lasse die Männer nie vor mir zum Zuge kommen. Alles, was ich will, ist 'ne Chance haben. Die Biester von Ratten fraßen ihn glatt auf und ließen keine Spur von ihm übrig, nur die Knochen, und keiner wußte es und keiner hörte ihn auch nur piep sagen!« Hier brach sie in das unheimlichste Gelächter aus, das ich je gehört – und gesehen hatte. Eine große Dichterin beschreibt den Gesang ihrer Heldin: »Ach, sie singen zu sehen oder zu hören! Kaum weiß ich, welches am göttlichsten ist.«

Und das gleiche ließ sich von der alten Vettel sagen –

vom Göttlichen einmal abgesehen –, denn ich vermochte kaum zu sagen, was teuflischer war: das scheppernde, bösartige, selbstzufriedene, grausame Lachen oder das lüsterne Grinsen, die wie eine tragische Maske starrende quadratische Mundöffnung und der fahlgelbe Glanz der wenigen verfärbten Zähne in den formlosen Kiefern. Dieses irre Lachen, dieses Grinsen, die unverhohlene Genugtuung, die darin lagen, sagten mir, als sei es mir mit Donnerstimme verkündet worden, daß meine Ermordung beschlossene Sache war und daß die Mörder nur noch auf den geeigneten Augenblick zur Durchführung ihres Vorhabens warteten. Aus ihren schauerlichen Schilderungen konnte ich gleichsam zwischen den Zeilen die Anweisungen an ihre Komplizen heraushören. »Halt!« schien sie zu sagen, »wartet, bis es soweit ist! Ich führe den ersten Schlag. Besorgt mir nur das Mordinstrument, und ich finde schon eine Gelegenheit. Er soll mir nicht entkommen. Macht ihn stumm, und keiner wird etwas erfahren. Niemand hört einen Schrei, und die Ratten besorgen den Rest!«

Die Dunkelheit nahm zu, die Nacht zog herauf. Verstohlen sah ich mich im Schuppen um. Alles unverändert: das blutbefleckte Beil in der Ecke, die Unrathaufen und die Augen, die aus den Knochenbergen und hinter den Ritzen der Bretterwand hervorglommen.

Pierre war, wie es schien, noch immer mit dem Stopfen der Pfeife beschäftigt; jetzt zündete er ein Streichholz an und begann, heftig an der Pfeife zu ziehen.

»Herzchen«, fing die Alte plötzlich an, »es ist schon dunkel geworden. Sei ein guter Junge und mach uns die Lampe an, ja, Pierre?«

Pierre stand auf und berührte mit dem noch brennenden Streichholz den Docht der Lampe, die an einer Seite der Eingangsöffnung hing. Die Lampe hatte einen Reflektor, der das Licht überallhin warf, und diente offenbar als Beleuchtung beim nächtlichen Auseinanderklauben der gefundenen Schätze.

»Doch nicht die, du Dummkopf! Die doch nicht! Die Laterne natürlich!« rief die Alte unwirsch.

Sofort blies Pierre die Lampe aus: »Schon gut, Mütterchen, ich seh' ja schon nach« und machte einen Schritt in die linke Ecke der Behausung.

»Ja, ja, die Laterne«, fuhr das Lumpenweib fort, »genau das richtige Licht für uns arme Leute! Die Laterne war der Freund der Revolution, heute ist sie der Freund aller Chiffonniers. Sie hilft uns, wo alles andere versagt.«

Kaum hatte sie zu Ende gesprochen, als ich plötzlich ein scharrendes Geräusch vernahm, wie von einem Gegenstand, der beharrlich über das Dach des Schuppens gezerrt wurde.

Wieder konnte ich zwischen den Zeilen lesen. Die Anspielung auf die Revolution und die Laterne war allzu deutlich.

»Einer von euch klettert mit einer Schlinge aufs Dach und erdrosselt ihn, falls wir drinnen mit ihm nicht fertig werden.«

Ich blickte hinaus: Vor einem gespenstisch fahlen Himmel baumelte als schwarzer Schattenriß deutlich eine Seilschlinge vom Dach herab. Ich saß in einer Falle.

Pierre brauchte nicht lange, bis er die Laterne gefunden hatte. Ich starrte durch die Dunkelheit unentwegt auf die Alte. Pierre zündete erneut ein Streichholz an. Als es aufflammte, sah ich gerade noch, wie das Weib vom Boden neben sich ein langes dolchartiges scharfes Messer aufhob und es in den Falten ihres Kleides verschwinden ließ. Allem Anschein nach war es ein zu einer nadelfeinen Spitze geschliffener Wetzstahl, wie ihn gewöhnlich Metzger verwenden.

Die Laterne wurde angezündet.

»Bring sie her, Pierre. Stell sie in den Eingang, wo wir sie alle sehen können. Wie hübsch und freundlich alles wirkt! Sie hält die Dunkelheit draußen von uns fern. Gerade richtig für uns!«

Gerade richtig für die alte Vettel und ihre finsteren Absichten! Die Laterne schien mir ins Gesicht, während Pierre und die Frau, die außerhalb des Lichtkreises rechts und links von mir saßen, schemenhaft im Halbdunkel verschwammen.

Ich wußte, daß der Zeitpunkt zum Handeln gekommen war; aber mir war auch klar, daß der erste Wink, die erste Bewegung von der Alten ausgehen würde, und so gab ich weiter auf sie acht. Ich war gänzlich unbewaffnet, hatte mir aber mein Vorgehen bereits genau überlegt. Bei der geringsten Bewegung wollte ich mir mit Hilfe des Fleischerbeils den Weg ins Freie erkämpfen. Zumindest wollte ich mich bis zum äußersten wehren. Ich warf noch einmal einen flüchtigen Blick in die bewußte Ecke, um den genauen Standort des Werkzeugs auszumachen, damit ich es in der Aufregung nicht verfehlte, denn wenn es soweit war, würden Zeit und präziser Ablauf meines Vorhabens – wenn überhaupt – eine wichtige Rolle spielen.

Aber, so wahr mir Gott helfe, die Axt war weg! Die grauenvolle Lage, in der ich mich befand, wurde mir mit einemmal erschreckend klar; doch was mich am meisten schmerzte, war der Gedanke, daß Alice, sollte das Schicksal meinen Untergang beschlossen haben, unsagbar leiden würde. Entweder würde sie mich der Falschheit und Untreue zeihen – und jeder, der verliebt ist oder es einmal war, vermag sich dieses Gefühl der Verbitterung vorzustellen – oder aber sie würde mir auch weiter in Liebe zugetan sein, nachdem ich für sie und die Welt schon lange verloren war, so daß sie fortan mit gebrochenem Herzen ein Leben voller Verzweiflung und Enttäuschung führen würde. Aber gerade das schier unvorstellbare Ausmaß des Leides gab mir körperliche und seelische Kraft, dem lauernd-starren Blick der beiden Verschwörer standzuhalten.

Dennoch verriet ich mich nicht. Wie eine Katze die Maus nicht aus den Augen läßt, so beobachtete mich die Alte; ihre Rechte lag in den Falten ihres Kleides verborgen, wo sie, wie ich wußte, jenen langen gräßlichen Mordstahl fest umklammert hielt. Hätte sie auch nur eine Spur von Enttäuschung auf meinem Gesicht entdeckt, wäre ihr unverzüglich klar geworden, daß der Augenblick gekommen war, und sie hätte in dem sicheren Gefühl, mich überrumpeln zu können, sich wie eine Tigerin auf mich gestürzt.

Ich sah hinaus in die Nacht. Dort warteten neue Gefahren auf mich, denn in einiger Entfernung vor der Hütte und um sie herum kauerten dunkle Gestalten; sie verhielten sich ganz still, aber ich wußte nur allzu gut, daß sie hellwach auf der Lauer lagen. Also geringe Aussichten für mich auch in dieser Richtung.

Noch einmal sah ich mich vorsichtig um. In Augenblicken großer Erregung und drohender Gefahr pflegt der Verstand sehr rasch zu arbeiten, und die Schärfe der vom Verstand gesteuerten Fähigkeiten nimmt proportional zu. Das wurde mir jetzt schlagartig bewußt. Im Bruchteil einer Sekunde erfaßte ich die ganze Situation: Das Beil war durch ein Loch nach draußen gelangt, das man offenbar in eines der morschen Bretter geschlagen hatte. Wie morsch mußten sie doch sein, daß eine solche Arbeit ohne das geringste Geräusch vonstatten gehen konnte!

Der Schuppen erwies sich als eine regelrechte Mordfalle, die von allen Seiten umstellt war. Ein Garrotteur lag auf dem Dach in Bereitschaft, um mich mit seiner Schlinge zu erdrosseln, falls ich dem Dolch der alten Vettel entrinnen sollte. Der Weg vor der Hütte wurde von ich weiß nicht wie vielen Wachposten beobachtet, hinter der rückwärtigen Bretterwand lag ein Trupp Desperados flach an den Erdboden gepreßt und wartete auf das Stichwort zum Angriff. Wenn überhaupt jemals, dann mußte ich jetzt handeln!

So unauffällig wie ich nur konnte, machte ich auf meinem Schemel eine kleine Drehung, um das rechte Bein bequem anziehen zu können. Mit einem plötzlichen Ruck sprang ich auf, und während ich den Kopf wandte, vor den ich schützend die Hände hielt, flüsterte ich den Namen meiner Angebeteten und warf mich, plötzlich vom Kampfgeist der Ritter früherer Zeiten beseelt, mit aller Macht gegen die hintere Wand des Schuppens.

Obwohl sie mich keinen Augenblick unbeobachtet gelassen hatten, wurden Pierre und die Alte durch meine unerwartete Bewegung völlig überrascht. Während ich durch die morschen Bretter brach, sah ich meine Widersacherin mit der Behendigkeit eines Tigers aufspringen;

dabei keuchte sie dumpf vor verhaltener Wut. Ich stieß auf etwas, was sich bewegte, und als ich zur Seite auswich, wußte ich, daß ich auf den Rücken eines der Männer gesprungen war, die hinter der Hütte auf dem Boden lagen. Nägel und Splitter hatten mir Kleidung und Haut zerrissen, doch sonst war ich unverletzt geblieben. Atemlos jagte ich den Hügel vor mir hinauf; hinter mir vernahm ich dumpfes Krachen, das von dem zusammenstürzenden Schuppen herrühren mußte.

Es war ein beklemmendes Gefühl. Der Unrathaufen war zwar nicht hoch, aber furchtbar steil, und mit jedem Schritt aufwärts riß mich die nachgebende Masse aus Abfällen, Schlacke und Asche ein Stück zurück. Staub wirbelte hoch, so daß ich fast erstickte; Ekel und Übelkeit taten ein übriges, aber hier ging es um Leben oder Tod, und so setzte ich meine Anstrengungen fort. Die Sekunden dehnten sich wie Stunden; doch die wenigen Augenblicke der Überraschung sowie meine Jugend und Kraft hatten mir einen großen Vorsprung verschafft. Einige Gestalten setzten mir in völliger Stille nach – eine Stille, die schlimmer war als irgendein Geräusch, doch bald stand ich auf dem Gipfel des Unratberges. Seit jener Zeit habe ich auch den Vesuv bestiegen, und als ich, von Schwefeldämpfen umnebelt, den bewußten trostlosen Steilhang emporklomm, sah ich jene Nacht in Montrouge so deutlich vor Augen, daß mir die Beine fast den Dienst versagten.

Der Abfallhaufen, den ich jetzt zu erklimmen suchte, gehörte zu den höchsten im ganzen Müllabladedistrikt. Mit keuchendem Atem und wild klopfendem Herzen sah ich in der Ferne zu meiner Linken einen düsterroten Schein am Himmel, in unmittelbarer Nähe dagegen das Aufblitzen von Lichtern. Ich wußte jetzt Gott sei Dank, wo ich war und wo die Straße nach Paris lag!

Einige Sekunden lang hielt ich inne und blickte zurück. Meine Verfolger waren mir noch immer dicht auf den Fersen und kamen mit eisigem Schweigen unentwegt näher. Da drüben der Sortierschuppen: ein Trümmerhaufen – eine wüste Masse aus Brettern und Planken – und ein Schwarm umherhuschender Gestalten. Ich konnte alles deutlich erkennen, denn schon züngelten Flammen empor; Lumpen und Stroh hatten sich offenbar an der Laterne entzündet. Immer noch absolute Stille dort! Nicht ein Ton zu hören! Dieses verkommene Lumpengesindel verstand sich jedenfalls aufs Sterben, ohne auch nur mit der Wimper zu zucken.

Es blieb mir nur noch Zeit für einen flüchtigen Blick, denn ehe ich meinen Abstieg begann, wurde ich rings um den Hügel einige dunkle Gestalten gewahr, die um die Aufschüttung herumliefen, um mir den Weg abzuschneiden. Jetzt galt es mein Leben. Sie versuchten, mich auf meinem Weg nach Paris aufzuhalten, und mit dem sicheren, aus dem Augenblick geborenen Instinkt rannte ich den Abfallberg nach rechts hinunter. Es war allerhöchste Zeit, denn obwohl ich die steile Böschung mit, wie mir schien, wenigen Schritten hinter mich gebracht hatte, wandten sich die alten Männer, die scharf nach mir ausspähten, um, und einer von ihnen hätte mir, als ich mich in die Lücke zwischen zwei weiteren Haufen vor mir zu flüchten suchte, fast einen Schlag mit jenem gräßlichen Fleischerbeil versetzt. Es konnte doch bestimmt nicht zwei solcher Mordwaffen geben!

Dann begann eine wahre Hetzjagd. Leichtfüßig lief ich noch immer vor den Greisen, und selbst wenn ein paar jüngere Männer oder Frauen sich der Jagd auf mich anschlossen, ließ ich sie weit hinter mir. Aber ich kannte den Weg nicht und konnte mich nicht einmal am Lichtschein des Himmels orientieren, denn ich rannte in genau der entgegengesetzten Richtung. Ich hatte einmal gehört, daß jemand, der verfolgt wird, sich stets nach links wendet, sofern er es nicht ganz bewußt tut; diesen Sachverhalt fand ich jetzt bestätigt. Die gleiche Erfahrung mußten aber auch meine Verfolger gemacht haben, die mehr Tier als Mensch waren und mit List oder kraft ihres Instinkts derartige Geheimnisse auf eigene Faust herausgefunden hatten. Als ich nämlich einen kurzen Spurt einlegte, wonach ich mich einen Augenblick zu verschnaufen gedachte, sah ich plötzlich vor mir einige Gestalten, die rasch hinter einem Unrathaufen zu meiner Rechten verschwanden. Jetzt war ich mitten im Netz der Spinne! Doch mit dem Gedanken an neue Gefahren stellte sich auch die Findigkeit des Gejagten ein, und bei der nächsten Biegung lenkte ich meine Schritte ebenfalls nach rechts. Nachdem ich einige hundert Yards in dieser Richtung gerannt war, schlug ich einen Haken nach links und hatte zumindest das Gefühl, der Gefahr einer Umzingelung entgangen zu sein.

Jedoch nicht der Verfolgung, denn schon saß mir der Pöbel wieder dicht auf den Fersen, zäh, verbissen, unbarmherzig und noch immer in grimmigem Schweigen.

In der immer dichter werdenden Finsternis schienen mir die Müllaufschüttungen jetzt etwas niedriger zu sein als zuvor, obgleich sie – die Nacht war nun endgültig hereingebrochen – im Verhältnis größer aussahen. Ich hatte mir vor meinen Verfolgern einen guten Vorsprung gesichert, und so gelangte ich mit ein paar Sätzen auf die Spitze des gerade vor mir liegenden Abfallberges.

Was für eine Freude! Ich war schon bis an den Rand dieses Infernos von Kehrichthügeln gelangt. Hinter mir in der Ferne strahlten die roten Lichter von Paris in den dunstgetrübten Himmel und in noch weiterer Ferne ragten die Erhebungen von Montmartre empor – ein schwacher Lichtschein mit vereinzelten leuchtenden Punkten, die wie Sterne funkelten.

Mit frischer Kraft überwand ich die wenigen restlichen Kehrichtberge, die immer niedriger wurden. Schließlich gelangte ich auf das dahinterliegende ebene Brachland. Doch selbst hier waren die Aussichten alles andere als verlockend. Vor mir lag düstere Schwärze. Wie es schien, war ich auf einen jener modrig-dumpfen, tiefliegenden unbebauten Plätze gestoßen, die hier und da in der näheren Umgebung großer Städte anzutreffen sind. Es sind öde Flächen der Trostlosigkeit, die zur letztmaligen Anhäufung aller Abfälle und schädlichen Stoffe benötigt werden und deren Bodenbeschaffenheit so schlecht ist, daß nicht einmal der Ärmste der Armen den Wunsch hat, sich hier niederzulassen. Allmählich hatten sich meine Augen an die Dunkelheit gewöhnt, und ich konnte, nachdem ich aus den Schatten der ekelerregenden Abfallhalden getreten war, die Dinge viel besser erkennen als noch vor einer Weile; vielleicht waren es auch die Lichter von Paris, die sich am Himmel widerspiegelten, obwohl die Stadt noch einige Meilen entfernt lag. Was auch immer der Grund sein mochte, ich sah gut genug, um mich in meiner nächsten Umgebung zurechtzufinden.

Vor mir erstreckte sich eine unbewachsene Fläche, die fast völlig eben verlief und in der ich ab und zu dunkel schimmernde Wasserlachen erkannte. Zur Rechten in anscheinend weiter Ferne erhob sich inmitten eines Haufens verstreuter Lichtpunkte die massige Silhouette von Fort Montrouge, während links im verschwimmenden Dunst, der vom vereinzelten Gefunkel aus den Fenstern der Landarbeiterhütten durchsetzt war, der helle Himmelsschein auf das Fort von Bicêtre schließen ließ. Ich dachte einen Augenblick nach und beschloß dann, mich nach rechts zu wenden und wenn möglich Montrouge zu erreichen. Dort zumindest würde ich vor meinen Verfolgern sicher sein. Vielleicht gelang es mir auch, die eine oder andere der mir vertrauten Straßenkreuzungen zu erreichen. Irgendwo, nicht weit von hier, mußte die strategisch wichtige Straße liegen, die angelegt worden war, um die äußere Kette der Forts rings um die Stadt zu verbinden.

Ich sah mich um. Über die Unrataufschüttungen näherten sich einige Gestalten, die sich von dem trüb erleuchteten Dunst über dem Nachthimmel von Paris als schwarze Silhouetten deutlich abhoben, während auf der rechten Seite weitere Gestalten zwischen meinem jetzigen Standort und meinem Ziel in breiter Reihe auszuschwärmen schienen. Offenbar versuchten sie, mir den Weg in dieser Richtung abzuschneiden, und so blieb mir keine andere Wahl, als entweder geradeaus weiterzugehen oder nach links zu biegen. Ich hockte mich auf den Boden, um den Horizont als Visierlinie ausnutzen zu können, und blickte angestrengt in diese Richtung, konnte aber kein Anzeichen meiner Widersacher erkennen. Aus der Tatsache, daß sie dies Gelände nicht überwachten und auch nicht zu überwachen versuchten, folgerte ich, daß meiner Person dort bereits Gefahr drohte. Daher entschloß ich mich, genau geradeaus weiterzugehen.

Die Aussicht war nicht sehr verlockend, und die Wirklichkeit wurde mit jedem Schritt unheimlicher. Der Boden wurde weich und schlammig und gab ab und zu auf eine geradezu widerliche Weise unter den Füßen nach. Ich hatte das Gefühl, auf einen abschüssigen Weg geraten zu sein, denn um mich herum gab es höher gelegene Stellen, obwohl das Gelände aus einiger Entfernung, wie es schien, völlig eben war. Ich blickte noch einmal in die Runde: keiner meiner Verfolger in Sicht. Dies war seltsam, denn von Anfang an waren mir diese Nachtvögel durch die Finsternis gefolgt, als sei es heller Tag. Ich machte mir Vorwürfe, daß ich mich im hellen Tweedanzug hierher gewagt hatte. Die Stille und die Tatsache, daß ich meine Feinde nicht sehen konnte, wiewohl ich förmlich spürte, daß sie mich beobachteten, wurde allmählich beklemmend. In der Hoffnung, daß irgend jemand, der nicht den Weisungen dieser Mörderbande gehorchte, mich hören würde, erhob ich meine Stimme und schrie mehrere Male laut um Hilfe. Nicht die Spur einer Antwort, nicht einmal ein Echo lohnte meine Mühe. Eine Weile verharrte ich in absoluter Bewegungslosigkeit und blickte starr in eine Richtung. Auf einer der Erhebungen um mich herum sah ich etwas Dunkles sich fortbewegen, dann einen zweiten dunklen Punkt und dann noch einen. Dies geschah zu meiner Linken, und wer immer dort oben sein Unwesen trieb, man versuchte anscheinend, mich von meinem Weg abzubringen.

Ich war überzeugt, daß ich als geschickter Läufer meinen Gegnern mit Leichtigkeit würde entkommen können, und so machte ich mit aller Kraft einen großen Satz vorwärts.

Patsch!

Ich war in einer Masse klebrigen Unrats ausgerutscht und kopfüber in eine übelriechende Pfütze gestürzt. Das Wasser und der Schlamm, in dem meine Arme bis zu den Ellbogen versanken, bildeten eine widerwärtige Masse, die in mir einen unbeschreiblichen Ekel auslöste. Durch meinen unerwarteten Sturz hatte ich sogar etwas von der trüben Brühe geschluckt, woran ich fast erstickt wäre. Nie werde ich die endlosen Sekunden vergessen, in denen ich wieder zu mir zu kommen versuchte, noch halb ohnmächtig von dem Gestank der Unratlache, deren weißliche Ausdünstungen sich geisterhaft emporwanden. Wie ein gehetztes Tier sich in jäher Erkenntnis seiner Ausweglosigkeit noch einmal aufzubäumen versucht, wenn es die Meute der Hunde von allen Seiten auf sich zukommen sieht, so stand auch ich in stummer Verzweiflung völlig reglos, als ich die dunklen Gestalten meiner Verfolger von überallher rasch auf mich eindringen sah.

Es ist seltsam, wie unser Verstand sich mit den ausgefallensten Dingen beschäftigt, auch wenn alle Anstrengungen des Geistes auf eine schreckliche oder bedrohliche Zwangslage gerichtet sind. Ich schwebte in unmittelbarer Lebensgefahr; meine Sicherheit hing von meinem Handeln ab, und die Zahl der Ausweichmöglichkeiten, die mir geblieben war, schwand fast bei jedem Schritt. Dennoch konnte ich nicht umhin, an die seltsam-störrische Beharrlichkeit dieser altgedienten Veteranen zu denken. Ihre lautlose Zähigkeit, ihre grimmige, durch nichts zu erschütternde Verbissenheit flößte mir nicht nur Angst und Entsetzen ein, sondern geboten sogar ein gewisses Maß an Respekt. Was mußten das für Kerle in ihrer Jugend gewesen sein! Jetzt erst konnte ich den tollkühnen Vorstoß über die Alpone-Brücke bei Arcole begreifen, jenen höhnischen Protest der Alten Garde bei Waterloo! Unbewußte Gehirnarbeit ist ein Vergnügen eigener Art, sogar in derlei Augenblicken; zum Glück kollidiert sie jedoch nicht mit den Denkprozessen, die unser Handeln steuern.

Auf den ersten Blick erkannte ich, daß mein Vorhaben vereitelt war und meine Gegner bis jetzt die Oberhand behalten hatten. Ihnen war es gelungen, mich von drei Seiten zu umzingeln, und sie ließen nichts unversucht, mich nach links abzudrängen, wo mir bereits neue Gefahr drohte, denn dort hatte das Lumpengesindel offenbar keine Wache postiert. Ich sah mich vor eine Entweder-Oder-Entscheidung gestellt – eine andere Wahl blieb mir auch gar nicht mehr –, und so rannte ich drauflos. Ich mußte mich dicht am Boden halten, denn meine Verfolger beobachteten mich von den höher gelegenen Stellen aus. Obwohl der Morast und das zerklüftete Erdreich mir arg zu schaffen machten, setzten mich jugendlicher Elan und Körperbeherrschung in den Stand, nicht aufzugeben. Indem ich annähernd einer Diagonallinie folgte, verhinderte ich nicht nur, daß meine Widersacher an Boden gewannen, sondern allmählich ließ ich sie sogar hinter mir. Dies gab mir neue Kraft und neuen Mut; endlich zahlte sich mein gewohnheitsmäßiges Training aus: Ich hatte den toten Punkt überwunden. Vor mir stieg das Gelände etwas an. Ich eilte die Böschung hinauf und stieß auf eine mit wäßrigem Schlick bedeckte Fläche, die in einiger Entfernung durch einen niedrigen, düster und drohend aussehenden Deich oder Wall begrenzt zu sein schien. Ich war überzeugt, daß, wenn es mir nur gelang, jenen Damm sicher zu erreichen, ich dort mit festem Boden unter den Füßen und irgendeinem Pfad als Anhaltspunkt verhältnismäßig leicht einen Ausweg aus meiner unangenehmen Lage finden würde. Ich blickte kurz nach rechts und nach links: keine Menschenseele. In den nächsten Minuten versahen meine Augen ihren rechtmäßigen Dienst, indem sie den Füßen beim Durchqueren des Morastes Hilfestellung leisteten. Es war ein beschwerliches Stück Arbeit, kaum mit Gefahren, dafür um so mehr mit körperlicher Anstrengung verbunden. Nach einer Weile hatte ich den Damm erreicht, und schon klomm ich freudig die Böschung empor, als mich ein neuer Schlag traf. Auf beiden Seiten erkannte ich mehrere hingekauerte Gestalten. Von rechts und links drangen sie jetzt mit Seilen auf mich ein.

Die Sperrkette war fast geschlossen. Ich konnte auf keiner Seite mehr entkommen, und mein Schicksal schien besiegelt. Eine Chance gab es freilich noch: Ich machte plötzlich einen Satz über den Damm und sprang in den Fluß. So hoffte ich den Klauen meiner Peiniger zu entrinnen.

Zu irgendeiner anderen Zeit hätte mich das Wasser trüb und schmutzig gedünkt, doch jetzt bot es sich mir, dem gleichsam verschmachtenden Reisenden, als kristallklare Flut dar. Der Fluß war meine Rettung!

Meine Verfolger stürzten hinter mir her. Hätte nur einer von ihnen die Seilschlinge ausgestreckt, wäre es mit mir zu Ende gewesen, denn er hätte mich ohne weiteres erdrosseln können, noch ehe ich ein Stück geschwommen war. Aber die vielen Hände, die das Seil festhielten, verzögerten das Vorhaben; schließlich hörte ich das Tau ein gutes Stück hinter mir auf die Wasseroberfläche aufschlagen. Einige Minuten schwamm ich mit aller Kraft und durchquerte so den Fluß. Von dem kühlen Bad erfrischt und ermutigt durch die gelungene Flucht, kletterte ich die Uferböschung in vergleichsweise guter Laune empor.

Oben angekommen, blickte ich zurück. Trotz der Dunkelheit sah ich meine Angreifer den Erdwall aufgeregt hin und her laufen. Die Verfolgungsjagd war offenbar noch nicht zu Ende, und erneut mußte ich mich entscheiden, welchen Weg ich einschlagen wollte. Jenseits des Deiches, auf dem ich stand, dehnte sich eine öde moorige Fläche ähnlich derjenigen, die ich soeben hinter mir gelassen hatte. Ich beschloß, diesen Ort zu meiden, und überlegte gerade, ob ich auf dem Wall in nördlicher oder südlicher Richtung weitergehen sollte, als ich ein Geräusch zu hören glaubte – das gedämpfte Geräusch von Ruderschlägen. Ich lauschte angestrengt und schrie dann einige Male.

Keine Antwort, aber das Geräusch hörte auf. Meine Gegner hatten sich offenbar ein Boot besorgt. Da sie von Norden kamen, schlug ich den Weg nach Süden ein und begann zu laufen, was das Zeug hielt. Als ich links von der Stelle, wo ich ins Wasser gesprungen war, vorbeikam, vernahm ich mehrere Male hintereinander ein vorsichtig platschendes Geräusch, wie von einer Ratte, die sich ins Wasser stürzt, doch wesentlich stärker; und als ich genauer hinsah, erkannte ich auf dem dunkel schimmernden Wasserspiegel einige Köpfe, die mit leichtem Plätschern rasch vorwärtsstrebten. Einige meiner Verfolger durchschwammen also ebenfalls den Fluß.

Plötzlich wurde hinter mir stromaufwärts die Stille durch das Knarren und Quietschen von Rudern unterbrochen; meine Widersacher saßen mir dicht auf den Fersen. Ich begann zu laufen, was die Beine hergaben. Nach einigen Minuten hielt ich inne und sah mich um: Im schwachen Lichtschein, der durch die Wolkenfetzen drang, wurde ich etliche dunkle Gestalten gewahr, die hinter mir das Ufer emporkletterten. Wind war aufgekommen, und das Wasser neben mir begann sich zu kräuseln und in kleinen Wellen gegen die Böschung zu branden. Ich heftete meine Blicke auf den Erdboden, um nicht zu stolpern, was meinen sicheren Tod bedeutet hätte. Nach einer Weile schaute ich abermals zurück. Auf dem Damm waren nur wenige dunkle Gestalten, dafür gab es um so mehr, die jetzt das morastige Brachland durchquerten. Welche neue Gefahr dies für mich bedeutete, konnte ich natürlich nur ahnen. Beim Laufen hatte ich den Eindruck, daß der Weg immer mehr nach rechts abfiel. Der Fluß war jetzt viel breiter als vorher; der Damm, auf dem ich stand, wurde immer abschüssiger, und drüben war ein anderer Fluß, auf dessen mir zugewandter Uferbefestigung ich jetzt einige der dunklen Gestalten jenseits des Sumpfgeländes erkannte. Ich befand mich auf einer Insel.

Meine Lage war so gut wie aussichtslos, denn meine Feinde hatten mich umringt. Hinter mir beschleunigte sich das rhythmische Klatschen der Ruder, so als wüßten meine Peiniger, daß das Ende nahe war. Einsamkeit umgab mich: kein Dach, kein Licht, so weit ich sehen konnte. Rechts in der Ferne erhob sich etwas Schwarzes, aber was es war, konnte ich nicht ausmachen. Einen Augenblick überlegte ich, was ich tun sollte. Es blieb mir nicht viel Zeit dazu, denn die Verfolger kamen immer näher. Dann stand mein Entschluß fest: Ich ließ mich von dem Erdwall vorsichtig ins Wasser gleiten. Ich schwamm geradeaus los, um wieder in die Strömung zu gelangen. Dazu mußte ich den Bereich des Totwassers der Insel – denn um eine solche handelte es sich meiner Ansicht – verlassen oder umgehen. Ich wartete, bis sich eine Wolke vor die Mondscheibe schob und alles in tiefer Finsternis lag. Dann nahm ich meinen Hut ab und legte ihn vorsichtig auf das Wasser, so daß er mit der Strömung davontrieb; ich tauchte und schwamm unter Wasser mit kräftigen Stößen ein Stück nach rechts. Als ich nach einer bangen halben Minute so sacht wie nur irgend möglich wieder auftauchte, sah ich meinen hellbraunen Hut davonschwimmen. Unmittelbar dahinter tauchte ein in allen Fugen ächzendes Boot auf, das von wütenden Ruderschlägen fortbewegt wurde. Der Mond verbarg sich noch immer hinter dem jagenden Gewölk, doch konnte ich im fahlen Licht einen Mann erkennen, der mit hocherhobenen Händen im Bug des Bootes stand, so als wollte er jeden Augenblick mit jenem fürchterlichen Fleischerbeil zuschlagen, dem ich zuvor mit knapper Not entronnen war. Als das Boot immer näher kam, sah ich, wie der Mann wild um sich ins Wasser schlug. Mein Hut verschwand. Der Mann stürzte vornüber und wäre fast aus dem Boot gefallen. Seine Kumpane zogen ihn wieder hinein, doch ohne das Beil. Nun galt es, das jenseitige Ufer zu erreichen, und als ich bereits zügig auf mein Ziel zuschwamm, hörte ich hinter mir noch einige Zeit das wütend gezischte »Sacré!« meiner enttäuschten Verfolger.

Dies war der erste menschliche Laut, den ich seit Beginn der gnadenlosen Verfolgungsjagd gehört hatte, denn wiewohl in ihm drohende Gefahr mitschwang, verspürte ich doch eine gewisse Erleichterung bei dem Wort, dessen Klang jene entsetzliche Stille, die auf mir wie ein Leichentuch lastete, gebrochen hatte. Es war, als hätten mir meine Gegner ganz eindeutig zu verstehen gegeben, daß sie Männer und keine Gespenster waren und daß ich bei ihnen wenigstens die Chance eines Mannes erhielt, wenn auch hier nur einer gegen viele stand.

Doch jetzt, da der Bann der Stille gebrochen war, hörte ich undeutliches und schnelles Sprechen. Vom Boot zum Ufer und zurück vom Ufer zum Boot kamen in rascher Folge wütend geflüsterte Fragen und Antworten. Wieder blickte ich zurück – und das wäre mir fast zum Verhängnis geworden. Jemand erblickte mein Gesicht, das sich hell von dem dunklen Wasser abhob, und rief seinen

Kumpanen etwas zu. Hände zeigten auf mich, und im Nu setzte sich das Boot in Bewegung, das hart auf mich zuhielt. Ich hatte nur noch ein kleines Stück zu schwimmen, während das Boot zusehends an Tempo gewann. Noch ein paar Stöße, und ich würde am anderen Ufer sein, doch schon spürte ich das Boot unmittelbar hinter mir und erwartete jeden Augenblick einen Schlag mit dem Ruderblatt oder einem anderen Mordinstrument auf meinen Schädel. Hätte ich nicht mit eigenen Augen jene fürchterliche Axt im Wasser verschwinden sehen, wären mir, glaube ich, die Kräfte geschwunden. Ich hörte die gemurmelten Flüche derer, die nicht ruderten, und das mühsame Atmen der Rudernden. Mit einer schier übermenschlichen Anstrengung – ging es doch um mein Leben und meine Freiheit – erreichte ich das Ufer und jagte die Böschung hinauf. Nicht eine Sekunde war zu verlieren, denn unmittelbar hinter mir legte das Boot an, aus dem ein paar dunkle Gestalten sprangen und sofort meine Verfolgung aufnahmen. Inzwischen war ich oben auf dem Damm angelangt, wo ich mich links hielt und weiterlief. Das Boot legte ab und folgte mir stromabwärts. Als ich dessen gewahr wurde, fürchtete ich Gefahr aus dieser Richtung; daher machte ich rasch kehrt und lief den Damm in der entgegengesetzten Richtung. Nachdem ich ein kurzes Stück sumpfigen Geländes durchquert hatte, erreichte ich schließlich eine unkrautbewachsene offene Ebene und rannte weiter.

Meine unbarmherzigen Verfolger ließen nicht von mir ab. Weit weg unter mir sah ich die gleiche dunkle Masse wie zuvor, die jetzt jedoch näher gerückt schien und auch entsprechend größer war. Mein Herz bebte förmlich vor Entzücken, denn ich wußte, daß dies das Fort Bicêtre sein mußte, und mit neuem Mut rannte ich weiter. Ich hatte gehört, daß zwischen jedem einzelnen der Pariser Festungswerke strategisch bedeutsame Wege oder besser versenkt angelegte Straßen existierten, wo marschierende Soldaten gegen Feindeinsicht geschützt waren. Ich wußte, daß ich in Sicherheit war, wenn es mir gelang, eine dieser Straßen zu erreichen, doch konnte ich in der Dunkelheit kein Anzeichen einer Straße erkennen; in der vagen Hoffnung, durch Zufall auf einen solchen Verbindungsweg zu stoßen, hastete ich ziellos weiter.

Alsbald gelangte ich an den Rand eines tiefen Einschnitts: unter mir verlief eine Straße, die auf jeder Seite durch einen von einer geraden, hohen Mauer umgebenen Wassergraben geschützt war.

Obwohl meine Kräfte rasch nachließen und sich alles vor meinen Augen zu drehen begann, stolperte ich unbeirrt vorwärts. Der Erdboden wurde zusehends zerklüfteter; einmal schwankte ich und fiel der Länge nach hin, raffte mich aber wieder auf und jagte mit der blinden Angst des gehetzten Tieres vorwärts. Der Gedanke an Alice flößte mir wieder Selbstvertrauen ein. Nichts lag mir ferner, als mich in mein Schicksal zu fügen und ihr Leben zu zerstören; ich war fest entschlossen, um mein Leben bis zum bitteren Ende zu kämpfen. Mit letzter Kraft hielt ich mich oben an der Mauer fest. Geschmeidig wie eine Wildkatze, trotz meiner Erschöpfung, zog ich mich empor; dabei spürte ich, daß eine Hand meine Fußsohle berührte. Ich befand mich jetzt auf einer Art erhöhtem Fußweg; vor mir sah ich einen schwachen Lichtschein. Geblendet und betäubt schwankte ich, schlug hin. Staubbedeckt und blutverschmiert kam ich wieder auf die Beine.

»Halte-là!«

Die Worte klangen wie eine Stimme vom Himmel. Ein überirdischer Glanz schien mich einzuhüllen, und ich tat vor lauter Freude einen Jauchzer.

»Qui va là?« Das Klirren von Musketen, blitzender Stahl unmittelbar vor mir. Instinktiv hielt ich inne, obwohl dicht hinter mir sich die Meute meiner Verfolger drängte.

Rasch wurden ein paar Worte gewechselt, und schon ergoß sich aus einem Torweg eine, wie mir schien, wahre Flut von Rot und Blau: Die Wache rückte aus. Alles ringsum schien lichtdurchflutet, dazu das Funkeln von Metall, das Gerassel und Klirren von Waffen und laute, rauhe Kommandostimmen. Als ich völlig erschöpft vornüberzusinken drohte, fing mich einer der Soldaten auf. Noch einmal blickte ich mich in banger Ahnung um und sah gerade noch, wie die dunklen Gestalten in der Nacht verschwanden. Dann muß ich ohnmächtig geworden sein. Als ich wieder das Bewußtsein erlangte, lag ich in der Wachstube. Man flößte mir Branntwein ein, und nach einer Weile war ich soweit hergestellt, daß ich über das Vorgefallene berichten konnte. Dann erschien ein Polizeikommissar gleichsam aus heiterem Himmel, wie das die Pariser Polizei so an sich hat. Er hörte mir aufmerksam zu und beriet sich dann kurz mit dem diensthabenden Offizier. Offenbar waren sich beide einig geworden, denn sie fragten mich, ob ich bereit sei, mitzukommen.

»Wohin?« fragte ich und machte Anstalten, mich zu erheben.

»Zurück zu den Müllplätzen. Vielleicht fassen wir die Bande noch!«

»Ich werd's versuchen«, sagte ich.

Der Kommissar blickte mich scharf an und sagte plötzlich:

»Möchte der junge Herr aus England vielleicht noch eine Weile warten oder gar bis morgen?« Dieser Hieb fuhr mir bis ins Mark, was möglicherweise durchaus beabsichtigt war, und mit einem Satz sprang ich hoch.

»Na hören Sie mal«, entfuhr es mir, »wir gehen natürlich jetzt sofort! Ein Brite ist stets bereit, seine Pflicht zu tun!«

Der Kommissar war ein gutmütiger, aber auch ein gewitzter Bursche; freundlich klopfte er mir auf die Schulter. »Brave garçon!« lobte er mich, »entschuldigen Sie bitte, aber ich wußte schon, was Ihnen jetzt am meisten guttun würde. Die Wache ist bereit. Kommen Sie!«

Wir verließen die Wachstube, und durch einen langen Bogengang traten wir ins Freie, in die Nacht hinaus. Einige der Männer vor uns trugen Blendlaternen. Über Höfe und einen abschüssigen Weg gelangten wir durch einen niedrigen Torbogen auf eine vertieft angelegte Straße, dieselbe, die ich schon bei meiner Flucht bemerkt hatte. Die Soldaten erhielten Befehl, das Marschtempo zu beschleunigen, und mit federndem Geschwindschritt zogen sie, halb gehend, halb laufend, weiter. Mein Selbstvertrauen war wieder zurückgekehrt – so groß ist der Unterschied zwischen Verfolger und Verfolgtem. Noch ein kurzes Stück Weges, und wir standen vor einer tiefliegenden, den Fluß überspannenden Pontonbrücke, offenbar um ein geringes weiter von der Stelle entfernt, wo ich vorhin auf die Brücke gestoßen war. Man hatte dem Anschein nach versucht, sie zu beschädigen, denn die Halteseile waren sämtlich durchtrennt, und auch eine der Ketten war zerrissen. Ich hörte, wie der Offizier zum Kommissar sagte:

»Wir kommen gerade rechtzeitig! Noch ein paar Minuten, und sie hätten die Brücke zerstört. Vorwärts, noch schneller!« und weiter ging's. An einer Flußbiegung erreichten wir eine weitere Pontonbrücke; je näher wir kamen, desto lauter klang das hohle Dröhnen der Metalltonnen, die die Chiffonniers offenbar erneut zu zerstören bemüht waren. Ein kurzes Kommando, und einige Soldaten legten die Gewehre an.

»Feuer!« Eine Salve krachte, dann ein erstickter Schrei, und die dunklen Gestalten zerstreuten sich. Das Zerstörungswerk hatten sie jedoch schon vollendet, denn wir sahen das jenseitige Ende des Pontons in der Strömung treiben. Dies bedeutete eine erhebliche Verzögerung, und wir brauchten fast eine Stunde, ehe wir die Seile erneuert und die Brücke soweit ausgebessert hatten, daß wir den Fluß zu überqueren wagten.

Wir nahmen die Verfolgung wieder auf. Schneller, immer schneller näherten wir uns den Abfallbergen.

Nach einer Weile gelangten wir zu einem Platz, den ich kannte. Wir fanden die Überreste einer Feuerstelle – ein paar schwach glimmende Holzscheite warfen zwar noch einen rötlichen Schein, aber die meiste Asche war schon erkaltet. Ich erkannte sofort, daß hier jener Schuppen gestanden hatte, hinter dem sich der Abfallhügel auftürmte, den ich hinaufgejagt war. In der verlöschenden Glut leuchteten die Augen der Ratten noch immer wie Phosphorpunkte. Der Kommissar wandte sich an den Offizier, ein kurzes Kommando: »Das Ganze – halt!«, und schon schwärmten die Soldaten aus, um die Gegend zu sichern. Wir selber begannen, die Trümmer des ehemaligen Sortierschuppens näher zu untersuchen. Der Kommissar höchstpersönlich zog die verkohlten Bretter aus dem Unrat, die die Soldaten ihm abnahmen und aufeinanderschichteten. Plötzlich schreckte er zurück, beugte sich dann nieder und winkte mir schließlich, näher zu treten.

»Sehen Sie mal!« sagte er.

Es war ein grauenhafter Anblick. Ein menschliches Skelett lag mit dem Gesicht nach unten auf der Erde – aus den Umrissen zu schließen, eine Frau – eine alte Frau, nach der grobfaserigen Struktur der Knochen zu urteilen. Zwischen den Rippen stak ein nagelartiger Dolch, der aus einem Wetzstahl, wie ihn Metzger verwenden, gefertigt war und dessen scharf zugefeilte Spitze die Wirbelsäule durchbohrt hatte.

Der Offizier holte sein Notizbuch hervor und wandte sich an den Wachoffizier und an mich: »Meine Herren, wie Sie leicht feststellen können, muß die Frau auf diesen spitzen Dolch direkt gefallen sein. Außerdem gibt's hier Ratten wie Sand am Meer – sehen Sie nur, wie ihre Augen in dem Knochenhaufen da funkeln! – und Sie, meine Herren, können sich ebenfalls davon überzeugen« – ich schauderte, als er die Gebeine berührte –, »daß diese Ratten schnelle Arbeit geleistet haben, denn die Knochen sind ja kaum kalt!«

Da sich kein Anzeichen dafür fand, daß es in unmittelbarer Nähe noch jemand anders, sei es lebendig oder tot, gab, formierten sich die Soldaten wieder zu einer Reihe und zogen weiter. Alsbald stießen wir auf die aus einem alten Kleiderschrank umgebaute Hütte. Wir traten näher. In fünf der sechs Verschläge schlief jeweils ein alter Mann, und zwar so fest, daß selbst das Licht unserer Blendlaternen sie nicht wach werden ließ. Greisenhaft, grimmig und eisgrau sahen sie aus mit ihren hageren, faltigen, gebräunten Gesichtern und ihren weißen Schnurrbärten.

Der Offizier brüllte mit heiserer Stimme ein Kommando, und im Nu waren alle auf den Beinen und standen vor uns stramm.

»Was macht ihr hier?«

»Wir schlafen«, lautete die Antwort.

»Wo sind die anderen Chiffonniers?« fragte der Kommissar.

»Arbeiten gegangen.«

»Und ihr?«

»Wir halten Wache!«

»Peste!« lachte der Offizier grimmig, während er den Greisen nacheinander ins Gesicht blickte, und fügte mit absichtlicher Geringschätzung hinzu: »Im Dienst schlafen! Benimmt sich so die Alte Garde? Ist ja kein Wunder, daß wir bei Waterloo eine Niederlage einstecken mußten!«

Im Schein der Laterne sah ich, wie sich auf die Gesichter der Alten Leichenblässe legte; mich schauderte, als ich in den Blicken der Veteranen etwas aufleuchten sah, was ihre Verfassung widerspiegelte, während die Soldaten über den derben Scherz des Offiziers in ein unbändiges Lachen ausbrachen.

In diesem Augenblick hatte ich das Gefühl, daß mir in gewisser Weise Genugtuung widerfahren war.

Eine Weile sah es so aus, als wollten sie sich auf den Spötter stürzen, aber in den langen Jahren ihres Lebens hatten sie Disziplin gelernt und so verhielten sie sich still.

»Ihr seid nur fünf«, sagte der Kommissar, »wo ist der sechste?« Die Antwort war ein bösartiges Kichern.

»Dort ist er!« und der Sprecher wies auf den Boden des ausgedienten Kleiderschranks. »Er starb schon gestern abend. Im übrigen werden Sie nicht mehr viel von ihm vorfinden. Die Ratten fackeln da nicht lange!«

Der Kommissar beugte sich nieder und sah in den Schrank. Dann wandte er sich an den Offizier und sagte gelassen:

»Wir können ebensogut wieder umkehren. Keine Spuren, keinerlei Anhaltspunkte. Nichts, was uns beweist, daß dieser Mann von den Kugeln Ihrer Soldaten getroffen wurde! Wahrscheinlich haben die anderen ihn umgebracht, um die Spuren zu verwischen. Sehen Sie mal!« Wieder bückte er sich und legte die Hände auf das Skelett. »Ratten leisten schnelle Arbeit, und wenn man bedenkt, bei so vielen ... Die Knochen fühlen sich noch warm an!«

Mir lief es eiskalt über den Rücken.

»Antreten!« befahl der Offizier. Die Männer stellten sich auf, und in Marschordnung – die Laternenträger vornweg und die gefesselten Chiffonniers in unserer Mitte – verließen wir festen Schritts die Müllplätze in Richtung auf das Fort Bicêtre.

Mein Probejahr ist inzwischen längst abgelaufen, und Alice ist meine Frau. Doch sooft ich an jene beschwerlichen zwölf Monate auch zurückdenke, werden mir jene grauenvollen Stunden, die ich zwischen den Müllhalden verbrachte, in unauslöschlicher Erinnerung bleiben.

Draculas Gast

Hell schien die Sonne auf München, als wir zu unserem Ausflug aufbrachen, und die Luft zitterte im Ungestüm des frühen Sommers. Im Moment der Abfahrt kam Herr Delbrück (der maitre d'hotel der »Vier Jahreszeiten«, wo ich logierte) an die Kutsche und wies, nachdem er mir eine angenehme Fahrt gewünscht hatte, folgendermaßen den Kutscher an: »Vergessen Sie nicht, vor Einbruch der Nacht zurück zu sein. Der Himmel scheint ruhig, aber ich spüre ein Beben im Nordwind, welches auf einen plötzlichen Sturm hinweisen könnte. Nun, ich darf wohl annehmen, daß Sie sich nicht verspäten.« Bei diesen Worten lächelte er und fügte hinzu: »Denn Sie wissen ja, welche Nacht heute anbricht.«

Johann antwortete beflissen: »Ja, mein Herr«, berührte seinen Hut und fuhr unverzüglich davon. Als wir die Stadtgrenze hinter uns gebracht hatten, ließ ich ihn halten und fragte:

»Sagen Sie, Johann, was hat es mit dieser Nacht auf sich?«

Er bekreuzigte sich, als er lakonisch antwortete: »Walpurgisnacht.« Dann zog er seine Uhr hervor, ein schweres, altmodisches deutsches Silbermonstrum von der Größe einer Rübe, las mit zusammengezogenen Augenbrauen die Zeit ab und zuckte ungeduldig mit den Achseln. Ich spürte, daß dies seine Art war, gegen die unnütze Verzögerung zu protestieren, und ließ mich wieder in die Polster zurückfallen. Er fuhr schnell an, als wolle er die versäumte Zeit einholen. In kurzen Abständen schienen die Pferde ihre Köpfe emporzureißen, um argwöhnisch die Luft einzuziehen. In solchen Momenten schaute ich voller Unruhe um mich. Die Straße war hier besonders öde, da wir gerade ein hohes, von Stürmen heimgesuchtes Plateau überquerten. Plötzlich sah ich einen offensichtlich wenig benutzten Weg, der in ein kleines, gewundenes Tal zu führen schien. Dies Tal war so lieblich, daß ich Johann, auch auf die Gefahr hin, ihn abermals zu verärgern, zu halten bat. Und als der Wagen zum Stehen kam, bedeutete ich ihm, jenen verwunschenen Weg zu nehmen. Da erfand er allerlei Entschuldigungen und bekreuzigte sich immer wieder bei seiner Rede. Dadurch wiederum erweckte er meine Neugierde, so daß ich ihm einige Fragen stellte. Er antwortete ausweichend, nicht ohne noch einmal protestierend seine Uhr zu ziehen. Schließlich sagte ich zu ihm: »Nun, Johann, ich möchte diesen Weg nehmen. Ich will Sie nicht zwingen, mich zu begleiten, aber sagen Sie mir, warum Sie sich weigern. Ich möchte es gerne wissen.«

Anstelle einer Antwort ließ er sich förmlich vom Kutschbock fallen, so schnell stand er neben mir. Dann streckte er bittend seine Hände gegen mich aus und beschwor mich, nicht zu gehen. In seine Worte waren gerade so viel englische Brocken eingestreut, daß ich den Sinn seiner Warnung verstand. Er schien immer nahe daran, mir den wahren Grund für seine Angst zu erklären, verhielt aber jeweils im letzten Augenblick, um nach einem in die Luft gezeichneten Kreuzeszeichen mit vor Angst bebender Stimme auszurufen: »Walpurgisnacht.«

Ich versuchte, mit ihm darüber zu sprechen, scheiterte aber daran, daß ich seine Sprache nicht beherrschte. Und zweifellos war er im Vorteil, denn immer, wenn er in seiner gebrochenen und wirren Art englisch zu sprechen anhob, erregte er sich so, daß er sofort wieder in seine Muttersprache verfiel, wobei er ständig auf seine große Uhr schaute. Schließlich wurden die Pferde unruhig und schnoben laut die Luft durch ihre Nüstern. In diesem Augenblick verfärbte sich Johanns Gesichtsfarbe, er wurde aschfahl, blickte ängstlich um sich, sprang dann plötzlich nach vorn, riß die Zügel an sich und trieb die Tiere ein Stück weiter. Ich folgte ihm und fragte, was das alles zu bedeuten habe. Wiederum bekreuzigte er sich, zeigte mit dem Finger auf den Platz, den wir gerade verlassen hatten und stellte sein Gespann in der Richtung des anderen Weges auf, wodurch die Radspuren nun ein Kreuz beschrieben. Schließlich murmelte er, zuerst auf Deutsch, sodann in seinem englischen Kauderwelsch: »Begrabt ihn, der sich selber tötete.«

Ich erinnerte mich des alten Brauches, Selbstmörder an Kreuzungen zu begraben und sagte: »Ah, ich verstehe, ein Selbstmörder – wie interessant.« Dennoch konnte ich mir bei meinem Leben nicht erklären, warum in aller Welt die Pferde scheuten.

Während wir so sprachen, hörten wir plötzlich einen merkwürdigen Laut, ein Mittelding zwischen Gebell und Gekläffe. Er kam zwar von weither, aber die Pferde wurden dennoch unruhig, und Johann mußte alles daran setzen, sie zu beruhigen. Er war leichenblaß, als er sagte: »Das klingt ganz nach einem Wolf, aber zu dieser Zeit sind nie welche hier gesehen worden.«

»Wie lange ist es denn her, daß hier Wölfe aufgetaucht sind?« fragte ich ihn.

»Lange, sehr lange nicht mehr im Frühling und im Sommer, mit dem Schnee freilich sind sie schon oft gekommen.«

Noch als er den Pferden zusprach und sie zu beruhigen versuchte, huschten dunkle Wolken über den Himmel. Die Sonne verdüsterte sich, und ein kalter Windstoß ließ uns zusammenfahren. Es war allerdings nur ein Hauch, mehr eine Vorwarnung, denn die Sonne durchbrach darauf erneut die Wolkendecke.

Johann hielt sich die Hand über die Augen, betrachtete den Horizont und meinte: »Der Schneesturm kommt lange vor seiner Zeit.«

Dann schaute er erneut auf seine Uhr, hielt die Zügel der stampfenden und die Köpfe herumreißenden Pferde kürzer und kletterte auf seinen Kutschbock, als wäre es nun Zeit, weiterzufahren. Ich wollte seinem Beispiel nicht sofort folgen und blieb hartnäckig an meinem Platze stehen. »Erzählen Sie mir doch, wohin diese Straße führt«, bat ich ihn, in das Tal weisend.

Er murmelte ein Gebet und bekreuzigte sich nochmals, bevor er antwortete:

»Es ist unheilig.«

»Was ist unheilig?«

»Das Dorf.«

»Also existiert hier ein Dorf?«

»Nein, bei Gott nicht. Seit über hundert Jahren lebt dort keine Seele mehr.« Meine Neugierde war geweckt. »Aber gerade haben Sie gesagt, es befinde sich in diesem Tal ein Dorf.«

»Früher einmal.«

»Aber was ist damit geschehen?«

Jetzt folgte eine lange Geschichte, halb in Englisch, halb in Deutsch, so daß ich ihren Sinn nicht recht verstehen konnte, wohl aber begriff, daß in diesem Dorf einige Bewohner eines Tages plötzlich starben und begraben wurden, man später aber Stimmen hörte, die aus der Erde drangen. Als man die Särge öffnete, fand man unversehrte Körper, deren Lippen rot von Blut waren. Um ihre Leben zu retten (ja, und auch ihre Seelen – an dieser Stelle bekreuzigte er sich heftig), flüchteten die Hinterbliebenen in andere Gegenden, wo die Lebenden leben und die Toten tot sind und nicht – irgendwie anders. Er fürchtete sich offensichtlich, gerade diese letzten Worte auszusprechen und geriet in immer größere Erregung. Es schien fast, als übe die Vorstellung einen magischen Zwang auf ihn aus, denn er endete mit einem wahren Angstanfall – leichenblaß, schwitzend, zitternd und nervös um sich blikkend, als würde sich eine fürchterliche Geistererscheinung am hellichten Tage auf offenem Felde zeigen. Schließlich schrie er, auf dem Gipfel seiner Verzweiflung: »Walpurgisnacht!« und bedeutete mir, umgehend in die Kutsche zu steigen. Doch mein englisches Blut sträubte sich, und stehenbleibend rief ich ihm zu:

»Sie haben Angst, Johann, Sie haben ja Angst, fahren Sie nach Hause, ich werde allein zurückkommen. Die Wanderung wird mir gut bekommen.« Der Schlag der Kutsche stand offen. Vom Polster nahm ich den eichenen Wanderstab, den ich auf meinen Reisen immer bei mir habe, schloß die Tür, wies in Richtung München und sagte: »Fahren Sie zu, Johann – die Walpurgisnacht kann einen Engländer nicht erschrecken.«

Die Pferde waren jetzt unruhiger denn je. Johann

versuchte sie zu bändigen und beschwor mich gleichzeitig, nicht eine solche Dummheit zu begehen. Ich bedauerte den armen Kerl, weil er es ganz ernst meinte; dennoch konnte ich mir ein Lachen nicht verkneifen. Sein Englisch war ihm inzwischen vollends vergangen. In seiner Angst hatte er völlig vergessen, daß er sich mir nur in meiner Sprache verständlich machen konnte, und brabbelte nur noch in seiner Heimatsprache. Nach einer neuerlichen Aufforderung an ihn, die Rückreise allein anzutreten, schickte ich mich an, dem Weg ins Tal zu folgen.

Mit einer verzweifelten Geste trieb Johann seine Pferde in Richtung München an; ich selbst blickte, auf meinen Stock gestützt, dem Gespann hinterher. Eine Weile fuhr es langsam die Straße dahin, bis ich plötzlich einen lang aufgeschossenen dünnen Mann über die Spitze des Hügels kommen sah. Als er etwa in der Höhe des Gespannes war, begannen die Pferde sich wie wild zu gebärden und vor Angst zu wiehern. Johann konnte sie kaum halten. Sie polterten den Weg dahin, wie verrückt rasend. Ich sah ihnen nach, solange ich konnte und suchte dann den Mann, allein, er war verschwunden.

Frohen Herzens machte ich mich auf den Weg in das Tal, den Johann zu fahren nicht zu bewegen gewesen war. Ich fand nicht die Spur einer bösen Erscheinung, geschweige denn einen Menschen oder ein Haus.

Was die Landschaft betraf, so war sie eine Einöde schlechthin. Aber ich nahm diesen Zustand so lange nicht wahr, bis ich nach einer Biegung an einen ausgedehnten Waldrand kam. Erst jetzt bemerkte ich, wie mich die völlige Ödnis der Landschaft, die ich durchwandert, unbewußt beeindruckt hatte.

Ich setzte mich nieder und begann, mich umzusehen. Ich spürte plötzlich, daß es erheblich kälter geworden war als zu Beginn meiner Wanderung, und daß ein seufzender Ton mich umgab, der hin und wieder von einer Art gedämpften Gelächters begleitet wurde. Als ich aufblickte, sah ich dunkle, schwere Wolken von Norden nach Süden in großer Höhe über den Himmel jagen – Zeichen eines beginnenden Sturmes in einer hohen Schicht der Atmosphäre. Ich fühlte mich etwas unterkühlt, was ich auf das lange Sitzen nach der Wanderung schob, und machte mich erneut auf den Weg.

Der sich nun anschließende Landstrich hatte ein weitaus freundlicheres Gepräge, wobei sich das Auge weniger an auffälligen Einzelheiten ergötzen konnte als an dem Reiz der Gegend allgemein. Ich achtete nicht auf die Zeit und stellte mir erst bei hereinbrechender Dämmerung die Frage, wie ich wohl den Weg nach Hause finden würde. Die Klarheit des Tages war längst gewichen, die Luft hatte sich abgekühlt, und das schnelle Treiben der Wolken wurde immer spürbarer. Ein weit entfernter, raschelnder Ton war zu hören, in den sich in bestimmten Abständen jener Schrei mischte, der nach Johanns Meinung von einem Wolf stammen mußte. Ich zögerte einen Moment. Aber ich hatte mir vorgenommen, das zerstörte Dorf aufzusuchen, und so setzte ich meinen Weg fort. Nach kurzer Wegstrecke befand ich mich auf einem offenen Feld, das von Hügeln umsäumt war. Ihre Hänge waren mit Bäumen bewachsen, die sich vereinzelt zur Talsohle hinunterzogen und in dichteren Gruppen auch die kleineren Abhänge und Nebentäler überzogen. Ich folgte mit den Augen dem Verlauf des Weges und bemerkte, wie er sich dicht an ein dunkles Waldstück anschmiegte, um danach nicht mehr aufzutauchen.

Wie ich noch dastand und schaute, überraschte mich ein kalter Schauer in der Luft, dem unmittelbar darauf Schneefall folgte. Ich mußte an die vielen Meilen durch dieses öde Land denken, die ich bereits zurückgelegt hatte und lief dann rasch in Richtung des schützenden Tanns. Immer schwärzer und schwärzer verfärbte sich der Himmel, schneller und schwerer fiel der Schnee, bis die Erde um mich herum sich in einen weißen glitzernden Teppich verwandelt hatte, dessen vorderer Saum sich in milchigem Nebel verlor. Der Weg hier war ziemlich verwildert, seine Begrenzung kaum erkennbar. Schon nach wenigen Schritten hatte ich den Eindruck, abgekommen zu sein, denn ich spürte nicht mehr die harte Erde unter meinen Füßen und sank immer tiefer ein in Gras und Moos. Der Sturm wurde stärker und blies mit immer steigender Kraft, so daß ich froh war, nicht gegen ihn anlaufen zu müssen. Die Luft wurde eiskalt und ließ mich, trotz aller Abhärtung, erbärmlich leiden, und der Schnee fiel nun so dick und tanzte in so schnellen Wirbeln um mich herum, daß ich kaum meine Augen offenhalten konnte. Hin und wieder wurde der schwarze Himmel von einem flackernden Licht erhellt, so daß ich vor mir die dunkle Wand des Waldes erkennen konnte, der vornehmlich aus Eiben und Zypressen bestand, alle schwer beladen mit Schnee.

Bald gelangte ich in den Schutz der Bäume und konnte in dieser verhältnismäßigen Ruhe das Rauschen des Windes in den Zweigen über mir vernehmen. Die Schwärze des Sturmes hatte sich mit der Dunkelheit der Nacht verbunden. Langsam aber schien das Unwetter vorüberzuziehen, denn jetzt waren nur noch vereinzelt heftige Windstöße spürbar. In diesen Augenblicken hörte ich wie ein Echo zu dem unheimlichen Klagen des Wolfes noch andere ähnliche Laute.

Durch die schwarze Wand vorbeiziehender Wolken stahl sich gelegentlich zittriges Mondlicht, das die Gegend erleuchtete und mich erkennen ließ, daß ich mich am Rande eines dicht bewachsenen Zypressenwaldes befand. Sobald der Schneefall nachließ, lief ich hinaus und begann mich eingehender umzuschauen. Ich hatte das unbestimmte Gefühl, doch noch auf ein Haus zu stoßen, und wenn es nur eine Ruine wäre, in der ich für eine Weile hätte Unterschlupf finden können. Und als ich so am Saum des Unterholzes entlangging, stieß ich tatsächlich auf eine niedrige Mauer, die dieses umgab. Jener folgend, fand ich auch bald einen Durchbruch. An dieser Stelle bildeten die Zypressen eine Allee, die zu einem viereckigen Gebäude führte. Doch in dem Moment, da ich diese Entdeckung machte, stieben die Wolken vor den Mond, so daß der Pfad in die schwärzeste Dunkelheit getaucht wurde. Der Wind mußte kälter geworden sein, denn ich begann beim Laufen zu zittern; aber es bestand die Aussicht auf ein Dach über dem Kopf, und so stapfte ich blindlings voran.

Eine plötzliche Stille ließ mich verhalten. Der Sturm hatte sich gelegt, und auch mein Herz schien, vielleicht in Übereinstimmung mit der Natur, nicht mehr zu schlagen. Freilich nur für Sekunden, denn plötzlich brach das Mondlicht durch die Wolken und breitete einen Friedhof vor mir aus. Das quadratische Gebäude vor mir stellte sich als marmornes Grabmal heraus, so weiß wie der Schnee, der es bedeckte. Mit dem Mondlicht kam eine wütende Windbö auf, die mit einem langen, tiefen Geheul, wie von einem Rudel Hunde oder Wölfe, vorbeizog. Ich war erschrocken, wie festgenagelt, und Kälte durchfuhr mich, daß ich zu erstarren drohte. Noch während der Mond das Grabmal beleuchtete, begann der Sturm aufs neue loszubrechen, als sei er auf seine alte Bahn gestoßen. Von einer unwiderstehlichen Neugier getrieben, näherte ich mich dem Grab, um herauszufinden, was es damit auf sich hatte und warum es so verlassen an einem solchen Orte stand. Ich stapfte darum herum und las über der dorischen Pforte in deutscher Sprache:

GRÄFIN DOLINGEN ZU GRAZ
In der Steiermark
GESUCHT UND TOT AUFGEFUNDEN
1801

In der Spitze des Grabmals steckte ein großer eiserner Pfahl oder Stachel, der offensichtlich durch den Marmor getrieben war, da das Ganze nur aus wenigen Blöcken bestand. Auf der Rückseite entdeckte ich, in großen kyrillischen Buchstaben eingraviert, den Satz:

DER TOD KOMMT AUF RASCHEN SCHWINGEN

Etwas so Phantastisches und Unheimliches lag über dem Ganzen, daß ich einen gewaltigen Schauder verspürte und einer Ohnmacht nahe war. Zum ersten Mal wünschte ich, Johanns Ratschlag befolgt zu haben. Plötzlich durchzuckte mich ein Gedanke, hervorgerufen durch die mysteriösen Umstände und begleitet von einem fürchterlichen Schock: Die Walpurgisnacht bricht an!

Walpurgisnacht – nach dem Glauben von Millionen Menschen die Stunde, da der Teufel auf Erden weilt und aus den geöffneten Gräbern die Toten steigen und unter den Lebenden wandeln; die Stunde, da alle bösen Elemente der Erde, der Luft und des Wassers sich zu einem Gelage treffen. Gerade diesen Ort hatte der Kutscher so entschieden gemieden. Hier stand das vor Jahrhunderten verlassene Dorf! Hier war der Ort, wo der Selbstmörder lag! Und an diesem Ort stand ich – völlig allein, entmutigt, zitternd vor Kälte in einem Schneewirbel und einem beißenden Wind ausgesetzt. Ich versicherte mich meiner Philosophie, meines Glaubens, den man mir beigebracht hatte, und all meines Mutes, um nicht unter der drückenden Angst zusammenzubrechen.

Plötzlich begann ein wahrhaftiger Wirbelwind loszubrechen. Die Erde bebte, als würden ganze Herden von Pferden darüber trampeln, und der Himmel breitete seine eisigen Schwingen aus und schüttete große Hagelkörner herunter, die mit einer solchen Heftigkeit aufprallten, daß man an die Riemen balearischer Schleudern denken konnte; Hagelkörner, die Blätter und Zweige hinunterdrückten, so daß die Zypressen nicht länger Schutz gewährten, da ihre Stämme sich unter solchem Ansturm wie Getreidehalme ausmachten. Zunächst hatte ich mich unter den ersten besten Baum gestellt, aber ich war nur zu gern bereit, diesen Platz wieder zu verlassen, um an den einzigen Fleck, der einen sicheren Unterstand bot, zu gelangen: unter die tiefe dorische Pforte des Grabmals. An das massive Bronzetor gepreßt, war ich einigermaßen vor den niedersausenden Hagelkörnern geschützt, die mich jetzt nur noch nach dem Aufprall auf dem Boden berührten. Als ich mich so gegen das Tor lehnte, begann sich dieses nach innen zu öffnen. Bei dem erbarmungslosen Unwetter war mir auch der Schutz einer Gruft willkommen, und ich war gerade im Begriff einzutreten, als das Licht eines Gabelblitzes den ganzen Himmel schlagartig erhellte. Zur gleichen Zeit sah ich beim Umdrehen, so wahr ich hier stehe, in dem Grabgewölbe eine wunderschöne Frau mit rosigen Wangen und geröteten Lippen, die auf einer Totenbahre zu schlafen schien. Als das Geflacker am Himmel erlosch, wurde ich wie von einer Riesenhand gepackt und ins Freie geschleudert. Alles ging so schnell, daß ich kaum einen seelischen oder moralischen Schock verspürte, als ich schon von den Hagelkörnern niedergeworfen wurde. Plötzlich hatte ich das dumpfe Gefühl, nicht allein zu sein, und blickte in Richtung des Grabmals. Gerade in diesem Moment fuhr erneut ein Blitz herab, der von dem Eisenstab an der Spitze des Grabes angezogen wurde, um an ihm herab pfeilgrad in die Erde zu schießen, wobei der Marmor, wie bei einer veritablen Feuersbrunst, von der Hitze zerstört wurde. Die tote Frau richtete sich plötzlich für einen Moment auf, während sie schon von den Flammen beleckt wurde, und ihre verzweifelten Schmerzensschreie wurden erst von dem nun folgenden Donnerschlag erstickt. Das letzte, was ich wahrnahm, waren wieder die fürchterlichen Geräusche. Dann wurde ich erneut gepackt und herumgeschleudert, während der Hagel auf mich niederprasselte. Die Luft schien von dem Geheul der Wölfe zu vibrieren. Schließlich erinnere ich mich noch an eine diffuse, weiße, sich bewegende Masse, als hätten alle Gräber um mich herum ihre Phantome entsandt, die sich mir durch den weißen Nebel des treibenden Hagels näherten.

Nach und nach erlangte ich mein Bewußtsein wieder und spürte eine lähmende Müdigkeit. Zuerst konnte ich mich an nichts mehr erinnern, dann erst erwachten langsam meine Sinne. Meine Füße waren gekrümmt vor Schmerz, so daß ich sie nicht bewegen konnte. Es war, als seien sie völlig erstarrt. Eine eisige Kälte saß mir im Nacken, die sich den ganzen Rücken hinunterzog. Meine Ohren schließlich waren wie abgestorben. Aber in der Brust spürte ich einen Funken Wärme, der im Vergleich zu meiner übrigen Verfassung köstlich war. Es war ein Alptraum – ein physischer Alptraum, wenn man so sagen darf, denn es kam hinzu, daß ich durch ein schwerlastendes Gewicht auf meinem Körper kaum zu atmen vermochte.

In dieser Apathie hatte ich wohl ziemlich lange gelegen, und als sie schließlich nachließ, muß ich entweder geschlafen haben oder ohnmächtig geworden sein. Dann überfiel mich ein Ekelgefühl, das sich wie die ersten Anzeichen der Seekrankheit bemerkbar machte, und ein wildes Verlangen, von etwas befreit zu sein – nur wußte ich nicht, von was. Eine ungeheure Stille umgab mich, als schliefe die Welt, oder als wäre sie gestorben – unterbrochen nur von einem leisen Keuchen, wie von einem Tier in der Nähe. Plötzlich fühlte ich ein Kratzen an meinen Kleidern, welches mir die fürchterliche Wahrheit bewußt werden ließ. Mein Herz drohte zu zerspringen, und das Blut schoß mir ins Gehirn. Ein großes Tier lag auf mir und leckte an meinem Umhang. Ich hatte Angst, mich zu bewegen, und mein Instinkt riet mir, ganz ruhig zu bleiben. Das Tier jedoch schien eine Veränderung in meinem Körper gespürt zu haben, denn es hob witternd den Kopf. Durch einen Spalt meiner Augenlider sah ich über mir die zwei sprühenden Augen eines Wolfes. Seine spitzen, weißen Zähne blitzten in dem klaffenden roten Mund, und sein heißer Atem ging beißend und scharf über mein Gesicht.

Ich mußte wieder in Bewußtlosigkeit gefallen sein. Ein tiefes Knurren, gefolgt von einem Heulen, brachte mich zu mir. Dann hörte ich, wenngleich ziemlich weit entfernt, ein »Hallo! Hallo!«, so, als riefen mehrere Menschen gleichzeitig. Vorsichtig hob ich meinen Kopf und spähte in die Richtung der Rufer, aber das Grabmal stand meinem Blick im Wege. Der Wolf über mir heulte noch immer in seiner schauerlichen Art, und ein roter Schein begann sich um den Zypressenhain herum zu bewegen, als wolle er dem Ton folgen. Als die Stimmen näher kamen, wurden die Laute des Tieres immer wütender und hastiger. Ängstlich vermied ich jede Bewegung. Über das weiße Leichentuch, das um mich in die Dunkelheit hinein ausgelegt zu sein schien, huschte der rote Schein immer näher. Und ganz plötzlich tauchte hinter dem Wäldchen eine Gruppe Reiter mit Fackeln auf. Der Wolf erhob sich und machte sich in Richtung des Grabes davon. Ich sah einen der Reiter (es handelte sich, nach den Mützen und langen Militärmänteln zu schließen, um Soldaten) seinen Karabiner heben und auf mich anlegen. Ein anderer stieß ihm den Arm hoch, so daß ich die Kugel über meinen Kopf hinwegpfeifen hörte. Offensichtlich hatte man meinen Körper mit dem des Wolfes verwechselt. Ein Dritter erspähte das Tier, wie es davonlief, und schoß. Dann galoppierte ein Teil der Reiter auf mich zu, der andere verfolgte den zwischen schneebeladenen Zypressen verschwindenden Wolf.

Als sie mich fast erreicht hatten, versuchte ich mich zu bewegen, was ganz aussichtslos war, aber ich konnte nun alles sehen und hören, was um mich herum geschah. Zwei oder drei Soldaten sprangen ab und knieten neben mir nieder. Einer hob meinen Kopf an und legte eine Hand an mein Herz.

»Gott sei Dank, Kameraden, sein Herz schlägt noch«, rief er den anderen zu.

Daraufhin wurde mir Brandy eingeflößt, der mir soviel Kraft gab, die Augen richtig zu öffnen und umherzublikken. Lichter und Schatten bewegten sich zwischen den Bäumen, und ich hörte Menschen einander zurufen. Erschreckte Laute wurden vernehmbar, als sie zusammenkamen; und die Lichter begannen zu zittern, als die andere Gruppe wie vom Teufel besessen aus dem Wirrwarr der Gräber auftauchte. Als sie ganz nah bei uns waren, wurden sie von den um mich herum Hockenden drängend gefragt:

»Na, habt ihr ihn gefunden?«

Die Antwort sprudelte nur so heraus:

»Nein, nein! Kommt schnell weg von hier, schnell! Das ist kein Lagerplatz, zumal nicht in dieser Nacht!«

»Was ist denn los?« wurde gefragt. Die Antwort kam ungenau und stockend, und zwar so, als wollten alle das gleiche sagen, aber von einer gemeinsamen Furcht daran gehindert wurden.

»Es, ja, ja – da!« stotterte einer, dem es für einen Moment fast völlig die Sprache verschlagen hatte.

»Erst ein Wolf – und dann plötzlich keiner mehr«, warf ein anderer zittrig ein.

»Hat ja keinen Sinn, das Biest ohne eine geheiligte Kanone zu verfolgen«, bemerkte ein Dritter in einer etwas handfesteren Sprache. »Beschütze uns, daß wir nur diese Nacht überstehen! Die tausend Mark Belohnung haben wir weiß Gott verdient«, war der Ausbruch des Vierten. »Ich habe Blut an dem Marmor kleben sehen«, sagte jemand nach einer Pause. »Aber von ihm – ist er verwundet? Schaut auf seine Gurgel! Der Wolf hat auf ihm drauf gelegen und sein Blut warm gehalten.«

Der Offizier befühlte meine Kehle und sagte: »Da ist alles in Ordnung, seine Haut ist nicht verletzt. Was soll das überhaupt alles bedeuten? Hätte der Wolf nicht so laut geheult, hätten wir den Mann nie gefunden.«

»Wo ist denn der Wolf hin?« fragte der Mann, der meinen Kopf stützte und offensichtlich der Unerschrockenste der Gruppe war, denn seine Hände waren ganz ruhig. Auf seinem Ärmel sah ich den Winkel eines Unteroffiziers.

»Der ist zu seiner Höhle gelaufen«, antwortete einer, dessen langes Gesicht leichenblaß war und der von einer Höllenangst gepackt schien, als er sich furchtsam umdrehte. »Es sind ja Gräber genug da, in denen er sich verstecken kann – kommt doch endlich, Kameraden, laßt uns diesen teuflischen Platz verlassen!«

Der Offizier brachte mich in eine sitzende Haltung und murmelte einen Befehl. Einige der Soldaten brachten mich auf ein Pferd, während der Offizier sich hinter mich setzte, um mich festzuhalten. Er gab das Zeichen zum Aufbruch, worauf wir schnell und in militärischer Ausrichtung dem Zypressenwäldchen den Rücken kehrten.

Notgedrungen mußte ich schweigen, da meine Zunge immer noch ihren Dienst versagte. Während des Rittes war ich wohl wieder eingeschlafen, denn plötzlich stand ich, von zwei Soldaten gestützt, auf der Erde. Es war jetzt fast hell, am nördlichen Himmel lag ein roter Streifen Sonnenlicht wie ein Blutfleck über der Schneewüste. Der Offizier befahl den Soldaten, nichts von dem zu erzählen, was sie gesehen hatten, nur von dem fremden Engländer, der von einem großen Hund bewacht worden sei. »Von einem Hund? Das war doch kein Hund!« rief der Soldat, der die größte Furcht gezeigt hatte. »Ich kann doch wohl noch einen Wolf erkennen!« Der junge Offizier antwortete ruhig: »Ich sagte: ein Hund!«

»Ein Hund«, wiederholte der andere ironisch. Sein Mut schien mit der aufgehenden Sonne zu wachsen. Auf mich weisend, sagte er: »Schauen Sie doch auf seine Gurgel! Sind das die Spuren eines Hundes?«

Instinktiv führte ich meine Hand zum Hals und schrie bei der Berührung laut auf. Die Männer bildeten rasch einen engen Kreis, um mich zu betrachten, einige stiegen sogar von den Pferden. Noch einmal sagte der junge Offizier mit ruhiger Stimme:

»Es war ein Hund, wie ich schon sagte. Wenn wir etwas anderes sagen, lacht man uns doch nur aus!«

Schließlich wurde ich hinter einen Soldaten in den Sattel gehoben, und wir ritten weiter auf die Vororte von München zu. Bald trafen wir auf eine leere Kutsche, in die ich gesetzt wurde und die mich zum Hotel »Vier Jahreszeiten« brachte – begleitet von dem jungen Offizier und gefolgt von einem Soldaten, der dessen Pferd mitführte. Die anderen ritten zurück in ihre Kasernen.

Als wir anlangten, kam Herr Delbrück augenblicklich die Treppe heruntergestürzt, weil er offensichtlich schon nach uns Ausschau gehalten hatte. Er nahm mich bei beiden Händen, um mich besorgt hineinzuführen. Der Offizier salutierte und wollte gerade von dannen gehen, als ich seine Absicht erkannte und darauf bestand, daß er mich in meine Zimmer begleite. Bei einem Glas Wein dankte ich ihm und seinen tapferen Soldaten für die Lebensrettung. Er erwiderte bescheiden, daß er selbst mehr als glücklich sei und daß Herr Delbrück Schritte unternommen habe, um den Suchtrupp zufriedenzustellen.

Lächelnd nahm der maitre d'hotel diese doppelsinnige Bemerkung auf, während der Offizier an seine Pflicht erinnerte und sich verabschiedete.

»Aber Herr Delbrück«, fragte ich, »aus welchem Grunde haben mich denn die Soldaten gesucht?«

Er zuckte mit den Schultern, als wolle er seine große Heldentat herabsetzen, und sagte:

»Ich war in der glücklichen Lage, den Kommandanten meines ehemaligen Regiments um Soldaten bitten zu können.«

»Aber woher wußten Sie, daß ich mich verirrt hatte?« fragte ich.

»Der Kutscher kam nur noch mit Resten seines Wagens hier an, der in Stücke brach, als die Pferde durchgingen.«

»Aber nur auf seinen Rat hin hätten Sie doch nie einen Suchtrupp ausgeschickt?«

»O nein!« antwortete er, »aber bevor der Kutscher zurückkam, bekam ich dieses Telegramm von jenem Edelmann, dessen Gast Sie sind.« Dabei zog er ein Telegramm aus seinem Rock, dessen Text lautete:

Bistritz

Achten Sie sorgfältig auf meinen Gast – seine Sicherheit ist mir kostbar. Sollte ihm etwas zustoßen oder sollte er verschwunden sein, sparen Sie weder Mühe noch Geld ihn zu finden und für seine Gesundheit zu sorgen. Er ist Engländer und aus diesem Grunde abenteuerlich. Zur Zeit drohen Gefahren durch Schnee, Wölfe und Nacht. Versäumen Sie keine Sekunde, wenn Sie annehmen, daß ihm Leid zugefügt wird. Ich werde Ihren Eifer belohnen.

DRACULA

Das Zimmer schien sich plötzlich um mich zu drehen. Und hätte der aufmerksame Herr Delbrück mich nicht gestützt, wäre ich sicher gefallen. In dieser Geschichte war alles so seltsam verlaufen, so übernatürlich und so schwer begreifbar, daß ich plötzlich den Verdacht hatte, Spielball jenseitiger Kräfte zu sein – eine Vorstellung, die mich fast um den Verstand brachte. Ich stand ohne Zweifel unter einem geheimnisvollen Schutz. Gerade zur rechten Zeit war eine Botschaft aus einem fremden Land gekommen, die mich vor dem Tod im Schnee und dem Rachen des Wolfes gerettet hatte.

Das Geheimnis des sprießenden Goldes

Als Margaret Delandre nach Brent's Rock zog, wußten sämtliche Nachbarn, daß ihnen das Vergnügen eines völlig neuartigen Skandals bevorstand. Skandale, in die die Familie der Delandres oder die Brents auf Brent's Rock verwickelt waren, gab es nicht wenige; und hätte man die Geheimgeschichte der Grafschaft in allen Einzelheiten niedergeschrieben, wären beide Namen darin reichlich vertreten gewesen. Die zwei Familien unterschieden sich in ihrer gesellschaftlichen Stellung allerdings so erheblich voneinander, daß sie ebensogut aus verschiedenen Erdteilen stammen oder sogar verschiedenen Welten angehören mochten. Bisher hatten sich ihre Lebensbereiche nicht gekreuzt. Den Brents wurde von der ganzen Umgegend eine einzigartige soziale Vorrangstellung zuerkannt; auch hatten sie sich selber über die Klasse der niederen Grundbesitzer, der Margaret Delandre angehörte, stets so erhaben gedünkt, wie etwa ein blaublütiger spanischer Hidalgo über seinen Freisassen und Landpächtern steht.

Die Delandres stammten aus einem altehrwürdigen Geschlecht, auf das sie genauso stolz waren wie die Brents auf das ihre. Doch hatte sich die Familie nie über den Freibauernstand hinaus erhoben, und obwohl sie sich in der guten alten Zeit der Auslandskriege und Schutzzölle durchaus als wohlhabende Bürger bezeichnen konnten, war ihr Vermögen unter der sengenden Sonne des Freihandels und bedingt durch die idyllischen Friedenszeiten dahingeschmolzen. Die Delandres waren, wie die älteren Familienmitglieder zu versichern pflegten, »der heimatlichen Scholle treu geblieben«, bis sie in ihr mit Leib und Seele Wurzel geschlagen hatten. Da ihre Lebensweise auf das Niveau eintönigen Dahinvegetierens gesunken war, verlief sie auch gemäß dem Rhythmus pflanzlichen Lebens: Die Menschen blühten in guten Zeiten auf und gediehen, in schlechten kümmerten sie und welkten dahin. Ihr Grund und Boden war, wie es schien, erschöpft, ihr

Besitz – Dander's Croft – heruntergewirtschaftet und für die Familie, die dort wohnte, bezeichnend. Generation um Generation war der Verfall vorangeschritten, ungeachtet eines gelegentlichen verkümmerten Seitentriebes in Gestalt eines Soldaten oder Matrosen, der, von ungestilltem Tatendurst erfüllt, sich bis zu den unteren Dienstgraden hinaufgedient hatte und dessen Laufbahn nun jäh unterbrochen wurde, sei es, weil er in der Schlacht Schneid und aufopferungsvollen Einsatz hatte vermissen lassen, sei es, weil ihn als Mann ohne sorgfältige Erziehung und wohlbehütete Kindheit die Erkenntnis zermürbt hatte, daß es über ihm noch Positionen gab, die zu bekleiden er sich außerstande fühlte. So sank die Familie nach und nach immer tiefer: Die Männer brüteten unzufrieden und mißmutig vor sich hin und tranken sich zu Tode; die Frauen rackerten sich mit der Hausarbeit ab und heirateten unter ihrem Stand – oder noch schlimmer. Im Laufe der Zeit waren alle verschwunden bis auf zwei, die Dander's Croft noch bewohnten: Wykham Delandre und seine Schwester Margaret. Der Mann und die Frau hatten offenbar die unheilvollen Neigungen ihres Geschlechts in der maskulin beziehungsweise feminin ausgeprägten Form geerbt, und so gaben sie sich, wenn auch nach außen in recht unterschiedlicher Art, dem dumpfen Drang ihrer Leidenschaften, hemmungsloser Wollust und anmaßender Rücksichtslosigkeit hin.

Die Geschichte der Brents war ähnlich verlaufen, nur zeigten sich bei ihnen die Ursachen des Verfalls in aristokratischer, nicht in plebejischer Form. Ihre Söhne waren gleichfalls in den Krieg gezogen, jedoch in ganz andere Stellungen aufgestiegen und oft mit Auszeichnungen bedacht worden, denn sie hatten sich untadelig und tapfer geschlagen und kühne Heldentaten vollbracht, ehe Selbstsucht und Zügellosigkeit ihre Lebenskraft untergraben hatten.

Das gegenwärtige Oberhaupt der Familie – sofern man den einen, der aus der direkten Linie übriggeblieben war, als Familie bezeichnen konnte – war Geoffrey Brent. Er verkörperte gewissermaßen den letzten Sproß eines erloschenen Geschlechts, der in mancher Hinsicht dessen einstmals hervorragende Eigenschaften und Fähigkeiten zur Schau trug, andererseits aber schon durch die Spuren fortgeschrittener Entartung gezeichnet war. Geoffrey Brent konnte durchaus zutreffend mit jenen altitalienischen Adeligen verglichen werden, deren Beherztheit, Gewissenlosigkeit, Durchtriebenheit, Genußsucht und Grausamkeit die Maler uns auf ihren Bildern erhalten haben: der faktische Wüstling gepaart mit dem latenten Satan in Menschengestalt. Er sah zweifellos gut aus und besaß etwas Unergründliches, Adlerartiges, Imponierendes, das Frauen im allgemeinen als entscheidend ansehen. Männern gegenüber gab er sich abweisend und kühl; doch ein solches Gebaren hat ja Frauen noch nie zurückgehalten. Die unerforschlichen Gesetze, durch die das Verhalten der Geschlechter bestimmt wird, haben es offenbar so eingerichtet, daß selbst eine schüchterne Frau sich nicht vor einem anmaßenden und zügellosen Mann fürchtet. Und so kam es, daß es im Umkreis von Brent's Rock kaum eine Frau gab, die ungeachtet ihrer Herkunft und ihres Standes, dem Schönling und Taugenichts nicht insgeheim Bewunderung entgegengebracht hätte. Die Zahl der stillen Verehrerinnen war sehr umfangreich, denn Brent's Rock türmte sich inmitten eines sonst ebenen Landstrichs steil empor und im Umkreis von hundert Meilen war das Anwesen am Horizont sichtbar, mit seinen hochragenden alten Türmen, seinen Steildächern, die die waagrechte Grenzlinie von Wald und Weiler kreuzten, und seinen weit zerstreut liegenden Wohnhäusern.

Solange Geoffrey Brent seine Ausschweifungen auf London, Paris und Wien beschränkte und sich ihnen gleichsam außer Sicht- und Hörweite seines Wohnsitzes hingab, schwieg die öffentliche Meinung. Mit Leichtigkeit und ohne innere Anteilnahme lauschen wir Gerüchten, die aus fernen Ländern zu uns dringen, und je nach dem, was wir mit unserer skeptischen Einstellung bezwecken, liegt es an uns, solchen Nachrichten mit Mißtrauen, Verachtung oder Herablassung zu begegnen. Doch sobald sich der Skandal in bedenkliche Nähe des eigenen Zuhauses verlagert, sehen wir die Dinge mit anderen Augen, und das Gefühl für Unabhängigkeit und Rechtschaffenheit, das den Menschen jedes nicht völlig zerrütteten Gemeinwesens innewohnt, setzt sich durch und verlangt eine geharnischte Mißbilligung des verwerflichen Tuns. Noch befleißigte man sich allenthalben einer gewissen Zurückhaltung und nahm von den Tatsachen nicht mehr Notiz, als unbedingt erforderlich war. Margaret Delandre benahm sich so furchtlos und so freimütig, sie akzeptierte ihre Stellung als rechtmäßige Gefährtin Geoffrey Brents in so ungezwungener Weise, daß die Leute zu der Überzeugung gelangten, sie müsse mit ihm insgeheim verheiratet sein, und es daher für klüger hielten zu schweigen, aus Furcht, es könnte etwas Wahres daran sein.

Der einzige Mensch, der durch sein Eingreifen alle Zweifel hätte ausräumen können, war durch die Umstände verhindert, in dieser Sache zu vermitteln. Wykham Delandre hatte sich mit seiner Schwester gestritten – vielleicht war sie es auch, die den Streit angefangen hatte –, bis ihr Verhältnis zueinander nicht nur durch bewaffnete Neutralität, sondern durch unverhohlenen Haß gekennzeichnet war. Die Auseinandersetzung hatte stattgefunden, bevor Margaret nach Brent's Rock gezogen war. Sie und Wykham waren fast handgreiflich geworden. Auf beiden Seiten hatte man wüste Drohungen ausgestoßen, bis schließlich Wykham in einem leidenschaftlichen Gefühlsausbruch seine Schwester zum Verlassen des Hauses aufgefordert hatte. Sie war unverzüglich aufgestanden und fortgegangen, ohne sich auch nur die Zeit zum Zusammenpacken ihrer persönlichen Habe zu nehmen. Auf der Schwelle hatte sie sich noch einmal umgedreht, um gegen Wykham eine böse Verwünschung auszustoßen: bis zur letzten Stunde seines Lebens solle er seine Tat in Schande und Verzweiflung bereuen. Einige Wochen waren seitdem vergangen, und in der Nachbarschaft nahm man an, daß Margaret nach London gegangen war. Eines Tages jedoch sah man sie unerwartet mit Geoffrey Brent eine Ausfahrt machen, und noch vor Einbruch der Nacht wußten alle, daß Margaret Wykham ihren künftigen Wohnsitz auf

Brent's Rock genommen hatte. Es überraschte nicht, daß Brent nach seiner Gewohnheit ohne vorherige Ankündigung zurückgekehrt war. Selbst seine Bediensteten erfuhren nie, wann sie ihn zurückerwarten sollten; es gab nämlich eine zu seinen Privatgemächern führende Geheimtür, zu der Brent allein den Schlüssel besaß und durch die er bisweilen das Haus betrat, ohne daß irgend jemand im Hause sein Kommen bemerkte. Es gehörte zu seinen Gepflogenheiten, nach langer Abwesenheit auf diese Weise plötzlich aufzutauchen.

Wykham Delandre geriet in Wut, als er die Nachricht vernahm. Er schwor, sich zu rächen – und um gleichsam auch seinen Geist auf den ohnmächtigen Zorn, den er in sich aufsteigen fühlte, einzustimmen, ergab er sich dem Trunk mehr als je zuvor. Einige Male versuchte er, seine Schwester aufzusuchen, doch voller Verachtung lehnte sie eine Begegnung mit ihm ab. Dann bemühte er sich, ein Gespräch mit Brent herbeizuführen, aber auch er lehnte einen Besuch ab. Schließlich versuchte er, ihn auf offener Straße anzuhalten, doch wieder ohne Erfolg, denn Geoffrey war nicht der Mann, der sich gegen seinen Willen aufhalten ließ. Dennoch trafen sich die Männer ein paarmal, zahlreiche weitere Begegnungen wurden angedroht und vermieden. Schließlich blieb Wykham Delandre nichts anderes übrig, als sich mürrisch und auf Rache sinnend mit seiner Lage abzufinden.

Weder Margaret noch Geoffrey war ein versöhnliches Temperament beschieden, und so dauerte es nicht lange, bis es zwischen beiden zu Streitereien kam. Dann gab auf Brent's Rock ein Wort das andere, und der Wein floß in Strömen. Gelegentlich arteten die Zwistigkeiten in so hitzige Wortgefechte und unverhüllte Drohungen aus, daß dem lauschenden Dienstpersonal der Schrecken in die Glieder fuhr. Doch solche Streitigkeiten endeten im allgemeinen so, wie häusliche Auseinandersetzungen zu enden pflegen, nämlich mit einer Versöhnung und in gegenseitigem Respekt vor den streitbaren Fähigkeiten des anderen, je nach dem Grad der Heftigkeit, in dem sie sich äußern. Sich zu streiten um des Streites willen, halten gewisse

Leute überall auf der Welt für eine höchst fesselnde und interessante Sache, und es besteht kein Grund zu der Annahme, daß die häuslichen Verhältnisse etwa besänftigend wirken könnten. Geoffrey und Margaret waren des öfteren von Brent's Rock abwesend, und bei jeder dieser Gelegenheiten blieb auch Wykham Delandre fort; doch da er von der geplanten Abwesenheit der beiden meist zu spät erfuhr, als daß sie ihm hätte nützen können, kehrte er jedes Mal verbitterter und mißmutiger nach Hause zurück.

Schließlich fügte es sich, daß die Abwesenheit von Brent's Rock sich länger als sonst ausdehnte. Erst vor wenigen Tagen hatte es erneut Streit gegeben, der an Heftigkeit alles Vorhergegangene weit übertraf, aber ebenfalls gütlich beigelegt worden war, ja man hatte vor den Bediensteten sogar von einer gemeinsamen Reise auf den Kontinent gesprochen. Nach einigen Tagen reiste Wykham Delandre ebenfalls ab und kehrte erst einige Wochen später zurück. Er trug, wie allenthalben auffiel, eine gewisse Wichtigkeit zur Schau – oder vielmehr eine innere Zufriedenheit, eine gehobene Stimmung: sein Verhalten ließ sich kaum mit Worten beschreiben. Er begab sich sofort nach Brent's Rock und verlangte Geoffrey Brent zu sprechen. Als man ihm bedeutete, daß dieser noch nicht zurückgekehrt sei, erwiderte er mit einer grimmigen Entschlossenheit, die sogar den Dienern nicht verborgen blieb:

»Ich komme wieder. Was ich zu melden habe, kann warten!« Und schon hatte er sich wieder zum Gehen gewandt. Woche um Woche, Monat um Monat verrann; dann tauchte zunächst ein Gerücht auf, das später zur Gewißheit werden sollte: Im Mattertal hatte sich ein Unglück ereignet. Beim Überqueren eines gefährlichen Bergjochs war ein Wagen mit einer englischen Dame sowie dem Kutscher über einen Abgrund gestürzt, wobei ein mitreisender Herr namens Geoffrey Brent glücklicherweise gerettet werden konnte, da er den Hang ein Stück zu Fuß hinaufgestiegen war, um den Pferden Erleichterung zu verschaffen. Auf Grund seiner Angaben machte man sich auf die Suche nach den Überresten. Das durchbrochene Geländer, die Schleifspuren auf der Straße, die Hufmarkierungen der Pferde, die sich auf der abschüssigen Strecke verzweifelt gegen das nachdrängende Gefährt gestemmt haben mußten, ehe sie kopfüber in den reißenden Gebirgsstrom stürzten – all das deutete auf das traurige Ereignis hin. Einem schneereichen Winter waren ungewöhnlich starke Regenfälle vorausgegangen, so daß der Fluß über das normale Maß anschwoll und an den Strudeln in der Strömung sich das Packeis staute. Nach gründlichem Absuchen fand man schließlich an einer Stromschnelle die Wagentrümmer und den Kadaver des einen Pferdes. Später wurde auf einer Geröllstrecke bei Täsch auch der Leichnam des Kutschers gefunden, doch die Frau und das zweite Pferd, die bei dem Unfall umgekommen waren, blieben verschwunden und trieben – zumindest was von ihnen noch übrig war – in den reißenden Wassern der Rhone auf den Genfersee zu.

Wykham Delandre stellte alle nur möglichen Nachforschungen an, konnte aber keinerlei Spuren der vermißten Frau entdecken. In den Büchern der verschiedenen Hotels stieß er jedoch auf die Eintragung »Mr. und Mrs. Geoffrey Brent«. So ließ er in Zermatt zur Erinnerung an seine Schwester einen Gedenkstein mit ihrem Familiennamen errichten und in der Kirche von Bretten – die Gemeinde, in der sowohl Brent's Rock als auch Dander's Croft lagen – eine Inschrifttafel anbringen.

Nahezu ein Jahr war inzwischen vergangen, die Erregung über den Vorfall hatte sich gelegt, und das Leben in der Umgegend nahm seinen gewohnten Gang. Brent war noch immer abwesend, während Delandre immer mehr dem Trunk verfiel, zusehends mürrischer wurde und seinen Rachegelüsten nachhing.

Dann gab es neue Aufregung. In Brent's Rock bereitete sich alles auf den Empfang einer neuen Herrin vor. Geoffrey selber hatte in einem Brief an den Pfarrer des Kirchspiels offiziell mitgeteilt, daß er vor einigen Monaten eine Italienerin geheiratet habe und daß sie beide jetzt auf der Rückreise in die Heimat seien. Ein kleines Heer von Arbeitern machte sich in dem Haus zu schaffen; es wurde gehämmert und gehobelt und überall roch es nach Leim und Farbe. Ein Flügel des alten Hauses – der nach Süden gelegene – wurde vollständig renoviert. Dann zog der größte Teil der Arbeiter wieder ab; lediglich die Materialien für die Umgestaltung der alten Halle blieben liegen, weil Geoffrey Brent Anweisung gegeben hatte, daß die Innendekoration erst nach seiner Rückkehr unter seiner persönlichen Aufsicht ausgeführt werden sollte. Er hatte genaue Zeichnungen von der Halle im Hause des Vaters seiner Braut mitgebracht, denn er beabsichtigte, die ihr vertrauten Räumlichkeiten möglichst genau nachzugestalten. Da die Zierleisten und Stuckarbeiten erneuert werden mußten, wurden einige Gerüststangen und -bretter herbeigeschafft und auf der einen Seite der großen Halle bereitgelegt, desgleichen ein geräumiger Holzbottich zum Mischen des Kalks, der in Säcken daneben lagerte.

Bei der Ankunft der neuen Herrin auf Brent's Rock läuteten die Kirchenglocken und alle jubelten ihr zu. Sie war eine Schönheit voller Poesie, innerer Glut und südländischer Leidenschaftlichkeit; die wenigen englischen Wörter, die sie gelernt hatte, sprach sie mit solcher Anmut und so entzückend gebrochen aus, daß sie die Herzen aller durch ihre melodiöse Stimme ebenso wie durch die schmachtende Schönheit ihrer dunklen Augen im Nu eroberte.

Geoffrey Brent schien glücklicher zu sein als je zuvor; doch in sein Gesicht war ein unruhiger, finster-entschlossener Zug getreten, der allen, die ihn von früher kannten, neu und unerklärlich war; auch schreckte er bisweilen hoch, als habe er ein Geräusch vernommen, das anderen unhörbar blieb.

Die Monate gingen ins Land und das Gerücht verstärkte sich, daß Brent's Rock endlich einen Erben erhalten sollte. Geoffrey war sehr zärtlich zu seiner Frau, und das neue Gefühl der Zusammengehörigkeit schien sein Temperament zu besänftigen. Er nahm Anteil am Leben seiner Pachtbauern und interessierte sich lebhaft für ihre

Bedürfnisse; auch ließen Geoffrey und seine bezaubernde junge Frau es nicht an Werken tätiger Nächstenliebe fehlen. Offenbar hatte er alle seine Hoffnungen auf den zu erwartenden Nachwuchs gesetzt, denn je tiefer er in die Zukunft blickte, desto mehr, wenn auch nur allmählich, schien sich die dunkle Wolke zu verflüchtigen, die sein Gesicht verfinstert hatte.

Während der ganzen Zeit sann Wykham Delandre auf Rache. Tief in seinem Innern war der Entschluß, Vergeltung zu üben, gereift, der nur auf eine Gelegenheit wartete, endgültige Gestalt anzunehmen und in die Tat umgesetzt zu werden. Seine Rachegelüste konzentrierten sich in noch vager Form auf Brents Frau, wußte er doch, daß er Geoffrey am wirkungsvollsten durch die treffen und verletzen konnte, die ihm lieb und teuer waren. Dazu kam, daß die Gelegenheit, auf die Wykham so sehnsüchtig wartete, offenbar nur eine Frage der Zeit war. Eines Abends saß er allein im Wohnzimmer seines Hauses, einem Raum, den man vielleicht einst als ansehnlich oder sogar als hübsch hätte bezeichnen können, doch der Zahn der Zeit und Verwahrlosung hatten das ihre getan und aus ihm eine verfallende Ruine gemacht, der Pracht und Würde, ja sogar das Element des Malerischen längst abhanden gekommen war. Längere Zeit hatte er schwer gezecht und brütete jetzt halb betäubt vor sich hin. Er glaubte ein Geräusch gehört zu haben, so, als mache sich jemand an der Tür zu schaffen; er sah auf und schrie wütend, man möge gefälligst eintreten – keine Antwort. Mit einem unterdrückten Fluch setzte er seine Zecherei fort, so daß er bald alles um sich vergaß und in einen Dämmerzustand versank, aus dem er jäh emporgerissen wurde: Unmittelbar vor sich sah er jemanden stehen, oder vielmehr ein Etwas, das ihn vage an eine abgezehrte und gespenstische Doppelgängerin seiner Schwester erinnerte. Lähmendes Entsetzen befiel ihn. Die Frau vor ihm mit ihren verzerrten Gesichtszügen und brennenden Augen glich kaum noch einem Menschen, und das einzig Reale, das sie mit seiner Schwester gemein hatte, war die Fülle ihres einst goldblonden und jetzt von grauen Strähnen durchzogenen Haares. Mit haßerfülltem Blick starrte sie ihren Bruder unverwandt an, und auch er, als ihm die greifbare Nähe ihrer Gegenwart zu dämmern begann, fühlte erneut in seinem Innern jenen abgrundtiefen Haß aufsteigen, den er schon immer für sie empfunden hatte. Die aufgestaute Wut des vergangenen Jahres schien in seinen Worten mitzuschwingen, als er sie fragte:

»Warum bist du hier? Du bist doch tot und längst unter der Erde.»

»Ich bin nicht etwa aus Liebe zu dir gekommen, Wykham Delandre, sondern weil ich einen anderen noch mehr hasse als dich!« In ihrem Blick spiegelte sich kaum noch zu bändigender Zorn.

»Ihn?« fragte er mit gepreßter Flüsterstimme, so daß selbst die Frau einen Augenblick lang erschrak, bis sie ihre Fassung wiedergewonnen hatte.

»Jawohl, ihn!« lautete die Antwort. »Aber damit du dich nicht irrst: Ich rechne mit ihm allein ab; dich brauche ich dabei lediglich als Werkzeug.« Plötzlich brach es aus Wykham hervor:

»Hat er dich geheiratet?«

Das entstellte Gesicht der Frau verzerrte sich zu einer grausigen Maske, als sie zu lächeln versuchte. Es war eine schauerliche Fratze, denn die verunstalteten Gesichtszüge und die runzligen Narben nahmen merkwürdige Formen und seltsame Farbtöne an, und wunderliche weiße Linien zeichneten sich ab, sobald die angespannten Muskeln gegen die alten Wundmale drückten.

»Das möchtest du wohl gern wissen! Stolz wie ein Pfau würdest du dich spreizen, wenn du hörst, daß deine Schwester wirklich verheiratet war. Nun, von mir erfährst du es jedenfalls nicht. Auf diese Weise räche ich mich an dir, und ich habe nicht die geringste Absicht, auch nur um Haaresbreite meinen Plan zu ändern. Ich bin heute abend zu dir lediglich gekommen, um dir mitzuteilen, daß ich am Leben bin und daß es stets einen Zeugen geben wird, wenn mir dort, wo ich jetzt hingehe, Gewalt angetan werden sollte.«

»Wohin gehst du denn?« fragte ihr Bruder.

»Meine Sache! Und ich denke nicht im mindesten daran, es dir zu sagen!« Wykham Delandre erhob sich, aber er war schon zu betrunken, so daß er taumelte und zu Boden stürzte. Er lallte vor sich hin, daß er seiner Schwester folgen wolle, und aus einer wunderlichen Laune heraus redete er auf sie ein, daß er ihr im Schein ihres Haares und ihrer Schönheit sogar durch die schwärzeste Finsternis folgen könne und folgen werde. Darauf wandte sie sich noch einmal um und bedeutete ihm, daß nicht nur er, Wykham, sondern auch noch andere ihr leuchtendes Haar und ihre Schönheit bereuen und verwünschen würden. »Auch der dort wird mich am Ende verfluchen und keine Ruhe finden«, flüsterte sie, »denn mein Haar bleibt, auch wenn die Schönheit des Leibes längst dahin ist. Als er den Achsnagel herauszog und uns samt dem Wagen über den Steilhang in den Gebirgsfluß stürzen ließ, dachte er wohl kaum an meine Schönheit. Vielleicht würde das Ebenmaß seiner Gesichtszüge jetzt ebenso verunstaltet sein wie die meinen, wenn er, wie es mir widerfuhr, zwischen den felsigen Klippen der Visp hin und her geschleudert worden wäre und er sich auf Grund der starken Strömung des Flusses halberfroren an den Eisschollen hätte festkrallen müssen. Aber er soll sich nur in acht nehmen! Seine Zeit ist abgelaufen!« Mit einer heftigen Gebärde stieß sie die Tür auf und verschwand in der Nacht.

Später in derselben Nacht fuhr Mrs. Brent plötzlich aus ihrem Halbschlummer empor und versuchte, ihren Gatten zu wecken.

»Geoffrey! Klang das nicht wie das Zuschnappen eines Schlosses direkt unter unserem Fenster?«

Aber Geoffrey schien fest zu schlafen und atmete schwer, obgleich sie hätte schwören können, daß auch er bei dem Geräusch, wenn auch noch so unmerklich, zusammengezuckt war. Mrs. Brent mußte wieder eingenickt sein; denn als sie erneut erwachte, war ihr Mann aufgestanden und schon teilweise angekleidet. Er war leichenblaß, und als der Schein der Lampe auf sein Gesicht fiel, erschrak sie über seinen Anblick.

»Was ist los, Geoffrey? Was hast du vor?«

»Bleib ruhig, meine Kleine«, antwortete er, und seine Stimme klang merkwürdig heiser, »leg dich schlafen. Ich finde keine Ruhe und möchte gern noch eine liegengebliebene Arbeit erledigen.«

»Bring sie doch her, Geoffrey! Ich fühle mich so einsam und habe Angst, wenn du nicht da bist.«

Statt einer Antwort küßte er sie nur, verließ dann das Zimmer und zog die Tür hinter sich zu. Eine Weile lag sie noch wach, dann forderte die Natur ihr Recht und sie schlief ein.

Mit einemmal schreckte sie hoch und war sogleich hellwach, denn irgendwo im Haus glaubte sie einen erstickten Schrei gehört zu haben. Sie sprang auf, lief zur Tür und lauschte, aber es war nichts zu hören. Ein Gefühl tiefer Besorgnis ließ sie nach ihrem Gatten rufen: »Geoffrey! Geoffrey!«

Nach einigen Augenblicken öffnete sich die Tür der großen Halle und Geoffrey erschien, doch ohne seine Lampe.

»Still jetzt!« flüsterte er gereizt, und seine Stimme klang barsch und bösartig. »Los, geh endlich ins Bett! Ich habe noch zu tun und darf dabei nicht gestört werden. Versuch zu schlafen, und weck nicht das ganze Haus auf!«

Tiefe Niedergeschlagenheit überkam sie, war doch der unfreundliche Tonfall in der Stimme ihres Mannes etwas Ungewohntes, und so verkroch sie sich wieder ins Bett, wo sie zitternd vor Angst und Aufregung in die Dunkelheit hineinlauschte. Es folgte eine lange Stille, dann ein gedämpftes Geräusch wie von Schlägen mit einem eisernen Werkzeug. Dann ein Dröhnen, als habe jemand einen schweren Stein fallen gelassen, ein unterdrückter Fluch. Dann ein Schleifen und Zerren, und wieder klang es, als würde Stein auf Stein geschlagen. Quälende Angst lastete auf ihr, das Herz klopfte zum Zerspringen. Sie hörte ein merkwürdiges, schabendes Geräusch, dann – Totenstille. Unmittelbar danach wurde sacht die Tür geöffnet, und Geoffrey trat ins Zimmer. Während seine Frau so tat, als schlafe sie, konnte sie durch die Wimpern hindurch erkennen, daß er von den Händen etwas Weißes abzuwaschen versuchte, das wie Kalk aussah.

Am nächsten Morgen erwähnte er die Ereignisse der vergangenen Nacht mit keinem Wort, und um ihn selber zu fragen, fehlte ihr einfach der Mut.

Von diesem Tage an schien ein Schatten das Leben von Geoffrey Brent zu verdüstern. Er aß nicht noch schlief er, wie er es sonst gewohnt war; dafür nahm er seine frühere Gewohnheit wieder auf, sich plötzlich umzudrehen, als habe jemand ihn von hinten angesprochen. Die alte Halle übte auf ihn, wie es schien, eine magische Anziehungskraft aus. Mehrere Male am Tage suchte er sie auf, wurde jedoch ungehalten, sobald ein anderer, und sei es seine Frau, sich darin aufhielt. Als der Bauaufseher erschien, um sich nach der Fortsetzung der begonnenen Arbeit zu erkundigen, unternahm Geoffrey gerade eine Spazierfahrt; der Mann ging also in die Halle, um dort zu warten. Bald kehrte Geoffrey zurück, und der Diener berichtete ihm, daß der Bauaufseher zwecks einer Auskunft gekommen sei und wo er ihn finden könne. Mit einem teuflischen Fluch stieß er den Diener zur Seite und hastete hinauf in die alte Halle. Der Handwerker begegnete ihm fast schon an der Tür, und als Geoffrey wie von Sinnen ins Zimmer stürzte, hätte er den Mann beinahe umgerannt. Dieser begann, sich wortreich zu entschuldigen:

»Bitte vielmals um Verzeihung, Sir, aber ich wollte gerade 'rausgehen, um Erkundigungen einzuziehen. Ich habe nämlich zwölf Sack Kalk herschicken lassen, aber jetzt sehe ich nur zehn.«

»Zum Teufel mit den zehn Säcken, meinetwegen auch mit zwölf!« lautete die unwirsche und unverständliche Antwort.

Der Vorarbeiter war überrascht und bemühte sich offensichtlich, dem Gespräch eine Wendung zu geben.

»Wie ich sehe, Sir, gibt es da eine geringfügige Sache, die unsere Leute gemacht haben müssen; natürlich wird der Chef das Ganze auf seine Rechnung in Ordnung bringen lassen.«

»Was wollen Sie damit sagen?«

»Na, sehen Sie mal diese Kaminplatte da, Sir! Irgendein Idiot muß eine Gerüststange draufgestellt und die Platte so direkt in der Mitte durchgebrochen haben; dabei ist sie doch dick genug, um man sollte meinen alles auszuhalten.«

Geoffrey schwieg eine Weile, dann sagte er mit gepreßter, aber doch viel sanfterer Stimme:

»Sagen Sie Ihren Leuten, daß ich die Arbeiten in der Halle im Augenblick nicht fortzusetzen gedenke. Ich will alles, wie es ist, noch eine Weile so lassen.«

»In Ordnung, Sir! Ich schick' Ihnen 'n paar von unseren Jungs, die diese Stangen und Kalksäcke wegbringen und das Ganze hier ein bißchen aufräumen.«

»Nein, nein!« sagte Geoffrey, »lassen Sie alles, wo es ist. Ich sage Ihnen dann noch Bescheid, wann Sie Ihre Arbeiten wieder aufnehmen sollen.« Der Aufseher verabschiedete sich von Geoffrey Brent, und alles, was er seinem Meister zu berichten wußte, war:

»Ich schick' dem Herrn 'ne Rechnung für die bereits geleistete Arbeit, Sir. Scheint mir, daß es dort mit der Bezahlung etwas hapern könnte.«

Ein paarmal versuchte Delandre, Brent auf der Straße anzuhalten, und als er schließlich einsah, daß er sein Ziel nicht erreichen konnte, fuhr er wütend hinter ihm her und schrie:

»Was ist aus meiner Schwester, deiner Frau, geworden?« Geoffrey ließ die Peitsche auf die Pferde niedersausen, daß sie im Galopp davonstoben, und als Wykham Delandre sah, daß der andere kreidebleich im Gesicht wurde und seine junge Frau in Ohnmacht zu fallen drohte, fuhr er in der Überzeugung, daß sein Plan gelungen war, halb grollend, halb lachend davon.

Als Geoffrey an diesem Abend die Halle betrat, lenkte er seine Schritte unverzüglich zu dem riesigen Kamin. Mit einem unterdrückten Schrei wich er entsetzt zurück. Dennoch gelang es ihm, sich aufzuraffen und eine Lampe zu holen. Er beugte sich dicht über die geborstene Kaminplatte, ob er nicht etwa durch das trügerische Spiel des Mondlichts, das voll durch das Fenster fiel, Opfer einer

Sinnestäuschung geworden war. Dann sank er mit einem Seufzer der Verzweiflung auf die Knie.

Und in der Tat, aus dem Riß in der zerbrochenen Steinplatte wucherte eine Fülle graugetönter Goldhaarfäden hervor!

Ein Geräusch an der Tür ließ ihn zusammenfahren, und als er sich umdrehte, sah er seine Frau im Türrahmen stehen. In seiner verzweifelten Lage war Geoffrey jedes Mittel recht, um eine Entdeckung seines Geheimnisses zu verhindern, und so entzündete er an der Lampe ein Streichholz, beugte sich nieder und sengte die aus der geborstenen Steinplatte hervorquellenden Haare kurzerhand ab. Dann richtete er sich aus seiner gebückten Stellung, so beherrscht und gelassen er nur konnte, auf und tat so, als sei er überrascht, seine Frau unmittelbar neben sich stehen zu sehen.

In der folgenden Woche litt Geoffrey Brent furchtbare Qualen; denn mochte es nun Zufall oder Absicht sein, es gelang ihm nicht, sich längere Zeit in der Halle allein aufzuhalten. Sooft er im Kamin nachsah, war das Haar erneut ein Stück aus dem Spalt hervorgewachsen. Er versuchte, außerhalb des Hauses ein geeignetes Behältnis für den Leichnam der ermordeten Frau aufzutreiben, aber irgend jemand kam stets dazwischen. Einmal, als er gerade aus der Geheimtür trat, stieß er auf seine Frau, die ihn sogleich nach dem Wieso und Warum zu fragen begann und Überraschung äußerte, daß sie nicht früher den Schlüssel bemerkt hatte, den er ihr jetzt widerstrebend zeigte. Geoffrey liebte seine Frau zärtlich und hingebungsvoll; daher erfüllte ihn die Möglichkeit, sie könnte sein furchtbares Geheimnis entdecken oder ihm nur mißtrauen, mit Angst und Entsetzen. Und nach einigen Tagen qualvoller Ungewißheit mußte er zwangsläufig zu dem Schluß kommen, daß seine Frau zumindest etwas ahnte.

Noch am gleichen Abend kam sie nach ihrer Spazierfahrt in die Halle und fand Geoffrey in niedergedrückter Stimmung neben dem verfallenen Kamin sitzen. Sie versuchte, ein Gespräch anzuknüpfen:

»Hör zu, Geoffrey, mich hat dieser Delandre angesprochen, der schreckliche Dinge behauptet. Er sagt, daß seine Schwester vor einer Woche in dieses Haus zurückgekehrt sei; sie soll ein Bild des Jammers und bis auf ihr früheres Goldhaar fast bis zur Unkenntlichkeit entstellt sein; auch habe sie eine grausame Absicht wahr zu machen gedroht. Dann fragte mich Delandre, wo seine Schwester sei, und – ach, Geoffrey, sie ist doch tot! Sie ist tot, nicht wahr!? Wie kann sie also zurückgekommen sein? Ich habe solche Angst und weiß nicht mehr ein noch aus!«

Statt einer Antwort ließ sich Geoffrey zu einer Flut von Verwünschungen hinreißen, die ihr einen Schauder über den Rücken jagten. Er wünschte Delandre und seine Schwester und die ganze Sippschaft zur Hölle; vor allem aber war es Margaret Delandres goldblondes Haar, gegen das er Flüche wüstester Art austieß.

»Sei doch still, ich bitte dich«, war alles, was sie hervorbrachte, denn sie fürchtete sich vor ihrem Gatten, als sie die unheilvollen Auswirkungen seines hitzigen Temperaments erkannte. Noch während Geoffrey seinem aufgestauten Zorn Luft machte, war er aufgestanden und hatte sich ein Stück vom Kamin entfernt. Doch plötzlich blieb er wie angewurzelt stehen, als er dem Blick seiner Frau begegnete, in dem sich blankes Entsetzen spiegelte. Namenloses Grauen erfaßte ihn: Auf der geborstenen Kaminplatte lag eine goldene Haarsträhne, die aus dem Spalt emporzuwachsen schien.

»Da! Da!« schrie sie gellend und wies mit dem Finger auf die Stelle. »Die Toten werden wieder lebendig! Fort! Nichts als fort!!« Und damit packte sie ihren Gatten am Handgelenk und zog ihn unter Aufbietung ihrer letzten Kräfte aus dem Zimmer.

In dieser Nacht wurde sie von heftigen Fieberschauern befallen. Der Kreisarzt nahm sich ihres Falles sofort an und forderte telegraphisch aus London einen Spezialisten an. Geoffrey war verzweifelt und stand ob der Gefahr, die seiner jungen Frau drohte, wahre Höllenqualen aus, so daß er fast sein eigenes Verbrechen und dessen Folgen vergaß. Gegen Abend hatte der Arzt noch weitere Hausbesuche bei anderen Patienten zu machen, und so vertraute er die Kranke Geoffreys Fürsorge und Obhut an. Zum Abschied sagte er:

»Denken Sie daran, Sie müssen ihr jeden Wunsch erfüllen und sie bei guter Laune halten, bis ich morgen früh wiederkomme oder ein Kollege von mir den Fall übernimmt. Bewahren Sie sie vor einem weiteren seelischen Schock. Und noch eins: Sehen Sie zu, daß Ihre Frau es warm hat. Mehr können Sie nicht tun.«

Am späten Abend, als das übrige Hauspersonal sich zurückgezogen hatte, stand Geoffreys Frau aus dem Bett auf und rief nach ihrem Gatten.

»Komm!« sagte sie. »Komm mit in die alte Halle! Ich weiß, woher das Gold kommt! Ich will es sprießen sehen!«

Geoffrey hätte sie gern daran gehindert, aber er bangte um ihr Leben oder ihren Verstand, und aus Furcht, sie könnte in einem Anfall ihren schrecklichen Verdacht laut hinausschreien, sowie in der Erkenntnis, daß der Versuch, sie aufzuhalten, völlig zwecklos war, hüllte er sie in eine warme Decke und ging mit ihr zur großen Halle. Nachdem sie eingetreten waren, drehte sich Geoffreys Frau um, schloß die Tür und verriegelte sie.

»Wir wollen unter uns dreien heute nacht keine Fremden haben«, flüsterte sie, und ein schwaches Lächeln stahl sich auf ihre Lippen.

»Was heißt: wir drei?! Wir sind doch nur zwei«, war alles, was Geoffrey aus lauter Angst, er könnte zuviel sagen, hervorbrachte.

»Setz dich hierher«, sagte seine Frau und löschte die Lampe, »hierher dicht neben den Kamin, und gib acht, wie das Gold sprießt. Das silberne Licht des Mondes ist neidisch! Sieh nur, wie es sich verstohlen über den Fußboden auf das Gold zu bewegt – unser Gold!!« Während der vergangenen Stunden war das Goldhaar, wie Geoffrey mit wachsender Angst erkannte, immer weiter aus dem Riß in der Kaminplatte hervorgewachsen. Er versuchte, das Haar zu verdecken, indem er die Füße über die zerbrochene Platte schob; seine Frau hatte indessen ihren Sessel ganz nahe an den seinen gerückt, lehnte sich nun darüber und legte den Kopf auf seine Schulter.

»Rühr dich jetzt nicht«, sagte sie, »wir wollen still dasitzen und zusehen. Wir werden dem Geheimnis des sprießenden Goldes schon auf die Spur kommen!« Er legte den Arm um sie und schwieg; und während das Mondlicht langsam auf dem Fußboden weiterwanderte, schlief sie an seiner Seite ein.

Stunde um Stunde verrann, und da er fürchtete, sie aufzuwecken, harrte er stumm und elend auf seinem Platz aus.

Vor seinen entsetzten Augen quoll das Goldhaar mit Macht und immer stärker aus der zerbrochenen Platte empor; und je mehr es aus dem Verborgenen nach oben drängte, um so kälter wurde Geoffreys Herz, bis er am Ende nicht mehr die Kraft hatte, sich zu rühren; und so erwartete er mit schreckgeweitetem Blick und keiner Regung mehr fähig sein Schicksal.

Am Morgen, als der Arzt aus London eintraf, waren Geoffrey und seine Frau nirgends zu finden. Man durchsuchte alle Räume, doch ohne Erfolg. Schließlich mußte die große Tür zur alten Halle aufgebrochen werden, wo sich denen, die zuerst eindrangen, ein grausiges und zugleich trauriges Bild bot.

Neben dem seit langem erloschenen Kamin saßen Geoffrey Brent und seine junge Frau kalt und bleich und tot. Während auf ihrem Gesicht tiefer Friede lag und die Augen wie im Schlaf geschlossen waren, malten sich auf Geoffreys Zügen die Spuren namenlosen Grauens. Die Augen waren weit aufgerissen und starrten glasig auf die Füße, um die sich graugesträhntes Goldhaar wand, das unaufhaltsam aus dem geborstenen Kaminstein hervorsproß.

Das Haus des Scharfrichters

Als der Termin für die Abschlußprüfungen näherrückte, beschloß Malcolmson, sich zurückzuziehen, um in Ruhe die nötigen Vorbereitungen treffen zu können. Die Ablenkungen der Küste fürchtete er ebenso wie den Charme einer ländlichen Umgebung, deshalb machte er sich auf die Suche nach einem unattraktiven kleinen Städtchen, wo nichts ihn von seinen Büchern hinwegzulocken vermochte. Alle Empfehlungen von Seiten der Freunde schlug er aus in der Annahme, es könnte ihn in einen Ort verschlagen, wo wiederum Freunde der Freunde auf ihn warteten. Da er dies unbedingt vermeiden wollte, suchte er sich den Flecken selber aus. Er verstaute ein paar Kleidungsstücke und seine Bücher in einer Reisetasche und löste ein Billett nach dem ersten ihm unbekannten Ort, den er im lokalen Kursbuche entdecken konnte.

Nach dreistündiger Fahrt erreichte er einen Ort namens Benchurch in dem befriedigenden Gefühl, seine Spuren so gewissenhaft gelöscht zu haben, daß er seine Studien ohne Störung vorantreiben könnte. Im einzigen Gasthof des verschlafenen Städtchens, den er unverzüglich aufsuchte, nahm er ein Zimmer für die Nacht. Benchurch war ein Marktflecken und einmal alle drei Wochen von Menschen überlaufen, aber die übrige Zeit war es so belebt wie die Wüste selber. Am Tage nach seiner Ankunft sah er sich nach einem noch abgelegenerem Orte um, als selbst der ruhige Gasthof »Zum fröhlichen Wanderer« ihn bieten konnte. Es gab nur einen Platz, der ihn anzog, da dieser selbst die kühnsten Erwartungen in bezug auf Ruhe zu erfüllen versprach. Allerdings war Ruhe nicht das rechte Wort zur Beschreibung einer so abgelegenen Örtlichkeit, eher paßte der Ausdruck *absolute Verlassenheit.* Es handelte sich um ein weitläufiges gewaltiges Gebäude mit mächtigen Giebeln und ungewöhnlich schmalen, höher als üblich angebrachten Fenstern und umgeben von einer hohen, massiven Mauer. So glich es in seiner äußeren Erscheinung eher einer Festung als einem normalen Wohnhaus. Und dennoch war Malcolmson gerade von dieser Eigenschaft begeistert. »Das ist genau der Platz, den ich mir vorstellte«, sprach er zu sich selber, »ich wäre glücklich, wenn ich hier Wohnung nehmen könnte.« Und seine gute Stimmung wurde noch euphorischer durch die Tatsache, daß das Haus im Moment offensichtlich nicht bewohnt zu sein schien.

In der Poststelle erfuhr er den Namen des Maklers, der seinerseits sich tief erstaunt zeigte über die Anfrage, einen Teil des alten Hauses mieten zu wollen. Mr. Carnford, so der Name des Maklers, war ein gerissener alter Herr, der sein Erstaunen allerdings gut verbergen konnte und sofort seiner Genugtuung über die Absicht des Studenten Ausdruck verlieh.

»Um Ihnen die Wahrheit zu sagen«, sprach er, »so bin ich im Namen der Hausbesitzer nur zu gern bereit, Ihnen das Gebäude auf bestimmte Zeit kostenlos zu überlassen, allein schon um die Einwohner von Benchurch daran zu gewöhnen, daß es bewohnbar ist. Denn es hat so lange leergestanden, daß sich inzwischen ein abstruses Vorurteil daran geknüpft hat, welches sich allein durch die Tatsache der Bewohnung aus der Welt schaffen läßt – und wenn es sich auch nur« – und hier warf er einen abschätzenden Seitenblick auf Malcolmson – »um einen Studenten handelt, der für kurze Zeit seine Ruhe haben will.«

Malcolmson fand es überflüssig, den Makler nach dem erwähnten abstrusen Vorurteil zu befragen. Er konnte sich ausrechnen, von anderer Seite genug darüber in Erfahrung zu bringen, wenn er das Haus erst gemietet hatte. So zahlte er bereitwillig für drei Monate im voraus und erhielt dafür neben der Quittung und dem Schlüssel den Namen einer Frau, die ihm eventuell aufwarten würde. Damit begab er sich zu der freundlichen und hilfsbereiten Wirtin des Gasthofes, um sich nach Proviant und Vorräten zu erkundigen, die er einzukaufen gedachte. Als er ihr mitteilte, wohin er sich zurückziehen wolle, warf die gute Frau entsetzt die Arme in die Höhe.

»Doch nicht etwa in das Haus des Richters!« – rief sie

aus, wobei ihr Gesicht aschfahl wurde. Daraufhin erklärte er ihr die Lage des Wohnsitzes, dessen Namen er nicht kannte, aber er hatte kaum ausgeredet, fiel sie ihm schon ins Wort:

»O ja, das ist es – es ist genau jener Ort! Es ist ganz sicher des Scharfrichters Haus!« Malcolmson fragte die freundliche Wirtin, warum das Gebäude so hieße und was es damit auf sich habe, und bekam folgendes zu hören: Der Ort sei so benannt, weil er vor vielen Jahren – vor wie langer Zeit genau konnte sie nicht sagen, weil sie selber von auswärts sei, aber es müssen mindestens hundert Jahre vergangen sein, wenn nicht mehr – der Wohnsitz eines Richters gewesen war, dem man aufgrund seiner übergroßen Strenge, seiner harten Urteile und seiner offenen Feindseligkeit gegenüber den Angeklagten mit kriecherischer Furcht begegnet war. Was dies mit dem Haus zu schaffen habe, wußte sie nicht, und so oft sie danach gefragt habe, hätte es nur ausweichende Antworten gegeben. Allerdings habe sie das bestimmte Gefühl, daß *irgend etwas* nicht stimmen könne und selbst für alles Geld aus *Drinkwaters Bank* würde sie nicht eine Stunde in jenem Haus verbringen wollen. Unmittelbar nach ihrem beunruhigenden Ausbruch versuchte sie wieder abzumildern:

»Das war vorschnell von mir, Sir, wenn Sie entschuldigen wollen, wo Sie, ein junger Herr, dort allein einzuziehen gedenken. Aber wären Sie mein Sohn – und Sie müssen meine Offenheit entschuldigen –, so würden Sie dort keine einzige Nacht verbringen, und wenn ich selbst mich dorthin begeben müßte, um die große Alarmglocke auf dem Dach in Bewegung zu setzen.« Die gute Frau meinte es offenbar ernst und war zugleich so ehrlich in ihren Bemühungen, daß Malcolmson trotz eines heimlichen Lächelns von ihrer Sorge berührt war. Er versicherte ihr eifrigst, wie sehr ihm ihre mitfühlende Zuneigung zu Herzen gehe und fügte hinzu:

»Sie dürfen sich, meine liebe Mrs. Witham, um meine Wenigkeit keine Gedanken machen. Wer sich wie ich auf die Abschlußprüfung in den mathematischen Fächern vorbereitet, hat keine Zeit für mysteriöse Angelegenheiten, die Arbeit ist zu prosaisch und zu nüchtern. Harmonische Reihen, Permutationen, Kombinationen und elliptische Funktionen bergen genug Mysterien in sich, glauben Sie mir.« Nach diesen Worten kümmerte Mrs. Witham sich um des Studenten Bestellung, während dieser nach der ihm empfohlenen Dienstmagd Ausschau hielt. Als er nach wenigen Stunden in ihrer Begleitung vor des Scharfrichters Haus erschien, warteten dort bereits Mrs. Witham und einige Burschen, die die Proviantkörbe trugen, sowie ein Polsterer mit frischem Bettzeug, weil die gute Mrs. Witham die Ansicht vertrat, Tisch und Stühle mögen wohl in ordentlichem Zustand sein, aber ein über fünfzig Jahre lang nicht gelüftetes Bett sei nichts für einen jungen Mann. Sie war ganz offensichtlich neugierig, das Haus von innen zu besichtigen. Als sie es aber schließlich gemeinsam betreten hatten, trieb die Furcht sie bei dem kleinsten Geräusch an Malcolmsons Seite, von der sie nicht mehr wich, bis alle Räume einer genauen Prüfung unterzogen waren.

Nach diesem Rundgang beschloß Malcolmson, sein Lager im Speisezimmer, das groß genug war, allen seinen Ansprüchen zu genügen, aufzuschlagen, woraufhin Mrs. Witham und die Putzmagd, Mrs. Dempster, mit den Vorbereitungen begannen. Als die Pakete hereingetragen und geöffnet worden, bemerkte Malcolmson, daß die freundliche Gastwirtsfrau Vorräte für mehrere Tage aus ihrer eigenen Küche beigesteuert hatte. Bevor sie ging, wünschte sie ihm alles nur erdenklich Gute, und unter der Tür drehte sie sich ein letztes Mal um und sagte:

»Ich würde Ihnen übrigens raten, nachts einen Wandschirm um Ihr Bett zu plazieren, weil – nun, weil ich persönlich sterben würde, wenn ich hier des Nachts eingeschlossen wäre mit diesen – Geschöpfen, die ihre ekligen Köpfe aus ihren ekligen Löchern herausstrecken und mich anstarren.« Das Bild, welches sie da selbst heraufbeschworen, war zuviel für ihre Nerven, so daß sie schaudernd eilends entfloh.

Mrs. Dempster dagegen brachte nur einen verächtlichen Ton über so zages Verhalten hervor und bemerkte, sämtliche Gespenster des Königreichs könnten ihr keinen Schrecken einjagen.

»Ich will Ihnen mal was sagen, junger Mann«, brummelte sie, »Gespenster sind alles mögliche – nur keine Gespenster. Ratten oder Mäuse, ja, oder Käfer, knarrende Türen oder lose Schindeln oder kaputte Scheiben oder irgendwelche Griffe, die sich gelockert haben und mitten in der Nacht auf den Boden poltern. Sehen Sie sich nur diese Täfelung an! Sie ist alt. Hunderte von Jahren alt! Und Sie glauben doch nicht, junger Mann, daß sich in deren Ritzen und Schründen keine Ratten oder Käfer verbergen! Und Sie glauben hoffentlich auch nicht, daß Sie diese Brut nicht zu Gesicht bekommen werden! Ratten, das sind Gespenster, sage ich Ihnen, und Gespenster sind nichts als Ratten – und glauben Sie nur nicht irgendetwas andres.«

»Mrs. Dempster«, erwiderte Malcolmson sogleich bewundernd, wobei er eine kurze Verbeugung andeutete, »Sie haben mehr Verstand im Kopf als ein Abschlußkandidat aus Cambridge! Und zum Zeichen der Anerkennung Ihrer unzweifelhaften Gesundheit an Leib und Seele werde ich Ihnen das Haus, wenn ich es nach vier Wochen wieder verlasse, für die restlichen zwei Monate übergeben.«

»Danke ergebenst, Sir«, bemerkte darauf die Alte, »aber ich kann nicht eine Nacht von zu Hause fortbleiben. Ich wohne in Mr. Greenhows Armenasyl, und wenn ich da eine Nacht nicht erscheine, verliere ich alles, was ich zum Leben brauche. Die Ordnung da ist sehr streng, und es gibt zu viele armselige Kreaturen, die nur darauf warten, sich in mein angewärmtes Bett zu legen. Da kann ich nichts riskieren! Aber so lange Sie hier sind, Sir, schaue ich gern nach dem Rechten.«

»Meine Beste, ich bin hier, um in völliger Einsamkeit zu arbeiten«, beeilte sich da unser Student auszurufen, »deshalb bin ich dem verehrten Mr. Greenhow dankbar dafür, daß er seine Anstalt so mustergültig organisiert hat, auch wenn ich auf solche Weise auf die Versuchung verzichten muß, Sie auch des Nachts hier um mich zu wissen. Der Heilige Antonius könnte in diesem Punkte nicht strenger sein.«

Die alte Frau lachte polternd. »Oho, junger Mann, Ihnen ist auch vor nichts bange. Vielleicht werden Sie so die Einsamkeit finden, die Sie suchen.« Nach diesen Worten machte sie sich wieder an die Arbeit, und als Malcolmson von seinem Spaziergang – auf den er, wie stets, ein Buch mitgenommen – zurückkehrte, fand er sein Zimmer gescheuert und aufgeräumt vor. Im Kamin prasselte ein Feuer, die Lampe verbreitete einen milden Schein, und auf dem Tische waren die köstlichen Speisen von Mrs. Witham angerichtet. »Bei Gott, jetzt ist es gemütlich«, murmelte unser Student und rieb sich die Hände.

Nachdem er sein Nachtmahl beendet und das Tablett auf der anderen Seite des eichenen Tisches abgestellt hatte, legte er neues Holz auf, trimmte die Lampe, holte seine Bücher hervor und begann konzentriert zu arbeiten. Ohne Unterbrechung fuhr er so fort bis gegen elf Uhr, dann machte er eine kleine Pause, um nach Feuer und Lampe zu sehen und um sich eine Tasse starken Tee zu brühen. Das war eine alte Angewohnheit von ihm, noch aus College-Zeiten, wo er ebenfalls spät zu arbeiten und spät Tee zu trinken pflegte. Die Pause kam ihm wie ein kostbarer Luxus vor, den er mit sichtlichem Behagen genoß. Das neu entfachte Feuer knisterte und züngelte und warf sonderbare Schatten durch den großen, alten Raum. Und während unser Student an seinem heißen Tee nippte, ergötzte er sich an solcher Form von Einsamkeit. Just zu diesem Zeitpunkt nahm er zum ersten Mal bewußt den Lärm der Ratten wahr.

»Sie können doch unmöglich die ganze Zeit über, da ich arbeitete, einen solchen Krach gemacht haben? Das hätte ich doch hören müssen!« Und als das Spektakel noch lauter wurde, beruhigte sich Malcolmson damit, daß es möglicherweise eben erst eingesetzt hatte. Sicherlich waren die Ratten durch die Anwesenheit eines Fremden, durch Feuer und Licht, zu Anfang verschreckt gewesen, nun aber, bei fortschreitender Zeit, wurden sie dreister und verhielten sich schließlich so, daß es eine Zumutung wurde.

Und was für ein Spiel sie trieben! Welche Geräusche sie machten! Sie flitzten hinter der Täfelung hinauf und hinunter, über die Decke und auf dem Fußboden entlang, und dabei nagten und scharrten sie in einem fort. Malcolmson fielen die Worte von Mrs. Dempster ein, über die er jetzt lächeln mußte: »Ratten sind Gespenster und Gespenster sind nichts als Ratten.« Der Tee begann seine Wirkung auf Kopf und Nerven auszuüben, und mit Genugtuung dachte unser Student daran, bis zum Morgengrauen noch ein gutes Stück Arbeit leisten zu können. Mit dieser Gewißheit im Herzen erlaubte er sich einen Rundgang durch sein Gemach. Er nahm die Lampe auf und schlenderte umher, wobei er sich beständig darüber wunderte, warum ein so anheimelndes und prachtvolles Anwesen so lange leerstehen mußte. Die Maserung des Eichenholzes der Wandtäfelung war von erlesener Qualität und die geschnitzten Verzierungen an Türen und Fenstern verrieten einen exquisiten Geschmack. An den Wänden prangten ein paar alte Gemälde, die allerdings dermaßen von einer dicken Schmutz- und Staubkruste überzogen waren, daß man keines ihrer Motive ausmachen konnte. Auf seinem Rundgang traf er hier und dort auf ein Loch, aus dem ihm mit funkelnden Augen der Kopf einer Ratte entgegenstarrte, der allerdings unter schrillem Gequieke sofort wieder verschwunden war. Was unseren furchtlosen Studiosus freilich am meisten fesselte, war das dicke Seil der auf dem Dach angebrachten Alarmglocke, welches in der Ecke rechts neben dem Kamin von der Decke herunterhing.

Malcolmson rückte sich einen gewaltigen eichenen Ohrensessel nah ans Feuer und ließ sich zu einer letzten Tasse Tee nieder. Danach legte er nochmals Holz auf und machte sich wieder an die Arbeit, wobei er sich so setzte, daß das Feuer zu seiner Linken brannte. Für die ersten Augenblicke störte ihn das Gerassel der Ratten, aber er hatte sich bald daran gewöhnt, wie man sich an das Ticken der Uhr gewöhnt. Und schließlich kniete er so tief in der

Arbeit, daß die ganze Welt um ihn herum versank. Doch plötzlich richtete er sich auf, obwohl sein mathematisches Problem noch immer nicht gelöst war. In der Luft schwang jene Stimmung, die so bezeichnend ist für die Zeit unmittelbar vor Anbruch eines neuen Tages und zugleich so unsäglich für einen zweifelnden Menschen. Der Rattenlärm hatte sich gelegt. Es schien Malcolmson sogar, er habe sich ganz plötzlich beruhigt, so daß diese Unterbrechung der eigentliche Anlaß war für sein abruptes Auffahren. Das Kaminfeuer war niedergebrannt, verbreitete aber immer noch einen tiefroten, glosenden Schein. Als er so dasaß und unstet umherblickte, gewahrte er etwas, das ihn trotz seiner Kaltblütigkeit zusammenfahren ließ:

Auf dem majestätischen eichenen Ohrensessel rechts neben dem Kamin kauerte eine riesige Ratte, die ihn mit boshaft blitzenden Augen unverwandt anstarrte. Er machte eine schnelle Handbewegung, so als wolle er sie verscheuchen, aber das Tier machte keine Bewegung. Daraufhin tat er so, als wolle er etwas werfen. Aber anstatt zu fliehen, entblößte das Untier lediglich seine weißen Nagezähne, wodurch die gräßlichen Augen noch einen zusätzlichen Grad von Grausamkeit erhielten.

Malcolmson war aufs tiefste überrascht, schnappte sich aber geistesgegenwärtig die Feuerzange und sprang damit auf den Sessel zu, um dem Tier den Garaus zu machen. Indes, bevor er die Ratte erreichte, sprang diese mit einem markerschütternden Gequieke, anzuhören wie eine Mischung aus Haß und Wut, auf den Boden, um dann das Seil der Alarmglocke emporzuwitschen, bis sie aus dem Lichtkreis der Lampe entschwunden war. Und augenblicklich begann aufs neue das entsetzliche Geräusch der hinter der Täfelung lärmenden Ratten.

Zu dieser Zeit war Malcolmsons Verfassung nicht mehr die beste. So ging er, als schließlich das schrille Krähen eines Hahnes an das Nahen des Morgens gemahnte, zu Bett und fiel alsbald in einen tiefen Schlaf.

Sein Schlaf war ein so anhaltender, daß ihn nicht einmal Mrs. Dempster, die zum Aufräumen gekommen war, unterbrechen konnte. Erst als das Zimmer hergerichtet und das Frühstück aufgetragen war, klopfte sie an die Spanische Wand, die sein Bett umstellte, worauf er die Augen aufschlug. Nach der anstrengenden nächtlichen Arbeit war unser Student immer noch nicht ausgeschlafen, erst ein starker Tee brachte ihn auf die Beine. Er nahm seine Bücher mit sich und ein paar belegte Brote, da er nicht wußte, ob er pünktlich wieder zum Essen daheim sein würde. Auf einem lieblichen Platz unter schattigen Ulmen, außerhalb des Ortes, verbrachte er den größten Teil des Tages beim Studium seines Laplace. Als es Zeit für den Rückweg war, warf er einen Blick bei Mrs. Witham hinein, um sich für deren Freundlichkeiten zu bedanken. Durch ihren verglasten Erker hatte sie sein Kommen bereits beobachtet und trat nun bei seiner Ankunft vor die Tür, um ihn hineinzubitten. Sie musterte ihn mit tiefen Sorgenfalten auf der Stirn und sagte kopfschüttelnd:

»Sie sollten es nicht übertreiben, Sir! Ihre Gesichtsfarbe heute morgen ist blasser, als sie sein sollte. Zu spät ins Bett gehen und zu viel Denken ist für einen jungen Mann ungesund. Aber erzählen Sie, wie Sie die Nacht verbracht haben. Gut, hoffe ich! Sie können sich gar nicht vorstellen, wie glücklich ich war, als Mrs. Dempster von Ihrem guten Zustand Nachricht brachte und daß Sie bei ihrer Ankunft sogar noch schliefen.«

»Oh, ich bin guter Dinge«, antwortete Malcolmson ehrlich, »die mysteriösen Vorkommnisse haben mich bis jetzt wenigstens nicht aus der Ruhe gebracht. Schlimm allerdings sind die Ratten! Die haben einen Zirkus veranstaltet, der es in sich hatte! Und das den ganzen Abend über! Ein besonders gräßlicher alter Teufel saß sogar in meinem Sessel am Feuer und ließ sich erst dann herab, meinen Platz zu räumen, als ich ihm mit der Feuerzange drohte. Da ist er dann über das Seil der Alarmglocke entwischt und hat sich irgendwo hinter der Wand oder an der Decke versteckt – wo, das konnte ich bei der Dunkelheit nicht ausmachen.«

»Gott sei bei uns«, rief entsetzt Mrs. Witham, »ein alter Teufel, und sitzt seelenruhig in Ihrem Sessel am Feuer!

Seien Sie auf der Hut, Sir, geben Sie acht! In manchem Spaß steckt ein wahrer Kern.«

»Was sagen Sie da? Was um Himmels willen meinen Sie?«

»Ein alter Teufel! *Der* alte Teufel vielleicht! Nein nein, Sir, Sie müssen nicht lachen«, rief sie beschwörend aus, da Malcolmson ein Grinsen nicht unterdrücken konnte. »Ihr jungen Leute könnt leicht über Dinge lachen, die uns Alten einen Schauder über den Rücken jagen. Nichts für ungut, Sir, nichts für ungut! Bitten Sie Gott, daß Sie im Leben immer Anlaß zum Lachen haben, ich wünsche Ihnen das jedenfalls von ganzem Herzen!« – und zu seiner Freude strahlte ihn die gute Frau an und vergaß für eine Sekunde ihre Furcht.

»Bitte vergeben Sie mir mein Lachen«, setzte Malcolmson an, »und halten Sie mich nicht für unhöflich, aber die Idee war zu komisch für mich – daß der leibhaftige Teufel persönlich in meinem Sessel gesessen haben soll!« Er mußte noch einmal kräftig lachen, verabschiedete sich alsdann artig und machte sich auf seinen Weg nach Hause.

An diesem Abend begann das Spektakel der Ratten früher, streng genommen hatte es bereits vor seiner Ankunft begonnen und wurde nur während seines Eintritts unterbrochen. Nach dem Nachtmahl setzte sich Malcolmson für eine Zigarettenlänge ans Feuer, um später, nach dem Abräumen des Essens, seine Arbeit wieder aufzunehmen. In dieser Nacht störten ihn die Ratten mehr als in der vorangegangenen. Sie trieben es hinter dem Holz wie toll und quietschten und kratzten und nagten ununterbrochen. Aus allen Löchern und Brüchen der Holztäfelung steckten sie ihre Köpfe, wobei ihre Augen im Schein des zuckenden Feuers wie kleine Lämpchen aufglühten. Doch Malcolmson hatte sich an ihre Gegenwart dermaßen gewöhnt, daß er sie fast als Zimmergenossen ansah, die ihn nicht mehr schrecken konnten. Allein ihre Angriffslust beschäftigte ihn. Denn die frechsten der Tiere wagten Ausflüge bis in den Raum hinein oder tanzten wie wild auf den Wandgesimsen. Hin und wieder, wenn es unserem Studiosus zu bunt wurde, erzeugte er ein Geräusch, das sie erschrecken sollte, indem er mit der Hand auf den Tisch schlug oder einen Zischlaut von sich gab: dann verschwanden sie eiligst in ihren Löchern.

So verging der erste Teil der Nacht, und trotz des anhaltenden Lärms vertiefte sich Malcolmson immer intensiver in seine Mathematik.

Doch dann hielt er, wie in der vergangenen Nacht, inne, aufgeschreckt durch den Eintritt vollkommener Ruhe. Nicht das geringste Geräusch war zu hören, kein Nagen, kein Kratzen, kein Gequieke: es herrschte Grabesstille. Ihm fiel das schreckliche Vorkommnis der letzten Nacht wieder ein und instinktiv sah er hinüber zu dem alten Sessel neben dem Kamin – und ein grauenhafter Schauder bemächtigte sich seines gesamten Körpers.

Mitten auf dem alten eichenen Ohrensessel lauerte die riesige Ratte und starrte ihn aus haßsprühenden Augen unverwandt an.

Ohne sich lange zu besinnen, griff Malcolmson den ersten besten Gegenstand, eine Logarithmentafel, und schleuderte sie in Richtung der Ratte. Indes, das Wurfgeschoß war schlecht gezielt und verfehlte das Tier, das sich nicht vom Fleck rührte. Deshalb wiederholte er die Drohung mit der Feuerzange, worauf die Ratte, dem Schlage ausweichend, wie in der vergangenen Nacht über das Alarmglockenseil entwetzte. Unmittelbar nach diesem eiligen Abgang setzte der Höllenlärm der Rattengesellschaft erneut ein. Malcolmson konnte wiederum nicht ausmachen, wo das Scheusal sich versteckt hielt, da der Lichtkreis seiner Tischlampe den oberen Teil des Gemachs im Dunkeln ließ und überdies das Kaminfeuer niedergebrannt war.

Als es auf Mitternacht zuging, machte sich Malcolmson, dankbar für die willkommene Unterbrechung, seinen nächtlichen Tee. Er war in seiner Arbeit ein gutes Stück vorwärtsgekommen und belohnte sich dafür mit einer zusätzlichen Zigarettenpause. Während er so entspannt vor dem Kamin saß, beschäftigte ihn abermals die Frage, wohin wohl die Ratte entwischt sei, da er ernsthaft mit der Idee einer Falle spielte. Er entzündete eine zweite

Leuchte, die er so postierte, daß die Ecke rechts neben dem Kamin erhellt war. Sodann stapelte er seine sämtlichen Bücher in Griffnähe, um sie bei passender Gelegenheit gegen das Gesindel einsetzen zu können. Schließlich nahm er das Seil auf und legte dessen Ende auf den Tisch direkt unter die Lampe. Bei der Berührung des Seils fiel ihm dessen Geschmeidigkeit auf, zumal, da es sehr dick war und seit langem schon nicht mehr in Gebrauch. »Damit läßt sich ohne Mühe ein Mensch aufknüpfen«, durchfuhr es ihn. Nach Beendigung der strategischen Vorbereitungen betrachtete er sein Werk und stellte befriedigt fest:

»Wohlan, mein Freund, dieses Mal werden wir uns wohl besser kennenlernen!« Alsdann setzte er sich wieder über seine Aufgaben und war trotz der unglaublichen Geräusche schon bald in seine Erörterungen und Berechnungen vertieft. Doch er wurde wiederum gestört. Dieses Mal war es nicht nur die plötzlich eintretende Stille, sondern ebenso ein kaum wahrnehmbares Zittern von Seil und Lampe. Ohne sich zu bewegen, versicherte er sich aus den Augenwinkeln seines Bücherhaufens und ließ dann seinen Blick das Seil emporklettern. Er bemerkte die Ratte, wie diese sich gerade vom Seil auf den Sessel fallen ließ, von dem aus sie ihn wie schon mehrere Male zuvor anglotzte. Malcolmson packte eines der Bücher, nahm Augenmaß und schmiß es nach dem Ungeheuer, das freilich mit einer raschen Bewegung dem Angriff auswich. Dem ersten Buch folgte ein zweites, dann ein drittes, jedesmal ohne Erfolg. Als er schließlich mit dem letzten Folianten in der erhobenen Hand dastand, produzierte das Tier ein markerschütterndes ängstliches Quieken. Das machte unsern tapferen Studenten nur noch wütender und er warf das Buch, welches dieses Mal sein Ziel mit einem hörbaren Klatschen traf. Die Ratte gab einen entsetzlichen Ton von sich, sprang mit einem tollen Satz auf die Rückenlehne des Sessels und von dort aus mit einem noch gewaltigeren auf das Seil, das sie wie wahnsinnig hinaufhastete. Malcolmson verfolgte sie gebannt mit den Augen und gewahrte im Lichte der zweiten Lampe, wie sie ein Gesims an der Wand erreichte und von dort in einem dem bloßen Auge unsichtbaren Loch, das sich in einem der mächtigen Gemälde befinden mußte, verschwand.

»Die Behausung meines Freundes werde ich bei Tageslicht einmal genauer unter die Lupe nehmen«, sagte sich unser Student beim Einsammeln seiner Bücher, »vom Kamin aus gesehen war es das dritte Bild.« Er nahm ein Buch nach dem andern wieder auf und registrierte dabei gleichgültig die Titel: *Konische Schnitte, Zykloide Oszillationen, Rechnen mit hyperkomplexen Zahlen, Thermodynamik.* Schließlich kam das letzte Buch, das ihn auf seltsame Weise anzog, und als er es in seinen Händen hielt, überlief ihn ein Schauder, während sein Gesicht von tiefer Röte überzogen ward.

»Die Bibel, die mir einst meine Mutter schenkte! Was für ein sonderbarer Zufall!« Trotz so merkwürdiger Entdeckung begab er sich aber unverzüglich wieder an seine Arbeit, und die Ratten fuhren in der ihrigen fort. Seine Konzentration freilich war dahin. Und als nach geraumer Zeit die Lösung des Problems sich noch immer nicht einstellen wollte, gab er verzweifelt auf und ging mit den ersten Morgenstrahlen zu Bette.

Er schlief tief, aber unruhig, und träumte viel. Auf Mrs. Dempster, die ihn am Morgen weckte, machte er einen mißmutigen Eindruck, und es schien ihr, als wisse er im Moment gar nicht, wo er sich recht eigentlich befinde. Noch dazu verblüffte er die Putzmagd mit der Frage:

»Wären Sie so gut, Mrs. Dempster, während meines Morgenspaziergangs die Gemälde von ihrer Schmutzkruste zu befreien? Ich möchte gern sehen, was sie darstellen. Besonders das dritte vom Kamin aus interessiert mich!«

Den Nachmittag über beschäftigte Malcolmson sich intensiv mit seinen Zahlen und die Ruhe des vergangenen Tages kam wieder über ihn, als er da unter den schattigen Bäumen lagerte. Alle Probleme, die bislang einer Lösung ermangelt hatten, lösten sich in einer befriedigenden Weise. Deshalb befand er sich in einer geradezu ausgelassenen Hochstimmung, als er Mrs. Witham im Gasthof seine Aufwartung machte. In ihrem behaglichen Wohnzimmer traf er auf einen Fremden, der ihm als Dr. Thornhill vorgestellt wurde. Dieser Herr bestürmte Malcolmson sogleich mit einer Fülle von Fragen, so daß unser Student – auch aufgrund des sonderbaren Gebarens der Mrs. Witham – argwöhnte, des Doktors Anwesenheit sei keine zufällige, sondern absichtsvoll herbeigeführt. Ohne weitere Höflichkeitsfloskeln sagte er deshalb:

»Ihre Fragen, Doktor, will ich alle aufs beste beantworten, wenn Sie mir eine einzige zuvor beantwortet haben!«

Der Doktor schien überrascht, lächelte aber und schlug ein: »Gemacht! Schießen Sie los!«

»Hat Mrs. Witham Sie hergebeten, um mich hier zu treffen und mir Ratschläge zu geben?«

»Das hat sie in der Tat, aber sie wollte nicht, daß Sie ihre Absicht durchschauen! Durch meine aufdringliche Hast sind Sie stutzig geworden, nicht wahr? Die gute Mrs. Witham kann sich nicht damit abfinden, Sie allein in dem Gemäuer zu wissen. Und außerdem ist sie der Meinung, der viele starke Tee schade Ihrer Gesundheit! Sie ist also in mich gedrungen, Ihnen den starken Tee und die nächtlichen Arbeitsstunden auszureden. Zu meiner Zeit war ich ein eifriger Student, deshalb nehme ich mir die Freiheit, Sie ohne Umschweife als Kollegen anzusprechen, nicht als Fremden.«

Malcolmson streckte gerührt seine Rechte aus: »So soll es sein! Ich danke Ihnen und Mrs. Witham von Herzen und möchte sogleich Ihren teuren Rat befolgen: Ich verspreche, von nun an zu später Stunde keinen Tee mehr anzurühren und nach Schlag Eins nicht mehr am Tische zu sitzen!«

»Wunderbar!« rief da der Doktor aus. »Und nun erzählen Sie uns, was in dem alten Gemäuer sich zugetragen!« Malcolmson berichtete hierauf im Detail die Begebenheiten der letzten beiden Tage, wobei er dann und wann durch Mrs. Withams entsetzte Ausbrüche unterbrochen wurde. Als er schließlich zu der Bibel-Episode kam, machten sich die aufgestauten Ängste der Guten in einem hysterischen Aufschrei Luft, und erst ein ordentlicher Brandy stellte sie wieder einigermaßen auf die Beine.

Dr. Thornhill dagegen lauschte mit einem zunehmend ernster werdenden Gesichtsausdruck und stellte nach Abschluß des Berichts die Frage:

»Und die Ratte, sagten Sie, entwischte jeweils über das Seil der Alarmglocke?«

»Jawohl, so geschah es!«

»Ich nehme an, Sie wissen«, fragte der Doktor nach einer Weile, »welchem Zweck das Seil diente?«

»O nein, das weiß ich nicht. Lassen Sie hören!«

Langsam kam des Mediziners Antwort: »Es diente dem Henker für die erbarmungswürdigen Opfer, die des Scharfrichters fluchwürdige Grausamkeit ihm zugetrieben!«

An dieser Stelle wurde er von einem neuerlichen Aufschrei der Mrs. Witham unterbrochen, für deren Genesung nun ernsthafte Schritte unternommen werden mußten. Dies ausnützend, vergewisserte sich Malcolmson der Uhrzeit und machte sich, um rechtzeitig zum Abendessen zu Hause zu sein, aus dem Staube.

Gleich nach ihrer Wiederherstellung drang die Wirtin in den Doktor, warum dieser um Christi willen so schauderhafte Offenbarungen dem Studenten gegenüber geäußert. »Er hat doch gewiß der Gräßlichkeiten genug in jenem Hause erlebt!« Doch Dr. Thornhill erwiderte:

»Meine liebe Mrs. Witham, ich habe damit eine bestimmte Wirkung erzielen wollen. Seine ganze Aufmerksamkeit soll auf dies Seil gerichtet sein, ich wollte ihn geradezu darauf fixieren. Denn es mag wohl sein, daß sich unser Freund in einem überreizten Zustand befindet, hervorgerufen durch zu viel Arbeit, andererseits macht er einen gesunden Eindruck, gesund an Leib und Seele. Aber dann die Ratten, schließlich die Erwähnung des Teufels!« Der Doktor schüttelte den Kopf und fuhr fort: »Ich hätte ihm angeboten, diese Nacht in seiner Nähe zu verbringen, doch kam mir das zu aufdringlich vor. Aber wenn im Laufe der Nacht die Angst sich seiner bemächtigt, möchte ich ihn dazu bringen, die Alarmglocke in Bewegung zu setzen. So einsam wie er ist, kann diese allein uns ein Warnzeichen geben. Ich werde auf jeden Fall wach bleiben und die Ohren spitzen. Und seien Sie nicht überrascht, wenn in Benchurch um Mitternacht etwas Unvorhergesehenes passiert.«

»Mein Gott, Doktor, was meinen Sie damit? Wie soll ich das verstehen?«

»So wie ich es gesagt habe. Es besteht die Möglichkeit – nein die Wahrscheinlichkeit, daß wir heute um Mitternacht die Glocke von des Scharfrichters Haus zu hören bekommen.« Und mit diesen Worten bereitete sich der Doktor einen denkbar effektvollen Abgang.

Da Malcolmson etwas später als gewöhnlich zurückkehrte, traf er Mrs. Dempster nicht mehr an – die Vorschriften in Greenhows Armenasyl wurden offensichtlich streng eingehalten. Er war beglückt über das aufgeräumte und geputzte Zimmer sowie über das prasselnde Kaminfeuer und die entzündete Lampe. Der Abend war kälter als im April üblich und ein heftiger Wind tobte mit solcher Gewalt, daß man einen nächtlichen Sturm erwarten konnte. Die Ratten hatten ihr Spektakel nach seinem Eintritt für einige Minuten eingestellt, aber sobald sie sich mit der Anwesenheit seiner Person abgefunden, begannen sie wieder ihr geräuschvolles Geschäft. Malcolmson war eigentlich froh, sie zu hören, weil ihn mittlerweile eine Art Kumpanei mit den Tieren verband, und er dachte über den sonderbaren Umstand nach, daß sie immer nur dann mit ihrem Treiben innehielten, wenn das schreckliche Riesentier mit den boshaften Augen auf den Plan trat. Es brannte nur die Leselampe, deren warmes Licht die Decke und die hinteren Teile des Raumes im Dunkeln beließ, und nur das Kaminfeuer überzog den Fußboden und die weiße Tischdecke mit einem behaglichen Schein. Mit wachem Geist und gesundem Appetit setzte Malcolmson sich zum Essen nieder. Nach dem Mahl und einer Entspannungszigarette machte er sich an die Arbeit, um ohne Unterbrechung die Zeit bis zum frühen Zubettgehen, wie er es dem Doktor versprochen, zu nutzen.

Eine Stunde lang etwa ging alles gut, dann begannen sich seine Gedanken selbständig zu machen. Die Umgebung, die Anschläge auf seine Person und seine nervöse Empfindlichkeit forderten ihr Recht. Zu dieser Zeit hatte sich der Wind in einen Sturm verwandelt, der seinerseits umzuschlagen drohte in ein veritables Unwetter. Das alte Haus schien, trotz der festen Mauern, in seinem Fundamente zu beben, so stark wütete der Sturm in den zahlreichen Schornsteinen und morschen Giebeln, und er erzeugte auf solche Weise in den verlassenen Räumen und leeren Korridoren eine fremde, schrille Musik. Selbst die mächtige Alarmglocke mußte die Stärke des Windes gespürt haben, da das Seil sich hin und wieder in Bewegung setzte, wobei sein Ende mit einem harten und hallenden Ton auf dem Boden aufschlug.

Malcolmson mußte bei diesem Geräusch an die mahnenden Worte des Doktors denken: »Dieses Seil diente dem Henker für die erbarmungswürdigen Opfer, die des Scharfrichters fluchwürdige Grausamkeit ihm zugetrieben!« Nachdenklich ging er zum Kamin hinüber und nahm das Seilende in die Hand, ein grausames Geheimnis schien darin eingewirkt zu sein. Er ertappte sich dabei, wie er in Spekulationen über die Opfer verfiel und über den unmenschlichen Wunsch des Richters, ein so unheiliges Werkzeug ständig in der Nähe zu haben. Während seines Nachsinnens wurde das Seil durch die Schwingung der Glocke ständig leicht hin- und herbewegt, aber plötzlich kam noch eine Art heftiges Beben hinzu, als würde sich etwas auf dem Seil hinabbewegen.

Instinktiv sah Malcolmson auf und der großen Ratte, die sich langsam auf ihn zuschob, in die Augen. Entsetzt stieß er das Seil von sich und sprang, mit einem Fluch auf den Lippen, zurück, während die Ratte umdrehte und flugs im Dunkel verschwand. In diesem Moment kam Malcolmson zu Bewußtsein, daß das Rattenspektakel, welches eben ausgesetzt, nun mit gewohnter Heftigkeit aufs neue begann.

All dies versetzte ihn in tiefes Nachdenken, und plötzlich fiel ihm ein, daß er weder die Gemälde noch das besagte Loch bisher einer genaueren Untersuchung unterzogen hatte. So entzündete er eine zweite Lampe und begab sich damit zum dritten Bild rechts vom Kamin, in dem in der vergangenen Nacht das gräßliche Tier verschwunden war.

Beim ersten Hinsehen schreckte er so betroffen zurück, daß sein Licht fast erloschen wäre. Eine tödliche Blässe zeichnete sein Gesicht, seine Knie schlotterten, dicke Schweißtropfen traten auf seine Stirn und ein heftiges Zittern bemächtigte sich nach und nach des gesamten Körpers. Doch jung und mutig wie er war, faßte er sich ein Herz und trat schon nach wenigen Sekunden des Atemholens wieder auf das Gemälde zu, das sich nun, befreit von der starrenden Schmutzkruste, seinen erstaunten Augen darbot.

Es zeigte einen Richter in voller Robe in Scharlach und Hermelin. Seine Gesichtszüge waren streng und gnadenlos, ja, gerissen und rachsüchtig, sein Mund von aufdringlicher Sinnlichkeit, seine Hakennase von rötlicher Färbung und geschnitten wie der Schnabel eines Raubvogels. Die Augen waren von besonderer Schärfe und verströmten einen grauenhaft hinterhältigen Ausdruck. Malcolmsons Herz krampfte sich zusammen, denn in diesen Augen erkannte er jene der Ratte wieder. Und die Lampe fiel ihm fast aus den Händen, als er gewahrte, wie die Ratte tatsächlich aus dem Loch in der Ecke des Bildes ihn mit ihren entsetzlichen Augen anglotzte. Nun nahm er wieder das Aussetzen des Lärms wahr, und mit letzter Kraft riß er sich erneut zusammen, um das Bild genau in Augenschein zu nehmen.

Der porträtierte Richter saß in einem eichenen Ohrensessel rechts neben einem Kamin, an dessen anderer Seite ein Seil von der Decke bis zum Boden hinabbaumelte. Mit einem unbeschreiblichen Gefühl der Angst erkannte er den abgebildeten Raum als den nämlichen, in dem er sich befand, und schlotternd drehte sich unser Student um, als hätte er erwartet, eine fremde Person im Raume vorzufinden. Dann blickte er hinüber in die Kaminecke – und ließ vor panischem Schrecken das Licht seinen Händen entgleiten: Dort, in des Richters eichenem Ohrensessel, saß die Ratte mit des Richters boshaften Augen, die nun noch garstiger zu blitzen schienen.

Außer dem Heulen des Sturms, der ums Haus fegte, herrschte vollkommene Ruhe. Die am Boden liegende Lampe brachte Malcolmson wieder zu sich. Zum Glück war sie aus Metall, so daß das Öl nicht verschüttet war. Beim Aufheben wurde ihm bewußt, welche nervösen Spannungen ihn schüttelten. So versuchte er einen Moment, sich zu konzentrieren, um sich zu sammeln.

»Das muß aufhören«, sagte er zu sich selber, »denn wenn es so weitergeht, werde ich noch wahnsinnig. Das muß ein Ende haben! Ich habe dem Doktor versprochen, keinen Tee mehr zu nächtlicher Stunde zu trinken. Mein Gott, wie recht er hatte! Meine Nerven sind ziemlich am Ende! Nur komisch, daß ich es nicht früher bemerkte. Nie hatte ich mich besser gefühlt! Nun, jetzt ist es vorüber, und ich werde mich hüten, noch einmal ein solcher Narr zu sein.«

Er mixte sich einen großen Brandy mit Wasser und nahm entschlossen die Arbeit wieder auf.

Es war fast ein Uhr, als er, irritiert von einer plötzlichen Ruhe, aufschaute. Draußen heulte der Sturm immer noch wie toll und der Regen platschte wie aus Kübeln gegen die Fenster, so daß es fast wie Hagel klang. Aber im Zimmer selber gab es kein Geräusch außer dem Echo des Windes, der sich im Schornstein verfangen hatte. Das Holz im Kamin war zusammengefallen, nur der rote Schein der Glut lag über dem Boden. Malcolmson horchte angestrengt und vernahm plötzlich ein dünnes, quietschendes Geräusch. Es kam aus der Ecke, in der das Seil herunterhing, deshalb dachte er zunächst, es handle sich um das Schleifen des Seilendes auf den Dielen. Doch dann entdeckte er die Ratte, die an dem Seil hing und nagte. Sie hatte ihre Arbeit fast geschafft, denn Malcolmson erkannte an der helleren Farbe die bereits freigelegten Duchte. Während er noch schaute, war die Tat vollbracht, und er hörte den unteren Teil des Henkerswerkzeugs auf den Boden klatschen. Die Ratte hing wie eine Art Troddel am anderen Ende, welches nun heftig hin- und herschwenkte. Malcolmson wurde abermals von einem tiefen Schrecken erfaßt, als er erkennen mußte, daß nun die Möglichkeit, die Außenwelt von seiner Lage zu unterrichten, buchstäblich abgeschnitten war, aber ein heiliger Zorn überkam ihn und ließ ihn das Buch, in dem er gerade noch gelesen, gegen die Ratte schleudern. Der Wurf war gut gezielt, doch noch bevor das Buch den Ort seiner Bestimmung erreichte, ließ sich die Ratte auf den Boden fallen und verschwand in einer dunklen Ecke des Gemachs. Malcolmson fühlte, daß seine heutige Tagesarbeit beendet war und er beschloß, die nun einsetzende Monotonie lediglich durch gezielte Würfe auf die Ratte zu unterbrechen. Deshalb entfernte er den grünen Lampenschirm, um ein größeres Feld für seine Operationen zu erhalten. In der neuen Helligkeit, welche die Düsternis des oberen Teils seines Gemaches verdrängte, traten die Gemälde in aller Deutlichkeit hervor. Malcolmson stand genau dem dritten Bilde rechts vom Kamin gegenüber. Verwundert rieb er sich die Augen, dann erfaßte ihn unbeschreibliche Angst:

In der Mitte des Bildes war ein heller Fleck brauner Leinwand sichtbar, so frisch, als sei der Rahmen gerade erst bespannt worden. Der Hintergrund war wie zuvor und zeigte Ohrensessel, Kamin und Seil, aber die Figur des Scharfrichters war verschwunden.

Malcolmson, nun nahezu steif vor Angst, drehte sich langsam um und begann am ganzen Leibe dermaßen zu schlottern, daß er einer Ohnmacht nahe war. Sein Verstand schien ihn zu verlassen, er war unfähig, sich vom Fleck zu rühren, die Gedanken taumelten wie wild in seinem Kopfe: er konnte gerade noch auf seinen Beinen stehen und in namenloser Angst die Augen aufreißen.

In dem Ohrensessel ihm gegenüber saß, angetan mit der Robe aus Scharlach und Hermelin, der Scharfrichter und stierte ihn aus seinen bösen Augen unverwandt an. Ein triumphierendes Lächeln spielte um seinen Mund, als er sein schwarzes Barett wie zur Begrüßung vom Haupte nahm. Malcolmson hatte den Eindruck, sämtliches Blut stürze ihm aus dem Herzen. Ein unerträgliches Sausen dröhnte in seinen Ohren. Von draußen herein kam das klagende Geheul des Unwetters, untermischt vom Mitternachtsgeläut der Marktplatzglocken. Er stand da mit angstgeweiteten Augen, atemlos, und die Zeit schien stillzustehen. Als die Glocke zum ersten Male schlug, verzerrte sich das triumphierende Lächeln des Richters zu einer höhnischen Grimasse, und beim letzten Schlag setzte er sich das schwarze Barett, wie zum Zeichen der Verurteilung, wieder aufs Haupt.

Langsam und bedächtig erhob sich der schreckliche Gast nun aus seinem Gestühl, nahm das Ende des am Boden liegenden Seils auf und ließ es genüßlich durch die Hände gleiten, um es dann in aller Ruhe zu einer Schlinge zu knüpfen. Diese prüfte er mittels des Fußes auf ihre Haltbarkeit, bis er mit seiner Arbeit offensichtlich zufrieden war. Sodann bewegte er sich auf der Malcolmson gegenüberliegenden Tischseite entlang, wobei er unseren Studenten starr fixierte, und landete mit einem plötzlichen Sprung vor der Tür. Erst jetzt dämmerte es Malcolmson, daß er in einer Falle saß. Krampfhaft versuchte er zu überlegen, was ihm jetzt zu tun übrigblieb. Von des Scharfrichters Augen, die nie von ihm abließen, ging eine sonderbare Faszination aus. Und ehe er sich's versah, bewegte sich der grausame Mann auf ihn zu, wobei er die Schlinge mit einem raschen Wurf nach seinem Kopfe schleuderte. Mit seiner letzten Energie sprang Malcolmson zur Seite, so daß die Schlinge mit einem lauten Klatschen neben ihm zu Boden fiel. Wieder warf der Richter die Schlinge und wieder gelang dem Studenten ein Ausweichmanöver. Das tödliche Spiel wiederholte sich etliche Male, ohne daß der Richter Zeichen von Ungeduld oder Ermüdung zeigte. Im Gegenteil, ihm schien dieses Katz- und Mausspiel Vergnügen zu bereiten. Malcolmsons Verzweiflung näherte sich ihrem Höhepunkt, und mit dem Blick des zum Tode Verurteilten sah er sich noch einmal im Raume um. Das Lampenlicht schien intensiver geworden zu sein, denn er erkannte in allen Löchern und Brüchen der Täfelung die blitzenden Rattenaugen. Selbst an dem noch verbliebenen Teil des Alarmseils hingen die Tiere, jeder Zentimeter war von ihnen besetzt. Und immer mehr kamen aus einem Loch in der Decke, um sich am Seil festzukrallen, bis durch ihr Gewimmel die Glocke auf dem Dache zu schwingen begann.

Da! Plötzlich hatte der Klöppel die Wandung berührt! Nur ein leiser Ton war zu vernehmen, aber kräftigere würden folgen, wenn der Klöppel erst richtig in Bewegung geriet.

Des Scharfrichters Gesicht verkrampfte sich in diabolischer Wut, als der erste Glockenschlag zu hören war. Seine Augen glühten nun wie zwei heiße Kohlen, und er stampfte so gewaltig mit dem Fuß auf den Boden, daß die Fundamente erzitterten. Ein gewaltiger Donnerschlag zerbarst über dem Gebäude, als der Unhold die Schlinge wieder aufnahm. Die Ratten bewegten nun wie toll das Seil, als wollten sie für Malcolmson und gegen die Zeit arbeiten. Dieses Mal kam der Richter, statt die Schlinge zu werfen, ganz nah an sein Opfer heran. Es ging eine Art paralysierende Wirkung von seiner Gestalt aus, die Malcolmson festnagelte: steif wie ein Leichnam stand er da. Er spürte die eisigen Finger seines Widersachers an der Kehle, als dieser ihm den tödlichen Strick um den Hals legte, aber er konnte sich nicht wehren. Die Schlinge zog sich zusammen und wurde straffer und straffer. Dann nahm der Richter den unbeweglichen Körper des Studenten und plazierte ihn stehend auf den Ohrensessel. Mit der anderen Hand erhaschte er den baumelnden Teil des Alarmseils, von dem die Ratten quiekend flohen, und verknüpfte ihn mit der Schlinge um Malcolmsons Hals. Befriedigt musterte der unselige Mensch sein Werk – dann gab er dem Ohrensessel einen kräftigen Tritt.

Beim Schlagen der Glocke auf des Scharfrichters Haus hatte sich in kurzer Zeit eine Menschenmenge versammelt, versehen mit allen möglichen Laternen und Fackeln. Man klopfte ungeduldig gegen das Tor, erhielt aber keine Antwort; schließlich stürmte man mit dem Doktor an der Spitze das Haus.

Den tapferen Leuten bot sich ein grausiger Anblick: An dem Seil der großen Alarmglocke schlenkerte der leblose Körper unseres Studenten. Und das große Bildnis an der Wand zeigte ein boshaft lächelndes Gesicht.

»Ich denke doch«, sagte der Doktor, »daß jedenfalls einer von uns gehen und ausprobieren sollte, ob die Sache nun Schwindel ist oder nicht.«

»Meinetwegen!« meinte Considine: »Nach dem Essen stecken wir uns eine Zigarre an und machen einen Spaziergang nach dem Lager.«

So begaben sich nach dem Dinner und nach einem letzten Schluck *La Tour* Joshua Considine und sein Freund Dr. Burleigh hinüber an den Ostrand des Moors, wo das Zigeunerlager stand. Beim Abschied rief Mary Considine, die sie bis ans Gartentor begleitet hatte, ihrem Mann nach: »Merke dir eins, Joshua, du sollst ihnen eine Chance geben, aber keinen genauen Fingerzeig für ihre Prophezeiung – und mach' den Zigeunermädchen keine schönen Augen –, und laß Gerald nicht in Ungelegenheiten kommen!«

Zur Antwort hob Considine seine Hand wie zu einem Bühneneid und pfiff dazu die Melodie des alten Liedes von der Zigeunerfürstin. Gerald fiel in das Lied mit ein, dann brachen beide Männer in heiteres Lachen aus und entfernten sich auf dem Heckenweg in Richtung nach dem Gemeindeanger, wobei sie sich mehrmals winkend zu Mary umdrehten, die sich im Dämmerlicht über den Zaun beugte und ihnen nachsah.

Es war ein schöner Sommerabend, sogar die Luft war voll Ruhe und stillem Glück, gleichsam ein äußerer Spiegel des heiteren Friedens, der aus dem Heim des jungen Paars einen Himmel machte. Considines Leben war ohne besondere Ereignisse verlaufen. Die einzige Verwirrung darin hatte sein Werben um Mary Winston verursacht und der lange durchgehaltene Widerstand ihrer ehrgeizigen Eltern, die sich für ihre einzige Tochter eine glänzendere Partie erhofft hatten. Als Mr. und Mrs. Winston die Annäherungen des jungen Barrister entdeckt hatten, war nichts unversucht geblieben, die beiden zu trennen: die

Tochter wurde auf eine lange Besuchsreise geschickt und sie mußte versprechen, während ihrer Abwesenheit nicht mit ihrem Verehrer zu korrespondieren. Die Liebe hatte jedoch der Prüfung standgehalten. Weder Trennung noch Mißachtung vermochten offenkundig die Leidenschaft des jungen Mannes abzukühlen, und Eifersucht schien seinem sanguinischen Naturell völlig fremd zu sein. So hatten schließlich nach langer Probezeit die Eltern nachgegeben und die beiden jungen Leute konnten heiraten.

Seit ein paar Monaten lebten sie nun in dem kleinen Haus und fingen gerade an, sich richtig heimisch zu fühlen. Gerald Burleigh, Joshuas Zimmergenosse und Intimus aus fernen College-Tagen, der selbst früher ein Bewunderer von Marys Reizen gewesen war, wohnte seit einer Woche bei ihnen und wollte so lange bleiben, wie er sich von seiner Tätigkeit in London losreißen konnte.

Sobald ihr Mann ganz ihren Blicken entschwunden war, kehrte Mary ins Haus zurück, setzte sich ans Klavier und versenkte sich eine Stunde in Mendelssohn.

Es war nur ein kurzer Spaziergang über die Dorfwiese, und noch ehe die Zigarren heruntergebrannt waren, hatten die beiden das Zigeunerlager erreicht. Der Platz war so pittoresk, wie die Rastplätze von Zigeunern – auf dem Lande und wenn ihre Geschäfte florierten – zu sein pflegen. Ein paar Leute aus dem Dorf standen ums Feuer und versuchten ihr Geld in Prophezeiungen anzulegen, während zahlreiche andere, die entweder ärmer oder sparsamer waren, außerhalb des Zaunes blieben, aber nahe genug, um alles genau sehen zu können. Als die beiden Herren herankamen, machten die Dorfbewohner, die Joshua kannten, ein wenig Platz, und ein hübsches Zigeunermädchen mit blitzenden Augen kam herbeigeeilt und wollte ihnen die Zukunft voraussagen. Joshua hielt ihr die Hand hin, das Mädchen aber, scheinbar ohne sie zu sehen, starrte ihm sehr sonderbar ins Gesicht. Gerald stieß ihn an:

»Du mußt ihre Hand mit Silber bekreuzigen«, sagte er. »Das ist eins der wichtigsten Ingredienzien bei diesen Mysterien.« Joshua zog ein Halbkronenstück aus der Tasche und streckte es ihr hin, sie aber antwortete, ohne es anzuschauen:

»Ihr müßt der Zigeunerin Hand mit Gold bekreuzigen.«

Gerald lachte. »Du bist ein unschätzbarer Kunde«, sagte er. Joshua gehörte zu den Männern – zu jener vielseitig erfolgreichen Spezies von Männern –, die es vertragen, von einem hübschen Mädchen angestarrt zu werden; so überlegte er eine Weile und antwortete dann:

»In Ordnung, hier hast du, mein schönes Kind, aber dafür mußt du mir schon eine beträchtliche Zukunft voraussagen«, und damit gab er ihr einen halben Gold-Sovereign. Sie nahm ihn und sagte:

»Es ist nicht in meiner Macht, eine gute oder schlechte Zukunft zu geben, ich darf nur lesen, was die Sterne gesagt haben.« Sie nahm seine rechte Hand und drehte die Innenfläche nach oben; im Augenblick jedoch, da ihr Blick darauf fiel, ließ sie die Hand fallen, als wäre sie glühend heiß, und lief rasch mit entsetztem Gesichtsausdruck davon. Sie eilte zu einem großen Zelt, das die Mitte des Lagers einnahm, hob den Vorhang auf und verschwand.

»Reingefallen!« sagte der zynische Gerald. Joshua war ein wenig verwirrt und nicht sehr zufrieden. Beide beobachteten sie das große Zelt. Ein paar Augenblicke vergingen, dann erschien in der Öffnung nicht das junge Mädchen, sondern eine stattliche Frau mittleren Alters und von imponierendem Äußeren.

Bei ihrem Auftauchen schien augenblicklich das ganze Lager zu erstarren. Das Geplauder und Gelächter, der Arbeitslärm hielten für ein oder zwei Momente ein, und jeder Mann und jede Frau, die ringsum saßen, kauerten oder lagen, sprangen auf und sahen auf die gebieterische Gestalt der Zigeunerin.

»Die Königin, versteht sich«, murmelte Gerald. »Wir haben Glück heute abend.« Die Zigeunerkönigin warf einen suchenden Blick in die Runde und kam dann, ohne auch nur kurz zu zögern, herüber und stellte sich direkt vor Joshua.

»Streck deine Hand aus«, sagte sie mit strenger Stimme.

Und wieder meinte Gerald *sotto voce:* »So hat seit meiner Schulzeit niemand mehr mit mir geredet.«

»Deine Hand muß mit Gold bekreuzigt sein.«

»Hundert Prozent Gewinn bei diesem Spiel«, flüsterte Gerald, als Joshua einen weiteren halben Sovereign in die aufgehaltene Hand fallen ließ.

Die Zigeunerin sah mit gerunzelten Brauen in seine Hand, wandte sich dann mit der Frage an ihn:

»Hast du einen festen Willen – hast du ein aufrichtiges Herz für einen, den du liebst?«

»Ich hoffe es, aber ich bin nicht eitel genug, fürchte ich, um einfach ja zu sagen.«

»Dann will ich für dich antworten; ich lese Entschlossenheit in deinen Zügen – unbeirrbare und wenn es sein muß verzweifelte Entschlossenheit. Du hast ein Weib? Du liebst sie?«

»Ja«, kam die nachdrückliche Antwort.

»Dann verlasse sie im gleichen Augenblick – niemals sollst du ihr Antlitz wiedersehen. Geh jetzt von hier, solange die Liebe noch jung ist und dein Herz frei von verruchtem Vorsatz. Geh rasch, geh weit, und niemals sollst du zu ihr zurückkehren!«

Joshua zog rasch seine Hand zurück und sagte steif und sarkastisch: »Ich danke dir!« während er sich zum Weggehen anschickte.

»Aber, aber«, sagte Gerald, »so kannst du nicht weggehen, alter Knabe. Es hat doch keinen Zweck, mit den Sternen oder ihrem Propheten zu hadern – und außerdem, was soll aus deinem Sovereign werden? Hör die Geschichte doch wenigstens zu Ende!«

»Schweig, Spötter!« befahl die Königin, »du weißt nicht, was du tust. Laß ihn gehen – und unwissend gehen, wenn er nicht gewarnt sein will!«

Sogleich drehte sich Joshua wieder um und sagte: »Wie auch immer, wir wollen das Ganze hinter uns bringen. Madam, Sie haben mir einen Rat gegeben, ich habe aber für eine Prophezeiung bezahlt.«

»Laß dich warnen!« sagte die Zigeunerin. »Die Sterne haben lange geschwiegen, laß sie das Geheimnis weiterhin bewahren!«

»Verehrliche, ich komme nicht jeden Tag mit einem Geheimnis in Berührung, und ich möchte für mein Geld lieber Wissen als Blindheit einhandeln. Unwissenheit bekomme ich umsonst, wann immer ich sie will.«

Gerald fiel in den Gedanken ein: »Was mich betrifft, habe ich da einen großen und unverkäuflichen Vorrat anzubieten.«

Die Zigeunerkönigin sah streng auf die beiden Männer und sagte dann: »Nach eurem Belieben. Ihr habt für euch die Wahl getroffen, ihr habt die Warnung mit Hohn, den guten Rat mit Leichtfertigkeit in den Wind geschlagen. So komme das Verhängnis über euer Haupt!«

»Amen!« sagte Gerald.

Mit einer herrischen Geste ergriff die Königin abermals Joshuas Hand und begann, ihm die Zukunft wahrzusagen:

»Blut sehe ich strömen; es wird vergossen werden in allzunaher Zeit. Es strömt gerade vor meinen Augen und durch den gebrochenen Kreis eines beschädigten Ringes.«

»Nur weiter!« meinte Joshua lächelnd. Gerald schwieg.

»Muß ich noch deutlicher werden?«

»Aber ja! Wir sterblichen Alltagsmenschen brauchen immer recht bestimmte Auskünfte. Die Sterne sind weit fort und ihre Botschaft wird auf dem Weg ziemlich undeutlich.«

Die Zigeunerin schauderte, dann sagte sie eindringlich: »Dies ist die Hand eines Mörders – des Mörders seines eigenen Weibes!« Sie ließ die Hand los und kehrte sich ab.

Joshua lachte. »An deiner Stelle«, sagte er, »würde ich bei meinen Prophezeiungen auf einige juristische Konsequenz achten. Zum Beispiel sagst du: ›Diese Hand ist die Hand eines Mörders.‹ Nun, was immer sie in Zukunft sein mag, was immer in ihr angelegt sein mag, derzeit ist sie es nicht. Du solltest deine Wahrsprüche so formulieren: ›Die Hand, die einmal die eines Mörders sein wird‹, oder besser: ›Die Hand von einem, der einmal der Mörder seines Weibes sein wird.‹ Die Sterne sind nicht besonders sicher in juristischen Fragen.«

Die Zigeunerin gab keine Antwort, sie ließ den Kopf hängen und ging langsam, mit bedrückter Miene, zu ihrem Zelt zurück, hob den Vorhang und verschwand.

Schweigend machten sich die beiden Männer auf und gingen über das Moor nach Hause. Gerald war es, der nach einigem Zögern zu reden begann:

»Das war natürlich bloß ein Scherz, altes Haus, ziemlich unerquicklich, aber ein Scherz. Vielleicht ist es am besten, wir behalten die Geschichte für uns?«

»Was soll das heißen?«

»Ich meine, wir sagen deiner Frau nichts davon. Es könnte sie beunruhigen.«

»Sie beunruhigen? Wo denkst du hin, mein lieber Gerald? Sie wäre in ihrem Leben nicht meinetwegen zu beunruhigen oder zu ängstigen, auch wenn alle Zigeuner, die je aus dem Balkan gekommen sind, miteinander behaupteten, ich wollte sie ermorden oder auch bloß ihr ein Haar krümmen.«

Gerald widersprach: »Lieber Freund, die Weiber sind abergläubisch – in einem viel stärkeren Maße als wir. Und sie sind mit einem Nervensystem gesegnet oder – geschlagen, von dem wir uns kaum eine Vorstellung machen. Ich bekomme davon soviel in meiner Praxis zu sehen, daß ich aus Erfahrung sprechen kann. Hör auf meinen Rat und sage ihr nichts davon, oder du wirst sie erschrecken.«

Joshua preßte unwillkürlich seine Lippen fester aufeinander, als er antwortete: »Lieber, ich würde nie vor meiner Frau ein Geheimnis haben. Das wäre der Anfang eines ganz neuen Verhältnisses zwischen uns beiden. Wir haben keine Geheimnisse voreinander. Wenn wir es je haben sollten, dann kannst du sicher sein, daß die Dinge schlecht unter uns stehen.«

»Und doch«, sagte Gerald, »auf die Gefahr hin, mich ungebeten einzumischen, sage ich noch einmal: Laß dich rechtzeitig warnen.«

»Der Zigeunerin eigene Worte«, spottete Joshua, »ihr beide scheint euch ja gut zu verstehen. Aufrichtig,

Freund, war die Geschichte vorher abgesprochen? Hast du sie mit Ihrer Majestät arrangiert?« Die letzten Worte waren in einem Tonfall dringenden Ernstes gesprochen. Gerald versicherte ihm, er habe erst diesen Morgen von dem Zigeunerlager gehört; Joshua aber machte sich über jede Antwort seines Freundes lustig. Über diesen Scherzen verging rasch die Zeit, und schon bald hatten sie ihr Haus wieder erreicht.

Mary saß am Klavier, doch ohne zu spielen. Das trübe Dämmerlicht hatte zärtliche Empfindungen in ihrer Brust geweckt, und ihre Augen standen voller Zähren. Als die Männer eintraten, glitt sie verstohlen an die Seite ihres Gatten und küßte ihn. Joshua nahm eine tragische Haltung ein:

»Mary«, sagte er mit dumpfer Stimme, »ehe du dich mir nahst, vernimm die Worte des Schicksals. Die Sterne haben gesprochen, und das Geschick ist besiegelt.«

»Was meinst du, Liebster? Erzähle mir von der Prophezeiung, aber erschrecke mich nicht.«

»Ganz und gar nicht, liebe Mary. Doch mußt du die verborgene Wahrheit kennen. Das ist notwendig, damit alle deine Verfügungen rechtzeitig getroffen werden und daß alles auf geziemende Weise geregelt wird.«

»Nur weiter, Liebster, ich höre.«

»Mary Considine, du hast Aussicht, bei Madame Tussaud in Wachs bewundert zu werden. Die rechtsunkundigen Sterne haben verkündet, sie hätten läuten hören, daß diese meine Hand rot ist von Blut – von deinem Blut. Mary! Mary! Mein Gott!« Er sprang vorwärts, kam aber zu spät, um sie noch aufzufangen, ehe sie ohnmächtig auf den Fußboden niederstürzte.

»Hab ich es nicht gesagt?« meinte Gerald: »Du kennst sie nicht so gut wie ich.«

Nach einiger Zeit kam Mary aus ihrer Ohnmacht wieder zu sich, doch nur, um in heftige hysterische Zustände zu verfallen, wobei sie abwechselnd lachte und weinte und raste und schrie: »Haltet ihn weg von mir – weg von mir, Joshua, mein Mann!« Dazu tausend andere, teils beschwörende, teils entsetzte Ausrufe.

Joshua Considine befand sich in einer an Verzweiflung grenzenden Geistesverfassung. Als Mary schließlich ruhiger wurde, kniete er bei ihr nieder und küßte ihre Füße und Hände und Haare und nannte sie mit allen Kosenamen und sagte ihr alle Zärtlichkeiten, die er nur ersinnen konnte. Die ganze Nacht hindurch saß er neben ihrem Bett und hielt ihre Hand. Lange in der Nacht aber und noch bis zum frühen Morgen schreckte sie immer wieder aus dem Schlaf hoch und schrie wie vor Todesangst auf, bis sie die Gewißheit jeweils tröstete, daß ihr Mann noch neben ihr wache.

Erst spät am Morgen gab es Frühstück. Unterdessen bekam Joshua ein Telegramm, das ihn etliche zwanzig Meilen nach Withering zu fahren nötigte. Er ging nur ungern fort, Mary wollte jedoch nichts von einem Verschieben der Reise hören. So machte er sich kurz vor der Mittagszeit allein in seinem Dogcart auf den Weg.

Kaum war er gegangen, zog sich Mary in ihr Zimmer zurück. Sie erschien nicht zum Mittagessen. Erst zum Nachmittagstee, der im Garten unter der großen Trauerweide serviert wurde, gesellte sie sich wieder zu ihrem Gast. Sie wirkte ganz von den Krankheitsanfällen des Vorabends wiederhergestellt. Nach einigen beiläufigen Gesprächswendungen sagte sie zu Gerald: »Es war natürlich sehr dumm von mir gestern abend, aber ich konnte gegen meine Angst nichts tun. Ja, ich gestehe, es ginge mir heute noch nicht anders, wenn ich mich meinen Gedanken überließe. Doch schließlich können auch solche Leute sich etwas nur einbilden, und ich habe mir deshalb eine Probe aufs Exempel einfallen lassen, die kaum schiefgehen kann und die mir beweisen wird, daß die Weissagung falsch war – wenn sie wirklich falsch war«, fügte sie traurig hinzu.

»Was ist das für ein Plan?« fragte Gerald.

»Ich werde selber in das Zigeunerlager gehen und mir von der Königin mein Schicksal prophezeien lassen.«

»Ausgezeichnet. Darf ich dich begleiten?«

»O nein! Das würde alles verderben. Sie würde dich wiedererkennen und erraten, wer ich bin. Dann könnte sie ihr Orakel entsprechend anpassen. Ich werde heute nachmittag allein gehen.«

Am späten Nachmittag machte sich Mary Considine auf den Weg zu den Zigeunern. Gerald begleitete sie bis an das äußerste Ende des Gemeindeangers und kehrte dann allein zurück.

Noch war keine halbe Stunde vergangen, da betrat Mary den Salon, wo Gerald auf dem Sofa lag und las. Sie war geisterhaft bleich und in einem Zustand äußerster Erregung. Sie trat gerade noch sicher über die Schwelle, dann brach sie zusammen und fiel stöhnend auf den Teppich. Gerald eilte ihr zu Hilfe, sie faßte sich jedoch mit großer Anstrengung und bedeutete ihm, zu schweigen. Er wartete, und seine Bereitwilligkeit, in ihren Wunsch zu willigen, schien für sie die bestmögliche Hilfe zu sein, denn schon nach wenigen Minuten hatte sie sich so weit erholt, daß sie ihm das Geschehene mitteilen konnte:

»Als ich ins Lager kam«, berichtete sie, »schien keine Seele da zu sein. Ich ging bis in die Mitte weiter und wartete da. Plötzlich stand eine mächtige Frau neben mir. ›Eine innere Stimme sagte mir, ich werde hier erwartet‹, sprach sie. Ich streckte meine Hand aus und legte ein Silberstück darauf. Sie nahm von ihrem Hals ein kleines Goldkettchen und legte es dazu. Dann hob sie beides hoch und warf Silberstück und Kettchen in den vorbeifließenden Bach. Sie nahm meine Hand in die ihre und sagte: ›Nichts wie Blut in diesem verfluchten Ort‹, und wendete sich ab. Ich hielt sie fest und bat sie, mir mehr zu sagen. Nach einigem Zögern sagte sie: ›Ach, ach! Ich sehe dich zu Füßen deines Mannes liegen, und seine Hände sind rot von Blut!‹«

Gerald fühlte sich unwohl und versuchte, lachend darüber wegzukommen.

»Offenbar«, spottete er, »hat diese Frau einen Mörder-Sparren.«

»Lach nicht«, sagte Mary, »ich kann es nicht ertragen«, und damit verließ sie, wie in einem plötzlichen Entschluß, das Zimmer.

Nicht lange danach kam Joshua zurück, heiter und

gutgelaunt, und so hungrig wie ein Wolf nach der langen Fahrt. Seine Gegenwart heiterte seine Frau sichtbar auf, die jetzt viel gelöster wirkte. Allerdings erwähnte sie ihm gegenüber ihren Besuch im Zigeunerlager mit keinem Wort, deshalb sprach auch Gerald nicht davon. Wie in stillem Einverständnis wurde über die Angelegenheit den ganzen Abend hindurch nicht einmal andeutungsweise geredet. Auf Marys Gesicht aber lag ein seltsam gefaßter Ausdruck, der Gerald beunruhigte.

Am andern Morgen kam Joshua später als gewöhnlich zum Frühstück. Mary ihrerseits war schon seit den frühen Morgenstunden auf und hatte sich im Haus zu schaffen gemacht; als die Zeit dann weiterrückte, wurde sie offenbar leicht nervös und warf hin und wieder ängstliche Blicke um sich.

Gerald konnte während des Frühstücks nicht umhin festzustellen, wie keiner von ihnen allen mit seinem Essen befriedigend vorankomme: es lag nicht an der Zähigkeit der Koteletts, sondern eindeutig daran, daß die Messer alle sehr stumpf waren. Als Gast konnte er natürlich nichts sagen. Nach einiger Zeit sah er aber Joshua halb unbewußt mit dem Daumen über die Schneide seines Messers fahren. Bei dieser Bewegung erbleichte Mary und wäre beinahe ohnmächtig geworden.

Anschließend gingen sie miteinander hinaus in den Garten. Mary stellte einen Blumenstrauß zusammen und sagte zu ihrem Mann: »Gib mir doch ein paar von den Teerosen, Lieber!«

Joshua zog einen Blütenzweig von der Front des Hauses nieder, der Zweig gab wohl nach, ließ sich aber nicht brechen. Er steckte die Hand in die Hosentasche, um sein Taschenmesser zu suchen. Doch vergeblich. »Gib mir dein Messer, Gerald«, rief er. Aber auch Gerald hatte keines bei sich. So mußte er in die Küche gehen und dort ein Messer vom Tisch holen. Er kam wieder, befühlte die Schneide und murmelte unwillig. »Was ist denn bloß mit all den Messern los – die Schneiden sind alle wie abgeschliffen?« Mary wendete sich hastig ab und lief ins Haus.

Joshua versuchte den Zweig mit dem stumpfen Messer

abzutrennen, so ähnlich, wie Köche auf dem Lande den Hühnern den Hals abmetzgern oder wie Schulbuben Schnüre auseinandertrennen. Mit einiger Anstrengung erreichte er auch sein Ziel. Die Teerosen wuchsen an dieser Stelle so dicht, daß er beschloß, einen größeren Strauß zusammenzustellen.

Er konnte dafür in der Schublade, wo das Besteck aufbewahrt wurde, kein einziges scharfes Messer finden. So rief er nach Mary und erzählte ihr, wie die Dinge standen. Sie sah so angespannt und unglücklich aus, daß er den Grund nicht länger verkennen konnte. Erstaunt und verletzt fragte er:

»Du willst nicht allen Ernstes sagen, daß *du selber* die Messer stumpf gemacht hast?«

Sie unterbrach ihn: »Oh, Joshua, ich hatte solche Angst.«

Er schwieg einen Augenblick, und ein entschlossener Zug kam in sein bleich gewordenes Gesicht. »Mary!« sagte er, »ist das dein ganzes Vertrauen in mich? Ich hätte es nie gedacht!«

»Oh, Joshua, Joshua!« flehte sie ihn an, »vergib mir«, und weinte bitterlich.

Joshua überlegte kurz und sagte dann: »Ich verstehe jetzt. Wir wollen die Situation ein für allemal beenden oder wir werden alle noch verrückt.«

Er rannte in den Salon.

»Wo gehst du hin?« schrie Mary auf.

Gerald verstand seine Absicht – daß er sich nicht durch bloßen Aberglauben an stumpfe Messer gewöhnen wolle für den Rest seines Lebens. Er war darum auch nicht überrascht, als er ihn durch die Gartentüre mit einem langen Ghurka-Messer wieder herauskommen sah. Es war ein Messer, das gewöhnlich auf dem Mitteltisch lag und das ihm sein Bruder aus Nordindien geschickt hatte, eines jener großen Jagdmesser, mit denen die loyalen Ghurkas während des Aufstandes im Nahkampf so gewaltige Verheerungen angerichtet hatten: sehr schwer, doch so ruhig ausgewogen in der Hand, daß sie fast leicht erschienen, und mit einer Schneide, scharf wie ein Rasiermesser. Mit einem solchen Messer kann ein Ghurka ein Schaf in zwei Stücke hauen.

Als Mary ihn mit dieser Waffe in der Hand aus dem Zimmer kommen sah, stieß sie in einer Agonie der Furcht einen lauten Schrei aus, und die hysterischen Anfälle der vergangenen Nacht stellten sich wieder ein.

Joshua stürzte auf sie zu und warf, als er sie fallen sah, das Messer von sich und suchte sie aufzufangen.

Er war jedoch eine Sekunde zu spät, und beide Männer schrien in offenem Entsetzen auf, als sie Mary in die offene Schneide fallen sahen.

Als Gerald bei ihr angelangt war, sah er, daß sie im Niedersinken mit der linken Hand in die Schneide geschlagen hatte, die zum Teil nach oben gewendet im Gras lag. Ein paar der kleineren Venen waren durchgeschnitten, und das Blut strömte reichlich aus der Wunde. Als er die Wunde stillte, zeigte er Joshua, daß der Hochzeitsring durch die Klinge zerbrochen worden war.

Sie trugen die Ohnmächtige hinein ins Haus. Nach einer Weile kam sie, den Arm in einer Schlinge, wieder heraus, voll Frieden und Glück in ihrem Innern. Zu ihrem Mann gewendet, sagte sie:

»Die Zigeunerin war wunderbar nahe der Wahrheit; zu nahe, als daß die Wahrsagung jetzt noch in Erfüllung gehen könnte, Liebster.«

Joshua beugte sich über sie und küßte die verletzte Hand.

Ein Traum von roten Händen

Die erste Meinung, die mir über Jacob Settle zu Ohren kam, war ein simpler Beschreibungssatz: »Er ist ein trübsinniger Geselle«; dennoch fand ich, daß darin die Gedanken und Vorstellungen aller seiner Arbeitsgefährten enthalten waren. Der Satz brachte eine gewisse beiläufige Duldsamkeit zum Ausdruck, eher einen Mangel an bestimmten Gefühlen, gleich welcher Art, denn eine fertige Meinung, womit die Stellung dieses Mannes in der öffentlichen Wertschätzung recht genau bezeichnet wurde. Indes, es waren da einige Unstimmigkeiten zwischen diesem Urteil und seiner Erscheinung, die unwillkürlich meine Gedanken beschäftigten, und allmählich, als ich Ort und Leute besser kennenlernte, entwickelte ich ein besonderes Interesse für Settle. Er war, so fand ich, stets hilfreich und wohltätig, nicht mit Hilfe größerer geldlicher Aufwendungen, als seine kärglichen Mittel es erlaubten, doch in jenen mannigfachen Formen von Voraussicht, Nachsicht und Hintanstellung der eigenen Person, die wahre Nächstenliebe ausmachen. Frauen und Kinder vertrauten ihm blindlings, wenngleich er sie, merkwürdig genug, eher mied, außer wenn jemand erkrankt war, in welchem Falle er dann schüchtern und linkisch zu erscheinen pflegte, um zu helfen, wo immer er konnte. Er führte ein sehr einsames Leben, wohnte ganz am Rande des Moores allein in einem winzigen Häuschen, eher einer Hütte, die aus nur einem Raum bestand. Sein Dasein schien mir so traurig und einsam, daß ich es aufzuhellen wünschte, und als wir einmal gemeinsam bei einem Kinde wachten, das ich versehentlich verletzt hatte, ergriff ich zu diesem Zwecke die Gelegenheit und bot ihm an, er könne sich Bücher von mir ausleihen. Erfreut nahm er das Angebot an, und als wir beim Morgengrauen aufbrachen, hatte ich das Gefühl, daß etwas von wechselseitigem Vertrauen zwischen uns entstanden war.

Die Bücher wurden stets äußerst gewissenhaft und

pünktlich rückerstattet, und mit der Zeit wurden Jacob Settle und ich recht gute Freunde. Dann und wann schaute ich bei ihm hinein, wenn ich sonntags das Moor durchquerte, doch bei solchen Gelegenheiten war er zurückhaltend und fast abweisend, so daß ich ihn nicht allzugern besuchte. Er wäre niemals und unter keinen Umständen in meine Behausung gekommen.

Eines Sonntagnachmittags kehrte ich heim von einer ausgedehnten Wanderung jenseits des Moores, und als ich an Settles Häuschen vorbeikam, hielt ich an seiner Tür, um ihm Guten Tag zu sagen. Da die Tür geschlossen war, nahm ich an, daß er ausgegangen sei und klopfte nur der Form halber oder aus Gewohnheit an, ohne eigentlich eine Antwort zu erwarten. Zu meiner Überraschung vernahm ich eine schwache Stimme drinnen, konnte aber nicht verstehen, was sie sagte. Schnell trat ich ein und fand Jacob halb angekleidet auf seinem Bette liegen. Er war bleich wie der Tod, und der Schweiß troff nur so von seinem Gesicht. Seine Hände krallten sich unwillkürlich in das Bettzeug, wie ein Ertrinkender sich an alles klammert, was er nur greifen kann. Als ich eintrat, richtete er sich halb auf, einen wilden, gehetzten Blick in den weit aufgerissenen, starrenden Augen, als wäre etwas Entsetzliches vor ihn hingetreten. Doch als er mich erkannte, sank er mit einem unterdrückten Seufzer der Erleichterung auf das Bett zurück und schloß die Augen. Eine Weile stand ich vor ihm, eine oder zwei Minuten vielleicht, indes er keuchend dalag. Dann öffnete er die Augen wieder und sah mich an, jedoch mit solch verzweifeltem und elendiglichem Ausdruck, daß ich meinte, zeit meines Lebens kaum je einen so gefrorenen Schreckensblick gesehen zu haben. Ich setzte mich neben ihn und fragte nach seinem Befinden. Eine Zeitlang wollte er nicht recht antworten, außer um zu sagen, daß er nicht krank sei, dann aber, nachdem er mich eindringlich forschend angesehen, erhob er sich halb auf den Ellbogen und sprach:

»Haben Sie besten Dank, mein Herr, aber ich sage Ihnen wirklich nur die Wahrheit. Ich bin nicht krank, wie Menschen es nennen, wenngleich Gott weiß, daß es wohl schlimmere Krankheiten gibt als Ärzte sie kennen. Da Sie so liebenswürdig sind, will ich es Ihnen erzählen, vertraue aber darauf, daß Sie dergleichen keiner lebenden Seele gegenüber jemals auch nur erwähnen, denn es könnte mir mehr und größeren Schmerz bereiten. Ich leide an einem bösen Traum.«

»Einem bösen Traum!« rief ich in der Hoffnung, ihn aufzumuntern; »aber böse Träume gehen vorüber, wenn es hell wird, ja sogar schon, wenn man erwacht.« Hier hielt ich inne, denn noch ehe er sprach, las ich bereits die Antwort in seinem verzweifelt im Raum umherschweifenden Blick.

»Nein, nein! Das alles gilt für Leute, die ohne Sorgen leben, umgeben von all ihren Lieben. Tausend Mal weniger gilt es für jene, die allein leben und nicht anders können. Welchen Trost gibt es für mich, wenn ich hier in der Stille der Nacht wach liege, umgeben vom weiten Moor voller Stimmen und Gesichter, die mein Wachen zum übleren Traum als mein Schlafen machen? Ah, junger Mann, Sie haben keine Vergangenheit, die ihre Legionen auszusenden vermag, um Finsternis und Leere zu bevölkern, und ich bete zu Gott, daß Sie niemals eine haben mögen!« Während er so sprach, war solch eine fast unwiderstehliche Überzeugungskraft in seiner ganzen Art, daß ich von meinen Einwendungen gegen sein einsames Leben abließ. Ich fühlte, daß ich einem geheimen Einfluß nahe war, den ich nicht zu ergründen vermochte. Zu meiner Erleichterung, denn ich wußte nicht, was ich sagen sollte, fuhr er fort:

»Schon in den beiden vergangenen Nächten habe ich es geträumt. In der ersten Nacht war es schlimm genug, doch ich überstand's. Vorige Nacht war die Erwartung fast schlimmer als der Traum selbst – bis er dann endlich kam und jegliche Erinnerung an geringere Pein fortschwemmte. Ich hielt mich wach bis zur Morgendämmerung, und dann kam es nochmals, und seither erleide ich Qualen gleich jenen, die zweifellos der Sterbende empfindet, und auch im Schrecken dieser Nacht war es nicht anders.« Ehe er noch seinen Satz beendet hatte, stand mein Entschluß bereits fest, und ich fühlte, daß ich nun tröstender zu ihm sprechen konnte.

»Versuchen Sie, heute früh einzuschlafen, ernstlich früh, bevor noch der Abend vorüber ist. Der Schlaf wird Sie erfrischen, und ich verspreche Ihnen, es werden heute nacht keine bösen Träume mehr kommen.« Er schüttelte hoffnungslos den Kopf, und so blieb ich noch eine Weile bei ihm sitzen, bevor ich ihn verließ.

Zu Hause angelangt, traf ich meine Vorbereitungen für die Nacht, denn ich hatte mich entschlossen, Jacob Settles einsame Wacht mit ihm in seiner Hütte am Moor zu teilen. Ich schätzte, daß er, sofern er noch vor Sonnenuntergang einschlief, ein gutes Stück vor Mitternacht erwachen werde, und demgemäß stand ich vor seiner Tür, genau als die Glocken der Stadt elf schlugen, ausgerüstet mit einem Beutelsack, der mein Nachtmahl, eine extra große Flasche, ein paar Kerzen und ein Buch enthielt. Das Mondlicht war klar und strömte über das ganze Moor, so daß es fast heller als am Tage war; doch je und dann zogen schwarze Wolken über den Himmel und verursachten eine Finsternis, die im Vergleich fast fühlbar schien. Sacht öffnete ich die Tür und trat ein, ohne Jacob zu wecken. Er lag schlafend auf dem Rücken, regungslos, und das weiße Gesicht wiederum schweißgebadet. Ich suchte mir vorzustellen, was für Visionen hinter diesen geschlossenen Augen vorbeiziehen mochten, Visionen, die jenes Elend und Weh herbeizuführen vermochten, von denen dieses Antlitz gezeichnet war, indes, es mangelte mir an Einbildungskraft, und so wartete ich auf das Erwachen. Es kam plötzlich und in einer Weise, die mich ins innerste Mark traf, denn jenes hohle Stöhnen, das sich von den bleichen Lippen des Mannes löste, als er sich halb erhob und wieder zurücksank, war offenkundig die Verwirklichung oder Vollendung eines soeben vorübergezogenen Gedankens.

»Wenn dies Träumen ist«, so sagte ich zu mir selbst, »so muß ihm eine überaus schreckliche Wirklichkeit zugrundeliegen. Was mag das für ein Übel sein, von dem er gesprochen hat?«

Während ich so sprach, bemerkte er, daß ich bei ihm

saß. Es berührte mich merkwürdig, daß er keinen Augenblick jenes Zweifels über Traum oder Wirklichkeit hatte, der sonst für gewöhnlich die erwartete Umgebung eines Erwachenden kennzeichnet. Mit einem wahren Freudenschrei ergriff er meine Rechte und hielt sie in seinen beiden feuchten, zitternden Händen, wie ein erschrecktes Kind sich an jemanden klammert, den es liebt. Ich suchte ihn zu beruhigen:

»Ja, ja, es ist alles in Ordnung! Ich bin gekommen, um heute nacht bei Ihnen zu bleiben. Gemeinsam werden wir versuchen, diesen üblen Traum zu bekämpfen.« Mit einem Male ließ er meine Hand los, sank zurück aufs Bett und bedeckte die Augen mit den Händen.

»Bekämpfen? Den üblen Traum? Ah, nein, mein Herr, niemals! Keine sterbliche Macht kann diesen Traum bekämpfen, denn er kommt von Gott – und ist hierin eingebrannt«, dabei schlug er sich auf die Stirn. Dann fuhr er fort:

»Es ist derselbe Traum, immer derselbe, und doch wächst seine Macht, mich zu quälen, bei jedem Male weiter.«

»Was für ein Traum ist es?« fragte ich in der Annahme, daß es ihn erleichtern werde, davon sprechen zu können, doch er wandte sich ab und sagte erst nach langem Schweigen:

»Nein, ich sollte es lieber nicht erzählen. Es wird schon nicht wiederkommen.«

Offensichtlich hatte er mir etwas zu verbergen, etwas, das hinter dem Traum steckte. Darum erwiderte ich: »Gut. Ich hoffe, Sie haben es zum letzten Male gesehen. Wenn es jedoch wiederkommt, so erzählen Sie es mir, nicht wahr? Ich frage nicht aus Neugier, sondern weil ich meine, es würde Sie erleichtern, darüber zu sprechen.« Darauf entgegnete er mit einer meines Erachtens fast ungebührlich großen Feierlichkeit:

»Sofern es wiederkommt, werde ich Ihnen alles erzählen.«

Nun versuchte ich, seinen Sinn von diesem Thema fort auf mehr irdische Dinge zu lenken, zu welchem Zwecke ich das Nachtmahl bereitete und ihn veranlaßte, es einschließlich des Inhaltes der Flasche mit mir zu teilen. Nach einer Weile raffte er sich auf, und als ich meine Zigarre anzündete, nicht ohne auch ihm eine gereicht zu haben, rauchten wir eine volle Stunde und plauderten über mancherlei. Nach und nach stahl sich die Behaglichkeit seines Körpers auch in seinen Geist, und ich konnte sehen, wie der Schlaf seine zarte Hand auf Jacobs Augenlider legte. Er fühlte es ebenfalls und erklärte mir, ihm sei nun wohl und ich könne ihn getrost verlassen. Ich entgegnete ihm jedoch, daß ich wohl oder übel erst das Tageslicht abzuwarten gedächte. Also brannte ich meine zweite Kerze an und begann zu lesen, indes er in Schlaf fiel.

Allmählich gewann ich immer mehr Interesse an meinem Buche, ja, ich war dermaßen gefesselt, daß ich plötzlich aufschreckte, als es mir aus der Hand fiel. Ich blickte auf und sah, daß Jacob immer noch schlief. Voll Freude bemerkte ich auf seinem Antlitz einen Ausdruck unerwarteten Glückes, wobei seine Lippen sich unter unhörbaren Worten zu bewegen schienen. Wieder wandte ich mich meinem Buche zu, und wieder wachte ich an seiner Seite. Gleich darauf aber erschauerte ich bis ins innerste Mark, als ich aus dem Bette neben mir die Stimme vernahm:

»*Nicht mit diesen roten Händen! Niemals! Niemals!*« Ein schneller Blick auf Jacob lehrte mich, daß er noch immer schlief. Indes erwachte er einen Augenblick später und schien gar nicht überrascht, als er mich erblickte. Wieder fiel mir diese merkwürdige Gleichgültigkeit gegenüber seiner Umgebung auf. Nun sagte ich:

»Settle, erzählen Sie mir Ihren Traum. Sie können frei sprechen, da ich Ihr Vertrauen heilig halten werde. Solange wir beide leben, werde ich nie etwas von dem erwähnen, was Sie mir zu erzählen gedenken, was immer es auch sein mag.«

Er erwiderte: »Ich sagte ja, daß ich es tun werde. Doch empfiehlt es sich wohl, Ihnen zunächst zu berichten, was dem Traume vorausgeht, auf daß Sie begreifen. Als sehr junger Mann war ich Schulmeister; es war nur eine Gemeindeschule in einem kleinen Dorfe im Westen. Namen tun nichts zur Sache, ich nenne lieber keinen. Ich war mit einem Mädchen verlobt, das ich innig liebte und fast anbetete. Es war die alte Geschichte. Während wir abwarteten, bis wir die Mittel zur Gründung eines eigenen Hausstandes beisammen hatten, kam ein anderer Mann des Weges daher. Er war fast so jung wie ich, dazu mit ansprechendem Äußeren und ein Gentleman überdies, mit allem, was ein solcher für eine junge Frau unserer Klasse an Reizen hat. Wenn er zum Angeln ging, so traf sie sich mit ihm, während ich meiner Arbeit in der Schule oblag. Ich stellte sie zur Rede, flehte sie an, sie solle ihn aufgeben, schlug ihr vor, wir könnten auf der Stelle heiraten und fortgehen, um ein neues Leben in einem anderen Lande zu beginnen. Sie aber hörte auf nichts von dem, was ich sagte, es mochte sein, was es wollte, und ich erkannte, daß sie ihm verfallen war. Da nahm ich's auf mich, mit ihm zu sprechen, ihn zu bitten, er möge das Mädchen gut behandeln – nahm ich doch an, er meine es ehrlich mit ihr und nichts könne ihn noch von seinem Entschlusse abbringen. Ich begab mich an einen Ort, wo ich allein mit ihm sprechen konnte, und trat ihm dort gegenüber.« Hier mußte Jacob Settle einhalten, da in seinem Halse etwas aufwallte, was ihm beinahe den Atem raubte, so daß er keuchte.

»Mein Herr, so wahr Gott über uns ist, kein eigensüchtiger Gedanke war an jenem Tage in meinem Herzen! Ich liebte meine schöne Mabel zu heiß, um mich mit einem Teil ihrer Liebe begnügen zu können, und ich hatte mein eigenes Unglück zu oft bedacht, um nicht die Einsicht gewonnen zu haben, daß, was immer auch ihr widerfahren werde, meine Hoffnung verloren war. Er war überheblich zu mir – Sie, der Sie ein Gentleman sind, ahnen kaum, wie beleidigend die Überheblichkeit eines dem Range nach über Ihnen Stehenden zu sein vermag – doch ich ertrug's mit Zähneknirschen. Ich flehte ihn an, er möge das Mädchen gut behandeln, denn was ihm vielleicht nur der Zeitvertreib einer müßigen Stunde sein mochte, könnte ihr sehr wohl das Herz brechen. Bei alledem hatte ich niemals an ihrer Ehrbarkeit gezweifelt, noch gar gedacht, daß ihr das schlimmste aller Leiden widerfahren sein könnte – was ich fürchtete, war allein das Unglück ihres Herzens. Indes, als ich ihn fragte, wann er sie zu ehelichen gedächte, brachte mich sein Gelächter dermaßen in Wut, daß ich die Beherrschung verlor und ihm erklärte, ich werde keinesfalls tatenlos zusehen, wie er ihr Leben unglücklich mache. Nun brauste auch er auf und sagte in seiner Wut solch widerliche Dinge über sie, daß ich auf der Stelle schwor, er dürfe nicht leben und ihr ein Leides tun. Gott allein weiß, wie es im einzelnen weiterging; in solchen Augenblicken der Leidenschaft ist es schwer, die Stufen vom Wort zum Streich exakt zu ermessen, kurzum, ich fand mich über seinem leblosen Körper stehen, meine Hände dunkelrot vom Blute, das seiner zerrissenen Kehle entquoll. Wir waren allein, und er ein Fremder, kein Angehöriger suchte nach ihm, und Morde kommen nicht immer ans Licht – nicht immer sogleich. Seine Gebeine bleichen wohl, soviel ich weiß, noch heute in jenem Seitenarm des Flusses, wo ich ihn ließ. Niemand bemerkte seine Abwesenheit noch gar deren Ursache, außer Mabel, und die wagte nicht zu sprechen. Indes, es war alles vergebens. Als ich heimkam nach monatelanger Abwesenheit – denn leben konnte ich an jenem Orte nicht mehr – erfuhr ich, daß ihre Schande herausgekommen und sie in ihr gestorben war. Bislang noch hatte ich mich aufrechterhalten an dem Gedanken, daß meine üble Tat ihre Zukunft gerettet habe, doch nun, als ich erfuhr, daß ich zu spät gewesen, daß meine arme Liebe mit jenes Mannes Sünde befleckt, da floh ich fort, und das Gefühl meiner nutzlosen Schuld lastete schwerer auf mir, als ich ertragen konnte. Ah, mein Herr, Sie, der Sie niemals solch eine Sünde begangen, Sie ahnen nicht, was es heißt, sie auf sich zu tragen. Vielleicht denken Sie, Gewohnheit mache es leichter, doch weit gefehlt! Es wächst und wächst mit jeder Stunde, bis es kaum noch zu ertragen ist, und zugleich wächst auch das Gefühl, auf ewig vor verschlossenen Himmelstoren stehen zu müssen. Oh, mein Herr, Sie wissen nicht, was das heißt, und ich bete zu Gott, daß Sie es niemals erfahren mögen. Gewöhnliche Leute, denen nichts unmöglich ist, denken nicht oft an den Himmel, falls überhaupt je. Er ist ihnen ein bloßes Wort, nicht mehr, und sie sind's zufrieden, warten ab und lassen die Dinge treiben. Nicht so jene, die verdammt sind, für ewig ausgeschlossen zu sein! Was jenen der Himmel bedeutet – ach, mein Herr, Sie begreifen's nicht, Sie ermessen nicht, welch schmerzliches, nimmer endendes Verlangen sie erfüllt, daß die Pforte ihnen aufgetan werde und sie fähig sein möchten, sich mit den weißen Gestalten drinnen zu vereinigen.

Und dies bringt mich zu meinem Traume. Es war mir, als stünde die Pforte vor mir, mit Torflügeln aus blankem Stahl und Riegeln dick wie Schiffsmasten, hochaufragend bis zu den Wolken und gerade soweit geschlossen, daß ich durch einen leuchtenden Spalt eine kristallene Grotte erspähen konnte, an deren schimmernden Wänden zahlreiche weißgekleidete Gestalten mit freudestrahlenden Gesichtern aufschienen. Als ich so vor dem Tore stand, waren mir Herz und Seele so voller Entzücken und Verlangen, daß ich vergaß. Und es standen da vor dem Tore zwei gewaltige Engel mit rauschenden Schwingen und – ah! – welch strengem Gebaren! In der einen Hand hielt jeder ein flammendes Schwert und in der anderen die Lederpeitsche, die bei der leichtesten Berührung hin- und herschwang. Näher vorn standen schwarzgekleidete Gestalten mit verhüllten Häuptern, von denen nur die Augen zu sehen waren, und sie reichten einem jeden, der kam, ein weißes Gewand von der Art, wie es die Engel trugen. Ein leises Murmeln drang an mein Ohr, das mich lehrte, jeder müsse nun ein solches Gewand überziehen, und es müsse fleckenlos sein, wenn nicht, ihn die Engel nicht eintreten ließen, sondern mit dem Flammenschwerte niederstießen. Voll Eifer griff ich nach dem Kleid, das man mir reichte, streifte es eilig über und trat schnellen Fußes vor die hohe Pforte. Indes, sie rührte sich nicht, und die Engel wiesen mit ihren Peitschen auf mein Gewand. Ich blickte an mir nieder und fuhr zusammen, denn mein ganzes Kleid war über und über vom Blut verschmiert. Meine Hände waren dunkelrot, glänzend vom Blute, das von ihnen troff – ganz wie an jenem Tage am Flußufer! Und nun erhoben die Engel ihre Flammenschwerter, um mich niederzumachen, und das Entsetzen war vollendet – ich erwachte. Wieder und wieder und wieder kommt dieser gräßliche Traum über mich. Nie lerne ich aus der Erfahrung, nie erinnere ich mich an das letzte Mal, und doch hege ich zu Anfang stets noch Hoffnung, was dann das Ende nur umso entsetzlicher macht. Und ich weiß, daß dieser Traum nicht aus jener gewöhnlichen Finsternis kommt, in der die Träume zu Hause sind, sondern daß Gott ihn mir sendet als Strafe. Niemals, niemals werde ich die Pforte durchschreiten können, denn stets und unvermeidlich beflecken diese blutigen Hände das Engelskleid!«

Ich lauschte wie gebannt so aufgewühlter Rede. In Jacobs Stimme war etwas so Fernes, in seinen Augen, die gleichsam durch mich hindurch auf einen Geist im Jenseits starrten, war etwas so Träumerisch-Mystisches, in seiner ganzen Haltung etwas so Erhabenes, das zu seiner abgetragenen Arbeitskleidung und der ärmlichen Umgebung in scharfem Kontraste stand, daß ich mich fragte, ob nicht all dies selbst ein Traum sei.

Lange schwiegen wir beide. Ich beobachtete den Mann vor mir mit wachsendem Erstaunen. Nun, da er sein Bekenntnis abgelegt hatte, schien sich seine Seele, zuvor niedergedrückt bis zum Boden, mit neuer Spannkraft wieder hoch aufzurichten. Ich dachte, daß mich seine Geschichte mit Entsetzen hätte erfüllen müssen, doch merkwürdig genug, dem war nicht so. Gewiß ist es nicht angenehm, die Bekenntnisse eines Mörders entgegennehmen zu müssen, indes war dieser arme Geselle offenbar nicht bloß heftig provoziert worden, sondern hatte mit seiner Bluttat dermaßen selbstverleugnende Absichten verfolgt, daß ich mich nicht berufen fühlte, den Urteilsstab über ihn zu brechen. Mein Ziel war es, ihn zu beruhigen, weshalb ich nun anhub, so ruhig wie möglich, denn mein Herz schlug schnell und heftig:

»Sie brauchen nicht zu verzweifeln, Jacob Settle. Gott

ist sehr gut, und Seine Gnade ist groß. Leben Sie weiter, arbeiten Sie weiter, hoffend, daß Sie eines Tages fühlen, daß die Vergangenheit gesühnt ist.« Hier hielt ich inne, denn ich konnte sehen, daß Schlaf, natürlicher Schlaf diesmal, ihn befiel.

»Ja, schlafen Sie«, sagte ich, »ich werde bei Ihnen wachen, und heute nacht werden wir keine bösen Träume mehr haben.«

Mühsam raffte er sich nochmals auf und antwortete:

»Ich weiß nicht, wie ich Ihnen für Ihre Güte danken soll, meine aber, Sie täten nun gut daran, mich zu verlassen. Ich will versuchen, darüber zu schlafen. Seit ich Ihnen alles erzählt habe, fühle ich meinen Geist von einer Last befreit. Sofern noch etwas vom Manne in mir ist, muß ich nun versuchen, das Leben allein auszufechten.«

»So gehe ich also, wie Sie wünschen«, sagte ich, »doch nehmen Sie meinen Rat: Leben Sie nicht mehr so einsam, gehen Sie unter Menschen und leben Sie unter ihnen. Teilen Sie Freud und Leid mit ihnen, und Sie werden leichter vergessen. Diese Einsamkeit macht Sie schwermütig und irre.«

»Ja, ich werd's tun«, sagte er, schon fast vom Schlafe überwältigt.

Als ich mich zur Türe wandte, schaute er mir nach. Schon hatte ich die Klinke berührt, ließ sie aber wieder und kehrte mit ausgestreckter Hand zum Bett zurück. Er richtete sich zum Sitzen auf und ergriff sie mit seinen beiden Händen, und ich wünschte ihm eine gute Nacht und fügte noch ermunternd hinzu:

»Mut, Mann, Mut! In der Welt harrt Arbeit genug auf Sie, Jacob Settle. Sie können gewiß noch jene weißen Kleider tragen und durch das stählerne Tor schreiten!«

Dann verließ ich ihn.

Eine Woche später fand ich seine Hütte leer und verlassen, und als ich bei der Arbeit nach ihm fragte, hieß es, er sei »nach Norden« gegangen, niemand wisse genau wohin.

Zwei Jahre danach verbrachte ich ein paar Tage bei meinem Freunde Dr. Munro in Glasgow. Er war ein vielbeschäftigter Mann und konnte mir nicht viel von seiner Zeit widmen, weswegen ich meine Tage mit Ausflügen zu den Trossachs, dem Loch Katrine und zum Clyde hinunter verbrachte. Am zweitletzten Abend meines Aufenthaltes kam ich etwas später als vorgesehen nach Hause, fand aber, daß auch mein Gastgeber sich verspätet hatte. Das Mädchen sagte mir, er sei ins Hospital gerufen worden – ein Unfall in den Gaswerken, das Dinner werde um eine Stunde verschoben. Ich erwiderte ihr, ich werde hinübergehen ins Hospital, um ihren Herrn dort zu treffen und zusammen mit ihm zurückzukehren, und ging aus dem Hause. Im Hospital traf ich ihn, als er sich gerade die Hände wusch und zum Heimgang anschickte. Ohne besonderes Interesse erkundigte ich mich, was geschehen sei.

»Ach, das übliche! Ein gerissenes Seil und Menschenleben ohne Bedeutung. Zwei Männer arbeiteten in einem Gasometer, als das Seil riß, das ihr Gerüst trug. Es muß kurz vor der Dinnerpause gewesen sein, denn niemand bemerkte ihr Fehlen, bis die Männer wieder an die Arbeit gingen. Im Gasometer stand das Wasser über zwei Meter hoch, so daß die beiden Ärmsten hart um ihr Leben zu kämpfen hatten. Einer von ihnen lebte aber noch, gerade eben noch, und wir hatten alle Mühe, ihn durchzubringen. Es scheint, daß er sein Leben seinem Kameraden zu verdanken hat, denn nie hörte ich von größerem Heldentum. Sie schwammen gemeinsam, solange ihre Kräfte anhielten, doch schließlich waren sie so gänzlich erschöpft, daß nicht einmal der Anblick der Lichter oben und der Männer, die mit Seilen um den Leib zu ihnen herabstiegen, sie noch bei Kräften zu halten vermochte. Da stellte sich der eine der beiden auf den Boden und hielt seinen Kameraden hoch über seinen Kopf aus dem Wasser – und jene wenigen Atemzüge machten den ganzen Unterschied zwischen Leben und Tod. Als man die beiden herauszog, boten sie einen schrecklichen Anblick, denn jenes Wasser ist ganz purpurrot gefärbt vom Gas und Teer. Der obere der beiden Männer sah aus wie in Blut gebadet. Uh!«

»Und der andere?«

»Oh, der noch schlimmer. Doch er muß ein sehr edler Mensch gewesen sein. Dieser Kampf unter Wasser war gewiß furchtbar; man kann sehen, wie das Blut des Mannes aus seinen Händen und Füßen gewichen ist. Bei dem Anblick denkt man unwillkürlich an *Stigmata.* Entschlossenheit von solcher Art, so denkt man wohl, könnte alles auf Erden erreichen. Ja, sie vermöchte beinahe die Tore des Himmels zu entriegeln! Schauen Sie nur hin, alter Freund, es ist zwar kein besonders angenehmer Anblick, schon gar nicht vor dem Essen, aber Sie sind ja ein Schriftsteller, und dies ein ungewöhnlicher Fall. Hier haben Sie etwas, das Sie nicht versäumen sollten, denn aller Wahrscheinlichkeit nach werden Sie nie wieder dergleichen zu sehen bekommen.« Während er so sprach, hatte er mich in die Totenkammer des Hospitals geführt.

Auf der Bahre lag ein Körper unter einem weißen Laken, das eng um ihn gewickelt war.

»Sieht aus wie eine Schmetterlingslarve, nicht wahr? Ich sage Ihnen, Jack, wenn etwas daran sein sollte an jenem alten Mythos, der die Seele als Schmetterling darstellt, so war der Falter, den diese Larve entließ, ein sehr edles Exemplar, das alles Licht der Sonne auf seinen Flügeln trug. Sehen Sie her!« Und er enthüllte das Antlitz. Entsetzlich, in der Tat, es sah wie blutüberströmt aus. Doch ich erkannte ihn sofort: Jacob Settle! Mein Freund zog das gewundene Laken noch weiter zurück.

Die Hände lagen gekreuzt auf der purpurnen Brust, wie sie wohl ein zartsinniger Pfleger ehrfurchtsvoll gelegt hatte. Als ich sie erblickte, schlug mein Herz in großem Frohlocken, denn die Erinnerung an seinen qualvollen Traum zuckte mir durch den Sinn. Kein Flecken war mehr auf diesen armen, tapferen Händen, sie waren weiß wie Schnee.

Und irgendwie fühlte ich, als ich so schaute, daß der böse Traum nun gänzlich vorbei war. Endlich hatte sich diese edle Seele einen Weg durch die Pforte errungen. Keinen Fleck mehr hatte nun das weiße Gewand von den Händen, die es übergestreift.

Der Doppelgänger

Mr. Arthur Fernlee Markam, welcher im Laufe der hier mitgeteilten Begebenheiten das sogenannte Rote Haus über den Mains of Crooken erwarb, war von Beruf Handelsmann und hielt es als waschechter Londoner und aus Anlaß seines Sommerurlaubs, den er in Schottland zu verbringen gedachte, überdies für unerläßlich, sich von Kopf bis Fuß wie ein Clan-Oberhaupt aus den Highlands zu kleiden und auszustaffieren, ganz wie er's von den Farblithographien und von der Varietébühne her kannte. Einmal im »Empire« hatte er den großen Prince – den »Bounder King« – das Haus zu Beifallstürmen hinreißen sehen in der Rolle des »MacSlogan von und zu Slogan« mit dem berühmten Loblied auf die schottische Schafwurst und den von ihr hervorgerufnen Durst – »There's naething like haggis to mak a mon dry!« Seit jenem Tage bewahrte Mr. Markam in seiner Erinnerung das getreue Bild solch pittoresker und martialischer Erscheinung, und sie war es ja auch, durch welche er sich recht eigentlich bewogen fühlte, Aberdeenshire zum Sommeraufenthalt zu erwählen: in seinen innersten Gedanken nämlich stelzte vor der Szenerie einer erträumten Ferienlandschaft die buntscheckige Figur jenes MacSlogan von und zu Slogan beständig auf und ab. Doch wie immer sich's in Wahrheit damit verhalten mochte – jedenfalls bewies Mr. Markam zumindest im Hinblick auf landschaftliche Schönheit eine höchst glückliche Hand bei der Wahl seines Ferienortes, denn er entschied sich für die Crooken Bay. Es ist das ein bezaubernder Fleck Erde zwischen Aberdeen und Peterhead, gerade unterhalb der felsgesäumten Landzunge, von der die langgezogenen, gefährlichen Riffe, die unter dem Namen »The Spurs« bekannt sind, in die Nordsee hinausreichen. Zwischen ihnen und den »Mains of Crooken« – einer Ortschaft, welche im Schutze der nördlichen Klippen liegt – erstreckt sich die weit ins Land reichende Bucht, eingebettet in eine Vielzahl grasbewachsener Dünen, auf denen zu Tausenden die Kaninchen hausen. Dergestalt ist also die Bucht beiderseits von felsigen Vorgebirgen umfaßt, und wenn das Licht der ersten Morgenfrühe oder der letzte Strahl der untergehenden Sonne auf das rote Syenitgestein fällt, so gibt das einen wunderbaren Farbakkord. Im übrigen jedoch besteht die Bucht aus flachem Sandgrund. Bei Ebbe zieht das Meer sich bis weit hinaus zurück und hinterläßt eine großräumige Fläche festen Sandes, aus der da und dort die Staknetze der Lachsfischer ragen. An dem einen Ende der Bucht gibt es eine kleine Felsengruppe, deren Spitzen auch bei Flut noch ein wenig über Wasser bleiben und bloß bei schwerer See von den grünen Fluten überspült werden. Bei Ebbe jedoch sind die Felsen trocken bis hinunter zu dem flachen Sandgrund, welcher dort die vielleicht einzige Gefahrenstelle an jenem Teil der Ostküste bildet. Zwischen den Felsen nämlich, welche voneinander etwa fünfzig Fuß Abstand haben, gibt es einen kleinen Schwemmsandbereich, der aber, ganz wie die Goodwins, nur bei hereinkommender Flut wirklich gefährlich wird. Dieser Schwemmsandstreifen erstreckt sich bis hinaus ins offene Meer und verliert sich landeinwärts in dem festen Sandgrund der ansteigenden Küste. Auf dem Abhang des Berges, welcher sich hinter den Dünen erhebt, ist auf etwa halbem Wege zwischen The Spurs und dem Hafen von Crooken das Rote Haus errichtet. Es erhebt sich inmitten einer Föhrengruppe, von der man auf drei Seiten geschützt ist, wogegen die vierte, offene, auf See hinausblickt. Ein hübscher, altväterisch angelegter Garten zieht sich hinunter zur Landstraße, nach deren Überquerung ein grasbewachsener, sogar für leichteres Fuhrwerk befahrbarer Pfad sich zwischen den Dünen zum Strand hinunterwindet.

Als die Familie Markam nach sechsunddreißigstündiger Seereise auf dem stampfenden, schlingernden, nach Aberdeen bestimmten Dampfboot *Ban Righ* aus Blackwall, nach der Bahnfahrt mit dem Anschlußzug und nach einer Zwölfmeilen-Tour im Pferdefuhrwerk endlich vor dem Roten Haus anlangte, war man einhellig der Meinung, noch nie einen herrlicheren Fleck Erde gesehen zu haben.

Diese allgemeine Zufriedenheit war um so bemerkenswerter, als gerade um jene Zeit kein einziges Mitglied der Familie – und das aus mehreren Gründen – dazu neigte, an irgendeinem Ort jenseits der schottischen Grenze auch nur ein gutes Haar zu lassen. Die Markams waren eine recht zahlreiche Familie, aber das Florieren der Geschäfte gestattete ihnen jederlei persönlichen Aufwand, darunter nicht zuletzt eine große Freizügigkeit in der Art sich zu kleiden. Die Häufigkeit, mit der die Markam-Mädchen ihre Garderobe erneuern konnten, war denn auch eine stete Quelle des Neides für ihre Busenfreundinnen, doch des Vergnügens für sie selber.

Arthur Fernlee Markam hatte seine Familie nicht ins Vertrauen gezogen hinsichtlich seines eigenen, neuen Kostüms. Er war nämlich gar nicht so sicher, ob er darin nicht etwelchen Spottreden ausgesetzt sein, zumindest aber dem Sarkasmus zum Ziel dienen werde, und da er in diesem Punkte recht empfindlich war, hielt er's für klüger, zunächst einmal das Erreichen der angemessenen Umgebung abzuwarten und erst dann in vollem, strahlendem Glanze vor seine Lieben hinzutreten. Er hatte sich's recht sauer werden lassen, die Vollständigkeit seines Hochland-Kostüms in allen Punkten sicherzustellen und war zu diesem Zwecke oftmals im »Bekleidungshaus zum Schottischen Reinwoll-Tartan« gewesen, das von den Messrs. MacCallum More & Roderick MacDhu erst vor kurzem in Copthall Court eröffnet worden war. Dort hatte es besorgte Konsultationen mit dem Firmenchef gegeben, welcher nur schlichtweg mit »MacCallum« angeredet sein wollte und jedes »Mr.« oder »Esquire« recht ungnädig aufnahm. Nach bestem Wissen hatte man alles Für und Wider des gesamten Bestandes an Schnallen, Knöpfen, Streifen, Gurten, Spangen, Broschen, Schließen und sonstigem Zierat bis ins letzte Detail kritisch erwogen und ausgesucht, ja zuletzt auch noch eine Adlerfeder von hinlänglichen Dimensionen im Lager entdeckt. Sie war der krönende Abschluß von Mr. Markams Aecht Schottischer Ausrüstung gewesen. Doch erst, als er das fertige Kostüm vor Augen gehabt, wobei die lebhaften Farben des Tartans nahezu ernüchternd geschienen im Vergleich zu der Unzahl silberner Beschläge, zu den gelblich schimmernden Cairngorm-Spangen, zum Philibeg oder Kilt, zu Dolch und silbergezierter Ledertasche – erst als er die gesamte Pracht auf einen Blick umfassen gekonnt, war er mit seiner Wahl von Herzen zufrieden gewesen. Zunächst war dieselbe ja auf den Königlichen Stuart-Tartan gefallen, doch hatte er von solch kühnem Entschluß Abstand genommen zufolge der Einwendung des MacCallum, solche Kühnheit könnte, falls Mr. Markam in die Gegend von Balmoral käme, gewisse Komplikationen nach sich ziehen. Jener MacCallum, der übrigens ein recht unverfälschtes Cockney redete, hatte danach eine Reihe anderer Plaids in Vorschlag gebracht. Indes, die Frage der Akkuratesse, nun schon aufs Tapet gekommen, hatte in Mr. Markam etwelche Befürchtungen ausgelöst in Anbetracht weiterer Schwierigkeiten, wie sie jeweils auf dem Gebiet jenes Clans zu erwarten sein mochten, dessen Farben er sich etwa angemaßt hätte. So hatte jener MacCallum schließlich den Vorschlag gemacht, man werde – auf Mr. Markams Kosten – ein besonderes Muster weben lassen, das keinem der bestehenden Tartan-Muster aufs Haar gleichen, jedoch viele von deren charakteristischen Merkmalen in sich vereinen sollte. Zugrunde gelegt hatte man dem ganzen das Königliche Stuart-Muster, doch im Hinblick auf größere Schlichtheit dasjenige der Macalister- und Ogilvie-Clans, in Anbetracht einer dezenteren Farbwirkung jenes der Clans von Buchanan, Macbeth, der Oberhäupter von Macintosh und Macleod damit kombiniert. Als man Mr. Markam diese Creation schließlich präsentiert hatte, war er ein wenig in Sorge gewesen, ob er damit im häuslichen Kreise nicht etwa unliebsam auffallen werde. Sobald aber Roderick MacDhu ob der Schönheit solchen Stoffes in veritable Ekstasen gefallen war, hatte Mr. Markam nichts mehr gegen die Vollendung des Stückes einzuwenden gehabt. Mit vollem Recht hielt er ja dafür, es müsse, wenn schon ein Aechter Schottländer wie MacDhu dermaßen hingerissen davon war, alles seine Richtigkeit haben. Bestärkt ward er in solcher Ansicht durch den Umstand, daß MacDhu, der Zweite Chef des Hauses, ihm an Körpergestalt und Erscheinungsbild recht auffällig glich, und vollends hatte bei Entgegennahme des – übrigens reichlich gesalzenen – Zahlschecks jener MacCallum noch gesagt:

»Ich bin so frei gewesen, etwas mehr von dem Stoff herstellen zu lassen, für den Fall, daß der Herr oder seine Freunde noch Bedarf haben sollten.« Markam, sehr angetan ob solcher Eröffnung, hatte sich beeilt zu versichern, ihm könne es nur lieb, ja mehr als lieb sein, wenn dieser wundervolle Stoff, den sie da gemeinsam hervorgebracht hätten, ein Verkaufsschlager werden sollte, was ja mit der Zeit unzweifelhaft der Fall sein werde. So möge die Firma nur nach Gutdünken davon herstellen und auf den Markt bringen.

Markam probierte sein schottländisches Kostüm im Büro, und zwar heimlich gegen Abend, als sämtliche Angestellten schon Schluß gemacht hatten. Er war von dem Resultat seines Versuches hocherfreut, wenn auch ein wenig bange. Jener MacCallum hatte in der Tat ganze Arbeit geleistet, und so war nichts vergessen worden, die Würde unsres neubackenen Schottländers in möglichst martialischem Licht erscheinen zu lassen.

»Natürlich werde ich Schwert und Pistolen nicht zu jedem nächstbesten Anlaß tragen«, sprach Markam zu sich selber, während er den gesamten Staat wieder ablegte. Und er faßte den Beschluß, erstmals an dem Tage, da er den Fuß auf schottischen Boden setzen würde, darin aufzutreten. So trat er denn an jenem Morgen, als die *Ban Righ* vor dem Leuchtturm von Girdle Ness die Flut abwartete, um mit ihr in den Hafen von Aberdeen einzudampfen, aus seiner Kabine hervor in aller bunten Flitterpracht seiner neuen Kostümierung. Der erste Kommentar, den er zu Ohren bekam, stammte von einem seiner Söhne, welcher den Vater beim ersten Hinsehen gar nicht erkannte.

»Na – der Kerl schaut dir vielleicht aus – die reine Vogelscheuche! Großer Gott – das ist ja der Alte!« Damit eilte der Bursche davon und suchte im Salon sein unbändiges Gelächter in einem Kissen zu ersticken. Nun war aber Markam ein seefester Passagier, dem das Stampfen und Schlingern des Dampfboots nichts hatte anhaben können. Deshalb war sein schon von Natur rosiges Gesicht noch um eine Spur dunkler zufolge der Röte, welche ihm nunmehr in die Wangen stieg, als er sich urplötzlich zum Blickpunkt aller Mitreisenden gemacht fand. Er hätte was drum gegeben, weniger kahl zu sein, denn ein Gefühl der Kälte verriet ihm, daß seitlich unter seiner so keck aufs Ohr gestülpten Glengarry-Mütze ein großes Stück seiner Glatze hervorleuchtete. Dennoch faßte er die Gruppe fremder Passagiere kühn ins Auge und ließ sich auch dann nicht aus seiner scheinbaren Ruhe bringen, als ein paar ihrer Äußerungen ihm ans Ohr drangen.

»Der hat wohl nicht alle Tassen im Schrank«, sagte ein typischer Cockney in übertrieben gemustertem Anzug.

»Und ganz waschecht ist der Kerl auch nicht«, pflichtete ein hochgewachsener Yankee bei, der, käsebleich vor Seekrankheit, auf dem Wege war, seinen Wohnsitz für die kommenden Wochen so nahe wie möglich an Balmorals Toren aufzuschlagen.

»Herrliche Idee! Nur immer an Land damit und unsere sämtlichen Vorgebirge mit ihnen besetzt – jetzt ist die Gelegenheit da!« bemerkte ein junger, auf der Heimreise nach Inverness befindlicher Oxford-Student. Doch schon vernahm Mr. Markam die Stimme seiner ältesten Tochter.

»Wo ist er? Wo ist er?« Laut rufend und mit hinterherwehendem Hut kam sie übers Deck herbeigestürzt. Ihr Gesicht verriet einige Aufregung, denn soeben hatte die Mutter dem armen Kinde eröffnet, in welchem Aufzug der Vater sich draußen vor aller Welt produziere. Sobald das Mädchen ihn aber erblickt hatte, brach sie in ein dermaßen krampfhaftes Gelächter aus, daß ihr Zustand schon an einen hysterischen Anfall gemahnte. Und ganz ähnlich verhielt sich's mit allen anderen Kindern. Sobald aber jedes von ihnen einen Blick auf den Vater geworfen hatte, machte Mr. Markam auf dem Absatz kehrt, begab sich in die Kabine zurück und bedeutete dem Dienstmädchen seiner Gattin, er wünsche, sämtliche Mitglieder seiner Familie unverzüglich versammelt zu sehen. So stellten sie sich denn allesamt ein, nach Kräften bemüht, ihre wahren Gefühle zu verbergen. Er aber wendete sich an die vor ihm Stehenden und sprach in aller Ruhe:

»Meine Lieben – habt ihr bei mir nicht alles, was euer Herz begehrt?«

»Gewiß, Papa«, kam es ernsthaft zurück. »Niemand könnte großzügiger sein als du!«

»Kann denn nicht jeder von euch seine Kleidung nach Belieben wählen?«

»O ja, Papa!« Dies klang schon ein wenig kleinlauter.

»Nun denn, meine Teuren – glaubt ihr da nicht, es wäre netter und freundlicher von euch, mir auch dann kein Unbehagen zu verursachen, wenn ich eine Kleidung anlege, die in euren Augen vielleicht lächerlich sein mag, jedoch durchaus gebräuchlich ist in dem Lande, darin wir nun Aufenthalt nehmen wollen?« Darauf erfolgte keine Antwort mehr, man hätte denn die gesenkten Häupter für eine solche genommen. Schließlich war Mr. Markam ein guter Vater, und alle wußten dies. Hochbefriedigt ob so allgemeinen Schweigens, fuhr er fort:

»Nun, so mag es damit sein Bewenden haben! Lauft hinaus und vergnügt euch! Wir werden kein Wort mehr über diese Sache verlieren!« Dies gesagt, trat er wieder an Deck und setzte sich mannhaft dem Kreuzfeuer eines Spottes aus, den er rings um sich aufspringen sah, obschon in Hörweite niemand mehr ein abschätziges Wort verlauten ließ.

Trotzdem: das Staunen und die Heiterkeit, welche sein Aufzug an Bord der *Ban Righ* ausgelöst hatte, war das reine Nichts im Vergleich zu dem Aufruhr, den er in Aberdeen hervorrief. Alle Welt, ob Gassenjungen, Herumtreiber oder Frauen mit Kindern – kurz, was immer um den Landungssteg versammelt gewesen, folgte in dichtem Gewühl der Familie Markam auf deren Weg zu der Bahnstation. Sogar die Gepäckträger mit ihren altmodischen Traggurten oder den neumodischen Schiebekarren, mit denen sie tagtäglich am Ende des Laufstegs den Strom der Schiffsreisenden erwarten, trotteten voll verzückten

Staunens hinter dem Aufzuge her. Zum Glück war es schon kurz vor Abfahrt des Zuges nach Peterhead, so daß dem Martyrium solchen Spießrutenlaufes alsbald ein Ende gesetzt war. Im Waggon blieb das herrliche Hochländer-Kostüm gottlob unbemerkt, und da am Bahnsteig zu Yellon nur wenige Leute warteten, ging auch beim Aussteigen alles gut. Als jedoch das Pferdefuhrwerk sich den Mains of Crooken näherte und die Fischersleute unter die Türen traten, um zu sehen, wer denn da vorbeikomme, kannte die Heiterkeit keine Grenzen mehr. Die Kinder schwenkten ihre Mützen und liefen lachend und johlend hinter dem Wagen her, die Männer ließen ihre Netze und Köder im Stich, die Weiber packten ihre Säuglinge zusammen und schlossen sich gleichfalls dem frohlockenden Zuge an. Und da die Pferde erschöpft waren von der langen Wegstrecke nach Yellon und wieder zurück, und es jetzt überdies steil bergan ging, blieb der Menschenmenge Zeit genug, sich zusammenzurotten, ja sogar, unsere Sommergäste zu überholen und vor deren Wagen einherzuziehen.

Mrs. Markam und die älteren Töchter hätten ja gar zu gern Protest erhoben oder sonst etwas unternommen, um dem Mißbehagen Luft zu machen, das sie angesichts der allgemeinen, johlenden Heiterkeit empfanden! Allein, das Antlitz unsres vorgeblichen Hochländers trug einen dermaßen entschlossenen Ausdruck, daß sie's mit der Angst zu tun bekamen und sich lieber still verhielten. Denn ob auch die Adlerfeder auf einem haarlosen Kopfe wippte, die Cairngorm-Schließe auf einer verfetteten Schulter blitzte, ja Schwert und Dolch und Pistolen um einen recht weitläufigen Wanst gegürtet waren und über die Kniestrümpfe bis hinunter an das steife Kalbfell der Gamaschen reichten: so erfüllten sie dennoch ihren Zweck als Symbole voll martialischer, furchteinflößender Bedeutung! Als unsre Reisegesellschaft aber vor der Einfahrt zum Roten Haus anlangte, sah sie sich schon erwartet von einer dichten Schar Dorfbewohner aus Crooken, die barhaupt und in achtungsvollem Schweigen verharrten, während der restliche Teil der Bevölkerung in keuchender Hast den Hang heraufgehetzt kam. Und nach einer Weile ward die allgemeine, nahezu schon feierliche Stille durchbrochen von einer einzelnen, hallenden Baßstimme:

»Mann! Der hat ja den Dudelsack daheim vergessen!« Die Dienstboten waren schon vor mehreren Tagen eingetroffen, und so war alles zum Empfang der Feriengäste bereit. In der behaglichen Stimmung, die dem kräftigen Imbiß folgte, welchen man nach den Strapazen der Reise zu sich genommen, verflüchtigte sich alsbald aller ausgestandene Ärger, und man gedachte der Unannehmlichkeiten nicht länger, die der gesamten Familie durch das Anlegen jenes fatalen Kostüms erwachsen waren.

Schon am Nachmittag des Ankunftstages unternahm Markam, noch immer im vollen Glanz seiner neuen Würde, einen Spaziergang durch das Ortsgebiet der Mains of Crooken. Er war ohne Begleitung, denn sonderbarerweise litten sowohl seine Gemahlin als auch beide Töchter an scheußlichen Kopfschmerzen und mußten das Bett hüten, um sich von den Anstrengungen der Reise zu erholen. Der ältere Sohn hatte auf sein Recht als junger Mann gepocht und sich auf eigene Faust davongemacht, um die Umgebung des neuen Wohnsitzes zu erkunden, der eine der jüngeren war unauffindbar gewesen, und der andere, nachdem er gerufen worden, mit dem Vater einen Spaziergang ins Dorf zu unternehmen, hatte es – aus purem Mißgeschick – zustande gebracht, in die Regentonne zu fallen, so daß er zunächst einmal für trockene Kleidung sorgen mußte. Da aber seine Garderobe noch nicht ausgepackt war, hätte dies einen zu großen Zeitverlust bedeutet.

Mr. Markam kehrte von seinem ersten Rundgang alles andere denn befriedigt zurück: es war ihm nicht möglich gewesen, mit irgend jemandem Kontakt aufzunehmen! Das lag nicht etwa daran, daß zu wenig Leute sich gezeigt hätten – jedes Haus, jede Hütte schien voll von ihnen zu sein! Aber ins Freie waren die Menschen entweder erst in einiger Entfernung *hinter* ihm getreten, oder aber noch lange, *bevor* er das Straßenstück bis zu ihnen zurückgelegt hatte. Doch wann immer er an einem Hause vorbeigekommen war – er hatte stets nur Teile von Köpfen hinter dem Eingang oder das Weiße der hinter den Fenstern hervorspähenden Augen zu Gesicht bekommen. Und die einzige Anrede, die ihm zuteil geworden, war nichts weniger denn erfreulich gewesen. Der sie getan hatte, war ein närrischer alter Kauz, von welchem man im allgemeinen nicht viel mehr vernahm als etwelche »Amen« während der gemeinsamen Andachten. Seine einzige Beschäftigung schien es zu sein, am Fenster des Postamts von acht Uhr morgens bis ein Uhr mittags das Eintreffen der Post abzuwarten und sodann den Postbeutel nach dem unfern gelegenen Adelsschloß zu tragen. Den Rest des Tages verbrachte er auf einem Sessel im zugigsten Winkel des Hafens, wo Scharen von Enten sich gütlich taten an den Fischabfällen und Essensresten, die man dort ins Wasser warf.

Sobald »Saft Tammie« unsern Mr. Markam auf sich zukommen gesehen, hatte er den Blick, der sonst nur in die Leere über der an seinem Sitz vorbeiführenden Straße starrte, auf den Ankömmling geheftet, hatte sich die Augen gerieben, als wären sie von plötzlichem Sonnenlicht geblendet, und sie sodann mit der Hand beschattet. Danach war er aufgesprungen, hatte den Arm zu anklagender Geste erhoben und gerufen:

»›Es ist alles ganz eitel‹, sprach der Prediger, ›ganz eitel!‹ Mensch, geh in dich, solange noch Zeit ist! ›Schauet die Lilien auf dem Felde, wie sie wachsen. Sie arbeiten nicht, auch spinnen sie nicht. Ich sage euch, daß auch Salomo in all seiner Herrlichkeit nicht bekleidet gewesen ist, als derselbigen eins.‹ Mensch, oh Mensch! Deine Eitelkeit ist wie der Schwemmsand, so da alles verschlinget, was ihm zu nahe kommt! Schwör ab deiner Eitelkeit! Meide den Schwemmsand, welcher den Rachen schon auftut nach dir, um dich zu verschlingen! Siehe dein eigenes Selbst! Ermiß deine große Eitelkeit! Tritt dir Aug in Aug gegenüber, und du wirst ermessen die tödliche Macht deiner Eitelkeit! Wende die Augen nicht ab, zieh Nutzen aus solchem Anblick und geh reumütig in dich, ehvor es zu spät ist und der Schwemmsand dich verschlinget!« Dies gesagt, kehrte der Alte ohne ein weiteres Wort zu seinem Sessel zurück, nahm darauf Platz und verharrte so starr und ausdruckslos wie zuvor.

Gegen seinen Willen war Markam ob solchen Redeschwalles ein wenig verärgert. Wäre dessen Urheber nicht so offenkundig närrisch gewesen, so hätte unser Feriengast das ganze für einen Ausdruck schottischen Humors oder auch schottischer Unverfrorenheit gehalten. Indes, der bedeutsame Ernst solcher Warnung – denn nichts anderes war es – ließ derlei Auslegungen nicht zu. Außerdem war ja Mr. Markam fest entschlossen, sich von keinerlei Spottreden beirren zu lassen und, wiewohl er hier in Schottland noch nicht einmal den Zipfel eines Kilts zu Gesicht bekommen hatte, sein Hochländer-Kostüm weiterhin zu tragen. Doch als er, noch keine halbe Stunde später, nach Hause zurückkam, mußte er feststellen, daß die gesamte Familie ungeachtet ihrer Kopfschmerzen ausgeflogen war! So nützte er die günstige Gelegenheit, schloß sich im Ankleidezimmer ein, vertauschte seine schottische Pracht gegen einen Flanellanzug, brannte sich eine Zigarre an und machte sich's im Fauteuil bequem, um ein Schläfchen zu tun. Erst durch den Lärm der Heimkehrenden geweckt, legte er sein Schottenkostüm wieder an und begab sich hinunter ins Wohnzimmer zum Tee.

An jenem Nachmittag unternahm er keinen Spaziergang mehr. Nach dem Abendessen jedoch legte er seinen schottischen Staat aufs neue an – denn zu Tische war er natürlich in ziviler Kleidung erschienen – und unternahm einen Ausflug hinunter zum Strand. Mittlerweile war er ja zu dem Entschluß gelangt, sich nur nach und nach an das Hochländerkostüm zu gewöhnen und es erst später zu seiner Alltagskleidung zu machen. Der Mond war aufgegangen, und so fiel es unserm nächtlichen Wanderer nicht schwer, dem zwischen den Dünen zum Strand hinunterführenden Pfade zu folgen. Binnen kurzem war er unten angelangt. Es herrschte Ebbe, der sandige Grund war steinhart, und Mr. Markam schlenderte südwärts bis fast ans äußerste Ende der Bucht. Dort fühlte er sich hingezogen zu zwei einzelnen Felsen, die sich ein wenig außerhalb der Dünen erhoben, und schritt gemächlich auf sie zu. Sobald er den näheren erreicht hatte, kletterte er hinauf, suchte nach einer geeigneten Stelle und ließ sich nieder. Er befand sich nun an die zwanzig Fuß über der weithin sich breitenden Sandfläche und genoß von Herzen die friedvolle, zaubrische Aussicht. Soeben stieg der Mond hinter der Landzunge von Penniefold herauf, so daß seine Strahlen den vordersten, eine dreiviertel Meile weiter draußen liegenden Felsen der »Spurs« erhellten. Der Rest des Massivs blieb noch ins Dunkel gehüllt. In dem Maße aber, wie der Mond über die Landzunge emporstieg, tauchte er die gesamten »Spurs« und danach auch die umliegende Küste in sein schimmerndes Licht.

Geraume Zeit verharrte Mr. Markam auf seinem Beobachtungsplatz, sah dem aufsteigenden Monde zu und wartete ab, bis dessen bleiches Licht sich allgemach ausgebreitet hatte über die gesamte Landschaft. Dann erst drehte er sich nach Osten herum, stützte das Kinn in die Hand, blickte auf die ferne See hinaus und ergab sich nahezu schwelgerisch dem wunderbaren Friedens- und Freiheitsgefühl solch nächtlicher Szenerie. Das Getöse von London, die Düsternis des anstrengenden und lähmenden Stadtlebens – nun schien es sie nie gegeben zu haben! So lebte denn unser stummer Betrachter im Augenblick ein freieres, höheres Leben. Er sah den glitzernden Wassern zu, wie sie sich allmählich wieder heranstahlen über die weite, sandige Fläche – wie sie kaum merklich näherrückten im Wechsel von Ebbe zu Flut. Und mit einem Mal vernahm er hinter sich an Land ein fernes Rufen.

»Das sind die Fischer, die sich auf ihre Weise verständigen«, sprach er und sah hinter sich in die Richtung, aus der jenes Rufen zu kommen schien. Doch gleich darauf fuhr ein gewaltiger Schreck ihm durchs Gebein, denn was er dort drüben am Nachbarfelsen erblickte, war nichts anderes als sein genaues Ebenbild! Er gewahrte es ganz deutlich und ungeachtet der plötzlichen Verschattung durch eine unterm Mond hindurchziehende Wolke: einen Atemzug lang erblickte er seinen eigenen, kahlen Hinterkopf unter der mit einer gewaltigen Adlerfeder gezierten Glengarry-Mütze! Doch als er im ersten Entsetzen aufsprang und zurücktaumelte, glitt er aus und begann, hinunterzuschlittern gegen den sandigen Grund, der sich zwischen den beiden Felsen erstreckte! Allein, der zu erwartende Sturz schreckte ihn nicht, denn der Sand lag nur noch wenige Fuß unter ihm, und überdies stand sein Denken ja noch immer im Banne jenes gespenstischen Abbilds, das jetzt freilich verschwunden war. Die leichteste Art, wieder *terra firma* unter die Füße zu bekommen, bestand in einem Sprung vom Felsen auf den ebenen Grund, und schon setzte Mr. Markam dazu an. All das hatte sich in Sekundenschnelle ereignet, doch das Hirn ist noch schneller, und so bemerkte er im Augenblick seines Absprungs, daß unten die marmorgleich schimmernde, ebene Fläche plötzlich in seltsam silbrige, schwappende Schwingungen geriet! Eine plötzliche Furcht überkam ihn, seine Knie gaben nach, und so verdarb er den Sprung und schlitterte den Felsen ganz erbärmlich hinunter, ja schürfte sich auch noch die nackten Beine auf! Seine Füße trafen den Boden – drangen ein wie in Wasser –, und noch ehe er den heimtückischen Schwemmsand recht erkannt hatte, fand Mr. Markam sich schon bis an die Knie darein versunken! In panischer Angst klammerte er sich an den Felsen, um nicht noch tiefer einzusinken, fand auch glücklich Halt an irgendwelchem Vorsprung oder Sims und krallte sich instinktiv und mit der grimmigen Kraft der Verzweiflung daran fest. Er versuchte, um Hilfe zu rufen, doch zunächst versagte ihm der Atem, und erst nach größter Anstrengung gelang es ihm, sich vernehmbar zu machen. Wieder und wieder schrie er hinaus, und es war, als gäb' ihm der Hall der eigenen Stimme neue Zuversicht, denn er vermochte sich länger an dem Felsvorsprung festzuklammern, als er für möglich gehalten, ob dies auch nur in blinder Verzweiflung geschah. Doch allmählich ließen seine Kräfte nach – sein Griff lockerte sich – und plötzlich, zu des Bedrängten höchster Freude, ward sein Hilfegeschrei beantwortet durch eine von oben ertönende, rauhe Männerstimme!

»Gott sei's gedankt – noch ist es Zeit!« Und schon auch kam ein Fischer in hüfthohen Stiefeln eilig den Felsen heruntergeklettert. Im Augenblick hatte er die ganze Schwere der Gefahr erkannt und tastete mit dem Fuß nach einem sicheren Ort, indem er ausrief: »Halt dich fest, Mann – ich komme!« Und während er sich mit der einen Hand an den Felsen klammerte, beugte er sich vor, faßte nach Markams Handgelenk und rief zum andernmal: »Halt dich fest an mir, Mann – mit beiden Händen!«

Unter Aufbietung seiner ganzen Kraft zog er mit einem einzigen, langsamen Ruck den Gefährdeten aus dem gierigen Schwemmsand zu sich auf den rettenden Felsen, und ohne dem Erschöpften viel Zeit zum Luftholen zu lassen, zerrte und stieß er ihn unablässig weiter, bis man den festen Sandgrund der anderen Seite erreicht hatte. Erst dort, ein gutes Stück über dem flachen Strand, ließ er den noch immer von Todesangst Geschüttelten los, indem er sagte:

»Mann! Das war höchste Eisenbahn! Hätt' ich was gegeben auf das Geschwätz der Trottel dort drüben, so wärst du jetzt schon wer weiß wo unter der Erde! Willy Beagrie hat dich für einen Geist gehalten, und Tom MacPhail hat geschworen, du müßtest ein Kobold sein. ›Nein!‹ hab' ich gesagt, ›das ist bloß der verrückte Engländer – der Tollhäusler vom Wachsfigurenkabinett!‹ Und hab' mir gedacht, daß ein Ortsfremder, der noch dazu nicht ganz richtig im Kopf oder am Ende gar ein kompletter Narr ist, unmöglich wissen kann, wie heimtückisch hier heraußen der Schwemmsand ist. Also hab' ich gerufen, um dich zu warnen, und bin dann losgerannt, damit ich im Notfall zur Hand sein kann. Und Gott sei's gedankt, ob du nun ganz oder nur halb verrückt bist mit deinem eitlen Getue, daß ich noch zurechtgekommen bin!« Bei diesen letzten Worten lüftete er andächtig die Kappe.

Mr. Markam war von tiefer Dankbarkeit erfüllt im Angesicht solch wunderbarer Errettung aus höchster Todesgefahr. Aber dieser neuerliche Hinweis auf seine Eitelkeit verletzte ihn tief und beeinträchtigte die Lauterkeit seiner Gefühle. Schon hatte er eine scharfe Erwiderung auf der Zunge, als ihm unter plötzlichem Erschaudern die Worte jenes alten, halbverrückten Briefträgers in den Sinn kamen: »Tritt dir Aug in Aug gegenüber, siehe dein eigenes Selbst und geh reumütig in dich, ehvor es zu spät ist und der Schwemmsand dich verschlinget!«

Bei diesen Worten entsann er sich voll Schrecken seines Ebenbilds, das er so plötzlich vor Augen gehabt, und auch der unmittelbar darauf erfolgten, tödlichen Bedrohung durch den Schwemmsand. So blieb er eine Zeitlang still, ehe er sagte:

»Guter Mann – ich verdanke Ihnen mein Leben!«

Der Antwort des rauhen Fischers war ein Gutteil ehrfürchtige Frömmigkeit beigemengt. »Nein – aber nein«, beteuerte er. »Dein Leben verdankst du ganz allein unserm lieben Herrgott. Ich selber bin nur sein bescheidenes Werkzeug gewesen – und ich bin froh darüber.«

»Dennoch – Sie dürfen meinen Dank nicht ausschlagen«, sagte Mr. Markam, faßte mit beiden Händen nach den derben Pranken seines Retters und hielt sie fest. »Im Augenblick ist mir das Herz zu voll und sind meine Nerven noch zu sehr durcheinander, als daß ich viele Worte machen könnte. Aber, glauben Sie mir, mein Bester, ich bin Ihnen zu tiefstem Dank verpflichtet!«

Man sah es dem alten Fischer an, wie sehr er gerührt war, denn die Tränen liefen ihm über die Wangen.

Schließlich sagte er rauh aber herzlich:

»Na schön, Sir! So danken Sie mir eben, wenn das Ihr Herz so sehr erleichtert. Mir an Ihrer Stelle würd' es ja auch nicht anders gehen. Aber soweit es meine Person betrifft, braucht's da keinen Dank – ich bin froh, daß alles noch so gut ausgegangen ist.«

Daß Arthur Fernlee Markam wirklich dankbar und auch erkenntlich war, sollte sich schon nach wenigen Tagen herausstellen: binnen Wochenfrist lief nämlich in Port Crooken das prächtigste Fischerboot ein, das man im Hafen von Peterhead je zu Gesicht bekommen hatte. Ausgestattet mit allem Segelwerk und sonstigem Zubehör, war das Boot auch noch mit den teuersten Netzen versehen. Die Besatzung fuhr im Wagen davon, nachdem man der Frau des Lachsfischers alle Papiere ausgehändigt und damit ihren Mann zum Eigentümer des schmucken Fahrzeugs gemacht hatte.

Während nun Mr. Markam und der Lachsfischer gemeinsam den Strand entlangschritten, bat der erstere den Gefährten, dieser möge nichts verlauten lassen von der überstandenen Todesgefahr, auf daß nicht Frau und Kinder sich unnötig Sorgen machten. Er selber werde die Familie vor dem Schwemmsand warnen. In diesem Zusammenhang stellte er noch allerlei Fragen, bis er das Gefühl hatte, nunmehr hinreichend informiert zu sein. Und ehe man voneinander schied, fragte Mr. Markam den Begleiter noch, ob dieser, als er herbeigeeilt war, etwa auf dem anderen Felsen eine zweite Gestalt in einem ebensolchen Schottenkostüm gesehen habe?

»Nein – aber nein«, kam es zurück. »Einen zweiten Narren von solchem Kaliber gibt es nicht in unserer Gegend und hat ihn nicht gegeben seit den Tagen von Jamie Fleeman – und der war Hofnarr beim Laird of Udny. Aber was sag' ich da, Mann – solch einen heidenmäßigen Aufzug wie den Ihren hat man in unserer Gegend seit Menschengedenken nicht mehr gesehen! Und ich kann mir nicht vorstellen, wie solches Narrengewand dazu taugen soll, um damit auf den kalten Steinen zu sitzen, wie Sie das da draußen getan haben! Mann – ja hast du denn gar keine Angst vorm Rheuma oder vorm Hexenschuß, daß es dir nichts ausmacht, draußen mit dem nackten Hintern auf den naßkalten Steinen herumzuwetzen? Schon heute früh am Hafen ist mir das verdächtig vorgekommen, aber jetzt seh ich, du mußt schon ein kompletter Idiot sein, wenn du auch noch bei Nacht und Nebel in solchem Aufzug durch die Gegend geisterst!« Mr. Markam wollte diesen Punkt nicht weiter erörtert sehen, und da man nunmehr vor seinem Wohnsitz angelangt war, lud er den Lachsfischer auf einen Schluck Whisky ins Haus – was jener nicht abschlug –, wonach man einander eine Gute Nacht wünschte. Aber noch ehe Mr. Markam zu Bett ging, warnte er die gesamte Familie auf das Nachdrücklichste vor jenem Streifen Schwemmsands und erwähnte nebenbei, er selber habe sich dort in einiger Gefahr befunden.

Trotzdem – er konnte in dieser Nacht keinen Schlaf finden. Hellwach lag er im Bett und zählte die Stunden an den asthmatischen Schlägen der Pendeluhr. Wie sehr er sich auch mühte, er konnte kein Auge zutun. Immer von neuem durchlebte er sein entsetzliches Schwemmsand-Abenteuer, beginnend mit dem Augenblick, da jener »Saft Tammie« sein gewohnheitsmäßiges Schweigen gebrochen hatte, um dem Hochländer aus London ins Gewissen zu reden und ihn vor den Folgen solch sündhafter Eitelkeit zu warnen. Und stets ward die unablässig sich stellende Frage – »Bin ich denn wirklich so eitel, daß ich schon einen Narren aus mir mache?« – beantwortet durch die Worte des närrischen Propheten: »›Es ist alles ganz eitel – ganz eitel!‹ Tritt dir Aug in Aug gegenüber, siehe dein eigenes Selbst und geh reumütig in dich, ehvor es zu spät ist und der Schwemmsand dich verschlinget!« Und unklar begann das Gefühl in ihm Gestalt anzunehmen, es sei über ihn verhängt, in eben jenem Schwemmsand umzukommen, weil er sich dort draußen ja schon Aug in Aug gegenübergetreten war.

Erst beim Morgengrauen sank er in unruhigen Schlummer, doch ließ ihn sein Angstgefühl offenbar auch im Traume nicht los, denn plötzlich fand er sich wachgerüttelt von Mrs. Markam, welche höchst ungehalten sagte:

»So halt schon endlich den Mund! Diese verwünschten schottischen Fetzen schlagen sich dir ja noch aufs Hirn! Sei doch bitte so freundlich und hör auf, auch noch im Schlaf davon zu reden!« Er aber fühlte sich irgendwie erleichtert, ganz als wär' eine erdrückende Last von ihm genommen worden, wußte sich aber solche Erleichterung nicht recht zu deuten. Deshalb fragte er die Aufgebrachte, was er denn geredet habe im Schlaf, worauf sie erwiderte:

»Weiß Gott, du hast es so oft gesagt, daß ich es schon auswendig kann: ›Nicht Aug in Aug! Ich hab' die Adlerfeder nur über der *Glatze* gesehen! Noch ist nicht alles verloren! Noch war's nicht Aug in Aug!‹ Und jetzt schlaf endlich ein – *tu* mir bitte den Gefallen!« Dies tat er denn auch. Es war ihm nunmehr klargeworden, daß die Prophezeiung jenes Verrückten ja gar nicht in Erfüllung gegangen war: er hatte sein eigenes Selbst nicht Aug in Aug – zumindest *noch* nicht Aug in Aug gesehen!

Früh am Morgen fand er sich geweckt von einem der Dienstmädchen. Sie meldete Mr. Markam, unten im Vorhaus warte ein Fischer und wolle ihn sprechen. So kleidete er sich so rasch wie möglich an – was nicht ohne Komplikationen vor sich ging, denn er war noch nicht hinlänglich vertraut mit den Tücken seines Hochländer-Staats – und eilte die Treppe hinunter, denn er wollte den Lachsfischer nicht über Gebühr warten lassen. Doch zu seiner nicht gerade freudigen Überraschung mußte Mr. Markam feststellen, daß niemand anderer als »Saft Tammie« vor ihm stand. Dieser eröffnete unverzüglich die Feindseligkeiten:

»Ich war gerade auf dem Weg zur Post hinunter, und da hab' ich mir gedacht, ich schau doch mal auf einen Sprung zu dir herein, ob du noch immer so närrisch herausgeputzt herumläufst wie gestern Nacht. Und was muß ich sehen? *Nichts* hast du dazugelernt! Wohlan – die Zeit wird kommen, verlaß dich drauf! Und weil ich den ganzen Vormittag frei habe, so werd' ich von jetzt an Morgen für Morgen hier vorbeikommen, denn ich möchte mit eigenen Augen sehen, wie du aus freien Stücken zuerst in den Schwemmsand und dann zum Teufel gehst! Und jetzt muß ich weg, zu meiner Arbeit!« Damit machte er auf dem Fuße kehrt und trollte sich, Mr. Markam in beträchtlichem Unmut zurücklassend, denn die in Hörweite befindlichen Mägde suchten vergebens, ihr Gekicher zu unterdrücken. Fast war er schon entschlossen gewesen, heute Alltagskleidung anzulegen, doch »Saft Tammies« Besuch hatte genügt, diesen Entschluß über den Haufen zu werfen. Nein – man sollte nur sehen, daß er kein Feigling war: komme was da wolle – er würde von nun an festbleiben und weitermachen! So begab er sich denn in voller, martialischer Adjustierung hinüber ins Frühstückszimmer und konnte dort feststellen, daß bei seinem Eintritte die Kinder allesamt zu Boden blickten, wenngleich sie dabei auch rot anliefen bis hinter die Ohren. Da aber keines von ihnen zu lachen wagte – mit Ausnahme von Titus, dem Jüngsten, der zu ersticken drohte vor hysterischer Heiterkeit und unverzüglich des Zimmers verwiesen ward –, fand Mr. Markam keinen Anlaß zum Tadel, sondern rückte bloß in grimmiger Entschlossenheit seinem Frühstücks-Ei zu Leibe. Doch zum großen Unglück verfing sich einer seiner zahlreichen Ärmelknöpfe im Spitzenbesatz von Mrs. Markams Morgenrock, als sie eben dabei war, ihrem Gemahl den kochendheißen Tee einzugießen, was für den Hausherrn eine gelinde Verbrühung seiner nackten Knie zur Folge hatte. So war's nur natürlich, daß ein unfeines Wort ihm entschlüpfte, worauf seine ohnedem schon gereizte bessere Hälfte nicht mehr an sich halten konnte und loslegte:

»Jetzt hör mir einmal zu, Arthur: wenn du dich schon unbedingt zum Dorftrottel machen willst in deinem lächerlichen, schottischen Fetzen – was erwartest du dir dann? Du *kannst* nicht umgehen damit und wirst nie damit umgehen können!« In Zurückweisung solchen Vorhaltes setzte Mr. Markam zu indignierter Gegenrede an, kam aber über das einleitende »Madame –« kaum hinaus, denn Mrs. Markam war nicht gewillt, jetzt, da man den fatalen Gegenstand endlich zur Sprache gebracht hatte, mit ihrer Meinung noch länger hinterm Berg zu halten. Diese Meinung war keine sehr schmeichelhafte und wurde, wir können es nicht leugnen, in entsprechendem Ton zum besten gegeben. Und der ist ja niemals freundlich, sobald eine Frau sich erst entschlossen hat, ihrem angetrauten Herrn und Gebieter hineinzusagen, was sie als »die Wahrheit« empfindet. Das Ergebnis war, daß Arthur Fernlee sich auf der Stelle entschloß, während der gesamten Aufenthaltsdauer in Schottland kein anderes Stück zu tragen als das von Mrs. Markam so sehr verabscheute Schottenkostüm, wobei er nicht versäumte, diesen seinen Entschluß aufs Nachdrücklichste kundzutun. Mrs. Markam jedoch behielt, ganz nach Weiberart, das letzte Wort, was im speziellen Fall freilich nicht ohne Tränen abging:

»Ganz wie du meinst, Arthur«, sagte sie. »Natürlich kannst du es halten, wie du willst! Mach mich nur möglichst lächerlich vor aller Welt und verdirb den armen Mädchen ihre Heiratsaussichten! Im allgemeinen nämlich legen junge Männer keinen gesteigerten Wert darauf, einen alten Kretin zum Schwiegervater zu haben! Und außerdem – ich warne dich: eines Tages wirst du mit all deiner Eitelkeit etwas Fürchterliches erleben, falls man dich nicht schon vorher in die Tobzelle geschafft oder auf dem Friedhof verscharrt hat!«

Im Laufe der folgenden Tage stellte sich heraus, daß Mr. Markam die Mehrzahl seiner Spaziergänge ohne Begleitung unternehmen mußte. Die Mädchen gingen ja ab und zu noch mit ihm aus – in aller Herrgottsfrühe etwa, oder sehr spät am Abend, oder aber bei Regenwetter, wenn keine Menschenseele sich ins Freie wagte. Zwar beteuerten sie ihre Bereitwilligkeit, den Vater zu jeder gewünschten Stunde zu begleiten, allein, es kam tagsüber stets irgend etwas dazwischen. Die Knaben vollends waren zu solchen Gelegenheiten überhaupt nicht aufzufinden, und in Anbetracht von Mrs. Markam muß leider gesagt werden, daß sie strikt und rundweg erklärte, sie werde sich unter keinen Umständen mit ihrem Manne auf der Straße zeigen, solange dieser als ein Gespött aller Leute umherliefe! So blieb das gemeinsame Ausgehen auf den sonntäglichen Gang zur Kirche beschränkt, denn nur zu diesem Anlaß legte Mr. Markam Zivilkleidung an, und zwar aus dem richtigen Empfinden, die Kirche sei nicht der geeignete Ort, um Familienzwistigkeiten auszutragen. Doch schon der Montagmorgen sah den Hausherrn wieder in der kurzberockten, kniefreien Tracht des Hochländers von aecht schottischem Schrot und Korn! Ganz zuinnerst wär' es ihm um jene Zeit freilich schon bei weitem lieber gewesen, er hätte solche Schnapsidee niemals gefaßt, doch seine britische Halsstarrigkeit hatte es nun einmal in sich, und so dachte er nicht daran, die Waffen zu strecken. Morgen für Morgen stand überdies noch »Saft Tammie« unten vor der Tür, und wenn man den Alten nicht vorließ, so pflanzte er sich am Nachmittag, nach Ablieferung des Postsackes, zum andernmal vorm Hause auf und wartete geduldig, bis dessen Gebieter ins Freie trat. Dabei versäumte er nie, seine Warnung in den nämlichen Worten zu wiederholen, die er schon beim ersten Zusammentreffen unten am Hafen gebraucht hatte. So bedurfte es nur weniger Tage, und Mr. Markam war nahe daran, in dem eigensinnigen Alten eine wahre Gottesgeißel zu erblicken.

Nach Ablauf der Woche hatten der beständige Ärger und das unablässige vor sich Hinbrüten, hervorgerufen von der erzwungenen Einsamkeit, unsern Mr. Markam nahezu krank gemacht. Allein, er war zu stolz, als daß er ein Familienmitglied hätte ins Vertrauen ziehen mögen. Überhaupt, man hatte ihn allzu schlecht behandelt! Auch konnte er nachts keinen Schlaf mehr finden, und wenn er doch einmal ein Auge zutat, so suchten böse Träume ihn heim. Er hatte sich's nämlich, nur um den eigenen Mut auf die Probe zu stellen, zur Gewohnheit gemacht, tagsüber zumindest einmal zu dem bewußten Schwemmsandstreifen hinauszuwandern, und er versäumte auch am Abend nur selten, jenem Unheilsort vor dem Zubettgehen noch einen Besuch abzustatten. Vielleicht war eben diese Gewohnheit schuld, daß jenes erschreckende Schwemmsand-Abenteuer Mr. Markams Träume so tief und so nachhaltig beeinflußte. Immer lebhafter wurden sie, so daß er oft genug beim Erwachen nicht zu unterscheiden vermochte, ob er nun bloß in der Einbildung oder aber in Wirklichkeit an jenem fatalen Ort geweilt hatte. Und so manches Mal war er drauf und dran, sich für einen Schlafwandler zu halten.

Es kam eine Nacht, in der er so lebhaft träumte, daß er, aus dem Schlummer fahrend, einfach nicht glauben konnte, das soeben Erlebte solle nur ein Traum gewesen sein! Und wann immer er die Lider schloß, stand jene Vision oder auch Wirklichkeit – wer wollte das unterscheiden! – ihm aufs neue vor Augen: er nahte sich dem Schwemmsandbereich, über den der Mond sein volles Licht ergoß. Dabei ließ sich deutlich wahrnehmen, wie die schimmernde Oberfläche während der Pausen ihrer marmorgleichen Ruhe sich in dem Maß ihrer zitternden und wirbelnden Bewegung mit einem Netzwerk aus flimmernden Schatten überzog. Und während unser Träumer noch näher hinzutrat, sah er jenseits des Schwemmsandstreifens eine Gestalt auf sich zukommen und erkannte in ihr sein eigenes Selbst! In sprachlosem Entsetzen und getrieben von einer unbekannten Macht, ja hypnotisch gebannt wie der Vogel unterm Blick der Schlange, schritt er seinem Spiegelbild entgegen. Und erst, als er den schwappenden Sand über sich zusammenschlagen fühlte, erwachte er in Todesängsten und am ganzen Leibe zitternd, wobei ihm sonderbarerweise die Worte seines närrischen Propheten in den Ohren hallten: »›Es ist alles ganz eitel – ganz eitel!‹ Tritt dir Aug in Aug gegenüber, siehe dein eigenes Selbst und geh reumütig in dich, ehvor es zu spät ist und der Schwemmsand dich verschlinget!«

So sehr überzeugt war er von der Realität des soeben Durchlebten, daß er ungeachtet der frühen Stunde das Bett verließ, sich ankleidete und, ängstlich darauf bedacht, seine Gemahlin nicht zu wecken, das Haus verließ, um hinunter an den Strand zu gehen. Doch der Herzschlag wollte ihm aussetzen, als er auf eine Fußspur traf, die er auf den ersten Blick als seine eigene erkannte! Der nämliche breite Absatz, die nämliche kantige Schuhkappe waren es, die sich da im Sande abgedrückt hatten! Nun gab's für ihn keinen Zweifel mehr, daß er tatsächlich hiergewesen war, und so folgte er den Fußspuren, halb im Zustande lähmenden Entsetzens, halb in traumgleicher Starre, und mußte feststellen, daß sie bis an den Rand des Schwemmsandbereiches führten und sich darin verloren! Diese Erkenntnis verursachte ihm einen neuerlichen Schock, denn es waren keinerlei Spuren zu sehen, die wieder ans feste Land geführt hätten! Mehr und mehr beschlich ihn das Gefühl, hier liege ein grausiges, undurchdringliches Geheimnis vor, an dessen Auflösung er zuschanden werden müßte. Bei solchem Stande der Dinge traf er zwei falsche Entscheidungen: zunächst einmal behielt er sein Wissen für sich und ließ keinen Menschen seine innere Beunruhigung merken. Dies hatte zur Folge, daß niemand in seiner Familie auch nur die leiseste Ahnung von dem wahren Sachverhalt hatte, und daß somit auch die harmlosesten Äußerungen sich auswirkten, als gösse man Öl in das verzehrende Feuer seiner Imagination. Und zum Zweiten begann er, sich für Bücher zu interessieren, welche sich vornehmlich mit den Rätseln des Traumes oder ganz allgemein mit psychischen Phänomenen befaßten. Dies führte zu dem Ergebnis, daß jede verstiegene Vorstellung jedwedes verschrobenen oder halbverrückten Philosophen zum Keime weiterer Unrast ward auf dem fruchtbaren Nährboden von Mr. Markams zerrüttetem Hirn. Und schließlich kam es dazu, daß alles und jedes, im guten wie im schlechten Sinn, auf ein gemeinsames Ende hinauslief. Nicht zum wenigsten trug »Saft Tammie« zu solcher Beunruhigung bei: zu bestimmten Tageszeiten gehörte er nachgerade schon zum festen Inventar an der Haustür! Nachdem dies eine Weile so fortgegangen war, faßte Mr. Markam, interessiert an den früheren Umständen dieses Individuums, den Entschluß, diesbezügliche Erkundigungen anzustellen. Er kam dabei zu dem folgenden Ergebnis:

»Saft Tammie« war, wie man allgemein glaubte, der Sohn eines Lairds aus einer der Grafschaften rings um den Firth of Forth. Man hatte ihn für den Geistlichen Stand ausersehen und ihm eine dementsprechende Erziehung angedeihen lassen. Aus irgendwelchen, niemandem bekannten Gründen aber hatte er solche Zukunft plötzlich hingeworfen und war nach Peterhead gegangen, wo in jenen Tagen alle Welt am Walfang prosperierte. Dort hatte er Heuer auf einem Trankocher genommen. Bei solchem Geschäft war er mit Unterbrechungen mehrere Jahre geblieben, immer wortkarger werdend, ja mehr und mehr verschlossen auch noch in seinen Gewohnheiten, bis seine Schiffsgefährten angefangen hatten, sich zu verwahren gegen so schweigsame Gesellschaft. Also hatte er abgemustert und Dienst genommen auf den Booten der Nordsee-Fischereiflotte. Viele Jahre hindurch hatte er diese Arbeit getan, dabei aber stets als »ein bißchen überdreht« gegolten, bis er seßhaft geworden war zu Crooken, dessen

Laird, zweifellos in Kenntnis von des Alten Herkunft, ihm eine Arbeit zugeschanzt hatte, die einem beschaulichen Pensionisten-Dasein gleichkam. Der Dorfgeistliche, welcher dies alles erzählt hatte, schloß seinen Bericht mit den folgenden Worten:

»Die Sache ist ja recht ungewöhnlich – aber der Mann scheint tatsächlich im Besitz einer merkwürdigen Gabe zu sein: ob wir's dabei mit jenem ›Zweiten Gesicht‹ zu tun haben, an das wir Schottländer so sehr zu glauben geneigt sind, oder mit einer anderen Form okkulten Vorwissens, kann ich nicht sagen. Eines steht aber fest: es passiert kein Unheil in dieser Gegend, von dem die Leute nicht hinterher behaupteten, der Alte hätte es in irgend einer Form vorausgesagt. Jedesmal, wenn Sterben in der Luft liegt, wird er schon einige Zeit vorher von Unbehagen überkommen oder von Erregungszuständen heimgesucht – mit einem Wort, dann erwacht er wieder voll zum Leben.«

Solche Auskunft trug in Nichts dazu bei, Mr. Markams Unruhe abzuschwächen. Vielmehr prägte sie ihm die unheilvolle Bedeutung jener prophetischen Worte nur noch tiefer ins Gemüt. Unter all den Büchern, die er im Hinblick auf sein neues Interessengebiet durchschmökert hatte, fesselte ihn ganz besonders ein deutsches mit dem Titel *Die Doppelgänger.* Sein Autor war ein gewisser Dr. Heinrich von Aschenberg, ehemals Bonn. Durch das genannte Werk wurde nun unser Mr. Markam zum ersten Mal mit Fällen bekannt, darin Menschen ein zweifaches Leben geführt hatten – jede Existenz säuberlich von der andern getrennt, die reale Körperlichkeit beseelt von dem einen Geiste, ihr Ebenbild von dem anderen. Müßig zu sagen, daß Mr. Markam diese Theorie sogleich mit den eigenen Umständen in Verbindung brachte und als absolut zutreffend akzeptierte. Alles sprach ja für diese Annahme: der Blick, den er in der Nacht seiner Errettung auf sein rücklings zu ihm stehendes Ebenbild gehabt – seine eigenen Fußstapfen am Strand, welche in den Schwemmsand hinein, nicht aber wieder herausgeführt hatten – die Prophezeiung von »Saft Tammie« in Anbetracht der

Konfrontation mit dem eigenen Selbst und des Umkommens im Schwemmsand! Insgesamt befestigte all das in Mr. Markam die Überzeugung, er sei selber solch ein *Doppelgänger.* In der vermeintlichen Gewißheit solch zweifacher Existenz unternahm er Schritte, solchen Glauben auch auf praktische Weise zu erhärten, und schrieb eines abends vor dem Zubettgehen seinen Namen mit Kreide auf die Schuhsohlen. Da er auch in jener Nacht von seinem Schwemmsand-Alptraum heimgesucht wurde, und zwar so lebhaft, daß er beim Erwachen im Morgengrauen in allem Ernst glaubte, tatsächlich unten am Strand gewesen zu sein, erhob er sich heimlich und sah, ohne die Gemahlin zu wecken, nach seinen Schuhen.

Die Kreidebeschriftung war nicht verwischt! Er kleidete sich an und stahl sich aus dem Haus. Weil aber diesmal Flut herrschte, nahm er seinen Weg über die Dünen und näherte sich dem Schwemmsandbereich von der anderen Seite. Oh, namenloses Entsetzen! Auch hier führte seine eigene Fußspur geradenwegs in den bodenlosen Schlund!

Er trat den Heimweg an als ein verzweifelter, geschlagener Mann. Es schien ihm unglaublich, daß er, ein Geschäftsmann in vorgerückten Jahren und nach einem langen, ereignislosen, nur kommerziellen Dingen zugewandten Leben inmitten des brausenden, einzig aufs Praktische gerichteten Großstadttrubels von London, sich urplötzlich in Geheimnis und Entsetzen verstrickt, ja mit dem Wissen um eine zweite, neben seiner normalen einherlaufende Existenz geschlagen sein sollte! Und nicht einmal vor seiner eigenen Frau konnte er sich das Herz erleichtern, denn er wußte nur zu gut, sie würde jenem zweiten, ihr unbekannten Leben sogleich bis ins kleinste Detail nachspüren und Rechenschaft darüber fordern, ja gewisse Dinge sich nicht nur einbilden, sondern ihn möglicherweise aller damit zusammenhängender Untreue bezichtigen. So versank er in immer tiefer und düsterer werdendes Brüten. Eines Abends jedoch – draußen setzte die Ebbe ein und am Himmel stand der volle Mond – saß er in Erwartung des Nachtessens, als das Dienstmädchen eintrat und sagte, vor dem Hause schlage »Saft Tammie« Krawall, da man ihm den Eintritt verwehrt habe. Mr. Markam war recht ungehalten ob solch unzeitiger Störung, wollte aber in Gegenwart des Mädchens nicht den Eindruck erwecken, er empfinde in diesem Punkte irgendwelche Furcht, und so gebot er ihr, sie möge den Alten vorlassen. Es dauerte nicht lange und Tammie trat ein, wobei er lebhafter wirkte als sonst. Hocherhobenen Hauptes stand er da, den Blick nicht gesenkt wie gewöhnlich, sondern von energischer Entschlossenheit erfüllt. Und er legte sogleich los:

»Ich bin gekommen, um dich noch einmal zu sehen – ein letztes Mal. Und da sitzt du nun, noch immer wie ein Kakadu auf seiner Stange! Wohlan, Mensch, ich vergebe dir! Laß dir gesagt sein, daß ich dir vergebe!« Und ohne ein weiteres Wort wandte er sich und ging, den Hausherrn in sprachloser Entrüstung zurücklassend.

Dieser faßte nach dem Essen den Entschluß, dem Schwemmsand einen weiteren Besuch abzustatten. Er wollte sich durchaus nicht eingestehen, daß er Furcht davor empfinde. Also trat er um etwa neun Uhr abends in voller Adjustierung aus dem Haus, schritt hinunter zum Strand, überquerte den flachen Sandgrund und setzte sich an den Rand des näheren der beiden Felsen. Den Vollmond nunmehr hinter sich, konnte er bei dessen silbrigem Licht die gesamte Bucht bis hinaus an den schäumenden Rand des Meers überblicken. Auch der dunkle Umriß der Landzunge sowie die Staknetze der Lachsfischer hoben sich scharf vom Hintergrunde ab. In dem strahlenden Silberglanze flimmerten die erleuchteten Fenster von Port Crooken und auch diejenigen des fernen Schlosses gleich Sternen herüber. Geraume Zeit saß Mr. Markam so da und nahm die Schönheit solchen Panoramas in sich auf, und seine Seele empfand einen Frieden, wie er ihn seit vielen Tagen nicht mehr gekannt hatte. All die Geringfügigkeiten, die Belästigungen und törichten Ängste der vergangenen Wochen, nun schienen sie ausgelöscht, und eine neue weihevolle Ruhe hielt Einzug in sein Gemüt. In solch feierlich-gehobener Stimmung blickte er nunmehr zurück auf sein bisheriges Tun und sah es mit anderen Augen. Beschämung überkam ihn ob der an den Tag gelegten Eitelkeit und ob der Beharrlichkeit, mit der er ihr angehangen. Und an Ort und Stelle beschloß er, sein Kostüm heute zum letzten Mal getragen zu haben – diese Verkleidung, welche ihn seinen Lieben dermaßen entfremdet und ihm so viele Stunden und Tage des Verdrusses, ja des echten Kummers eingetragen hatte.

Kaum aber war er zu solchem Entschlusse gelangt, da erhob sich eine andere Stimme in ihm und fragte spöttisch, ob er noch je Gelegenheit finden werde, sich so herauszustaffieren – ob es denn nicht schon zu spät sei, da er ja seinen Weg nun einmal beschritten habe und die Folgen in Kauf nehmen müsse.

»Noch ist es nicht zu spät«, meldete sogleich sein besseres Ich sich zu Worte. Und ganz erfüllt von diesem Gedanken, raffte er sich auf, in der Absicht, eilends nach Hause zu gehen und sich ohne Verzug des nun so verhaßten Kostüms zu entledigen. Noch einmal warf er einen Blick auf die wunderbare Szenerie: in dem bleichen, sanften Licht des Mondes schienen die Konturen der Felsen, Bäume und Hausdächer sich zu sänftigen, alle Schatten waren von samtener Schwärze, und weit draußen blitzte schon wie in fahlem Feuer die herankriechende Flut, wie sie sich allmählich wieder näherschob über die weite, sandige Fläche. Nachdem Mr. Markam dies Bild noch einmal in sich aufgenommen hatte, verließ er den Felsen, um den Rückweg zur Küste anzutreten.

Aber noch im Umkehren durchzuckte ihn ein entsetzlicher Schrecken: das Blut schoß ihm dermaßen zu Kopfe, daß es sogar das Licht des vollen Monds verdunkelte! Zum zweiten Mal nämlich erblickte er nun sein verhängnisvolles Ebenbild! Vom anderen, weiter draußen gelegenen Felsen her näherte es sich dem Schwemmsandbereich und schien gleichfalls der Küste zuzustreben. Mr. Markams Entsetzen war nach dem eben noch empfundenen, zauberhaften Seelenfrieden nur umso tiefer, und so stand er da, als wäre er an sämtlichen Gliedern gelähmt, und starrte auf jene unheilvolle Vision jenseits des in brodelnde Wallung geratenen Schwemmsandes, welcher plötzlich nach etwas zwischen den beiden zu gieren schien. Diesmal war jeder Irrtum ausgeschlossen, denn obwohl das Gesicht des anderen verschattet blieb, waren die glattrasierten Wangen und auch der kurze, erst wenige Wochen alte Schnurrbart deutlich zu erkennen. Der prächtige Tartan und die Adlerfeder hingegen präsentierten sich in vollem Licht, und die kahle Stelle seitlich unter der Glengarry-Mütze glänzte ebenso blank herüber wie die Cairngorm-Schließe auf der Schulter und die Kuppen der silbernen Knöpfe! Während aber Mr. Markam noch entgeistert auf sein Ebenbild starrte, fühlte er den einen Fuß schon einsinken, denn er stand ja noch ganz nahe am Rande des Schwemmsands! Also tat er einen Schritt zurück. Doch im nämlichen Augenblick tat die andre Gestalt einen Schritt vorwärts, so daß der Abstand zu ihr sich nicht verringerte.

Auf diese Weise standen die beiden Aug in Aug und wie unterm Bann eines Zaubers einander gegenüber. Und während Markam das Blut in den Schläfen pochte, vermeinte er, aufs neue die Worte jener unheilvollen Voraussage zu hören: »Tritt dir Aug in Aug gegenüber! Siehe dein eigenes Selbst und geh reumütig in dich, ehvor es zu spät ist und der Schwemmsand dich verschlinget!« Und jetzt *stand* er sich Aug in Aug gegenüber, *war* reumütig in sich gegangen – und sank dennoch hinab in den bodenlosen Schlund! Die warnende Prophezeiung – nun war sie drauf und dran, sich zu erfüllen!

Das Geschrei der überm näherkommenden Wasser kreisenden Möven riß ihn aus seiner Entrückung, und sogleich tat er ein paar rasche Schritte zurück, denn bis jetzt waren ihm bloß die Füße in den schwappenden Grund eingesunken. Doch gleichzeitig schritt die andere Gestalt weiter voran, geriet in den tödlichen Schwemmsandbereich – und begann darin einzusinken! Markam hatte den Eindruck, seinem eigenen Verderben als Zuschauer beizuwohnen! Dies war der Moment, da seine Seelenangst sich Luft machte in einem gellenden Aufschrei, der im nämlichen Atem nicht minder gellend von drüben beantwortet ward! Markam warf die Arme hoch – die andre Gestalt tat es ihm nach! Von Grausen gepackt, sah er sie tiefer und tiefer im Schwemmsand versinken – und plötzlich, unterm Zwang eines unerklärlichen Impulses, begann auch er, vorwärtszuschreiten, um sich dem über ihn verhängten Los anheimzugeben. Doch während der Boden schon nachgab unter seinem Fuß, vernahm er aufs neue das Kreischen der Möven, und dieser so irdische Laut belebte ihm die fast schon betäubten Sinne: mit einem gewaltigen Ruck und unter Hinterlassung des einen Schuhs riß er den vom Sand schon saugend umklammerten Fuß zurück, wandte sich in nacktem Entsetzen landwärts und rannte davon – rannte, bis Atem und Kräfte ihn verließen und er nahezu ohnmächtig auf dem grasbewachsenen Dünenpfad zusammenbrach.

Arthur Markam faßte den Entschluß, vor der Familie kein Wort über das entsetzliche Erlebnis verlauten zu lassen – zumindest nicht bis zu dem Zeitpunkt, da er wieder vollkommen Herr seiner selbst wäre. Jetzt, nachdem sein unheilvoller Doppelgänger – sein anderes Ich – vom Schwemmsand verschlungen worden war, stellte sich nach und nach die alte Seelenruhe wieder ein.

In jener Nacht schlief er gesund, tief und traumlos, und am Morgen war er wieder ganz der Alte. Wahrhaftig, er gewann den Eindruck, als wäre sein neues, böseres Ich endgültig und auf Nimmerwiedersehn aus dieser Welt verschwunden. Und, sonderbar genug, auch »Saft Tammie« stellte sich an jenem Morgen nicht mehr ein: er war und blieb verschwunden, hatte seinen alten Platz am Hafen wieder eingenommen und starrte dort wie eh und je glanzlosen Blickes ins Leere. Mr. Markam aber blieb seinem Entschluß treu und legte das Hochländer-Kostüm nie wieder an. Und eines Abends schnürte er es zu einem Bündel – Schwert und Dolch, Philibeg und all den anderen Flitterkram –, schaffte es heimlich außer Hause und warf es unten am Strand in den Schwemmsand. Voll tiefster, freudigster Genugtuung sah er zu, wie es schmatzend aufgeschluckt ward von dem tückischen Schlund, der sich darüber schloß zu ebener, marmorgleicher Glätte. Dies geschehen, kehrte Mr. Markam nach Hause zurück und teilte seiner zur Abendandacht versammelten Familie in munterster Laune mit:

»Tja, was ich noch sagen wollte, meine Teuren, – es wird euch Freude machen zu hören, daß ich davon abgekommen bin, mein Hochländerkostüm weiterhin zu tragen. Ich habe eingesehen, was für ein eingebildeter, alter Tropf ich gewesen bin und wie sehr ich mich zum Gespött der Leute gemacht habe. Ihr werdet das Zeug nie wieder zu Gesicht bekommen.«

»Wo ist es denn, Papa?« fragte eine der Töchter in dem Gefühl, man könne solch väterliche Selbstverleugnung nicht in vollkommenem Schweigen untergehen lassen. Und seine Antwort erfolgte mit solch zärtlicher Güte, daß die Fragerin aufsprang und ihn in die Arme schloß.

»Im Schwemmsand, meine Liebe«, sagte er. »Und ich kann nur hoffen, daß auch mein schlechteres Ich damit untergegangen ist auf Nimmerwiederkehr!«

Den Rest jenes Feriensommers zu Crooken verbrachte die gesamte Familie aufs Vergnüglichste, und nach der Rückkehr in die Stadt hatte Mr. Markam die Schwemmsand-Episode mit ihrem gesamten Drum und Dran so gut wie vergessen. Allein, eines Tages flatterte ihm ein Schreiben von der Hand des MacCallum More ins Haus, das ihn recht nachdenklich stimmte, über das er aber vor der Familie keine Silbe verlauten ließ. Und gewisse Gründe sprachen dafür, es unbeantwortet zu lassen. Das Schreiben hatte den folgenden Wortlaut:

The MacCallum More & Roderick MacDhu
»Kleiderhaus Zum Schottischen Reinwoll-Tartan«
Copthall Court, London, East Central
30. September 1892

Werter Sir,
im Vertrauen auf Ihr geneigtes Verständnis erlaube ich mir, mit diesen Zeilen eine Bitte an Sie zu richten. Den

mir zugekommenen Informationen zufolge haben Sie den heurigen Sommer in Aberdeenshire (Schottland, North Britain) verbracht. Mein Compagnon, Mr. Roderick MacDhu – unter welchem Namen er aus Geschäftsgründen in unsern Brief- und Annoncenköpfen firmiert, sein bürgerlicher Name lautet Emanuel Moses Preiser aus London – hat Anfang letzten Monats gleichfalls eine Urlaubsreise nach Schottland (North Britain) unternommen. Nun habe ich, bis auf ein Schreiben kurz nach seiner Abfahrt, seither kein Lebenszeichen mehr von ihm erhalten und bin ich nunmehr in Sorge, ob ihm nicht ein Mißgeschick zugestoßen sein könnte. Trotz aller Mühewaltung war es mir nicht möglich, irgendwelche Nachrichten über seine Person in Erfahrung zu bringen und erlaube ich mir deshalb, mich an Sie zu wenden. Sein letztes Schreiben ist ganz offenkundig in recht trüber Laune abgefaßt und enthält den Hinweis, er fürchte ein über ihn verhängtes Strafgericht, war er doch in der Absicht nach Schottland gereist, daselbst als echter Schotte aufzutreten und in dieser Eigenschaft eines Vollmondsnachts kurz nach seinem dortigen Eintreffen seinem »Ebenbilde« begegnet. Offenbar spielte er damit auf den Umstand an, daß er vor seiner Abreise für sich ein ganz gleiches Schottenkostüm in Auftrag gegeben wie wir die Ehre hatten, an Sie zu liefern und von dem er, wie Ihnen vielleicht erinnerlich ist, so tief beeindruckt war. Es kann aber sein, daß er selbes niemals getragen hat, denn meines Wissens hat er gewisse Bedenken gehegt und ist er bis zu der Behauptung gegangen, er werde sich zunächst nur erlauben, Obgenanntes bloß am späten Abend oder des frühen Morgens anzulegen und auch dann nur an entlegenen Örtlichkeiten, bis er sich besser daran gewöhnt hätte. Unglücklicherweise hat er mich nicht von seiner Reiseroute in Kenntnis gesetzt und befinde ich mich daher in gänzlicher Unkenntnis seines Verbleibes, wodurch ich mir anzufragen erlaube, ob vielleicht Sie, Hochgeschätzter Sir, von einem Kostüm in der Art des Ihren gehört haben, daß Selbes irgendwo in der Umgebung Ihres zeitweiligen Landsitzes gesehen worden ist, den Sie meinen Informationen zufolge mittlerweile durch Kauf an sich gebracht haben sollen. Ich erwarte keine Antwort auf dieses, außer Sie könnten mir in Anbetracht des Verbleibes meines Compagnons irgendwelche Informationen zukommen lassen und ersuche ich Sie, die Mühewaltung des Schreibens nicht auf sich nehmen zu wollen ohne Grund. Bestärkt werde ich in der Annahme, mein Compagnon könnte sich in Ihrer Nähe aufgehalten haben durch den Umstand, daß der Briefumschlag, wiewohl das Schreiben nicht datiert ist, den Poststempel von Yellon aufweist, welches, wie ich mich überzeugen konnte, in Aberdeenshire und nicht weit von den Mains of Crooken gelegen ist.

In diesem Sinne, Hochgeschätzter Sir, beehre ich mich zu verbleiben als Ihr sehr ergebener

Josuah Itzig Benjamin Cohn
(The MacCallum More)

Am Watter's Mou'

I

Die Nacht drohte stürmisch zu werden. Schon während des ganzen Tages waren von See herein Nebelschwaden gezogen, hatten den Strand überschwemmt mit dem Südostwind, welcher sich in der Cruden Bay so verhängnisvoll auswirkt – hatten sich die Küste von Aberdeenshire hinaufgewälzt und sich erst in den zugigen Weiten des dahinterliegenden Hochlands verloren. Bis jetzt freilich kam der Wind bloß in kurzen Stößen, die gefolgt waren von unheilverkündender Stille, aber das Barometer war seit Tagen gefallen, und in der vorigen Nacht hatte der Himmel sich bedeckt mit langgezogenem, streifigem Sturmgewölk, welches landeinwärts getrieben war vor dem unheilverheißenden Wind. Bis zum frühen Morgen war er aus Südwesten gekommen, hatte dann aber auf Südost umgeschlagen. Und solch plötzlicher Wetterwechsel, zusammen mit der Drehung des Winds, verhieß in der Tat nichts Gutes: von der Wasserwüste draußen ertönte unablässig ein gedämpftes Brausen, das eher noch anschwoll und bedrohlicher wurde, sobald es durch den geheimnisvoll treibenden Nebel drang. Und jedesmal, wenn die Nebelschwaden sich hoben, zerteilten oder vom landwärts wehenden Wind davongetrieben wurden, gewann man den Eindruck, die See dort draußen koche bereits vor verhaltener Wut: denn wiewohl sie weder hochging wie im Sturm, noch auch in langer Dünung wie nach seinem Abklingen, war die gesamte Wasserfläche durchsetzt mit kleinen, weißlich gekräuselten Wellen. Und immer dichter ward solches Wellenspiel, immer wütender schäumten die Fluten gegen den Strand. In der Nordsee währt es nicht lange bis zum Hereinbruch einer schweren See, und so war man längs der gesamten Ostküste von Buchan so gut wie sicher, daß noch in dieser Nacht landauf und landab der Teufel los sein werde.

In dem kleinen Ausguck der Küstenwache oben auf der Klippe über dem winzigen Hafen von Port Erroll schritt der diensthabende Posten unruhig auf und ab. Doch immer wieder hielt er inne, nahm den Feldstecher vom Pult und suchte damit die Kimm ab: von Girdleness im Süden Aberdeens, sobald der sich hebende Nebel den Ausblick vorbei an den Klippen erlaubte, bis hinauf ans nördliche Ende, wo die hohen Kräne der Blackman-Steinbrüche bei Murdoch Head gleich riesenhaften Galgen in den Himmel ragten.

Der Mann befand sich ganz augenscheinlich in aufgeregter Stimmung, und an der Art, wie er immer wieder auf die Martini-Henry-Büchse im Gewehrständer, auf den gleich daneben mit der Mündung nach unten steckenden Marinerevolver und den an der Wand in seiner Scheide hängenden Entersäbel blickte, war leicht zu erkennen, daß solches Interesse mit seiner Funktion als Beamter der Küstenwache zusammenhing. Auf dem Pult lag ein geöffnetes Telegramm, das er mit schwerer Hand geglättet hatte, und auch der braune Umschlag war noch dabei. Der Wortlaut machte die Unruhe des Mannes erklärlich, obschon keine Einzelheiten erwähnt waren: »Verschärfter Wachdienst heute nacht. Schmugglertransport erwartet. Keine Mühe scheuen. Sehr wichtig.«

William Barrow, bei den Leuten als Willy der Seemann bekannt, war noch ein sehr junger Mann für den Rang eines Oberbootsmanns, den er beim Küstenschutz bekleidete, auch wenn man in Rechnung stellte, daß seine Station zu den kleinsten an der gesamten Küste zählte. Bei der Marine hatte er seinem Leutnant das Leben gerettet und war in Anerkennung solch verdienstlicher Tat in den Küstenschutz übernommen worden. Der Dienstgrad eines Oberbootsmanns war dann der Lohn für eine recht geschickt eingefädelte Aktion gegen die Schmuggler gewesen, denn William Barrow hatte bei jener Gelegenheit nicht nur viel Wagemut gezeigt, sondern sich auch durch große Tüchtigkeit und rasches Dispositionsvermögen ausgezeichnet.

Die Küste von Aberdeen ist für den Überwachungsdienst von besonderer Bedeutung im Hinblick auf die große Zahl von flachgehenden Fischerbooten, welche während der Saison beiderseits von Peterhead nicht nur in den Küstengewässern, sondern über die Nordsee bis an die deutsche und holländische Küste auf Fang sind. Dieses fortwährende Kommen und Gehen eröffnet dem Warenschmuggel eine schier endlose Reihe von Gelegenheiten, und so kommt es denn auch, daß trotz aller Wachsamkeit große Mengen von Gütern ihren Weg zu den Abnehmern finden, ohne jemals eine Zollbehörde gesehen zu haben. Fischfang und Fischhandel müssen ja sehr rasch vor sich gehen, und die heimkehrenden Boote laufen nahezu gleichzeitig ein, so daß es eines enormen Überwachungsapparates bedürfte, um die zahllosen Fahrzeuge wirksam zu kontrollieren, welche den Hafen von Peterhead anlaufen und an den Sonntagen seine Bassins in dichtem Gedränge füllen. Nach Süden hin ist die Küste solchem Schwarzhandel überaus günstig: die Gneis- und Granitformationen, aufgebrochen und durcheinandergeworfen von den Naturgewalten und gehöhlt vom Zahn der Zeit zu jeder erdenklichen Form bizarrer Felsbildung, weisen eine unabsehbare Zahl von engen Buchten und Öffnungen auf, worin die wagemutigen Schiffer, denen all die Klippen und Gezeitenströme wohlvertraut sind, heimlichen Zugang und rasche Fluchtmöglichkeit für ihre Fahrzeuge vorfinden. Während der heurigen Saison war das Treiben der Schmuggler ganz offen vor sich gegangen, das heißt, man hatte die Güter zusamt den Fischen und Netzen in den Hafen gebracht und unter den Augen der nichtsahnenden Zollbeamten durch Gassen und Straßen an Land geschafft. Einige dieser Transporte waren dermaßen umfänglich gewesen, daß die Behörden daraus ihre Schlußfolgerungen auf das Gesamtausmaß solchen Schwarzhandels gezogen hatten. So war man an die Geheimagenten in den deutschen, holländischen, flämischen und französischen Häfen herangetreten mit dem Ersuchen, sie mögen das Ihre dazutun, um das tatsächliche Ausmaß dieses verbotenen Treibens zu ermitteln, und die diesbezüglichen Berichte waren nahezu niederschmetternd gewesen: sie besagten nicht mehr und nicht weniger, als daß ungeheure Mengen von Tabak, Kognak, Rum, Seidenwaren und Spitzen sowie alle Arten steuerpflichtiger Güter an Bord der britischen Fischereiflotte heimlich nach England verfrachtet würden. Und da nur ein sehr geringer Teil von alledem der Entdeckung anheimfiel, lag es für die Behörden auf der Hand, daß man's wieder einmal mit einer ganz großen, zentral aufgezogenen Schmuggelaktion zu tun hatte. Dementsprechend wurden die Sicherheitsvorkehrungen längs der gesamten, von der Fischereiflotte angelaufenen Ostküste verdoppelt: nicht nur warnte man die Küstenwachen vor der drohenden Gefahr und vor allen Machenschaften, durch die sie während der kritischen Zeitspanne von ihrer Arbeit abgehalten werden könnten, sondern man benachrichtigte sie schon im Voraus von jedem neuen Schiff, das von drüben signalisiert worden war. Und außerdem schickte man Geheimagenten des Küstenschutzes überall dorthin, wo man die Beamten der Laxheit, wenn nicht gar noch schlimmerer Dinge verdächtigte.

All das war der Grund, daß nun Willy der Seemann, wegen guter Führung zu zweien Malen befördert und voll jenes Verantwortungsbewußtseins, das zu seiner Beamtung gehörte, sich in gehobener Stimmung befand angesichts der Möglichkeit, durch weitere mannhafte Taten sich abermals hervortun zu können. Natürlich wußte er, daß jedwede Küstenstation ein Telegramm des nämlichen Wortlauts erhalten hatte und daß recht wenig Aussicht bestand, die Schmuggler würden in Cruden Bay oder sonstwo in der näheren Umgebung an Land gehen. Indes, er war jung, war beherzt und voll der Hoffnung, ja überdies beseelt von einer unerschütterlichen Rechtschaffenheit, die ihm bei seiner Arbeit recht sehr zustatten kommen würde. Freilich, es war ein Unglück, daß sein Kamerad nicht zur Stelle sein konnte, sondern krank im Spital zu Aberdeen lag, und daß die gegenwärtige, angespannte Dienstlage im Verein mit den Einberufungen zu den jährlichen Flottenmanövern es unmöglich machte, einen Ersatzmann zu schicken. Dennoch fühlte Willy sich der Lage durchaus gewachsen und war bereit, seinen Pflichten im vollen Ausmaß nachzukommen. Schließlich war er kräftig und auch hübsch genug, um sich selber nach Gebühr schätzen zu können, doch verhinderte dabei seine nüchterne, rechtliche Denkweise jedwedes Abgleiten in gefährliche Eitelkeit.

Während er so auf und ab schritt, formte sich ganz zu unterst in seinem Sinn – dort, wo in eines Mannes Denken immer noch Platz ist für eine Frau – eine vage Hoffnung in Bezug auf die schließliche Erfüllung seiner Aufstiegsträume. Er wußte ja, daß alle in seiner Macht stehenden Vorkehrungen getroffen waren und daß er sich's jetzt verstatten konnte, seinen privaten Träumereien nachzuhängen, ohne damit den dienstlichen Obliegenheiten Eintrag zu tun. Er hatte hinübersignalisiert zur Küstenwache bei Winnyfold am Südrande der Bucht und hatte mit Hilfe des Semaphors ein paar Meinungen ausgetauscht. Alles war bereitgemacht für weiteres Signalisieren, sowohl für den Tag als auch für die Nacht, und außerdem hatte er seit Erhalt jenes Telegramms in seinem gesamten Kontrollrayon nochmals nach dem Rechten gesehen. Willy Barrow gehörte nicht zu den Leuten, welche den Dingen ihren Lauf lassen, sobald die Pflicht ruft.

Seine Tagträume waren durchaus nicht eigensüchtig. Zumindest waren sie insofern uneigennützig, als sie sich auch auf einen zweiten Menschen erstreckten. Willy Barrow dachte nämlich ans Heiraten. Maggie MacWhirter war die Tochter eines alten Fischers, der schon bessere Tage gesehen hatte. Vordem war er Eigentümer eines Fischerboots gewesen, hatte aber Schulden machen müssen, so daß er nunmehr, wiewohl noch immer nomineller Besitzer, so viel Geld auf sein Boot aufgenommen hatte, daß er über Nacht sein gesamtes Eigentum los sein konnte. Daß dergleichen recht sehr im Bereich des Möglichen lag, ging schon aus der Tatsache hervor, daß der Geldverleiher niemand anderer denn Salomon Mendoza von Hamburg und Aberdeen war, der auf diese Weise schon ein ganzes Hundert Fischkutter unter seine Botmäßigkeit gebracht hatte und der im Rufe stand, so reich wie unbarmherzig zu sein. MacWhirter lebte schon seit langem als Witwer, und Maggie hatte von Kind auf den Haushalt für ihn und ihre zwei Brüder Andrew und Neil führen müssen. Andrew war jetzt siebenundzwanzig, also um sechs Jahre älter als seine Schwester, und Neil hatte erst vor kurzem sein zwanzigstes Jahr vollendet. Der ältere Bruder war ein ruhiger, unabhängiger, schwerarbeitender Mann, welcher bisweilen große Entschlossenheit an den Tag legte, wenngleich dies zu recht unerwarteten Anlässen geschah. Der jüngere neigte zur Überstürztheit, war von aufbrausender, leidenschaftlicher Gemütsart und bildete für Vater und Schwester einen beständigen Anlaß zur Sorge, wiewohl er in seinen ruhigen Momenten sich gegen seine Angehörigen zartfühlender verhielt, als dies bei Menschen seines Schlages der Fall zu sein pflegt. Andrew oder Sandy, wie er gerufen wurde, begegnete ihm mit konsequenter Gelassenheit.

Das heurige Jahr, obschon es der Hauptsache nach ein recht gutes zu werden versprach, war für MacWhirters Boot alles andre denn ertragreich gewesen. Der Alte hatte kein Glück gehabt und nicht halb so viel Heringe gefangen wie die vom Schicksal begünstigten Boote. Die Saison war aber schon weit vorangeschritten und ihr Ertrag hatte sich insgesamt als so reichlich erwiesen, daß man schon vor wenigen Tagen in Peterhead vernommen hatte, die Fischhändler würden mit Ablauf der kommenden Woche keinen einzigen Hering mehr kaufen.

Diese Nachricht schlug natürlich ein wie eine Bombe, und so ward von der gesamten Fischerei beschlossen, alles zu tun, um aus diesen letzten, vom Wetter begünstigten Stunden noch das Höchstmögliche herauszuholen. Allenthalben wurden die Anstrengungen verdoppelt, und es gab nicht viel Müßiggang, weder auf See noch an Land. Und das nämliche galt auch für den Schmuggel. Er sah seine große Stunde gekommen mit dem eiligen Hin und Her der ein- und auslaufenden Fischerboote, und so galt es, alle bisher noch zurückgehaltene Ware jetzt an Land zu bringen – oder das Risiko aufs nächste Jahr zu verschieben, was gleichbedeutend war mit dem Verzicht aufs Geschäft. Deshalb gingen manche Boote aufs Ganze und setzten sehr Vieles aufs Spiel. Aus dergleichen riskanten Manövern schloß die Behörde, daß entweder große Bestechungssummen bezahlt worden waren, oder daß die Waren auf anderer Leute Rechnung liefen und nicht auf diejenige der Fischer, die dann bloß den Transport übernommen hatten. Indes, durch ein paar größere Beschlagnahmungen waren die Leute vorsichtig geworden, und überdies zeigten die weniger häufigen, dafür aber umso ausgiebigeren Transporte, sofern man sie abfing, daß die Preise für schwarze Fracht beträchtlich gestiegen sein mußten. Bei denen, die erwischt wurden, und auch bei deren Freunden kam es zu leidenschaftlichen Wutausbrüchen und dem allgemeinen Wunsch nach Entdeckung der Denunzianten. Einige der Schmuggler verweigerten zunächst die Zahlung der Strafgebühren und verlangten die Namen der Spitzel zu wissen. Da jedoch solcher Standpunkt sich als unhaltbar erwies, bezahlten sie schließlich, doch nur mit umso grimmigerem Haß im Herzen, und die weniger Besonnenen, Ungestümeren unter ihnen machten kein Hehl aus ihrer Absicht, an den Informanten Rache zu üben, sobald deren Namen erst ruchbar würden. Es war nur natürlich, daß der allgemeine Ingrimm sich auch auf die Zollbeamten und die Männer des Küstenschutzes erstreckte, welche den skrupellosen Abenteurern und deren Geschäften so sehr im Wege standen. Insgesamt läßt sich sagen, daß um jene Zeit das Verhältnis zwischen den Fischern und der Behörde ein recht gespanntes war.

Die Boote von Port Erroll und auch diejenigen aus Collieston befanden sich allesamt auf dem Wege nach Peterhead, und unter ihnen natürlich auch MacWhirters *Seemöve* zusamt ihrem Eigentümer und dessen beiden Söhnen. Es war die Nacht auf den Samstag, die Boote waren seit Tagen draußen gewesen, und so schien es so gut wie gewiß, daß anderntags der Hafen von Peterhead voll belegt sein werde. Auf den heutigen Abend war überdies eine Hochzeit angesetzt, und zwar heirateten Thomas Keith aus Boddam und Alice MacDonald, deren Vater die

Gastwirtschaft »The Jamie Fleeman« am Nordrand von Erroll betrieb. Doch obschon sich's um ein dermaßen bedeutsames Ereignis handelte, war dessen Anzeige sozusagen vom einen Tag auf den andern erfolgt. Die Freunde der Braut sagten, dies sei geschehen in Anbetracht des so plötzlich festgesetzten, vorzeitigen Endes der Fischereisaison. Und wahrhaftig, man bedurfte irgend einer Erklärung, denn die Hochzeitsgäste waren erst am Mittwoch verständigt worden. Da sie von sämtlichen Orten zwischen Peterhead und Collieston zu erwarten standen, und das auf zehn Meilen im Umkreis, war ein gewisses Ausmaß an Zurüstungen unerläßlich. Die Hochzeit sollte ja alles übertreffen, was man jemals zu Port Erroll gesehen hatte, und weil »The Jamie Fleeman« bloß eine kleine Kneipe war – eben nicht mehr als ein ganz gewöhnliches Straßenwirtshaus –, so war man übereingekommen, die gesamte Veranstaltung in die neue Scheune und die daran angrenzenden Lagerhäuser zu verlegen, welche Matthew Beagrie eben erst an der Landseite der Dünen hatte erbauen lassen, ganz nahe an den Wassern der Crudan Bay.

Schon seit einiger Zeit wunderte sich jedermann an der Ostküste von Buchan über MacDonalds unerklärlichen Wohlstand. Freilich, sein Wirtshaus war das einzige weit und breit und genoß eine Art Monopolstellung, denn in Erroll und Umgebung gab es keine andere konzessionierte Gaststätte. Und da sie überdies das nächste Wirtshaus zum Hafen war, fand sich von dort sämtliche Kundschaft ein. Auf sieben, acht Meilen die Küste hinauf und hinunter kamen die Fischer hierher, entweder um einen zu heben, oder aber um sich einzudecken mit Spirituosen für anderwärtigen Konsum. Und nicht wenige der Männer aus Collieston, auf ihrem Heimweg aus Peterhead am Samstag und auch auf ihrem Rückweg am Sonntagabend, machten, wenn ihre Zeit es erlaubte, einen Abstecher in MacDonalds Kneipe, um dort mit »Tammas Mac« – das war sein Spitzname – ein Gläschen zu leeren und für die Dauer einer Pfeife Tabak ein wenig zu schwatzen. Aber auch für die Zollbehörde waren der Wirt und sein Lokal nicht ohne Interesse: man argwöhnte nämlich, daß der vorzügliche Branntwein und die Zigarren, welche bei ihm zu haben waren, auf einem kürzeren Wege als dem über die Zollstation zu ihm gelangt seien. Schließlich war es ja auch das nämliche Haus, wo man in den guten alten Schmugglertagen die Zollwächter freigehalten hatte, so daß sie gleich an Ort und Stelle ihren Rausch ausschlafen gekonnt, während draußen die einlangenden Güter versteckt oder auf die bereitstehenden Karren geladen und landeinwärts verfrachtet wurden. All das war natürlich längst anders geworden, und nicht nur die Schmuggler verstanden es jetzt besser, das Dekorum zu wahren, sondern auch bei der Küstenwache hatten Vorschriften wie Disziplin sich verschärft. Es war schon lange her, daß Philip Kennedy bei Kirkton den Tod gefunden hatte von der Hand des Akziseneinnehmers Anderson. Was dagegen die Schmuggler heutzutage praktizierten, waren vergleichsweise harmlose Täuschungsmanöver.

An diesem Abend vollends stand die gesamte Bevölkerung des Küstenstrichs bei der Hochzeit und dem ihr folgenden Tanzvergnügen zu erwarten, und aus solchem Anlaß würden Fuchs und Hase einträchtig nebeneinander sitzen, denn man hatte nicht verfehlt, auch die Männer der Küstenwache einzuladen. Willy der Seemann hatte dem Tanzvergnügen mit besonderer Freude entgegengesehen, denn seine Maggie wollte ja kommen, und auf der *Billy Ruffian*, seinem letzten Schiff, hatte er als der beste Tänzer vor dem Mast gegolten. Und sollte es einen Mann geben, der einen Tanz ausläßt, in welchem er sich hervortun kann, noch dazu, wenn seine Herzallerliebste zugegen ist, so ist er ganz bestimmt nicht bei der Königlichen Marine zu finden, ja nicht einmal unter denjenigen, welche zum Küstenschutz gegangen sind! Maggie freute sich nicht minder auf das bevorstehende Tanzvergnügen, wiewohl sie an einem Kummer litt, den sie bisher freilich noch niemandem anvertraut hatte: ihr Vater war nämlich seit einiger Zeit gänzlich durcheinander und verstört. Zwar hatte er ihr gegenüber nichts Diesbezügliches verlauten lassen, und auch sie hatte nicht gewagt, die Sache zur Sprache zu bringen, denn er war ein verschlossener Mensch und hatte auch für seine Kinder kaum ein vertrauliches Wort, aber Maggie ahnte den Grund seiner Niedergeschlagenheit – sie ersah ihn, wenn niemand zugegen war, aus des Vaters kopfhängerischem Wesen, und die hellwachen Nächte, in denen sie das tiefe, wenngleich unterdrückte Seufzen und Stöhnen des in schwerem Schlafe sich wälzenden Vaters vernahm, sagten ihr genug. Während der letzten paar Wochen nämlich hatte Maggie, so oft der Vater zuhause war, wachgelegen und gehorcht, in wachsender Seelenangst gehorcht auf das verhaltene Stöhnen und Umsichschlagen des ruhelosen Mannes. Der war im übrigen so sanft und freundlich zu seiner Tochter wie nur je, doch war ihm bei seiner letzten Ausfahrt eine Unterlassung passiert, durch die das Mädchen sich zutiefst beunruhigt fühlte: zum ersten Mal hatte der Vater ihr keinen Abschiedskuß gegeben!

Erst gestern hatte Willy der Seemann zugesagt, er werde zur Hochzeit und zum Tanze kommen, im Falle seine Pflichten ihm dies erlaubten. Und auf die Frage, ob er ein paar Raketen für das Fest erübrigen könne, hatte er versprochen, er werde drei Stück von den behördlichen Raketen hochgehen lassen, er könne ja nunmehr frei darüber verfügen, da er seit einem Vierteljahr keine mehr gebraucht habe. Im übrigen war er hocherfreut gewesen über die sich bietende Gelegenheit, mit seinen Nachbarn und all den Fischersleuten zusammenzukommen, denn seine Vorgesetzten hatten ihm eingeschärft, wie wichtig es sei, sich mit jedermann in der Gegend auf guten Fuß zu stellen: einmal, um stets auf dem laufenden zu sein über alles, was da vorging ringsum, und zum andern, um jederzeit freiwillige Helfer bekommen zu können, denn im Raketenwarndienst des Handelsministeriums hängt vieles von der freiwilligen Mitarbeit der Bevölkerung ab. Noch am Nachmittag hatte er die Raketen mittels Bauklammern an der Scheunenwand befestigt, so daß er sie von unten mit der gleichfalls schon vorbereiteten Lunte würde zünden können. Später, nach Eintreffen des Telegramms, hatte er zu Maggie hineingesehen und ihr gesagt, sie möge, falls er sie nicht abholen könnte, vorerst allein zu der Hochzeit gehen, er würde dann baldestmöglich nachkommen. Ein wenig bestürzt war Maggie freilich gewesen, als er ihr eröffnet hatte, er werde vielleicht nicht zugegen sein können – aber dann hatte sie gleich wieder gelächelt und gesagt, so werde sie eben allein hingehen, und er solle unverweilt nachkommen, sobald sein Dienst es zuließe. Jetzt, wo alle Vorbereitungen getroffen waren und er zwischen den immer wieder von See hereinziehenden Nebelschwaden doch noch einen klaren Blick auf den gesamten Horizont gehabt und dabei festgestellt hatte, daß weit und breit keinerlei Segel in Sicht war, hielt er es für angebracht, hinunter ins Dorf zu schlendern und sich dort sehen zu lassen, auf daß jeglichem Verdacht bei den Leuten vorgebeugt wäre. Als er aber die Dorfstraße entlangschritt, mußte er feststellen, daß fast alle Haustüren versperrt waren: auch die Frauen hatten sich sämtlich zu der neuen Scheune begeben. Mittlerweile war es acht Uhr geworden, und die Dunkelheit, welche in jenen nördlichen Landstrichen nur nach und nach hereinbricht, senkte sich nun endgültig hernieder. Draußen an der Scheune stand eine stattliche Anzahl von Wagen. Die Pferde hatte man nicht ausgespannt, wiewohl die Hochzeitsfeier erst um Neun oder noch später ihren Anfang nehmen sollte! Mrs. MacDonald hatte ja ihren sämtlichen Freunden und Bekannten gesagt, daß Keith, der Bräutigam, erst recht spät von Boddam herüberkommen werde. Willy sah sich die Wagen sorgfältig an, denn es war ihm etwas an ihnen aufgefallen. Die Aufschriften zeigten ihm, daß die Besitzer von weit und breit gekommen waren, und die Namen, welche er da zu lesen bekam, standen durchaus nicht im besten Ruf! Nachdem er zu Rande war mit dieser kurzen Inspektion, tat er einen Blick rundum und huschte dann hinter die Scheune, um von niemandem gesehen zu werden. Dabei sprach er in halblauter Überlegung vor sich hin:

»Zu viele leichte Wagen und schnelle Pferde – zu wenig Krach in der Scheune – zu wenig Alkohol, als daß man unbesorgt sein könnte! Irgendwas setzt es noch heute nacht!« Er befand sich jetzt an der Rückseite der Scheune und blickte hinauf zu der Stelle, an der er die Raketen abschußfertig montiert hatte. Und abermals fiel ihm etwas auf!

»Ich hab' sie doch viel flacher montiert, so daß sie im Bogen über die Dünen geflogen und nicht einmal von Collieston her, geschweige von weiter draußen gesehen worden wären! Jetzt aber weisen sie senkrecht zum Himmel und müssen bei klarem Wetter auf fünfzig Meilen zu erblicken sein!«

Aber es war schon zu finster, als daß man all dies hätte deutlich feststellen können, und hinaufklettern wollte er nicht, um niemandes Augenmerk auf sich zu ziehen. Hätte man ihn nämlich dort oben bemerkt, so wär' es aus gewesen mit aller weiteren Information. Immerhin war er jetzt so gut wie sicher, daß man Port Erroll oder dessen nähere Umgebung für die Landung der Schmuggeltransporte ausersehen hatte. Entschlossen, noch weiteres in Erfahrung zu bringen, umschritt er die Scheune bis an deren Vorderseite und betrat den Raum.

II

Sobald Willy der Seemann sich in der Scheunentür zeigte, schien ein großer Teil der Versammelten recht erleichtert zu sein, und alsbald hub ein allgemeines Schwatzen und Lachen an, das in schroffem Gegensatz stand zu der bisherigen Bedrücktheit und Stille. Die Weiblichkeit von Port Erroll war nahezu vollzählig erschienen, und auch die Männer, soweit sie nicht draußen auf See waren, hatten sich ausnahmslos eingefunden, denn man beabsichtigte, das Anlandschmuggeln der Güter durch eine Assemblee zu maskieren, auf der alles zugegen sein sollte, was nur irgend Rang und Namen hatte. MacPherson und Beagrie, die beiden Dorfschuster, welche eifrig schwatzend in einer Ecke beisammensaßen, schienen plötzlich ein Herz und eine Seele zu sein, und der erstgenannte war eben dabei, seinem Konkurrenten zu berichten, er sei in seiner Eigenschaft als Komiteemitglied vorhin unten beim Bootshaus gewesen und habe sich überzeugt, daß das Rettungsboot seeklar sei für den Fall eines noch während der Nacht erfolgenden Alarms. Der lange John und der lange Jim, die beiden Dorfpolizisten, sahen noch schmucker aus als sonst, und ihre Uniformknöpfe gleißten und blitzten im Lichte der vielen Paraffinlampen, als wären sie eben erst frisch poliert worden. Mitchell und seine Genossen von der Lachsfischerei hatten eine weitere Ecke mit Beschlag belegt, und Andrew Mason erzählte Mackay, dem neuen Fleischer, der seinen Schuppen am Bachesrand gegenüber von John Reid's Laden errichtet hatte, von der großen Krabbe, die er mittels eines Topfes draußen beim Twa Een gefangen hatte.

Aber all die von uns Erwähnten und auch die anderen Einwohner von Port Erroll, welche zugegen waren, schienen vergleichsweise ruhig, und was sie redeten, war bloß von lokalem Interesse. Das Hauptgetöse verursachten die vielen ortsfremden Männer, welche, in Gruppen herumstehend, das Zentrum des Raumes besetzt hatten und sich laut unterhielten. Mitten unter ihnen saß der Bräutigam, der an lärmender Fröhlichkeit alle anderen übertraf, dabei aber beständig die Tür im Auge behielt. Der geistliche Hirte von Peterhead saß in der vierten Ecke bei der Braut, zusammen mit deren Mutter und Vater, welch letzterer, ungeachtet seines stereotypen Lachens, recht besorgt dreinsah. Willy der Seemann ward aufs Freudigste willkommen geheißen, und sowohl Gastgeber als auch Bräutigam erhoben sich eilfertig, griffen nach Flasche und Glas und boten ihm einen Trunk.

»Auf die Braut!« sagte er. Doch gewahrend, daß niemand sonst das Glas hob, hieb er dem Bräutigam auf die Schulter und rief: »Na komm schon, trinken wir gemeinsam auf ihr Wohl, alter Freund!« Der Angeredete zögerte sekundenlang und goß sich danach aus MacDonalds Flasche ein. Willy jedoch, der das sehr wohl bemerkt hatte, streckte ihm das eigene Glas entgegen und sagte:

»Na, so trink schon mit mir, Bursche! Aber nach altem Brauch, mit gewechselten Gläsern!« Eine sonderbare

Blässe huschte über des Bräutigams Züge, doch schon mischte MacDonald sich ein:

»So trink schon, Mann, trink aus!« Jetzt erst nahm der andere das Glas, warf den Kopf zurück, rief: »Hinunter damit!« und setzte es an die Lippen. Auch Willy beugte sich zurück und goß den Schnaps in sich hinein, ließ aber dabei seinen Partner nicht aus den Augen. Dieser, anstatt auszutrinken, goß sich den Inhalt des Glases in den dichten Bart. Damit wußte Willy vollends Bescheid: er sollte hier mit allen Mitteln von seinen Pflichten abgehalten werden.

In eben diesem Augenblick betraten zwei weitere Gäste den Raum, deren einer, James Cruickshank vom Kilmarnockregiment, den anderen hereingeleitete. Dieser war ein ältlicher, kahlköpfiger Herr mit stechendem Blick, graustruppigem Bart, krummer Nase und einem widerwärtigen Lächeln. MacDonald, sobald er den Eintretenden bemerkt hatte, sprang auf und beeilte sich, ihn zu begrüßen.

»Oh, Mr. Mendoza – das ist aber fein! Wir haben zwar gehofft, Sie heut abend als Gast bei uns zu sehen, waren aber arg in Sorge, daß Sie nicht kommen würden!«

»Gott – *nicht* werd' ich kommen – zu so einer Gelegenheit, ausgerechnet? Zu Haus werd' ich bleiben bei der Hochzeit von der Tochter von mein' guten Freind Tamm Smack? Und überhaupt, wo ich bring' was ich versprochen habe? Für Ihnen, Freind Keith, diesen Scheck da, Sie können ihn nächste Woche einlösen, und für Ihnen, teire Miß Alice, das scheene Halsband hier. Sie können es tragen, sie können es zu Geld machen, ganz wie Sie Lust haben.«

Bei diesen Worten überreichte der Sprecher dem Bräutigam und der Braut ihre Hochzeitsgeschenke. Dann begab er sich in die Ecke zu Mrs. Mac und warf dabei dem Wirt einen scharfen Blick zu. Dieser schien das Zeichen verstanden zu haben, denn er wandte sich sogleich an den Geistlichen: »Und jetzt, Hochwürden, könnten wir anfangen – wir sind soweit!« Daraufhin erhob sich das Brautpaar, und alle Freunde drängten herzu. Willy der

Seemann aber verdrückte sich unauffällig bis an die Tür und wollte, während der Pfarrer das Gebetbuch aufschlug, ins Freie entwischen. Doch sogleich rief Tammas Mac ihm zu:

Du wirst doch nicht fortgehen wollen, Willy? Du bleibst doch bei uns und siehst dir an, wie Tom Keith meine Tochter zum Weib nimmt?«

»Ich muß noch auf einen Sprung von hier weg«, versetzte Willy der Seemann. »Hab' noch eine Kleinigkeit zu erledigen und muß dann Maggie zum Tanz abholen!«

Sprach's – und war verschwunden, noch ehe der andere etwas hätte erwidern können.

Sobald er die Tür hinter sich zugemacht hatte, huschte er um die Scheune herum an deren Hinterseite, hastete quer über die zur Linken gelegenen Sanddünen und über die Holzbrücke, rannte die Straße hinterm Dorf hinauf bis zur Klippe und betrat das Wachhaus. Er wußte, daß niemand die Scheune verlassen konnte, ehe der Trauungsakt vollzogen war: die Augen des Pfarrers waren scharf, und so hätte jeder vorzeitig Weggehende sich verdächtig gemacht. Und ebensowohl wußte Willy der Seemann, daß die Scheune an ihrer Südseite keine Fenster aufwies und daher nichts von den Vorgängen draußen zu sehen erlaubte. Ohne auch nur eine Sekunde zu verlieren, machte er die Notraketen schußfertig – und während sie steil zum Himmel zischten und hoch oben ihren weißlich-grellen Schein verbreiteten, war er sich bewußt, daß nunmehr der Kampf in sein nächstes Stadium getreten war.

Die Nacht war jetzt vollends hereingebrochen mit einer für den August recht ungewöhnlichen Dunkelheit. Die von See hereinwirbelnden Nebelschwaden waren dünner geworden und kamen in größeren Abständen, ja bisweilen gab ein Riß im treibenden Gewölk den Blick auf die durch Dunst und Finsternis herniederblinkenden Sterne frei. Aufs neue prüfte Willy Barrow seine sämtlichen Waffen und überzeugte sich nochmals, daß alle Signalvorrichtungen einsatzbereit waren. Dann befestigte er Revolver und Entersäbel an seinem Gürtel und zündete eine Blendlaterne an, um im Notfall nicht ohne Licht zu sein. Dies getan, trat er ins Freie, sperrte die Tür des Wachhauses hinter sich ab, spähte noch einmal hinaus auf die Bucht und hinüber zu den jenseits gelegenen Klippen – und wandte sich dann nordwärts zum Watter's Mou'. Auf halbem Wege zwischen der dortigen Klippe und dem Wachhaus stand ein Kran, mittels dessen man die weiter unten losgebrochenen Granitblöcke heraufbeförderte. Kurz davor blieb Willy instinktiv stehen und rief »Halt – wer da?«, denn er spürte die Gegenwart eines anderen Menschen, noch bevor er denselben hätte wahrnehmen können.

»Ich bin es, Willy – nur ich«, kam's mit leiser Stimme aus der Finsternis, und gleich danach löste sich eine Frauengestalt aus dem Schatten des Krans und trat herzu.

»Maggie! Was ist los, mein Liebes, was machst du hier heroben? Ich hab' geglaubt, du bist schon auf der Hochzeit!«

»Ich hab' gewußt, daß du nicht dortsein wirst, und hab' mit dir reden wollen.« Das war mit sehr leiser Stimme gesagt.

»*Gewußt* hast du, daß ich nicht dortsein würde? Wieso! – Ich hab' doch auf jeden Fall kommen wollen!«

»Bella Cruickshank hat dir doch das Telegramm zugesteckt, als du am Postamt vorbeigekommen bist – das hab' ich gesehen. Und da hab' ich gewußt, du wirst abgehalten sein. O Willy, Willy! Warum willst du denn auf einmal weg von mir?« Sie fragte das, weil Willy der Seemann instinktiv die um sie geschlungenen Arme gelöst und einen Schritt zurück getan hatte in dem Moment, als die Pflicht in Konflikt geraten war mit seiner Liebe. So gab er rundheraus zur Antwort:

»Ich hab' mir soeben gedacht, Maggie, daß dies weder die Zeit noch der rechte Ort ist, um verliebt miteinander zu tun. Vielleicht gibt's Arbeit für mich heute nacht!«

»Das hab' ich ja gefürchtet, Willy – genau das hab' ich gefürchtet!« Er war nahezu gerührt ob dieser Worte, denn er glaubte, die Angst um ihn habe sie ihr eingegeben. Deshalb sprach er so zart er konnte:

»Ist schon gut, mein Liebes, ist schon gut! Es wird

schon nicht so gefährlich werden – und schau, wenn es kritisch werden sollte, so bin ich ja bewaffnet!« Damit faßte er an den Kolben des an seinem Gürtel hängenden Revolvers. Allein, zu seiner Überraschung stöhnte Maggie tief auf, wandte sich zur Seite und ließ sich auf ein Rasenstück fallen, als wäre sie von aller Kraft verlassen. Willy wußte nicht recht, was er sagen sollte, und so verharrten die beiden eine Zeitlang schweigend. Dann aber hub Maggie von neuem an und sprach in aller Hast:

»Ach du mein Gott – das ist ja furchtbar, die Hand auf so tödliche Weise gegen seine Mitmenschen zu erheben, ohne zu wissen, welches Elend du damit anrichten kannst!« Doch jetzt hatte Willy die Sprache wiedergefunden.

»Da hast du ganz recht, mein Kind«, sagte er. »Das ist nur zu wahr! Aber aus eben dem Grund hat man mich ja hierher kommandiert als einen Mann, der unter allen Umständen seine Pflicht tut, wie hart ihn das auch ankommen mag!«

Wieder schwiegen sie, und dann begann Maggie von neuem. Willy konnte ihr Gesicht nicht sehen, hörte aber, wie sie nach Atem rang.

»Und du meinst wirklich, daß es heute nacht zu was Ernstem kommen könnte?«

»Ich fürchte, ja.«

»Wahrscheinlich ist in dem Telegramm gestanden, daß irgendwelche Boote während der Nacht hier in der Gegend an Land gehen würden?«

»Kann sein, mein Kind. Aber diese Telegramme sind geheim, und ich darf über ihren Inhalt nichts verlauten lassen.«

Nach einer längeren Pause versuchte Maggie es von neuem, doch tat sie's diesmal in so leisem Flüsterton, daß Willy sie in dem beständigen Brausen der mit dem Winde hereinkommenden Brecher kaum verstehen konnte:

»Willy – du bist doch kein Unmensch – du wirst doch, wenn's dir irgend möglich ist, denen nichts antun wollen, die dich liebhaben – und auch nicht ihren Angehörigen?«

»Wo denkst du hin, mein Kind – auf keinen Fall würd'

ich so was tun!« Aber noch während er diese Worte sprach, wollt' es ihm schier den Atem verschlagen: was hatte all das zu bedeuten? War's denn die Möglichkeit, daß auch Maggie, *seine* Maggie, Anteil hatte an den Machenschaften der Schmuggler? Nein, nein und tausendmal nein! Beschämt ob solch schwarzen Argwohns, rückte er näher zu ihr und schlang den Arm zum andernmal schützend um sie. Überwältigt von so unerwarteter Zärtlichkeit, brach das Mädchen in Tränen aus, fiel Willy um den Hals und flüsterte ihm mit vor Schluchzen erstickter Stimme ins Ohr:

»Ach Willy, Willy! Ich mach' mir solche Sorgen, es ist ganz entsetzlich! Und niemanden gibt es, mit dem ich darüber reden könnte – keinen Menschen auf der ganzen Welt!«

»Nun, so red' es dir von der Seele, mein Liebling! Du weißt doch, nicht lange mehr, und du bist meine Frau: dann werd' ich ein Recht darauf haben, alles zu erfahren!«

»Ach – ich kann ja nicht – ich kann's nicht!« versetzte sie, nahm die Arme von seinen Schultern und schlug die Hände verzweiflungsvoll zusammen. Fast bekam Willy es mit der Angst zu tun, denn je beherzter ein Mann ist, desto mehr macht ihm die Seelenqual einer Frau zu schaffen. Er versuchte, Maggie zu beruhigen, als wär' sie ein verängstigtes Kind, und preßte sie fest an sich.

»Komm, komm, mein kleiner Liebling! So wein doch nicht! Ich bin ja bei dir, und du kannst mir alles sagen, was dir auf der Seele liegt!« Aber er spürte an seiner Brust, wie sie den Kopf schüttelte. So versuchte er's aufs neue:

»Hab keine Angst, Maggie – erzähl' mir alles. Sprich dich aus, in aller Ruhe, und vielleicht kann ich dir dann über deine Sorgen drüberhelfen!« Er schwieg und spürte, wie ihr Schluchzen ein wenig an Heftigkeit abnahm. Schließlich hob sie den Kopf, wischte sich mit einer entschlossenen Bewegung die Tränen aus den Augen und suchte sich aus seinem Arm zu lösen. Er wollte sie festhalten, doch sie sagte:

»Nein, nein, Willy – laß es mich auf meine Weise sagen! Wenn ich *dir* nicht vertrauen kann, wem sonst sollte ich vertrauen können? Es ist ja nicht um meinetwillen, daß ich mir Sorgen mache!« Sie verstummte, und er fragte:

»Um wen sonst machst du dir Sorgen?«

»Um den Vater und um meine Brüder.« Und dann brach es aus ihr hervor in aller Hast, als fürchtete sie, der Mut könnte sie zu früh verlassen. Er aber hörte ihr wortlos zu, doch es ward ihm dabei immer schwerer ums Herz.

»Du weißt ja, daß unser Boot schon seit Jahren vom Unglück verfolgt ist: wir haben weniger gefangen und mehr Netze verloren als die anderen Boote. Und auch an Land ist alles schiefgegangen. Die Kuh ist uns verreckt, der Schuppen ist zusammengebrochen im Sturm, und die Kartoffeln haben die Fäule gekriegt und sind uns gleich auf dem Acker verdorben. Vater hat nichts dagegen tun können und Geld auf das Boot aufnehmen müssen, bloß damit die Arbeit weitergehen kann. Und die Schulden sind größer und größer geworden, so daß er jetzt nur mehr dem Namen nach der Besitzer seines Schiffes ist und wir nicht wissen, wann wir ausgepfändet werden. Und unser Geldgeber ist nicht der Mann, uns zu verschonen oder Aufschub zu geben.«

»Wer ist es denn – wie heißt er?« frug Willy mit belegter Stimme.

»Mendoza – er sitzt in Hamburg und belehnt alle Boote von Peterhead.«

Ein ächzendes Stöhnen entrang sich Willys Brust. Vor seinem inneren Blick stieg die Vision jenes harten, grausamen, bleichen Gesichts herauf, das er erst vor wenigen Minuten gesehen hatte. Und noch einmal, im Geiste, erlebte er, wie jener Unmensch dem Brautpaar die Geschenke überreicht und dergestalt die beiden gekauft hatte für seine ruchlosen Pläne. Maggie jedoch, als sie dies Stöhnen vernahm, faßte wieder Mut und Hoffnung. Falls dem Geliebten die Sache dermaßen zu Herzen ging, konnte ja noch alles gut werden! Dieser Gedanke rief all ihre fraulichen Künste auf den Plan: ihre Angst hatte die Schranken niedergerissen, von denen bisher ihre Leidenschaft zurückgedämmt gewesen, und nun brach dieselbe hervor mit aller Gewalt einer jungfräulichen Natur. Maggie riß Willy an sich – preßte sich stärker und stärker an ihn – und raunte ihm mit ihrer betörendsten, wenngleich vor Erregung bebenden Stimme ins Ohr:

»Willy, Willy, mein Liebster – du willst doch nicht, daß mein Vater ins Unglück gestürzt wird – mein Vater, so denk doch, *mein Vater!*« Und in heißaufwallender, alles vergessender Leidenschaft küßte sie ihn tief in den Mund. Dem Armen wurde ganz wirr davon im Kopfe, aber die Liebe ist nun einmal ein Opiat, das uns schwach macht und lethargisch im Augenblick seiner größten Wirksamkeit. So schloß er Maggie fest in die Arme, und sekundenlang hatten ihre Herzen den gleichen Schlag und ihre Lungen den nämlichen Atem. Doch als Willy sich aus solcher Umarmung lösen wollte, hängte Maggie sich mit ihrem ganzen Gewicht an ihn. Allein, die Stille inmitten allen Aufruhrs der Natur brach ihren eigenen Zauber: plötzlich wurde es Willy wieder bewußt, wo er sich befand und zu welchem Zweck – die heranrauschenden Wogen dort unten sagten es ihm, die rings landeinwärts treibenden Nebelschwaden und das stoßweise Sausen und Heulen des Nachtwinds in den Uferfelsen und im Seilwerk des Flaggenmastes auf der Klippe! Aufs neue durchzuckte die Furcht ihm das Herz, zusamt dem brennenden Verlangen, *alles* zu erfahren, was da im Gemüt der Geliebten vor sich ging.

»Weiter, Maggie – sprich weiter!« sagte er. Und Maggie erhob sich und nahm den Faden ihrer Erzählung wieder auf – doch tat sie's in fieberhafter Hast. Der Ausbruch ihrer Leidenschaft hatte auch sie in Unruhe versetzt, ja nahezu verstört. Ihr schien es, als hätte sie sich gespalten in zwei Wesen, deren eines ihr gänzlich neu, ja sogar furchtbar war. Doch als Frau spürte sie, daß sie das Begonnene nun auch zu Ende führen mußte, und ihre frauliche Beherztheit half ihr dabei.

»Vor ein paar Wochen hat es angefangen«, sagte sie. »Vater hat auf einmal Briefe bekommen von Mendoza, und die haben ihn ganz kopfscheu gemacht. So hat er sich hingesetzt und gleich zurückgeschrieben. Dann hat Mr. Mendoza aus Hamburg telegraphiert, und Vater hat zurücktelegraphiert. Und schließlich, vor einem Monat, ist wieder ein Telegramm gekommen und hat Vater zu einer Unterredung mit Mendoza nach Peterhead bestellt. Zuerst hat er sich furchtbar aufgeregt darüber, aber dann war er recht niedergeschlagen. Trotzdem, er ist nach Peterhead gegangen, und wie er zurückgekommen ist, war er ganz bleich und hat kein Wort mehr geredet. Nicht einmal essen hat er mögen und ist gleich zu Bett gegangen, obwohl es erst sieben Uhr war. Dann sind weitere Briefe und auch Telegramme gekommen, aber Vater hat sie nicht mehr beantwortet – zumindest weiß ich nichts davon. Und schließlich ist Mr. Mendoza sogar zu uns ins Haus gekommen. Vater ist so weiß wie die Wand geworden, sobald er ihn gesehen hat, aber dann ist er vor Zorn rot angelaufen, so daß ich schon gefürchtet hab', im nächsten Moment wird es Hiebe setzen. Aber Mr. Mendoza hat gesagt, ob er denn nicht sieht, wie ich mich fürchte, und da ist Vater gleich wieder ruhig geworden und hat mich zur Niedermühle geschickt, um eine Nachricht zu überbringen. Und wie ich dann zurückgekommen bin, ist Mr. Mendoza schon fort gewesen, aber Vater ist dagesessen, das Gesicht in den Händen, und hat mich gar nicht eintreten gehört. Ich hab' ihn erst anreden müssen, und da ist er ganz erschrocken aufgefahren und war so bleich wie der Tod. Irgendwas hat er vor sich hingesagt und ist dann in seine Kammer gegangen. Von dem Tag an hat er mit den Leuten fast nichts mehr geredet, und was mich betrifft, so ist er mir überhaupt aus dem Weg gegangen. Und als er das letztemal auf Fang gefahren ist, hat er mir nicht einmal einen Abschiedskuß gegeben! Und deshalb, Willy – deshalb hab' ich solche Angst, der gräßliche Mr. Mendoza könnte ihn zu etwas gezwungen haben, was er gar nicht tun will, und das drückt mir beinahe das Herz ab!« Damit lehnte sie den Kopf zum andernmal an des Geliebten Brust und begann, herzzerbrechend zu schluchzen. Willy aber konnte nun freier atmen, doch brachte er's nicht über sich, im Ungewissen zu bleiben. Also drang er sogleich mit einer weiteren Frage in das verängstigte Mädchen, wie hart dadurch sein Mut auch auf die Probe gestellt wurde.

»Aber mit Sicherheit kannst du gar nichts sagen, Maggie!«

»Gar nichts, Willy – nur, daß ich solche Angst habe!«

»Trotzdem, es kann ja sein, daß hinter alledem gar nichts weiter steckt.« Irgend etwas in seiner Stimme bewirkte, daß Maggie wieder Hoffnung schöpfte: sie hatte den Eindruck, Willy sei darauf aus, sich auch noch an den dünnsten Strohhalm zu klammern. Aufs neue machte sie sich ihren Sinn für Rechtlichkeit nach Weiberart zunutze: »Wollte Gott, Willy«, sagte sie, »es steckte nichts weiter dahinter! Aber ich fürchte, es ist so, wie ich gesagt habe! Trotzdem müssen wir uns verhalten, als gäb' es nichts zu befürchten. Man kann doch den armen Vater nicht verdächtigen ohne jeden Grund! Du weißt ja, Willy, der Graf hat versprochen, ihn zum Hafenmeister zu machen – der alte Forgie ist bettlägerig, und im Winter wird er keinen Finger mehr rühren können. Dann muß der Graf ihn in Pension schicken, und Vater wird den Posten und das Haus unten am Hafen übernehmen. Und du weißt doch, daß alle froh darüber sind, denn mein Vater steht bei den Leuten in hohem Ansehn.«

»Richtig, mein Kind«, unterbrach sie Willy. »Wo du recht hast, hast du recht. Warum sollten dann ausgerechnet wir beide glauben, er könnte was Unrechtes tun, bloß um diesem Lumpenkerl Mendoza gefällig zu sein?«

»Weißt du, ich glaube, das ist es ja: weil die Leute Respekt vor meinem Vater haben, will Mendoza ihn zum Helfer gewinnen. Er weiß genau, daß niemand es wagen würde, Vater zu verdächtigen, und, nicht wahr . . .« Damit umhalste sie den Geliebten aufs neue, und ihr heißer Atem strich ihm sinnbetörend übers Gesicht. »Außerdem weiß er ja, daß mein Liebster nimmermehr die Hand gegen meinen Vater erheben würde!«

Doch auch jetzt noch, in dem Augenblick, da die Tragödie seines Lebens ihrem Höhepunkt zutrieb – jetzt, da die Frau, die er liebte und schätzte, es darauf anzulegen schien, ihn zur Verletzung seiner Pflichten zu verleiten – auch jetzt noch konnte Willy Barrow nicht anders, als sich für Maggies Handlungen mitverantwortlich zu fühlen. Jener erste, leidenschaftliche Kuß, mit dem sie sich ihm ganz zu eigen gegeben – er hatte etwas von der geheimnisvoll bindenden Kraft in sich gehabt, wie sie dem Ehering innewohnt. Jene Maggie, welche ihn von seiner beschworenen Pflicht abbringen wollte, war dennoch *seine* Maggie, und so hatte er auch Anteil an allem, was aus solcher Handlungsweise erfolgen mochte. Dennoch, sein Entschluß war gefaßt: nichts auf der Welt – nicht Maggies Küsse und auch ihre Ängste nicht – würde vermögen, ihn vom Pfade der Pflicht abzubringen! Gestärkt von solchem Bewußtsein brachte er's über sich, der in seinen Armen Liegenden mit Schweigen zu begegnen. Aber auch Maggie empfand instinktiv, daß Schweigen nunmehr ihre beste Waffe war, und so ließ sie kein Wort mehr verlauten, während die beiden auf das Wachhaus zuschritten, wobei Willy immer wieder scharf auf See hinaus spähte und auch die Küste nicht aus den Augen ließ. Sobald die beiden dem Gebäude nahe genug waren, daß seine Mauern das Tosen der Brandung dämpften, schmiegte Maggie sich abermals eng an den Gefährten und raunte dem auf die Cruden Bay Hinausblickenden ins Ohr:

»Heute nacht kommt die *Seemöve* zurück!« Willy erbebte, schwieg aber eine schier endlose Weile, ehe er sich zu einer Antwort aufraffte: »Heute nacht wird's ihnen schwerfallen, den Hafen anzulaufen. Schau doch nur! Die See geht hoch, und auch der Wind nimmt immer mehr zu! Heller Wahnsinn, bei solchem Wetter die Einfahrt zu riskieren!« Doch Maggie flüsterte ihm zu:

»Könnten sie's nicht anderswo versuchen – es gibt doch noch andere Einfahrten außer Port Erroll an der Küste von Buchan!« Aber Willy lachte das gesunde, starke Lachen eines Mannes, der genau weiß, was er sagt:

»Andere Einfahrten! Natürlich gibt es die, mein Kind! Aber der Kahn ist noch nicht gebaut, der sie in so einer Nacht anlaufen könnte! Wer wollte es schon darauf ankommen lassen bei solch steifem Südost? Ob in The

Bullers, in Robies Haven, in Dunbuy, in Twa Havens, in Lang Haven oder gar am Watter's Mou' – nein, mein Kind, sie würden zu Kleinholz zerschellt sein, bevor sie nur das Ruder herumwerfen oder ein Segel fallen lassen könnten!«

Sie unterbrach ihn und sagte mit entmutigter Stimme:

»So brauchst du heute nacht keine dieser Stellen zu bewachen?«

»Nein, Maggie. Meine Aufgabe ist es, bei Port Erroll aufzupassen, und nichts wird mich davon abbringen können!«

»Und am Watter's Mou'?« fragte sie. »Dort braucht man *keine* Wache? Es liegt nicht weit vom Hafen!« Doch abermals lachte Willy sein überlegen-männliches Lachen, welches bewirkte, daß Maggie ihn ungeachtet ihres Kummers mehr denn je bewunderte. Dann gab er zur Antwort:

»Am Watter's Mou'? Bei diesem Wind dort einlaufen zu wollen, bedeutet den sicheren Tod! Glaub mir, mein Kind, ein Mann würde all seine Fähigkeiten aufzubieten haben, um von dort *aus*laufen zu können bei diesem Wetter, gar nicht zu reden vom Hereinkommen! Und zehn zu eins steht zu wetten, daß er schon draußen an den Riffen zerschellen würde!« Bei diesen Worten wies er hinaus auf die Reihe gezackter Felsen, welche am Südrand der Einfahrt aus den hochgehenden Fluten ragten. Wahrhaftig, es war ein schrecklicher Ort – zu schrecklich für jeden, der dort angetrieben würde, denn hochauf schäumten die Wogen heran und brachen sich mit donnerndem Getöse an den Felsen, so daß man sogar in der herrschenden Finsternis die weißgischtende Linie dort draußen wahrnehmen konnte, längs derer die Wassermassen im Sog der gewaltigen Brecher auseinanderfluteten. Die Reihe der weißlich herüberschimmernden Klippen sah aus wie ein gespenstisch aufgerissner Rachen, bereit zu verschlingen, was immer da auf ihn zutreiben mochte! Es schauderte Maggie bei solchem Anblick, doch schien ihr mit einem Mal ein Gedanke gekommen zu sein, denn sie wandte sich von dem Geliebten und spähte hinüber zu der schwarzen Kluft zwischen dem Gefels, deren oberen Teil man eben noch erblicken konnte von dem Beobachtungspunkt, an dem unsre beiden sich postiert hatten – spähte hinüber zur Einfahrt von Watter's Mou'.

Und dann, mit verstört flehendem, himmelwärts gewendetem Blick, als wollt' sie mit den Augen eine Bitte tun, die sie nicht einmal im Herzen auszusprechen wagte, wandte Maggie sich aufs neue zu dem Geliebten herum. Wieder preßte sie sich an ihn, legte ihm die Arme um den Hals und sprach mit banger, nahezu atemloser Stimme:

»Und wenn die *Seemöve* heute Nacht doch hereinkommen sollte – und wenn irgend etwas, das du befürchtest, dich nach Whinnyfold oder nach Dunbuy riefe, so daß du ein wenig – ein ganz klein wenig – zu spät kämst, wenn das Boot. . .«

Verängstigt schwieg sie still, denn Willy hatte sie recht unsanft auf Armeslänge von sich geschoben und sagte in so schneidendem Ton, daß jedes seiner Worte sie wie ein Peitschenhieb traf:

»Maggie – mein Kind! *Was* willst du da von mir? Du sollst dergleichen so wenig aussprechen, wie ich es hören darf! Schlimm genug, ein Schmuggler zu sein – aber was soll man erst sagen zu dem, was du aus *mir* machen willst? Nicht nur zum Schmuggler, nein, auch noch zum Eidbrüchigen und zum Verräter willst du mich machen! Ja Herrgott – hör' ich denn recht? Bist es wirklich *du,* Maggie, die so etwas gesagt hat? Zu *mir* gesagt hat? – Maggie MacWhirter, wenn das wirklich dein Ernst ist, dann helfe Gott uns beiden – dann bist du nicht die rechte Frau für mich!« Erst bei diesen Worten erkannte das Mädchen voll und ganz, was sie da verlangt hatte von dem Manne, den sie liebte – den sie auf den ersten Blick lieben gelernt um seiner Stärke, Kühnheit und Pflichttreue willen! Und in solch plötzlichem Umschwung ihrer Gefühle ließ sie sich neben ihm auf die Knie fallen, faßte nach seiner Hand, preßte sie mit aller Kraft, küßte sie wieder und wieder in aller Demut ihrer Selbstbeschämung, flehte dabei um Vergebung und suchte dennoch im nämlichen Atem, ihr Tun zu rechtfertigen, ja Gnade für ihren Vater zu erwirken.

»Ach Willy, Willy! Verlaß mich nicht in dieser Schrekkensnacht! Das Herz ist mir so schwer, daß ich drüber verrückt werden könnte! Ich weiß ja nicht mehr, was ich tun und wo ich Hilfe finden soll! Ich denk' und denk' und denke – aber nichts als Finsternis ist um mich, wohin immer ich schaue, ganz so wie da draußen auf dem Wasser, wo jetzt mein Vater ist! Und gerade jetzt, wo ich möchte, daß du mir hilfst – du, der einzige Mensch, den ich habe auf der Welt, und an den ich mich wenden kann in meinem Kummer und mit meinen Sorgen –, gerade jetzt fällt mir nichts Besseres ein, als dich zurückzustoßen! Dich, den ich so gern habe! Den ich lieber habe als das eigene Leben! In deiner Ehre muß ich dich verletzen, so daß du mich nicht länger magst! Oh, was soll ich tun, was mach' ich nur, was soll ich denn anfangen?« Und abermals schlug sie die Hände zusammen in äußerster Verzweiflung, während Willy starr vor sich hinblickte, voll Seelenschmerz und Mitgefühl, doch unerschüttert in seiner Entschlossenheit. Jetzt aber, aus aller Zerknirschung der Geliebten, drang deren flehentliches Bitten zum andernmal an sein Ohr und kam aus einer Tiefe, welche noch tiefer war als die Verzweiflung. Und ist schon die Verzweiflung kühn genug, so vermag die Hoffnung noch die stärkste Entschlossenheit wankend zu machen. Das flehentliche Fordern solcher Liebe, nun kam es aus den unergründlichsten Tiefen der Menschennatur.

»Ach Willy, Willy! Vergib mir – vergib! Ich war nicht recht bei Sinnen, so etwas zu sagen! Gänzlich von Sinnen bin ich gewesen, auch nur eine Sekunde zu glauben, daß du so schlecht sein könntest! Oder daß es mir recht sein würde, dich dir selber untreu zu machen! Verzeih mir, Willy, vergib mir und laß alles, was ich gesagt habe, für den Sturm gesagt sein, der mir solche Angst macht um den Vater! Ich nehm' alles zurück, Willy, mein Lieber – so hör' doch! Nur laß mich jetzt nicht allein mit dieser neuen Angst!« Und während sie dies hervorstieß und seine Hand von neuem küßte, beugte er sich zu der Verstörten, zog sie zu sich empor und schloß sie in die Arme. Maggie jedoch, sobald sie sich wieder an seiner

Brust geborgen fühlte, ward inmitten ihrer selbstvergessnen Hingabe aufs neue überkommen von dem nahezu unbewußten Verlangen, dem Geliebten durch ihre frauliche List und körperliche Nähe das ersehnte Zugeständnis abzuringen.

»Willy«, raunte sie ihm zu, während sie ihn wahllos auf Mund, Wange und Hals küßte, »Willy, jetzt hast du mir verziehen, ich spür' es – und ich weiß auch, daß du meinem Vater nichts zuleide tun wirst, wenn's dir nur irgend möglich ist – aber wenn ...«

Doch was sie weiter sagen wollte, wußte sie selber kaum. Willy jedoch, welcher spürte, daß ihr etwas auf der Zunge lag, das besser ungesagt bliebe, spannte unwillkürlich den Körper in dem Wunsch, sie vom weiteren Reden abzuhalten. Auch Maggie empfand solchen Umschwung und klammerte sich noch fester an den Geliebten – ja tat es mit der Beharrlichkeit eines Menschen, der die Gefahr schon auf sich zukommen fühlt. Allein, die Lösung solch seelischen Zwiespalts erfolgte von außen, denn in dem Augenblick, da Maggie drauf und dran war, den Geliebten endgültig zur Pflichtvergessenheit zu überreden, tönte vom Dorf herauf in der plötzlichen Stille zwischen zwei heulenden Windstößen das sausende Zischen einer zum Himmel emporschießenden Rakete: höher und höher und höher, als wollt' es kein Ende mehr nehmen, so stieg es hinauf, anschwellend zunächst, doch nach und nach ersterbend in den luftigen Weiten, so daß die schließliche Feuergarbe dort oben sich nur mehr als eine verstiebende Stille in den Himmel schrieb. Wohl tausend Fuß zu Häupten der beiden warf das glitzernde Gitterwerk des rot und blau zersprühenden Feuerregens seinen grellen Schein über die Küste, so daß sie scharf aus dem Dunkel trat von den Klippen bis hinüber nach Dunbuy. Und in instinktivem Verstehen nahm Willy Barrow mit einem einzigen Blick alles in sich auf, was sich da zeigte – auch die vielen Männer am Hafen dort unten, welche im Schutze der Mauer hinausspähten auf das Meer. Und nicht minder unbewußt zählte er die Sekunden bis zum nächsten Abschuß – eine, zweie, drei: und wieder der sausende Ton in den Lüften, und wieder das bunte Zerstieben hoch oben im Himmel! Und Dunkelheit – diesmal sechs Sekunden! Dann erst zog heulend das dritte Signal in die Lüfte und schrieb seine feurige Botschaft in die Wolken! Und das Dunkel, von dem sie gefolgt war, schien schwärzer denn je, das rätselvolle Brausen der See lauter und lauter vorm Hintergrund einer nahezu unnatürlichen Stille. Unsre beiden Beobachter aber verharrten jetzt nicht nur geschieden im Geiste, sondern auch körperlich voneinander getrennt. Willy, der nur seine Aufgabe im Sinn hatte, stand draußen vorm Fenster des Wachhauses, von wo er nicht nur die gesamte Bucht und die beiderseits sich erstrekkende Küste überblicken konnte, sondern auch das gesamte Hafengelände. Mit gespreizten Beinen stand er da, denn auf dem ungeschützten Felsen war er der vollen Wucht des Sturmes ausgesetzt, und während er den Arm mit dem Feldstecher hob, um den Horizont abzusuchen, trieb ihm der Wind die Jacke auseinander und entblößte den Revolverkolben und den Griff des Entersäbels. Maggie stand ein wenig weiter hinten und spähte nicht minder angestrengt aufs Wasser hinaus, gleichfalls wissend, was nun kommen mußte. Fast wollte das Herz ihr stillstehen, und ihr Atem ging in raschen Stößen, doch sie wagte keinen Laut und versagte sich's auch, den Geliebten in der Erfüllung seiner Pflicht zu stören. Eine volle Minute verharrten die beiden auf diese Weise. Dann aber, weit draußen auf See gegen Süden hin, gewahrten sie ein schwaches blaues Licht – dann ein zweites, und schließlich ein drittes, so daß nun drei Lichter nebeneinander gesetzt waren. Unmittelbar danach zischte aus der Ortschaft eine weitere Rakete zum Himmel – doch diesmal keine der behördlichen vom Raketenwarndienst, welche mit farbigem Feuer geladen sind, sondern eine mit weißlicher Leuchtspur. Willy spähte hinaus auf das Meer, konnte aber kein weiteres Zeichen mehr von dem Schiff dort draußen erkennen. Der Austausch von Signalen, was immer er bedeutet haben mochte, war beendet. Unser Mann vom Küstenwachdienst wußte freilich nichts Rechtes damit anzufangen, doch Maggie bedurfte keiner Erklärung mehr: dort draußen auf See, inmitten der aufgewühlten Wogen, befand sich ihr Vater! Jede Einfahrtsmöglichkeit war ihm verwehrt durch den herrschenden Sturm, bis auf die eine, wo ihn zufolge der unseligen Fracht nichts als Schmach und Schande erwarteten. Sie wußte nun, was sie zu tun hatte, und war entschlossen, es zu wagen, was immer daraus werden mochte: man mußte den Vater warnen, bevor es zu spät wäre! Mit recht schwacher, unsicherer Stimme wandte sie sich an den Geliebten:

»Willy?«

Der klägliche Ton wollte ihm schier das Herz abdrücken, doch er fürchtete eine neue Versuchung, und so antwortete er in barschem, abweisendem Ton:

»Was ist denn schon wieder, Kind?«

»Willy, du willst doch nicht, daß dem Vater was Böses zustößt?«

»Nein, Maggie – so weit's an mir liegt, nicht. Trotzdem, meine Pflicht muß ich tun.«

»Müssen wir das nicht allesamt – wie immer sie aussehen mag – und um jeden Preis?«

»So ist es – um jeden Preis!« Seine Stimme war nun wieder fest, und ihr Klang ließ keinerlei Mißdeutung mehr zu. Maggie fühlte sich von aller Hoffnung verlassen. Die schwere Aufgabe, die ihr dort draußen auf der schwarzen Wasserwüste bevorstand, schreckte sie nicht. Nur noch eine letzte Anwandlung von Furcht galt es zu überwinden, und so wandte sie sich an Willy in dermaßen verschüchtertem Ton, daß er aufschrak aus seinem Brüten. Maggies Stimme und Gehaben waren gar zu verschieden von ihrem sonstigen Wesen.

»Und wenn – wohlgemerkt, ich sage ›wenn‹, Willy – und wenn auch ich eine Pflicht hätte, vor der ich mich fürchte, weil sie voller Gefahren ist, und du könntest sie mir ersparen – würdest du das tun?«

Während sie seiner Antwort entgegenbangte, schlug ihr das Herz dermaßen heftig, daß sogar Willy es hören konnte. Sie spürte ja, daß ihr Leben von dieser Antwort abhing. Er aber erkannte nicht die volle Bedeutung ihrer Frage, ganz zu schweigen von deren Folgerungen. Er sah nur, daß Maggie erfüllt war von tödlichem Ernst, und er verspürte eine unbestimmte Angst, dieweil er antwortete. Allein, seine Mannhaftigkeit wuchs an solchem Anlaß, denn Willy war aus dem Holz, aus dem man die Helden macht, und so versetzte er denn:

»Maggie, so wahr es einen Gott gibt über uns – es bleibt bei dem, was ich gesagt habe! Zwar weiß ich nicht, worauf du hinauswillst, aber du machst mir Angst. Trotzdem, meine Pflicht muß ich tun, ganz gleich, was daraus werden mag!« Eine Zeitlang schwiegen sie beide, und dann hub Maggie von neuem an, doch diesmal mit so veränderter Stimme, daß Willys Herz ihr sogleich in zehnfältiger Liebe und Leidenschaft entgegenflog, ohne jeden Schatten von Argwohn oder Furcht.

»Willy, nimm mich in die Arme – ich bin deiner nicht unwert, mein Lieber, wiewohl ich einen Moment lang schwach gewesen bin!« Er zog sie an sich, küßte sie und sagte:

»Maggie, mein Liebes, noch nie hab' ich dich so gern gehabt wie jetzt! Mein Leben könnt' ich hingeben für dich!«

»Sei still, du Guter! Das weiß ich ja! Aber du machst deinen Dienst ja nicht nur für dich selber und mußt deinen Pflichten nachkommen. Auch ich habe eine Pflicht zu erfüllen – und eine sehr schwere noch dazu!«

»Welche denn? So sag mir's doch, Maggie!«

»Frag mich nicht! Du brauchst sie gar nicht erst zu wissen. Küß mich noch einmal, Willy, bevor ich gehe, denn ach, mein Lieber, mein Liebster, – vielleicht ist es zum letzten Mal!«

Ihre Worte erstickten in leidenschaftlicher Umarmung. Und dann, als er am wenigsten darauf gefaßt war, löste sie sich abrupt aus seinen Armen und eilte davon über das nachtschwarze Feld, das zwischen ihnen und des Mädchens Behausung lag. Er aber harrte verbissen aus auf seinem Posten und wartete auf ein weiteres Signal.

III

Am anderen Ende des Feldes angelangt, wandte Maggie sich nicht nach links zu ihrem Haus, sondern folgte dem steilen, rechter Hand hinabführenden Pfad zu der aus Steinquadern errichteten Brücke, welche beim Taubenturm über den Backburn führt. Hinter der Brücke wandte sie sich nach rechts und kletterte längs der zerfallenen Kornmühle das Steilufer hinunter bis zu dem in Flecken wuchernden Seegras, das bei Flut nur in Inseln aus dem Wasser ragt. Dergestalt gelangte sie bis ans Ufer des Wasserlaufs.

Die Verhältnisse an der Cruden Bay sind recht eigenartige. Der Hauptstrom – der Crudenfluß – fließt in südöstlicher Richtung, begrenzt mit seinem Laufe die Sanddünen, wirbelt unter der steingefügten Brücke hindurch, die aus den Resten der alten, von Malcolm zur Feier seines Sieges über Sueno errichteten Kirche besteht, wendet sich dann scharf nach rechts und ergießt sich über den steinigen Grund in das Meer. Die schon dem Gezeitenstrom ausgesetzte Flußmündung hat allen Boden weggewaschen rings um ein paar aufragende, gefährliche Granitblöcke, die während der Flut fast zur Gänze überspült sind. Die äußere Mündung liegt zwischen dem Nordende der Sanddünen und der Dorfstraße, deren Häuser den Geröllhang des Hauptfelsens begrenzen. Ehedem hat der Crudenfluß diese letzte Wendung nicht beschrieben, sondern ist geradeaus weitergeflossen bis zu seiner Vereinigung mit dem kleineren Wasserlauf, dem Backburn. Von dort führte dann das gemeinsame Flußbett zum Meer. Noch vor nicht allzu vielen Jahren, als die Strömung zur Flut- oder Hochwasserzeit den trennenden Landstreifen überspülte und allmählich wegwusch, hat der Crudenfluß seinen ursprünglichen Lauf genommen. Dieser ist nunmehr unter der Bezeichnung Watter's Mou' bekannt – eine natürliche Kluft, entstanden durch vorzeitliche Vulkanausbrüche, durch Erdbeben oder sonstige Naturgewalten. Er durchbricht das mächtige Massiv aus rotem Granit, welches gegen Süden ein Vorgebirge bildet. Wasser und Feuer haben dergestalt ihren Anteil an der Formung dieser Schlucht, denn was durch das urzeitliche Feuer begonnen worden, fand während unzähliger Zeitalter seine Vollendung durch das geduldig mahlende Wasser. Heute, beim Anblick dieser natürlichen Ausmündung des Flusses inmitten der senkrecht zum Meer abfallenden Felswände, möchte man gar nicht glauben, daß einzig und allein die Natur dies Werk zustandegebracht hat.

Die Schlucht verläuft zunächst von West nach Ost und verbreitert sich zu einer geräumigen Bucht, von deren einem Ufer ein steiler, grasüberwucherter Hang emporführt zu der neuen Burg von Slains. Die andre Seite ist von einem Steilufer begrenzt, auf dessen Simsen in der angewehten Erde das Gras in dicken Polstern Wurzel gefaßt hat. Hinter dieser Bucht führt die Schlucht aufs neue zwischen den sich türmenden Felsen dahin, nicht unähnlich einem amerikanischen Canyon, wendet sich dann meerwärts nach Süden, zu beiden Seiten begrenzt von den zweihundert Fuß hohen Wänden, und führt über einen Grund, der durchsetzt ist von Felsblöcken, welche am nördlichen Ende bei Ebbe aus dem Wasser ragen. Die steile, ostseitige Felswand zur Linken ist zweimal aufgerissen zu breiten Lücken, durch welche bei stürmischem Wetter die vom Ostwind aufgepeitschten Wogen ihre Gischt in stoßweisem Sprühregen herüberspritzen in die zu Füßen der Burg gelegene Bucht. Diese Öffnungen sind aber dermaßen geschützt von Felsbarrieren, daß auch die Wucht der mächtigsten Sturzseen schon draußen gebrochen wird, noch ehe die Wassermassen gegen die Felsblöcke anrennen können, die sich über dem Kiesgrund auftürmen. An ihrer Ausmündung beschreibt die Kluft eine Wendung nach Westen, dorthin, wo der Hauptfelsen zurücktritt, wogegen seewärts von ihm eine schwarze, drohende Gesteinsmasse sich erhebt, welche bei hohem Wasserstand ihr Vorhandensein größtenteils nur durch heftig aufkochende Schaumkronen verrät, und dies auch bei ruhigem Wetter, denn die Strömung dort draußen ist recht stark. Die Osteinfahrt hingegen ist gebildet von einem mächtigen roten Granitmassiv, das ob seiner überhängenden Form das »Schiffsheck« genannt wird. Es erhebt sich nicht so hoch wie die eigentliche Klippe, zu der es gehört, und ist mit ihr verbunden durch eine mächtige, abschüssige Granitplatte, von der die bei stürmischem Ostwind emporgeschleuderten Gischtmassen in wahren Sturzbächen herniederrauschen und sich mit den schäumenden Wassern von Watter's Mou' vereinen.

Maggie wußte, daß gleich unterhalb der Kornmühle, geschützt vor dem Ansturm der Wogen – denn auch die wildesten Brecher verloren ihre Kraft in den mahlenden, höhlenden Strudeln überm steinigen Grund und an den Felsufern von Watter's Mou' – ein kleines Boot bereitlag, das ihrem Bruder gehörte, der es bei Schönwetter in seiner Freizeit zum Angeln benutzte. Sie war überzeugt, daß es ihre Pflicht sei, den Vater nach Möglichkeit zu warnen vor der Gefahr, welche ihn an Land erwartete. Zwar schauderte sie bei dem Gedanken, daß so gut wie alles gegen dies Unternehmen sprach, doch wie's mit den Frauen schon ist, sie hatte sich's nun einmal in den Kopf gesetzt und war durch nichts mehr von ihrem Vorhaben abzubringen. In der Tat hätte ja unter solchen Umständen jedes logische Denken alles Handeln von vornherein verhindert, denn schon eine einzige der draußen lauernden Gefahren wäre genug gewesen, um einen überlegenden Menschen von dem tollkühnem Vorhaben abzuhalten, in einer dermaßen stürmischen Nacht und in solch gebrechlichem Fahrzeug überhaupt von der Küste abzulegen; dann trotz Sturm und Strömung mit dem Boot bis ins offene Fahrwasser zu gelangen und schließlich auch noch das gesuchte Fischerboot zu finden inmitten des Aufruhrs einer sturmgepeitschten See und der drüberhin treibenden Nebelschwaden, welche dem Blick nicht einen einzigen Stern freigaben: solche Aussichten hätten den wagemutigsten Menschen in Angst und Schrecken versetzt!

Doch Denken war gleichbedeutend mit Zaudern, und jedes Zaudern hätte dies Vorhaben schon im Keime erstickt. So dachte Maggie nur an die Gefahr, welche dem *Vater* drohte, und hatte in all der Schwärze solch sturmzerwühlter Nacht einzig sein bleiches, tiefbekümmertes

Antlitz vor Augen, sein Seufzen und Stöhnen im Ohr – mit einem Wort, alles das, was sie so deutlich wahrgenommen, als ihre Angst sie erstmals befallen hatte. Nur auf diese Weise war sie imstande, sich mit aller Tatkraft ans Werk zu machen. Das Boot lag vertäut an der größten jener Seegras-Inseln, und zwar nordseitig, so daß es zur Genüge geschützt war, um auch bei dem herrschenden Schlechtwetter klar zur Ausfahrt zu sein. Maggie setzte die Ruder ein, richtete den Mast auf und machte das Segel fertig. Dann nahm sie eine abgebrochne Spiere, band sie an ein Stück Leine von etwa fünf Meter Länge und schlang deren freies Ende ein wenig nach Backbord um die Ducht an der Bootsmitte. Die Spiere hielt sie bereit, um sie bei zu starkem Winde auswerfen zu können und mit solchem Gegenzug der Gefahr des Kenterns zu begegnen. Dann bugsierte sie das Boot im seichten Wasser um die winzige Grasinsel herum, bis sein Heck auf See hinaus wies. Schon das war ein hartes Stück Arbeit, denn die Wucht der heranschwemmenden und wieder zurückflutenden Wassermassen drückte das leichte Fahrzeug immer wieder gegen den Strand, ja setzte es aufs Trockene, bis die nächste Woge es wieder flottmachte.

Trotzdem: die ganze Zeit hindurch waren die Finsternis und das Sturmesheulen ringsum für Maggie eher ein Ansporn. Noch sah sie sich der Gefahr nicht unmittelbar gegenüber – noch erkannte sie nicht, ja wollte sie nicht erkennen, wie groß die Bedrohung in Wirklichkeit war. Inmitten der alles verhüllenden Dunkelheit, von welcher sie sich umschlossen fand, fühlte sie sich als ein Nichts – und wahrhaftig, erst wenn rings um uns die Naturgewalten losgelassen sind, werden wir so recht unsrer eignen Geringfügigkeit inne! In gewaltigen Böen fegte der Sturm heran durch die enge Fahrrinne von Watter's Mou' und ward in der offenen Bucht, darin Maggie sich jetzt befand, zum stoßweisen Wirbelwind. Und nicht nur von der Mündung her kam dieser Sturm, sondern auch durch die breiten Lücken in der ostseitigen Felswand. Durch die Kluft heranbrausend, fuhr er hoch hinauf zwischen die steilen Felsüberhänge zu beiden Seiten und ward immer wieder zum Geheul, das von einem lebenden Wesen zu kommen schien, so schmerzvoll und ergrimmt klangen diese Töne. Riesige Nebelfetzen kamen aus der tintenschwarzen Finsternis und glichen den windgeblähten Segeln gewaltiger Schiffe. Doch gewahrte Maggie nun voll Freude, daß diese Schwaden jetzt dünner und schütterer wurden und daß dadurch das gefahrvolle Vorhaben in den Bereich des Möglichen rückte. So trug die Wut der ringsum entfesselten Elemente nur dazu bei, ihr den Mut zu stärken, denn überdies lag ihr ja, wie all den wetterharten Kindern des Nordmeers, etwas von der Kraft jener alten Berserker im Blut, die keine Furcht gekannt und jedem Unwetter die Stirn geboten hatten, ja mit tollkühnem Mut auf des Sturmes Flügeln hinausgesegelt waren aufs weite Meer. Solche Naturen wachsen an den Hindernissen, die sich ihnen entgegenstellen, und ganz ähnlich verhielt sich's jetzt mit unserer Maggie: der Ruf war an sie ergangen, und so war sie gekommen, um Antwort zu geben. Beherzt, ja nahezu eifervoll sprang sie ins Boot, legte sich in die Riemen und begann die gefahrvolle Ausfahrt. Der Anfang war nicht leicht, denn immer wieder schlug das Boot gegen den Strand, als wär' es ein scheugewordenes Tier. Schließlich jedoch, indem sie sich eine mächtige Woge zunutze machte, dirigierte Maggie ihr Fahrzeug mit ein paar kraftvollen Ruderschlägen ins tiefere Wasser. Auch dort war sie noch geschützt vor dem Grimm der Elemente, denn ringsum stiegen steil die Felsen empor. Und sobald sie den Knick der Schlucht erreicht hatte, so daß sie die Ausfahrt von Watter's Mou' in voller Länge vor sich liegen sah, kam ihr auch noch der Wind zu Hilfe, und sie kam nun im Schutz der Felswände relativ ungestört voran. Schon nach wenigen Minuten hatte sie die erste Öffnung in der ostseitigen Felswand erreicht und machte nun erstmals Bekanntschaft mit der vollen Wut des entfesselten Elements. An sich war die Öffnung ja beiderseits glatt und ohne Hindernisse, doch türmte sich in ihrer Mitte eine Anzahl riesiger Felsblöcke, welche von der anstürmenden See im Lauf der Jahrhunderte hier aufgehäuft worden waren. Draußen brachen sich daran die Wogen und sandten einen weißschäumenden Sturzregen herüber, der sich sogleich in der Finsternis verlor. Maggie wußte sehr wohl, daß es an diesem Punkte die erste große Anstrengung galt, und so steuerte sie unter Aufbietung ihrer sämtlichen Kräfte das Boot durch den Aufruhr aus Wasser und Sturm. Und während sie an der Öffnung vorüberglitt, von der Gewalt des Windes abgetrieben zur Mitte der Fahrrinne, erhaschte sie in der Ruhepause zwischen zwei heranstürmenden Wogen einen Blick auf die erleuchteten Burgfenster dort oben über der Klippe. Im Moment beraubte solcher Anblick sie aller Kraft, denn er führte ihr mit dem inneren Bild jener ruhig und glücklich ums Feuer versammelten Gesichter die volle Schwere der eignen, gefahrvollen Lage vor Augen. Allein, im ganzen war das eher hilfreich, denn die flüchtige, von solchem Bild hervorgerufene Neidanwandlung ward ausgelöscht durch den Gedanken an die erhabene Pflicht, der Maggie sich unterworfen hatte. Ähnlich wie ihr muß es den Frauen ums Herz gewesen sein, die in den vergangenen Tagen mit deren durch Feuer und Blut erzwungenen Gottesurteilen im Begriffe gestanden, ihren Weg über das rotglühende Eisen anzutreten.

Sie befand sich nun im Windschatten der Hauptklippe auf dem Wege zu der zweiten Öffnung in der Felsbarriere. Je weiter das Boot vorankam, desto stärker wurde die Gewalt der Wogen, denn hinten im Watter's Mou' hatten die Unebenheiten des Grundes und der felsigen Ufer die Macht der heranströmenden Wasserflut gebrochen. Dies kam dem Mädchen recht unsanft zu Bewußtsein, als ein heranrollender Brecher sie mit seinen Wassermassen überstürzte, so daß sie sich tief ins Boot beugen mußte. Stampfend und schlingernd tauchte es in das Wellental der jeweils heranstürmenden Woge und war alsbald so voll Wasser gelaufen, daß man es ausschöpfen mußte, um überhaupt noch voranzukommen. Dies getan, legte Maggie sich von neuem in die Riemen und hatte alsbald die schon erwähnte zweite Öffnung erreicht. Hier war es noch bei weitem schlimmer als an der vorigen, denn draußen, von Osten her, rollten die Wogen der aufgewühlten

Nordsee mit voller Wucht heran und überschütteten bei ihrem Aufprall das Mädchen jedesmal mit schweren, über das schützende Felsgestein hereinbrechenden Wasserstürzen. Abermals versuchte Maggie, die Mitte der Fahrrinne zu gewinnen und hatte, aus Leibeskräften rudernd, alsbald wieder den schützenden Hauptfelsen gewonnen. Hier war das Wasser ruhiger, denn die heranstürmenden Wogen brachen sich jetzt an der Außenseite der Klippe, und nur ihr zischender Aufprall war hörbar im Geheul des zu Häupten unseres Mädchens hinbrausenden Sturms.

Maggie ruderte nun wieder ganz nahe an den Felsen heran und dirigierte, eng unter seinem Schutze bleibend, ihr gebrechliches Fahrzeug weiter. Jetzt lag nur noch eine Gefahr zwischen ihr und der letzten Anstrengung. Die mächtige Felsplatte innerhalb des sogenannten Schiffshecks war bloß durch ihre seeseitige Erhebung vor dem Ansturm der Wogen geschützt. Zum Glück jedoch überstürzten sich die Wasser an dieser Stelle nicht, sondern schossen draußen unter der überhängenden Schräge hindurch und zogen dann weiter ins offene Meer. Es war wohl die große Tiefe dort draußen, welche sie vom Eindringen abhielt. Nur dann und wann brach eine Woge sich an der Kante des »Schiffshecks«, worauf jedesmal eine mächtige, grüne Wasserwand emporschoß und über die Schräge herniederschäumte. Indes, es gelang Maggie, sich die Pausen zunutze zu machen und die Stelle unbehelligt hinter sich zu bringen. Danach glitt das Boot ruhig dahin auf dem schwarzen Wasser hinter der am meisten vorspringenden Felsenwand. Das »Schiffsheck« war nun Maggies letzte Zuflucht, und während sie sich hastig daranmachte, alles zum Setzen des Segels vorzubereiten, hörte sie den Sturmwind draußen am Felsen entlang- und über ihren Kopf hinwegheulen. Die schwarzen Fluten unter ihr hoben und senkten sich, doch irgend ein nicht feststellbarer, natürlicher Strudel oder Stau bewirkte, daß ihr Boot sich vergleichsweise ruhig am Rande des kreisenden Wirbelstroms hielt. Sehr im Gegensatz zu der im Watter's Mou' zwischen den aufgetürmten Felsen herrschenden Finsternis, schien draußen die See von sich aus zu leuchten, und gerade vor der westwärts gelegenen Ausmündung konnte Maggie die an den jetzt überspülten Klippen weißlich aufschäumenden Fluten gewahren: so oft dort draußen die darüber hinschwemmenden Wassermassen das Felsgestein freigaben, glich es einer Zahnreihe im gähnenden Rachen der gierigen See.

Jetzt aber galt es den letzten Kampf um das offene Wasser: in dem Augenblick nämlich, da Maggie das schützende »Schiffsheck« hinter sich ließe, würde der von Osten heranfegende Sturmwind sie unweigerlich auf jene Reihe zahnartig bleckender Riffe zutreiben, und das bedeutete, im Augenblick zerschmettert zu sein, Boot und Insassin zermahlen zum reinen Nichts! Gelang es ihr aber, an dieser letzten, bedrohlichsten Gefahr vorüberzukommen, so war das offene Wasser endgültig gewonnen, und der Weg zur Rettung des Vaters lag frei vor ihr! So behielt Maggie jenen Punkt im Auge, an dem sie die Antwortlichter auf das Raketensignal gesichtet hatte, und legte ihr weiteres Schicksal vertrauensvoll in Gottes Hände. War denn Selbstaufopferung kein gottgefälliges Werk? Was konnt' es denn Besseres geben für ein Mädchen, als die Bewahrung des Vaters vor begangener Sünde und vor einer Entdeckung, durch die alle Sünde noch schwerer erträglich würde? »Keiner größeren Liebe ist fähig, als der da sein Leben hingiebet für seinen Nächsten!« Und überdies war da noch Willy der Seemann: hatte nicht auch er – ja wohl, sogar er – an ihr gezweifelt? Und mochte sie nicht durch dies tollkühne, nächtliche Vorhaben ihren alten Platz in seinem Herzen und in seiner Wertschätzung wiedergewinnen? Beflügelt von solcher Hoffnung, machte sie sich daran, alles für dies letzte Wagnis vorzubereiten. Sie warf das Gegengewicht aus und machte die Ruderpinne klar. Dann, nachdem sie das Segeltau steuerbords unter der Ducht hindurchgezogen hatte, hißte sie das Segel und befestigte das Tauende so, daß sie's von der Ruderpinne aus erreichen konnte. Noch hing das Segel schlaff in dem wirbelnden Luftstrom unter dem schützenden Felsen, und so sprang Maggie nach achtern, umfaßte mit der einen Hand die Ruderpinne, holte mit der andern das Segeltau an und zurrte es fest. Dies kaum getan, blähte das Segel sich auch schon im dreinfahrenden Wind, das Boot tat einen Satz, als wäre es ein lebendiges Wesen, und schoß auf die Ausfahrt zu! Und in dem Augenblick, als der Kanal hinter Maggie zurückblieb, spannte das Segel sich in der vollen Wucht des Ostwinds, und das leichte Fahrzeug wäre umgeschlagen, hätte das ausgeworfene Gegengewicht dies nicht verhindert. Den Bug kaum in den Wind gedreht, begann das Boot auch schon Fahrt zu machen und trieb mit beängstigender Schnelligkeit voran. Maggie spürte, wie der Tod schon mit eisiger Hand nach ihr griff – doch gewann in solch angstvollem Augenblick ihr tapferes Wesen die Oberhand: sie biß die Zähne aufeinander, drückte die Ruderpinne mit aller Kraft nach unten, preßte sie gegen den Schenkel und stemmte sich mit dem anderen Bein gegen die Bootswand. Das kleine Fahrzeug schien geradenwegs auf die vorgelagerten Riffe zuzutreiben – schon konnte Maggie das fahle Aufschäumen der Wasser erkennen, wie sich's auffaserte zu langgezogenen, weißlichen Strähnen im Sog der zurückflutenden Wogen, und eine große, hoffnungslose Verzweiflung überkam sie. Doch im nämlichen Moment traten die westwärts vom Watter's Mou' gelegenen Felsen so weit auseinander, daß Maggie einen Strahl von Willys Laterne erblicken konnte, gespiegelt im Fenster des Wachhauses dort oben! Von neuer Hoffnung beseelt, drückte sie die Ruderpinne noch stärker zu sich herüber, das Boot tauchte in die Wellen, kam wieder hoch, das Seil des ausgeworfnen Holzes ward von der zurückflutenden Woge gestrafft, riß den Vorderteil des Boots um ein geringes herum – und schon auch glitt die äußere Riffbarriere vorüber: so knapp, daß ihre Muscheln noch längs der Bootswand scharrten! Doch die Gefahr war gebannt, und das tapfere Mädchen trieb nun endgültig im freien Wasser!

Maggie sandte ein Stoßgebet zum Himmel, während sie mit zitternder Hand die Leine des Gegengewichtes löste. Dann, das Segeltau nachlassend, wendete sie das Fahrzeug südwärts und steuerte unter fortwährendem Lavieren jene

Richtung an, in der die Lichter von ihres Vaters Boot sich gezeigt hatten.

Gemessen an dem entsetzlichen Aufruhr inmitten der Klippen, waren die mächtigen Wogen der offenen See die Sicherheit selber. Niemand, dessen täglich Brot das Meer ist, fürchtet es draußen vor der Küste, und so war's auch für dieses Fischermädchen mit dem Wikingerblut in den Adern das reine Vergnügen, nun dahinzutreiben auf dem offenen Wasser in ihrer Nußschale von Boot, mochte es auch bocken wie ein störrisches Pferd im beständigen Auf und Ab des sturmgepeitschten Wogenschwalls. Sie war jetzt schon ein gutes Stück von der Küste abgekommen und hatte deren gesamte Ausdehnung nach Osten wie nach Westen vor Augen. Der Nebel hatte sich verzogen oder hing nunmehr zwischen den landeinwärts gelegenen Felsen, und durch die Schwärze der ringsum versammelten Nacht erblickte Maggie die erleuchteten Fenster der Burg, die fernher flimmernden Lichter des Dorfes an der Cruden-Bay, und weit, weit drüben das starke Leuchtfeuer bei Girdleness, wie es in Abständen immer wieder herüberblitzte. *Ein* Licht aber gab es dort drüben, zu dem ihre Augen immer wieder zurückkehrten: es war dies das schwach erhellte Fenster des Wachhauses, vor dem, wie sie wußte, ihr Geliebter scharfen Ausguck hielt. Und es ward ihr recht warm um das Herz, sobald sie überlegte, wie viel Betrübnis und Unruhe sie durch ihr gegenwärtiges Tun von ihm fernhielt. Nunmehr war ihr ja zur Gewißheit geworden, was sie schon immer vermutet hatte – nämlich, daß Willy der Seemann unter keinen wie immer gearteten Umständen von seinen Pflichten abstehen würde, so hart und schwer ihn dies auch ankommen mochte. Und nicht minder war es ihr klar, daß weder ihr rauher Vater noch auch ihr leidenschaftlicher Bruder ihm solche Pflichterfüllung jemals nachsehen würden! So durfte, ja konnte sie den Gedanken an ein Mißlingen ihres Vorhabens gar nicht erst aufkommen lassen, sondern umfaßte mit hartem Griff die Ruderpinne und achtete starren Blicks und mit zusammengebissenen Zähnen auf ihren gefahrvollen Kurs.

Stunde um Stunde verrann auf solche Weise, doch Maggies Sorge war so groß, daß sie dessen gar nicht gewahr wurde, sondern unbeirrt ihr Boot auf Kurs hielt, immer wieder lavierend in ihrem Bestreben, den Vater dort draußen auf dem sturmzerwühlten Meere zu finden. Die Augen der Seeleute sind von besonderer Art – sie vermögen noch eine Dunkelheit zu durchdringen, darin das Sehvermögen der Landbewohner so gut wie nichts mehr wahrnehmen kann, ja zur Gänze versagt. Und das Meer mit dem Himmel darüber, der Streifen Küste dahinter, wie schwarz und verschwommen er auch sein mochte – sie taten das ihre dazu. So kam's, daß Maggie zufolge eines unerklärlichen Instinktes nicht von ihrem Wege abirrte, bis ihr die Küste nach und nach aus den Augen kam und nur mehr die fernen Lichter von Girdleness und von Boddam herüberblinkten. Wie sie da vorantrieb auf der weiten Wasserfläche, war nun nichts mehr um sie als der leere Horizont, an dessen äußerstem Rand aber fast immer irgend ein winziges Licht sichtbar ist. Auch gab es immer wieder Risse im Sturmgewölk am Himmel, und in solchen Augenblicken hellte die Finsternis sich da und dort ein wenig auf und zauberte Oasen aus Licht auf die Wüste aus nachtschwarzer See. In einem dieser Momente gewahrte Maggie weit drüben in Richtung zum Hafen die Umrisse eines längs der gesamten Küste wohlbekannten Schiffes: es war der Zollkutter und als solcher der übers Land hinausreichende Arm des Küstenschutzes! Der Anblick erfüllte die Ärmste mit Angst und Schrecken, denn nun war die See nicht länger offen, und ihr Vater befand sich in dem Netz, das seine Widersacher nach ihm ausgeworfen hatten. Jetzt war es nahezu unmöglich geworden, aufs Meer hinaus zu entkommen, denn der heraufdämmernde Morgen würde unweigerlich alle im Dunkel verborgenen Geheimnisse an den Tag bringen!

Indes, die Verzweiflung hat ihren besonderen Mut, und Maggie war schon allzu tief in ihr Abenteuer verstrickt, als daß sie mehr denn einen flüchtigen Gedanken an irgendwelche drohenden Folgen hätte verschwenden mögen. Sie wußte, daß die *Seemöve* noch immer ein gutes

Stück vor der Küste lag, und so hielt sie ihren Kurs klopfenden Herzens und mit einem Hirn, darin es zuckte vom ständigen Hin und Her zwischen Hoffnung und Furcht. Die Wolkenlücke am Himmel, welche ihr den Zollkutter gezeigt hatte, war nur von kurzer Dauer gewesen, und aufs neue ward alles und jedes aufgeschluckt von der undurchdringlichen Finsternis. Was Maggie fürchtete, war, daß ein weiterer Riß im Gewölk den Feinden dort drüben die Position ihres Vaters verraten könnte. So war jeder Augenblick kostbar geworden, sie nahm all ihren Mut zusammen, holte das Segeltau an bis zum Äußersten und schoß nun mit höchster Fahrt hinein in die Dunkelheit, befallen von einer Seelenangst, die kein Ende nehmen wollte. Mit einem Mal jedoch türmte sich etwas Schwarzes vor ihr auf und verdunkelte den schwachen Schimmer am Horizont, so daß ihr Herz einen Freudensprung tat, denn irgend etwas sagte ihr, daß jene Macht, welche mit den Wünschen der braven Töchter ist, sie den Vater hatte finden lassen inmitten der weiten, sturmgepeitschten Öde aus nichts als Wasser! Mit ihrem seekundigen Blick hatte sie sofort erkannt, daß jenes so heftig stampfende Schiff nur die *Seemöve* sein konnte. Und im nämlichen Moment mußte man drüben an Bord Maggies Segel bemerkt haben, denn der Wind trug heiseres Stimmengewirr zu ihr herüber. Der Bug der *Seemöve* ward gegen den Wind gedreht, so daß sie im Sturm und in der schweren See auf und nieder tanzte, aber wie mit einem Zauberschlag alle Fahrt verloren hatte. Maggie erkannte alsbald den Zweck solchen Manövers und dirigierte ihr Fahrzeug in aller Gewandtheit herum, bis es steuerbords in den Windschatten des größeren Fischerboots und, wiewohl dessen Segel gerefft war, in vergleichsweise stilles Wasser kam. Dies gelungen, rief sie hinauf:

»Vater! Ich bin es – Maggie! Zeig lieber kein Licht, aber versuch, eine Leine zu werfen!«

Mit einem Ausruf, darin vielfältige und heftige Emotionen sich mischten, beugte der Vater sich über die Reling und warf mit dem Instinkt des erfahrenen Seemanns die verlangte Leine. Geschickt fing Maggie sie auf, machte sie vorne am Boot fest und ließ dann das Segel fallen. Schon auch warf ihr jemand eine zweite Leine zu, die sie sich um den Leib band. Danach ging sie ins Wasser, hielt die Leine mit beiden Händen fest und sah sich binnen kürzestem an Bord der *Seemöve* gehievt.

Dies kaum geschehen, ward sie auch schon von einer Anzahl Männer umringt, denn nicht nur ihr Vater und die beiden Brüder befanden sich an Bord, sondern Maggie zählte gleich sechs weitere Leute, die ganz offenkundig nicht zur Besatzung gehörten.

»Maggie!« rief jetzt der Vater. »Kind, wie um Gotteswillen kommst du hierher? Hat dich der Sturm von der Küste abgetrieben? So kannst du deinem Schöpfer danken, daß du auf uns gestoßen bist, denn die Nacht ist gar zu stürmisch, und da kann man sich doch nicht so mutterseelenallein im Boot auf der Nordsee herumtreiben!«

»Vater!« raunte sie ihm hastig ins Ohr. »Ich muß ungestört mit dir reden, und zwar sofort! Wir dürfen keine Sekunde mehr verlieren!«

»Also laß hören, mein Kind!«

»Nein – nicht vor all den fremden Leuten, Vater! Ich muß *allein* mit Dir reden!« Da nahm der alte MacWhirter ohne ein weiteres Wort seine Tochter beiseite und bedeutete ihr zu sprechen, wiewohl die anderen ein unwirsches Murren hören ließen. Maggie berichtete nun in aller Eile, es sei ruchbar geworden an Land, daß heute Nacht ein Boot mit schwarzer Ladung eintreffen solle, und daß demzufolge die Zollwachen längs der gesamten Küste von Buchan in Alarmzustand versetzt worden seien. Nun sei sie hier, um ihn vor der drohenden Gefahr zu warnen.

In Anhörung dieser Worte stöhnte der Alte tief auf und sagte nach einer Weile: »Da muß ich erst mit den anderen reden – ich bin ja hier nicht mehr mein eigener Herr. Mendoza hat mich in der Gewalt, und so bestimmen jetzt seine Leute, was hier zu geschehen hat!«

»Aber Vater, noch gehört das Schiff ja dir, und *du* bist's, der Kopf und Kragen riskiert! *Dich* wird man zur Rechenschaft ziehen, wenn die Sache auffliegt!«

»Das mag schon sein, mein Kind – aber es steht nicht mehr in meiner Macht.«

»Ganz wie ich's gefürchtet habe, Vater! Aber trotzdem hab' ich es für meine Pflicht gehalten, zu kommen!« Zweifellos wußte der Alte, daß Maggie ihn auch so verstehen würde, denn er legte ihr zum Zeichen seiner Anerkennung die Hand schwer auf die Schulter, sagte aber kein einziges Wort, um solch tapfere Tat nach Gebühr zu würdigen. Dann tat er einen Schritt vorwärts, rief die Männer zusammen und setzte sie auf seine rauhe Weise von der drohenden Gefahr in Kenntnis. Die Fremden murrten und sahen recht finster drein, doch Andrew und Neil traten zu ihrer Schwester, der Jüngere legte ihr den Arm um die Schultern und drückte das Mädchen an sich. Maggie empfand sehr wohl den Trost, der ihr da wortlos gespendet wurde, lehnte das Haupt an des Bruders Schulter und weinte in der Dunkelheit still vor sich hin. Für ihre aufgestauten Gefühle war's schon Erleichterung genug, sich wenigstens auf diese Weise Luft machen zu können. Sobald aber MacWhirter mit seiner Rede zu Ende war und fragte: »Und jetzt, Burschen – was soll geschehen?« sagte einer der Fremden, ein muskulöser, vierschrötiger Kerl, in barschem Ton:

»Was soll das ganze Theater? Ist's denn nicht der Freund von ihr da, der drüben auf Wache steht? Bei diesem Handel müssen auch die Weiber das ihre dazu tun! Und ihr Liebhaber – « Doch schon fiel ihm Neil hitzig ins Wort:

»Es ist nicht Maggies Sache, hier auch nur einen Finger zu rühren!«

»Ich habe gesagt, daß *alle* an einem Strick ziehen müssen! Mendoza hat, indem er ihn da gekauft hat, *alle* gekauft – außer, es gibt einen Verräter unter euch!« Diese Worte veranlaßten Maggie zur Gegenrede, denn sie fürchtete, ihres Bruders aufbrausende Art könnte zu Handgreiflichkeiten führen.

»Ich habe nichts zu schaffen mit eurem schändlichen Handel«, sagte sie. »Weder hab' ich ihn gewollt, noch von mir aus etwas getan, daß Vater in dieses – dieses Unternehmen eingestiegen ist! Nein, ich habe überhaupt nichts damit zu schaffen!«

»Weshalb bist du dann hier?« fragte der stämmige Kerl, indem er heiser auflachte.

»Weil mein Vater und meine Brüder in Gefahr sind – in einer Gefahr, in die ihr und euresgleichen sie gebracht oder gar getrieben habt! Ja glaubt ihr denn wirklich, es war zum Vergnügen oder, mein Gott, um irgendwelchen Profit, daß ich in solch einer Nacht und in diesem Kahn heraus aufs Meer gekommen bin?« Damit wies sie auf das unten an der Leine wie verrückt auf und nieder tanzende Boot. Und gleich danach sagte der alte MacWhirter in so scharfem Ton, daß seine Gegner sogleich von ihrem Widerstand abließen:

»Laßt die Kleine in Ruhe – wohlgemerkt! Sie hat nichts zu tun mit unserem Handel! Und wenn ihr wirklich was wert seid, so müßt ihr allen Respekt vor ihr haben, daß sie bei so scheußlichem Wetter überhaupt herausgekommen ist! Und sie hat's nicht nur für mich, sie hat es für uns alle getan!«

Jetzt aber, als die anderen schwiegen, konnte Neil nicht länger an sich halten und sagte mit wuterstickter Stimme:

»Also hat Willy der Seemann dir Bescheid gesagt und dich dann in solch einer Nacht aufs offene Meer hinausgejagt! Das soll er mir teuer bezahlen, sobald ich erst wieder an Land bin!«

»Gar nichts hat er mir gesagt! Ich habe bloß gesehen, wie Bella Cruickshank ihm das Telegramm zugesteckt hat – den Rest hab' ich mir selber zusammengereimt. Er hat keine Ahnung, daß ich hier heraußen bei euch bin – und er braucht es gar nicht erst zu erfahren! *Niemand* darf wissen, daß Vater heute Nacht gewarnt worden ist!«

»Aber sie warten doch nur auf uns, bis wir einlaufen!«

»Wir können ja wenden und zurück nach Cuxhaven gehen«, ließ jetzt Andrew's ruhige Stimme sich vernehmen. Er hatte bisher noch kein Wort verlauten lassen.

»Nein – das könnt ihr nicht«, versetzte Maggie. »Draußen kreuzt der Zollkutter, und mit Tagesanbruch wird er hinter euch her sein und euch binnen kürzester Zeit aufgebracht haben! Und außerdem, wie wollt ihr denn bei solchem Wind nach Cuxhaven zurücksegeln?«

»Was sonst sollen wir machen, Kind?« fragte der Alte.

»Was ihr machen sollt, Vater? Das einzige, was recht ist: die ganze verdammte Ladung, die uns noch den Ruin bringen wird, über Bord werfen! Und mit dem Boot auch euer Gewissen erleichtern, so daß ihr heimkommen könnt wie ihr ausgefahren seid!«

Dies vernommen, hub der vierschrötige Fremde ganz gotteslästerlich zu fluchen an.

»Da wird gar nichts über Bord geworfen!« rief er. »Die Ladung gehört nicht euch, sondern Mendoza! Wenn was mit ihr passiert, so wird er sich an eurem Boot schadlos halten, und *das* ist dann euer Ruin!« Maggie sah, wie unschlüssig der Vater war, und so fürchtete sie, von den anderen überstimmt zu werden. Deshalb redete sie blindlings drauflos und wälzte sich ihre ganze Last von der Seele. So kam's, daß inmitten der gefährlich hereinbrechenden Sturzseen die Tochter mit all ihrer heroischen Liebe und leidenschaftlichen Überredung die Oberhand behielt: der Alte schien jetzt innerlich ruhiger zu sein.

»Vater«, beschwor sie ihn, »laß dir nichts vormachen! Der Sturm treibt uns gegen die Küste, draußen liegt der Zollkutter auf der Lauer, und mit Morgengrauen ist es zu spät, da gibt's kein Entrinnen mehr! Jetzt, im Finstern, kannst du dich noch aus der Schlinge ziehen – nur darfst du keine Sekunde mehr verlieren! Auch bei schwächerem Wind wär' es nicht anders. Laß alles über Bord werfen und sei wieder der Alte! Was heißt da schon ›ruiniert‹! Wir können doch arbeiten und wieder so glücklich sein wie wir's früher gewesen sind!«

Etwas schien sich zu lösen im Herzen des alten Mannes und ihm neue Kraft zu geben. Ohne sich lange zu besinnen, sagte er in aller Schlichtheit:

»Recht so, mein Kind – du hast ja so recht! Herauf mit den Fässern, und schlagt sie zusammen!«

Andrew und Neil beeilten sich, diesem Gebot Folge zu leisten. Mendozas Leute protestierten, wagten aber keine offene Auflehnung, und so wurde denn Ballen um Ballen und Faß um Faß an Deck geschafft. Die Ballen wurden sogleich über Bord gestürzt, wogegen man den Fässern erst noch die Böden einschlug, so daß die Speigatts bald vom Wasser der Sturzseen, bald aber vom ausfließenden Branntwein troffen.

Inmitten solch fieberhafter Geschäftigkeit zerrte Maggie, die nur allzu gut wußte, daß ihr Unternehmen bloß dann von Nutzen sein konnte, wenn man sie am Morgen zu Hause vorfände, ihr Boot so nahe wie möglich an die Bordwand heran, ließ sich an der Leine hinunter und brachte es zuwege, ihren Platz wieder einzunehmen. Dann warf sie die Bootsleine los und fand sich schon im nächsten Moment von Wind und Wellen davongetragen. Allgemach wurde der Himmel am östlichen Horizont nun heller und heller und erfüllte das Mädchen mit einer Herzensangst, die auch nicht beschwichtigt werden konnte durch die dumpfen Hammerschläge, unter denen dort drüben die Faßböden zersplitterten. Sie wußte zuinnerst, daß es ein Wettlauf gegen die Zeit war, und in ihrer überreizten Einbildungskraft wuchs die Gefahr zu vielfacher Größe. Der Bug ihres Bootes wies nun landwärts, und sie hielt auf jenen Punkt zu, wo sie auf der Klippe das schwache Licht vermutete, nach welchem sie's so sehr verlangte. Sie holte das Segeltau nach Kräften an und ließ sich vor dem Winde treiben, denn nur bei höchster Fahrt konnte sie hoffen, noch unbemerkt an Land zu kommen. Allzu sicher war sie, daß Willy der Seemann dort oben ausharren würde auf seiner einsamen Wacht, und daß seinem scharfen Blick ihre Rückkunft nimmermehr entgehen konnte, sobald es erst hell genug geworden war. So hielt sie in fieberhafter Sorge Ausschau nach dem Leuchtfeuer von Girdleness, nach welchem sie sich richten mußte, und drehte ihr Boot in dem ständigen Steigen und Fallen der heranschwemmenden Sturzseen bald ein wenig stärker in den Wind oder ließ es um ein paar Striche abfallen, je nachdem der Augenblick es erforderte.

Der Sturm hatte sich nahezu erschöpft, sprang aber dann und wann noch immer in wütenden Stößen auf und trieb neue Nebelmassen vor sich her. Doch auch sie wurden allgemach schütterer, und schon nach kurzer Zeit fand Maggie es nicht mehr der Mühe wert, sich nach ihnen umzublicken, ja glaubte bald danach, vor sich über der stürmischen See schon die flimmernden Lichter des kleinen Hafens zu erkennen. Und dann kam der Moment, da der Sturm in einem einzigen, machtvoll hereinbrechenden Schwall seine Wut zum letzten Mal zusammenraffte, so daß unser dahinschießendes Boot aufs neue aufgeschluckt ward von den alles verhüllenden Schwaden herantreibenden Nebels.

Doch schließlich machte der Sturm sich landwärts davon und nahm mit sich die Fetzen Nebels, welche nunmehr, im heraufdämmernden Lichte des Morgens, fast an eines Friedensengels Schwingen gemahnten.

IV

Die Dinge standen nicht zum Besten an Deck der *Seemöve*, als die Stunde zwischen Nacht und Morgen heraufstieg, jene unwägbare Spanne Zeit, während derer die Finsternis zwar zu weichen scheint, das Licht sich aber noch nicht zeigen will. Nacht und Tag – ein jedes der beiden hat seine Geheimnisse, und ihre Geburt dünkt uns so entrückt und rätselhaft wie der Ursprung allen Lebens. Noch breiteten Himmel wie See sich schwarz vor dem spähenden Blick, und der um das Boot sich schließende Ring aus Finsternis war so eng begrenzt wie je. Aber da und dort am Himmel, und auch auf dem Wasser, zeigten sich zarteste Streifen – noch nicht zu unterscheiden und doch schon wahrnehmbar, als wären sie bloß ein verzitternder Widerhall der noch fernen Fanfarenstöße des Morgens.

Mendozas Leute ließen es nicht fehlen an Flüchen und Drohungen, und Neil in seiner leidenschaftlichen Heftigkeit blieb ihnen die Antwort nicht schuldig, ja gab ihnen heraus in einem Maße, daß sowohl der alte MacWhirter als auch sein älterer Sohn Andrew ihren gesamten Einfluß aufbieten mußten, um das Ärgste abzuwenden. Allein,

Blut ist ein Saft, der leicht überkocht, und gesetzlose Männer neigen nur allzu rasch dazu, aus der Gewalttat eine Gewohnheit zu machen. So waren die beiden reiferen Männer voll Besorgnis darauf bedacht, den gegenwärtigen Hader in erträglichen Grenzen zu halten. In Anbetracht MacWhirters ist überdies noch zu sagen, daß er zum Spielball der widerstreitendsten Gefühle geworden war: an erster Stelle stand seine Sorge um die Tochter, die sich heimlich davongemacht und mutterseelenallein auf die stürmische See gewagt hatte, wiewohl sie für solches Unterfangen so gut wie gar nicht ausgerüstet war. Zu genau kannte der alte Fischer die Gefahren, welche zwischen ihr und der Küste lauerten, und das Herz wollt' ihm brechen vor Mutlosigkeit, denn jeder Gedanke an das Mädchen und dessen Vorhaben, die Küste in solch gebrechlichem Boot zu erreichen, endete unweigerlich in Angst und Verzweiflung. In einem Punkte freilich war MacWhirter glücklicher, als er sich seit vielen Monaten gefühlt hatte: der seit langem befürchtete Schlag war endlich erfolgt, und wiewohl der Alte durch ihn ruiniert worden war, sah er sich dennoch im letzten Moment zurückgerissen vor der Ausführung eines verbrecherischen Vorhabens. Doch eben diese Überlegung war es ja, durch die seine Angst um Maggie noch vervielfacht wurde! Hatte sie ihre verzweifelte Fahrt nicht einzig und allein um seiner Rettung willen gewagt? Ein Stöhnen entrang sich seiner Brust bei dem Gedanken an den Preis, den er vielleicht dafür würde bezahlen müssen, ja am Ende gar schon bezahlt hatte, ohne noch davon zu wissen! So wagte er es nicht, solchen Grübeleien weiter nachzuhängen, denn er spürte, daß sie ihn um den Verstand bringen würden. Nein, es bedurfte schon einer handfesteren Arbeit, seine Gedanken zusammenzuhalten, und so ward die Sorge um einen Raufhandel zwischen Neil und Mendozas Leuten ihm nachgerade zum Betäubungsmittel gegen seinen Schmerz. Er wußte ja, daß ein Handgemenge zwischen Seeleuten, noch dazu unter solch erschwerenden Umständen, keine Kleinigkeit sein würde, denn jeder der Kampfhähne trug sein Messer bei sich, und keiner der heißblütigen Tollköpfe würde vor dessen Gebrauch zurückscheuen. Inzwischen waren sämtliche Schmuggelgüter über Bord gegangen, ganz zuletzt die Tabakballen, welche man vorher wohlweislich aufgeschlitzt hatte. Die Fracht war aber so schwer gewesen, daß nunmehr eine neue Gefahr drohte, denn das Fischerboot war jetzt für den herrschenden Seegang viel zu leicht. Mendoza nämlich hatte sich bei diesem Unternehmen auf keinerlei Halbheiten eingelassen, sondern Gewalt wie List in vollem Ausmaß zur Anwendung gebracht. Kein Vertuschungsmanöver hatte er geduldet, und so war sogar der Ballast über Bord gegangen zugunsten all der Fässer, Ballen und Kisten geschmuggelter Güter. In Hamburg hatte man die *Seemöve* freilich nur zum Teil beladen, doch war ihre schwarze Fracht, sobald man außer Sichtweite war, aufgefüllt worden auf offener See durch Übernahme von anderen, später ausgelaufenen Booten, so daß, als man schließlich Kurs nahm auf die Küste von Buchan, das Schiff buchstäblich ein einziger Packen von Konterbande war. Mendozas Leute waren hellauf verzweifelt ob des gänzlichen Fehlschlagens solchen Wagestücks, doch Neil befand sich in nicht geringerer Verzweiflung, wenn auch auf gänzlich andere Weise, und so stand ernstlich zu befürchten, daß es schon in der nächsten Minute zum Äußersten kommen werde. Aus diesem Grunde war das Heraufdämmern des Morgens eine echte Erleichterung, denn es vereinte – zumindest für kurze Zeit – die sämtlichen Männer in der Abwendung einer neuen, alle bedrohenden Gefahr.

Heller und heller wurde es rings am Himmel und auch auf dem Wasser, bis allenthalben ein kühles, perlgraues Licht sich ausgebreitet hatte, gegen das sämtliche Dinge sich nackt und klar abhoben. Die Schmuggler, welche scharfen Ausguck hielten, gewahrten alsbald den schwarzen, niedrigen Rumpf, den kurzen Schornstein und die spitz zulaufenden Spieren des Zollkutters, der steuerbords etwa vier Meilen achteraus kreuzte. Auch die Männer des Küstenschutzes schienen das Fischerboot nunmehr gesichtet zu haben, denn drüben an Bord gab's einen allgemeinen Wirrwarr, und alsbald nahm der Kutter Kurs auf seine Beute! Damit wußte MacWhirter, daß es Kopf und Kragen zu riskieren galt, denn die *Seemöve* lag nun zwischen zwei Feuern. So entschloß er sich, ohne weiteren Verzug Port Erroll anzulaufen.

Je mehr die *Seemöve* sich dem Lande näherte, desto unruhiger wurde der Seegang, denn draußen im tiefen Wasser schwemmten die Wogen regelmäßiger heran als so nahe unter der Küste, wo die Unebenheiten des Grundes und der unregelmäßige Strandverlauf sich schon recht störend bemerkbar machten. Mit jeder Minute ward es nun heller, rückte die Küste näher heran. Und die um ihre gesamte Ladung erleichterte *Seemöve* konnte ihre Segelmanöver nicht mehr mit der alten Sicherheit ausführen, sondern war, namentlich wenn sie quer zum Winde lief, recht sehr darin behindert. Schon warf auch der Morgen seine ersten Strahlen über die östliche See – eben in dem Augenblick, da es die letzte Anstrengung galt, sicher in den kleinen Hafen zu gelangen.

Port Erroll ist ein winziger Zufluchtsort, den zerklüfteten Felsen abgerungen, welche die Ostseite der Cruden Bay begrenzen. Gegen Norden bietet das Felsmassiv Schutz, welches sich bis zum Watter's Mou' erstreckt, und der eigentliche Hafen ist von der Ausmündung des Crudenflusses und dessen mächtigen, wandernden Schwemmsandbänken getrennt durch eine hohe, festgefügte Mauer. Seine Einfahrt öffnet sich nach Osten, und sein äußeres Bassin ist das kleinere, wogegen der Zugang zum größeren sich erst weiter drinnen auftut und eine scharfe Linkswendung erfordert. Schon bei günstigstem Wetter ist die Einfahrt kein Kinderspiel und bloß bei halbwegs hohem Wasserstand zu bewerkstelligen. Aber auch dann erschwert die starke Gezeitenströmung, welche von den Klippen herüberzieht, jedes Manövrieren. Die Flut war nunmehr in ihrem dritten Viertel, so daß in Anbetracht der Wasserverhältnisse keine Schwierigkeit zu befürchten stand. Die Heftigkeit des Seegangs jedoch, der an den Klippen eine weißgischtende Wand aufwarf, ließ das Schlimmste erwarten.

Während nun die *Seemöve* sich der Küste näherte, gab

es sowohl auf See als auch an Land beträchtliche Aufregung. Der Zollkutter mit seinem größeren Tiefgang wagte sich nicht so nahe unter die Küste, denn der Grund war hier über und über besät mit unterseeischen Felsblökken. Doch sein Kapitän dachte nicht daran, das flacher gebaute Schmugglerschiff entwischen zu lassen: ein Kanonenschuß alarmierte die Hafenbehörden, und schon auch machte man sich an den Signalflaggen zu schaffen.

Die Menge der fremden Zuschauer, welche den kleinen Hafen besetzt hielt, war zum größeren Teil instinktiv hinter Felsen, Hafenmauer und Booten in Deckung gegangen, sobald das Morgenlicht sie den Blicken ausgesetzt hatte, so daß der gesamte Ort nunmehr einem Kaninchenbau glich, dessen Bewohner nach vorübergegangenem Schrecken erst allmählich wieder auftauchen. Dennoch fehlte es nicht an Beobachtern, welche mit aller vorgeblichen Gleichgültigkeit, derer sie fähig waren, sich den Anschein gaben, als interessierten sie sich bloß für die Vorgänge in dem kleinen Hafen. Willy der Seemann befand sich auf der zwischen seinem Wachhaus und dem Watter's Mou' gelegenen Felsenhöhe, woselbst er während der Nacht ausgeharrt und Wache gehalten hatte. Nach dem Abfeuern seines Notsignals war aus Collieston innerhalb kürzester Frist der Leutnant mit einem Bootsmann und drei Gemeinen bei ihm eingetroffen und hatte sich sogleich hinunter an den Hafen verfügt, um das Einlaufen der *Seemöve* abzuwarten. Gleich nach seiner Ankunft hatte der Leutnant sich über den Stand der Dinge informiert und, da er um Willys Beziehungen zur Tochter des Verdächtigten wußte, die wohlgemeinte Anweisung gegeben, Willy solle seinen Beobachtungsposten auf der Klippe beibehalten, wogegen er und seine Leute unten am Hafen nach dem Rechten sehen würden. Solchen Befehl in Gegenwart der anderen Wachsoldaten vernommen, hatte Willy sich unwillkürlich gestrafft in dem Empfinden, gleichfalls unter Verdacht zu stehen. Der Leutnant aber hatte ihn bei nächstbester Gelegenheit beiseite genommen und ihm anvertraut:

»Barrow, ich habe diese Regelung nicht etwa getroffen,

weil ich glaube, Ihre Sympathien könnten Sie zu einer Pflichtverletzung veranlassen – dazu kenn' ich Sie zu gut –, sondern bloß, weil ich Ihnen den Schmerz ersparen will, dem Sie unweigerlich ausgesetzt sein würden, wenn unser Verdacht sich bewahrheiten sollte.«

Willy salutierte in stummem Dank und wandte sich eilig ab, denn er fürchtete, sein randvolles Herz könnte ihn verraten. Der arme Kerl war total übermüdet. Die ganze Nacht hatte er hingebracht über der stumpfen Routine seiner pflichtgemäßen Patrouillengänge, und das Herz war ihm dabei schwer gewesen wie ein Bleiklumpen, während die Angst sich ihm ins Hirn gebrannt hatte. Maggies überstürztes Verschwinden hatte ihm gezeigt, daß sie drauf und dran gewesen war, irgend einen verzweifelten Schritt zu tun. Da sich ihm aber kein Hinweis auf die Art solchen Schrittes bot, war Willy noch immer im Zweifel und auf bloße Mutmaßungen angewiesen. Er dachte und dachte, bis ihm zu schwindeln begann über solch geistiger Anspannung. Und dabei hielt seine Pflicht ihn festgenagelt an einem Ort, wo er mit niemandem über seine Befürchtungen sprechen konnte, sondern allein war mit seiner in quälender Ungewißheit verdüsterten Seele, hin und her gerissen zwischen Hoffnung und Furcht die ganze Nacht hindurch! Am Ende jedoch hatte die innere Qual sich erschöpft in sich selber, und die Ungewißheit war zum Betäubungsmittel geworden. Sogar die Verzweiflung hat ja ihre stillen Momente, hervorgerufen durch den Rückstau der Angst, und so mag die erschöpfte Einbildungskraft ein wenig zur Ruhe kommen, ehe der innere Hader von neuem hervorbricht.

Voll Freude stellte Willy nun fest, daß der Sturm mit Heraufkunft des Morgens abflaute. Und während nunmehr der letzte, heftige Windstoß sausend durch das Seilwerk des Flaggenmastes fuhr und landeinwärts davonstob zusamt den Nebelfetzen, die er vor sich hertrieb, wandte Willy sich aufs neue der See zu, welche sich nunmehr im kühlen Grau des ersten Morgens vor ihm breitete, und suchte mit seinem Glas die gesamte Wasserfläche ab. Erleichtert und doch mit einer Bedrückung im Herzen, die er sich nicht zu erklären wußte, stellte er fest, daß bloß ein einziges Fischerboot draußen war: die *Seemöve* – er kannte sie nur zu gut –, und weiter hinten der schlanke, schnelle Zollkutter mit seinem niedrigen Rumpf, dem rauchenden Schornstein und dem Filigranwerk seiner Spieren. Offensichtlich war er hinter der *Seemöve* her! Willy, obschon das Herz ihm bis zum Halse schlug, begab sich im Schlenderschritt scheinbarer Gelassenheit zu der Klippe über dem kleinen Hafen, so daß er die weiteren Vorgänge aus größerer Nähe überblicken konnte. Dabei entgingen ihm nicht die vielen Ortsfremden, welche allenthalben in Gruppen herumstanden, nicht zu weit von der Kaimauer entfernt, um im Bedarfsfall sogleich zur Hand zu sein. Und auch den Leutnant mit seinen Männern sah er ganz deutlich: sie hatten sich so postiert, daß sie den gesamten Platz überwachen konnten. Zunächst hob sich ja alles noch schwarz und silhouettenhaft ab vor dem eintönig grauen Hintergrund aus Wasser und Himmel: die Gestalten, die Hafenmauer, die Kräne und die vertäuten Fischerboote wirkten wie mit der Schere ausgeschnitten. Als aber der Morgen heller heraufdämmerte, begann alles und jedes dort unten seine gewohnten Proportionen anzunehmen, wurde klarer und klarer, wies immer neue Einzelheiten, bis der Augenblick da war, in welchem die Sonne heraufstieg überm Horizont und jedwedes an die Dunkelheit gewöhnte Auge blendete mit ihrem strahlenden Licht.

Voll Eifer suchte Willy die Gesichter der dort unten versammelten Menge ab, um dasjenige von Maggie zu entdecken, vermochte die Geliebte aber nirgendwo auszumachen. Das Herz krampfte sich ihm zusammen, denn er wußte genau, daß nur ein schwerwiegender Grund das Mädchen abhalten konnte, unter den ersten zu sein, die den heimkehrenden Vater begrüßten. Inzwischen kam die *Seemöve* näher und näher auf den Hafen zu und tat's mit einer Verwegenheit, die beide Parteien, sowohl die Schmuggler als auch die Zollbeamten, in Bestürzung versetzte. Solche Eile und solche Mißachtung aller Gefahr mußten, das empfand nun jedermann, einer ungewöhnlichen Ursache entspringen, und so schloß man allgemein, daß das Boot, im Sturm verspätet, vom Tageslicht überrascht und durch den Zollkutter verfolgt, eine letzte, verzweifelte Anstrengung unternahm, um das gewagte Unternehmen doch noch zum günstigen Abschluß zu bringen. So kam's, daß Wächter und Bewachte sich allesamt gefaßt machten auf das, was nun folgen mußte. Zwischen den in Gruppen herumstehenden Männern bewegte sich die hochgewachsene Gestalt Mendozas, der offenkundig darauf bedacht blieb, von den Beamten des Küstenschutzes nicht bemerkt zu werden. Es sah ganz so aus, als wiegelte er die Leute zu einer Aktion auf, zu der sie von sich aus keine rechte Lust verspürten.

Näher und näher kam die *Seemöve*, bis ans Speigatt ins Wasser tauchend bei jedem Wendemanöver. Ohne Fracht und Ballast wie sie war, wurde sie dabei viel stärker abgetrieben, als es bei so leichten Booten auch sonst schon der Fall ist. Schließlich aber nahm sie direkten Kurs auf die Hafeneinfahrt, schoß zur Überraschung aller geradenwegs auf das äußere Bassin zu, beschrieb eine scharfe Wendung und gewann, vor Topp und Takel laufend, auch noch das innere Hafenbecken! Keiner der Zuschauer an Land, weder unter den Schmugglern noch bei den Zollwächtern, sah in solch waghalsigem Manöver etwas anderes als glatten Selbstmord. Doch schon in den nächsten Sekunden war es geschehen: das Boot lief gegen die am westlichen Ende des Bassins aufgehäufte Sandbank und lag gleich darauf still, wobei es mit dem Bug fast noch den Pier gerammt hätte! Die Männer des Küstenschutzes hatten dies Manöver nicht erwartet und deshalb zu beiden Seiten der inneren Einfahrt Aufstellung genommen, so daß sie nun mehrere Sekunden brauchten, um den Pier entlang zu rennen bis zu der dem Boot gegenüberliegenden Stelle. Die Schmuggler und ihre Freunde standen aber so dichtgedrängt am Ufer, daß, als Neil und sein Bruder sich dranmachten, ein Laufbrett über den Bug an Land zu schieben, der herbeieilende Leutnant nicht sehen konnte, was da eigentlich vor sich ging. Die Leute gaben nur widerwillig Raum und wollten nicht von der Stelle weichen, als er sich durch die mit jedem Augenblick enger zusammenrückende Menge drängte. Doch seine Männer schlossen dicht hinter ihm auf, und so hatten sie sich einen Weg bis ans Wasser gebahnt, noch ehe ein Mann der Bootsbesatzung hätte an Land springen können. Sogleich erhob sich ein drohendes Murren in der Menge – jener grollende Laut, welcher dem Aufruhr der Leidenschaften vorangeht –, so daß der Leutnant, der unheilvollen Bedeutung solchen Gemurmels innewerdend, blitzschnell herumfuhr, den Revolver hob und ihn den zusammengerotteten Leuten entgegenhielt, während seine Männer blankzogen.

Für Willy den Seemann war solch offensichtliche Vorbereitung zum Kampf eine Erlösung aus nahezu unerträglicher Seelenqual. Er stand fieberhafte Ängste um Maggie aus, ohne auch nur das Geringste dagegen unternehmen zu können, und für einen Tatmenschen wie ihn bedeutete solch erzwungene Passivität wohl das Allerschlimmste. Der Herzschlag wollt' ihm schier aussetzen vor innerer Gespanntheit, und so ward ihm der Anblick all der gezogenen Waffen zur echten Erleichterung. Das Blitzen der Entersäbel weckte seinen Kampfgeist, sein Herz tat einen Sprung, und er eilte den schmalen, gewundenen Pfad zum Hafen hinunter.

Die Menge war vor des Leutnants drohender Revolvermündung zurückgewichen. Nicht, daß die Männer Angst gehabt hätten – Feigheit ist so gut wie unbekannt an der Küste von Buchan –, doch jede Autorität, sonderlich wenn sie bewaffnet auftritt, übt auf die Gesetzesbrecher eine ganz eigene Wirkung aus. Dennoch, die Schmuggler hatten nicht die Absicht, jetzt, da sie sich fast schon am Ziel ihrer Wünsche sahen, kampflos das Feld zu räumen, und so standen die beiden Parteien einander sprungbereit gegenüber, als Willy der Seemann herzukam und sich zu den Beamten gesellte. Insgesamt sah die Lage recht bedrohlich aus, und die Dinge schienen sich immer mehr zuzuspitzen, als plötzlich die hallende Stimme des alten MacWhirter ertönte:

»Was fällt euch denn ein, Leute, gegen die Zollbeamten Front zu machen! Bleibt wo ihr seid und laßt die Männer vom Küstenschutz an Bord, wenn sie das unbedingt wollen! Hier gibt es nichts, was sie nicht sehen dürften!«

Dies vernommen, wandte der Leutnant sich herum, schritt über das Laufbrett, das Neil inzwischen an Land geschoben hatte, und betrat das Deck der *Seemöve*, gefolgt von zweien seiner Männer, während die anderen mit dem Bootsmann und Willy Barrow die Kaimauer besetzt hielten. Neil aber trat auf den Offizier zu und sagte:

»Ich muß augenblicklich an Land! Also durchsucht mich schon, wenn ihr so scharf drauf seid!«

Er hatte das dermaßen grob hervorgestoßen, daß der Offizier sich verärgert an einen seiner Männer wandte:

»Visitieren Sie ihn, und dann fort mit ihm an Land!« Und in leiserem Ton fügte er hinzu: »Man sollte ihm erst noch Manieren beibringen!« Der Mann ließ seine Hände flüchtig an Neil hinuntergleiten, ob dieser nicht etwa geschmuggelte Ware bei sich trage, trat dann zurück, bedeutete dem Leutnant durch ein Kopfnicken, daß alles in Ordnung sei, und sogleich sprang Neil an Land und eilte in Richtung des Dorfes davon.

Willy empfand nunmehr etwas wie Erleichterung, denn er war zu dem Schluß gekommen, daß MacWhirter die Männer der Küstenwache nicht so bereitwillig zur Inspektion seines Bootes eingeladen hätte, wäre auch nur die geringste Konterbande darauf zu finden gewesen. Und was die Verzweiflung nicht über ihn vermocht hatte, bewirkte jetzt der erste Hoffnungsschimmer: denn als er den Blick zum andernmal über die draußen sich breitende, sturmzerwühlte Wasserwüste gleiten ließ, wußte er im Moment nicht, ob es der heraufsteigende Morgen war, oder aber das zu Kopf gestiegene Blut, was ihm die Welt so rot vor den Augen verschwimmen machte.

Auch Mendozas Leute, nachdem sie von einem der Küstenwächter durchsucht worden waren, betraten jetzt verdrossen das Land und suchten sogleich Deckung hinter der harrenden Menge, wo ihr Gebieter in hastigem Flüsterton auf sie einzureden begann. Mendoza war bleich und sichtlich erbittert. Inzwischen kümmerten sich MacWhirter und sein älterer Stohn in scheinbarem Gleichmut um alles, was mit dem Anlandgehen zusammenhing, wogegen die Menge am Kai noch sprungbereit verharrte. Indes, die aufgestaute Spannung löste sich, als von See her ein Boot des Zollkutters sich näherte: von vier kräftigen Männern gerudert und vom Kommandanten persönlich gesteuert, lief es trotz der schweren See glatt in das äußere Hafenbecken ein. Unterm Schutz der Hafenmauer beschrieb es eine Wendung, gewann das innere Bassin und legte an der Helling hinter der *Seemöve* ans Ufer. Dies kaum geschehen, sprangen auch schon sechs Blaujacken an Land und näherten sich, gefolgt von dem Kommandanten – einem Fregattenkapitän – ruhigen aber entschlossenen Schrittes der Stelle, an der die *Seemöve* lag. Die Ruderer folgten, sobald sie das Boot an Land gezogen hatten. Angesichts solcher Verstärkung stand nun die Menge endgültig von ihrem Vorhaben ab – welcher Art immer es gewesen sein mochte – und zog sich unter dumpfem Gemurr um ein paar Schritte zurück.

Inzwischen hatte der Leutnant sich überzeugt, daß MacWhirters Boot keinerlei Schmuggelware enthielt, und ging wieder an Land, um seinem Vorgesetzten diesbezüglich Meldung zu erstatten. Allein, im nämlichen Moment kam Neil atemlos und mit kreidebleichem Antlitz aus dem Dorf zurück und stürzte sich in vollem Lauf auf Willy den Seemann:

»Was hast du mit meiner Schwester Maggie gemacht?«

Der Gefragte antwortete so ruhig er konnte, wiewohl Schmerz und Angst ihm aufs neue das Herz durchzuckten.

»Ich weiß überhaupt nichts von ihr«, sagte er. »Hab' sie seit gestern abend nicht mehr gesehen – seit Alice MacDonald geheiratet hat. Ist sie denn nicht zu Hause?«

»Du weißt verdammt gut, daß sie nicht zu Hause ist! Warum hast du sie so hinausgejagt aufs Wasser?« Bei diesen Worten maß Neil seinen vermeintlichen Widersacher, als wollt' er ihm schon im nächsten Augenblick an die Gurgel springen. Der Leutnant, durch das Gehaben der beiden aufmerksam geworden, trat hinzu und fragte Neil kurz angebunden:

»Wo habt ihr sie zum letztenmal gesehen?« Schon hatte Neil eine grobe Antwort auf der Zunge, doch da kam Mendoza heran und gebot einem seiner Leute, der mit der *Seemöve* gekommen war, in lautem Ton, das Boot mit Beschlag zu belegen, da es durch Pfandverschreibung nun sein Eigentum geworden sei. Das brachte Neil wieder zur Besinnung, und so gab er trotzig zur Antwort:

»Das geht Sie einen Dreck an – kümmern Sie sich um Ihren eigenen Mist!« MacWhirter, der beim Anblick des heranhastenden Neil von den schlimmsten Befürchtungen befallen worden war, hatte sich haltsuchend auf die Heckreling gestützt und stöhnte laut vor sich hin. Aber Mendozas Mann sprang an Bord, packte den Alten an der Schulter und herrschte ihn an:

»Los, so komm schon, und an Land mit dir! Dieses Boot gehört jetzt Mendoza – mach, daß du rauskommst!« Der Angeredete war von seiner Angst um Maggie dermaßen überwältigt, daß er kein Wort der Erwiderung fand, sondern in gebeugter Haltung sein Schiff verließ und an Land wankte. Willy Barrow, ihm zu Hilfe eilend, nahm ihn an der Hand und raunte ihm fragend ins Ohr:

»Was soll das heißen – was meint er damit?«

»Das soll heißen«, versetzte der Alte mit leiser, gepreßter Stimme, »daß Maggie für ihn wie für mich heute Nacht in einem winzigen Boot und beim ärgsten Sturm aufs Meer hinausgesegelt ist, um uns zu warnen. Aber sie ist nicht wieder heimgekommen!« Und zum andernmal stöhnte der Alte auf. Willy war nahezu niedergeschmettert vor Entsetzen. Das also war Maggies hochherziger, verzweifelter Plan gewesen, als sie ihn verlassen hatte! Jetzt erst erkannte er die Bedeutung ihrer letzten, verzweiflungsvollen Worte, und die Finsternis des Grabes senkte sich ihm auf die Seele. So brachte er nur ächzend hervor: »Sie hat mir nichts davon gesagt – ich habe keine Ahnung gehabt – ach du mein Gott!« Der Alte, in unwillkürlichem Zuspruch, legte dem Jüngeren die Hand auf die Schulter und sagte mit gebrochener Stimme:

»Ich weiß schon, mein Junge – ich weiß es nur zu gut! Sie hat mir's ja selber gesagt! Die Schuld liegt ganz allein bei mir, wenn auch du jetzt dein Teil daran tragen mußt!«

Unterdessen wandte der Kommandant des Zollkutters sich leise an den Leutnant:

»Komisch, was? – der Schmuggler und der Mann vom Küstenschutz – und stecken die Köpfe zusammen!«

»Da ist weiter gar nichts dabei«, versetzte der Leutnant. »Ich kenne Barrow gut genug! Er ist so treu wie Gold, aber verlobt mit der Tochter des Alten. Doch es hat den Anschein, als wäre da heute morgen irgendwas mit ihr passiert! Wollen sehen! – He, Barrow«, fügte er hinzu, indem er Willy heranwinkte. »Was ist los mit MacWhirters Tochter?«

»Ich weiß nicht recht, Sir – aber ich fürchte, sie war in der Nacht draußen auf See.«

»Auf See!« rief der Kommandant. »Auf See, sagen Sie? Und heute Nacht? Wie ist das zugegangen?«

»Sie war in einem winzigen Fischerkahn draußen«, fiel jetzt MacWhirter ein. »He, Nachbarn, hat jemand von *euch* sie vielleicht gesehen heute morgen? Es war das Boot von meinem Sohn Andrew, er hat es unten liegen in den Downans!« – Dies war der andere Name für Watter's Mou'. Doch nichts als bedrücktes Schweigen war die Antwort – eine Stille, die nur erfüllt war von dem wütenden Tosen der Brecher draußen an Klippen und Strand.

»Ist das Boot wieder zurück im Watter's Mou'?« fragte der Leutnant vernehmlich und scharf.

»Nein«, sagte einer der Fischer. »Ich bin eben vorhin unten an der Kornmühle vorbeigekommen, da war von einem Boot nichts zu sehen.«

»Dann sei Gott dem armen Kinde gnädig – und auch mir«, sagte MacWhirter, indem er die Kappe abnahm und die Hände emporhielt. »Denn ich bin's, der sie auf dem Gewissen hat – sie, die ihren alten Vater so gerngehabt hat, daß sie bei Nacht und Sturm in dem winzigen Boot hinaus ist aufs Meer, um mich vor den Folgen meiner Sünde zu bewahren!« Bei diesen Worten stöhnte Willy Barrow auf, so daß der Leutnant sich ihm zuwandte.

»Kopf hoch, Mann – Kopf hoch und fassen Sie sich! Unser Herrgott wird doch ein so tapferes Mädchen nicht im Stich lassen – die hat das Zeug zu einer rechten Seemannsfrau! Es kommt noch alles ins Lot, glauben Sie mir, und am Ende werden Sie noch stolz sein auf sie!«

Aber Willy der Seemann hatte ja aufgestöhnt, weil das Gewissen ihn plagte: er mußte an seine eigenen, erst gestern Nacht gesprochenen Worte denken: »Dann bist du nicht die rechte Frau für mich!« hatte er gesagt. Jetzt aber wandte der Kommandant sich an MacWhirter:

»Wann haben Sie Ihre Tochter zuletzt gesehen?«

»Das muß um die Zwei in der Früh' gewesen sein.«

»Und wo?«

»Es ist wohl an die zwanzig Meilen bis zu den Klippen gewesen.«

»Und wie hat sie's angestellt, von Bord zu gehen?«

»Sie hat die Bootsleine angeholt, bis das Boot längsseits war, und hat sich dann hinuntergelassen. Das letzte, was ich gesehen habe, war, daß sie das Segel wieder gesetzt und Nordwestkurs gesteuert hat ... Aber wiedersehn werd' ich sie nimmermehr! Aus und vorbei ist's mit dem armen, tapferen Kind – und auch mit mir, denn ich bin's, der sie umgebracht hat! Aus und vorbei – aus und vorbei!« Damit barg der Alte aufschluchzend das Gesicht in den Händen. Der Kommandant jedoch ließ nicht lokker, sondern fragte voll Nachdruck, wenn auch nicht unfreundlich:

»Verstehe ich recht – ist das Mädchen bei solchem Wetter ausgefahren, um Sie zu warnen?«

»So ist es! Das arme Kind! Der Teufel muß mich geritten haben, daß ich ihr so was angetan habe – Gott vergeb' mir meine Schlechtigkeit!« Und nachdem dies heraus war, redete er sich die ganze Last von der Seele und schilderte Maggies Heldentat in allen Einzelheiten.

Darauf wandte der Kommandant sich an den Leutnant und sprach nun wieder im gewohnten, knappen Kommandoton:

»Ich lass' Ihnen die Blaujacken zur Verstärkung hier – schicken Sie all Ihre Leute aus und lassen Sie die gesamte

Küste absuchen, von Kirkton bis Boddam! Alle verfügbaren Rettungsboote haben auszulaufen! Und ihr da« – damit wandte er sich an die rings versammelte Menge –, »ihr beteiligt euch allesamt an der Suche – jeder hilft mit, ohne Ausnahme! Jetzt könnt ihr zeigen, daß ihr noch was wert seid, und wiedergutmachen, wenn das überhaupt noch möglich ist, was ihr an dem armen Geschöpf verbrochen habt – ihr und euresgleichen!« Damit wandte er sich erneut an den Leutnant. »Behalten Sie den Kerl dort drüben im Auge – diesen Mendoza und alles, was zu ihm gehört! Mit ihm werden wir uns später befassen – ich bin noch vor Abend zurück.«

»Wohin gehen Sie, Sir?«

»Ich suche inzwischen die See ab, und zwar überall dort, wohin der Sturm das tapfere Kind verschlagen haben könnte. Ein Mädchen, das so viel für seinen Vater gewagt hat, kann man nicht so ohne weiteres im Stich lassen. Nein – so lange *ich* im Namen Ihrer Majestät hier das Kommando führe, wird so etwas nicht geschehen! Bootsmann, signalisieren Sie hinüber, die sollen inzwischen Dampf aufmachen – oder nein, das dauert zu lange! Kommen Sie mit! Klar bei den Riemen, Leute!«

Die Seeleute antworteten ihm mit einem markigen »Hurra!«, eilten zum Boot und sprangen hinein, während die an Land verbleibenden Besatzungsmitglieder die Hafenmauer erkletterten und von dort die befohlenen Signale gaben. Auch die Menge war von der momentanen Begeisterung angesteckt worden und zerstreute sich nach beiden Seiten, um die Küste abzusuchen. Binnen kürzester Zeit tanzte das Boot des Kutters schon wieder draußen auf den Wogen, und die Männer legten sich ins Zeug, daß die Riemen sich bogen im Takt zu den wiegenden Bewegungen des am Ruder sitzenden Kapitäns. Der Leutnant jedoch wandte sich voll freundlicher Anteilnahme an Willy: »Und nach welcher Richtung wollen *Sie* es versuchen? Ich möchte das ganz Ihnen überlassen.« Unwillkürlich legte Willy die Hand an den Mützenrand, während er traurig sagte:

»Am liebsten würd' ich hierbleiben, Sir, wenn ich darf.

Denn wenn sie noch zurückkommt, dann bestimmt hierher zum Watter's Mou'!«

V

Die Suche nach dem vermißten Mädchen war voll Eifer aufgenommen worden und wurde fortgesetzt mit unverminderter Energie. Man brachte das Rettungsboot von Port Erroll zu Wasser und suchte das Meer längs der Küste ab. Auch hatte man nach Kirkton um das dortige Rettungsboot telegraphiert, auf daß man den Strand von zwei Seiten her untersuchen könne. Und sowohl von Port Eroll als auch von Kirkton aus waren an Land zwei Suchtrupps mit Rettungsleinen unterwegs und hielten Schritt mit den Booten vor der Küste. Inzwischen hatten auch alle übrigen Männer aus sämtlichen Dörfern und Weilern von Buchan zwischen Kirkton und Boddam sich auf die Suche gemacht und durchforschten systematisch jedweden Einlaß längs des gesamten Küstenstrichs. Freilich gab es da etliche Orte, an denen man im Augenblick noch nichts unternehmen konnte: The Bullers zum Beispiel machte seinem Namen alle Ehre mit dem tosenden Aufruhr der Wasser inmitten der Felsenklippen, und auch bei Twa Een glich die See einem überkochenden Kessel. Bei Dunbuy hinwiederum lag über der gesamten Einfahrt eine Decke aus schäumender Gischt, die fortwährend Zufuhr erhielt von den heranrauschenden und wieder zurückspülenden Wogen, und verwehrte den Blick auf alles, was da angetrieben kommen mochte. Indes, auf den hohen Klippen, die jeden der genannten Orte umgaben, hatten Weiber und Kinder sämtliche Aussichtspunkte besetzt und hielten scharfen Ausguck nach allem, was sich da etwa zeigen mochte. Und immer wieder geschah es, daß ein gellender Alarmruf die Leute da oder dort zusammenholte: dann standen sie und spähten voll Eifer hinaus nach der Richtung, welche die Hand des Beobachters ihnen wies, sobald dieser glaubte, draußen etwas treiben zu sehen. Jedesmal aber dauerte die Erwartung nur so lange, bis die Gischt sich für Sekunden zerteilt hatte und den Blicken das leere Wasser freigab. Dennoch hielt der brennende Eifer aller Hilfswilligen während des ganzen Tages unvermindert an. Mit rosigem Licht war der Morgen heraufgestiegen über der sturmzerwühlten Wasserwüste, und nun stachen schon die heißen Strahlen der Mittagssonne hernieder. Willy Barrow aber wich nicht von der Klippe, auf der er so einsame Wacht hielt. Zur Mittagszeit brachte ihm eine gutmütige Frau zu essen hinauf und setzte sich in schweigender Anteilnahme neben ihn, dieweil er der Mahlzeit zusprach. Zunächst war's ihm freilich gewesen, als beginge er eine Ungehörigkeit in Anbetracht von Maggies Schicksal, und so hatte er geglaubt, er werde keinen Bissen hinunterbringen. Doch schon nach wenigen Löffeln zeigte sich, wie hungrig er war und wie sehr er der Stärkung bedurfte. Hinterher suchte die freundliche Nachbarin, ihm ein wenig Zuspruch zu spenden, wobei sie sich ausgiebig über Maggies Vorzüge verbreitete. So ließ sie den Armen, wenn schon nicht getröstet, so doch gestärkt zurück für das, was ihm noch bevorstand.

Den ganzen Tag hindurch suchte er mit dem Fernglas die See ab in nimmermüder, doch immer wieder getäuschter Hoffnung. Er sah den Zollkutter zunächst nach Girdleness hinüberstreichen, wo er wendete und zu der Stelle hinausfuhr, an der Maggie von Bord der *Seemöve* gegangen war. Danach dampfte das Schiff mit voller Kraft über die unruhige See nach Nordwesten. Ab und zu ließen Boote sich blicken, die weiter draußen oder auch näher an der Küste die Fluten absuchten, und während sie den breiten Streifen Wassers durchmaßen, auf dem irgendwo die tote Maggie und ihr gekentertes Boot treiben mochten, ward Willys Herz abwechselnd von Hoffnung geschwellt oder eine Beute der tiefsten Verzweiflung. Auch die Ebbe machte sich jetzt immer stärker bemerkbar, bis schließlich die in der Flußmündung zusammenströmenden Wassermassen nur mehr die Grundfelsen von Watter's Mou' umtosten. Doch unermüdlich hielt Willy von jeder erreichbaren Klippe Ausschau, beständig fürchtend, inmitten des Aufruhrs doch noch das zu erspähen, woran er lieber nicht denken mochte: stets schwebte ihm ja das Bild der Geliebten vor Augen, wie sie da steigend und fallend trieb auf den hochgehenden Wogen, das totenbleiche Antlitz zum Himmel gewendet und umgeben von einer Aureole aus langem, aufgelöstem Haar. Und wohin er den Blick auch wenden mochte – meerwärts, zum Land oder gar hinauf zu den weißen, treibenden Wolken im sommerlichen Himmel: ohne Unterlaß sah er dies Bild vor sich, als wär' es ihm in die Augen gebrannt.

Spät am Nachmittag, er hatte soeben beim Kran Aufstellung genommen, an der nämlichen Stelle, wo er in der vergangenen Nacht auf Maggie gestoßen war, sah er Neil herankommen und entfernte sich instinktiv von dem Ort, der für ihn auf immer geheiligt war. Er wollte nicht, daß der Haß von Maggies Bruder die Stelle entweihe. Deshalb ging er dem sich Nähernden langsam entgegen und erwartete ihn neben dem Flaggenmast. Dabei suchte er aufs neue mit dem Fernglas den Horizont ab, doch mit ebensowenig Erfolg wie bisher. Auch Neils Schritte hatten sich verlangsamt. Immer zögernder kam er heran, bis er sich schließlich dem Manne gegenübersah, dem er noch am Morgen voll Haß, ja Mordlust entgegengetreten war.

Den ganzen Vormittag hatte Neil bei der Suche nach seiner Schwester eine dermaßen rastlose, fieberhafte Aktivität bekundet, daß darob jedermann in Erstaunen versetzt worden war. Er hatte sich alsbald von der Suchgruppe abgesondert: ihre erschöpfend gründliche Methode war ihm zu zeitraubend gewesen, und so war er den andern binnen kurzem weit voraus geeilt und hatte auf eigene Faust die Küste erkundet bis hinüber nach Murdoch Head. Endlich überzeugt, daß Maggies Leichnam an jenem Küstenstrich nicht angeschwemmt worden war, hatte er, umkehrend, den gesamten Weg im Laufschritt und in nahezu hoffnungsloser Verzweiflung zum andern Mal durchmessen, auch noch den Sandstrand der Cruden Bay abgesucht, den die herandonnernden Brecher noch immer überspülten, ja hatte die zerklüfteten Felsen rings um Whinniefold und bis hinaus an die letzten Klippen erkundet. Erst dann war er total erschöpft zurückgekommen, und nun war sein leidenschaftliches Herz zufolge der absoluten Verzweiflung auch der Anteilnahme und dem Mitgefühl geöffnet. Erst wenn unsre Seele die Enge der eigenen Selbstsucht so recht empfindet, beginnt sie ja, ihre Schwingen wahrhaft zu regen.

Neil war über die Sanddünen längs der Cruden Bay geschritten, als wandelte er im Traume. Dennoch hatte er nach Seemannsgewohnheit das Meer nicht aus den Augen gelassen, und so war seine Aufmerksamkeit immer wieder erregt worden von treibenden Seegrasklumpen, welche der Sturm aus dem felsigen Grund gerissen hatte. Bisweilen hielt er dafür, solch auf und nieder wogende Massen könnten Maggies treibenden Leichnam enthalten, doch ließ sein unbestechlicher, von der See geschärfter Blick sich niemals allzu lange täuschen. Und schließlich fing Neil an, sich zur Ordnung zu rufen. Bisher war er vor Leidenschaft allzu blind gewesen, als daß er an andres als den eigenen Kummer hätte denken können. Jetzt aber, er mochte tun was er wollte, stieg Willys von Leid gezeichnetes Antlitz ihm vorm inneren Auge herauf, als wär' es die Verkörperung oder Erscheinung des eigenen schlechten Gewissens. Und einmal begonnen, ließ die unerbittliche Logik solcher Gewissensqual nicht mehr ab, sondern bahnte sich unbeirrbar ihren Weg. Neil wußte nur zu gut, daß jenes böse Vorhaben, an dem auch er Anteil trug, nicht aber Willys Pflichteifer die Schwester aufs sturmgepeitschte Meer hinausgetrieben hatte. Aus ihrem Munde hatte er vernommen, daß sie von Willy nicht dazu gedrängt worden, ja daß dieser in voller Unkenntnis ihres Entschlusses gewesen war. So meldete sich sein Sinn für Fairness immer stärker zu Worte, und das erste Anzeichen solchen Umschwungs war die Träne, welche ihm ins Auge stieg und über die Wange rollte. »Arme Maggie! Armer Willy!« sprach er fast unwillkürlich vor sich hin. »Ich geh' zu ihm und bitte ihm alles ab!« Solcher Entschluß beflügelte seinen Gang, er schritt nun wieder rascher aus und ließ nicht ab, ehe er Willy gesichtet hatte, der, das Fernglas vor Augen, noch immer die See absuchte nach der verlorenen Geliebten. Dann aber stellten dem sich Nähernden seine Angst und auch die Unbeholfenheit, welche einem Manne in solchen Momenten zu schaffen macht, ein Bein, und so verstrich noch geraume Zeit, bis Neil endlich vor Willy Barrow stand und mit aller Geradheit, zu der er imstande war, sagte:

»Ich nehm' alles zurück, Willy! Dich trifft keine Schuld an dem Unglück! *Wir* sind es gewesen, wir und das, was wir getan haben. Wirst du mir's nachsehen können?« Willy wandte sich dem Sprecher voll zu und er ergriff die dargebotene Hand. Inmitten seines übergroßen Schmerzes waren ihm diese Worte eine echte Erleichterung. Er hatte für seine Person genug mit Selbstvorwürfen zu schaffen und war deshalb umso dankbarer, seine Schuldlosigkeit von anderer Seite bestätigt zu sehen. Zu genau wußte er, daß Maggie an Land geblieben wäre, hätte er dieses eine Mal von seiner strikten Pflichterfüllung Abstand genommen. Und wiewohl er gar nicht erst auf den Gedanken kam, diese Pflichterfüllung zu bedauern, bot doch die bloße Tatsache der Versuchung und des Kampfes gegen sie den Gewissensbissen einen winzigen Angriffspunkt, an dem sie sich, wenn auch nur flüchtig, festhaken konnten. Jetzt aber, Aug in Aug mit dem anderen, fühlte Willy eine neue Verpflichtung in sich aufsteigen. Er hatte Neil schon immer gut leiden mögen – schließlich war er ja Maggies Bruder und überdies um etliche Jahre jünger –, und so war es Willy unerträglich, solchen Schmerz in einem Augenpaar erblicken zu müssen, das so sehr demjenigen der Geliebten glich. Was er da vor sich hatte, überstieg ja noch seinen eigenen Kummer! Deshalb war er froh, nicht auch noch die Schuld der Pflichtvergessenheit auf sich geladen zu haben. Nicht um alles in der Welt hätte er's ertragen, Maggie schuldbewußt in die Augen blicken zu müssen. Und doch kam ihm mit nahezu überwältigendem Schmerz zu Bewußtsein, Maggies Gesicht könnte, nachdem sie ihn überreden gewollt, im schützenden Dunkel der Nacht etwas von dem nämlichen Ausdruck gehabt haben! Es zählt zu den Heimsuchungen der Menschennatur, daß wir unseren Gedanken nicht gebieten können – aber bekämpfen und überwinden können wir sie, und das hinwiederum gereicht unsrem Menschentum zur Ehre. So folgte denn dem quälenden Gedanken an Maggies Zerknirschung sogleich die Erinnerung an des Mädchens heroische Selbsthingabe: ihr aufrechter Sinn hatte einen Ausweg gefunden aus aller beschämenden Verwirrung, und aufs neue klangen des Leutnants Lobesworte an Willys Ohr: »Die hat das Zeug zu einer rechten Seemannsfrau!« Was das Sterben betraf, so vermochte nicht einmal der Gedanke an den eigenen Tod Willy zu schrecken. Wie hätte er da um jemand anderen Angst empfinden sollen? Alles, was er in seinem Elend als Furcht empfunden hatte, war dem Egoismus der Liebe entsprungen und schrumpfte zum Nichts zusammen in dieser Stunde der wildesten Verzweiflung! Doch brachen sämtliche Überlegungen und Gefühle dieser Art in Sekundenschnelle über ihn herein, und ebenso plötzlich fühlte Willy Barrow sich von aller Kraft verlassen und ließ seinen Tränen freien Lauf, wie das bei starken Männern bisweilen vorkommt, sobald erst ihr Stolz gebrochen ist durch die Gewalt des seelischen Schmerzes. Und wiewohl der Anfall schon nach wenigen Augenblicken vorüber war, hatte dies kurze Nachgeben den aufgestauten Gefühlen genugsam Erleichterung verschafft, so daß Willys Herz jetzt ruhiger schlug. Ja, ein Teil der Liebe, die er für Maggie empfand, übertrug sich nun auf deren Bruder, und als Willy gewahrte, daß dessen Schmerz unvermindert andauerte, überkam ihn tiefes Mitleid, so daß er versuchte, dem anderen ein wenig Trost zuzusprechen.

»Sei nicht so traurig«, sagte er, »und komm wieder zu dir! Ich weiß schon, daß du dein Leben geben würdest für Maggie« – der Name wollte ihm fast nicht über die Lippen, doch er riß sich zusammen und sprach weiter. »Da ist ja auch noch dein Vater – *ihr* Vater, und er braucht unsern Trost. Die arme Maggie«, damit nahm er ehrfürchtig die Kappe ab, »ist nun bei Gott! Wir beide aber, du und ich, und auch die andern alle, müssen uns so verhalten, daß ihr Opfer nicht sinnlos gewesen ist.« Dabei war es Willy dem Seemann, während er mit tränenumflortem

Blick hinaussah, als wäre die große Möve dort oben, welche sich soeben auf dem Nock des Flaggenmastes niedergelassen hatte, eine Verkörperung von des toten Mädchens Seele, und in blitzschneller, traumgleicher Folge durchzuckte ihn das Erinnern an die alten Legenden und Schauermären, wie sie im Umlauf gewesen daheim im Moor- und Hügelland von Yorkshire mit seinen vorzeitlichen Gräbern.

Es gab nicht mehr viel zu reden zwischen den beiden, denn sie verstanden einander, und Männer ihrer Art neigen so gar nicht dazu, müßige Worte zu machen. So schritten sie nordwärts und standen lange Zeit am Rande des Hauptfelsens, abwechselnd hinausblickend auf die See und dann wieder hinunter, wo die ebbewärts ziehenden Fluten an der Ausmündung von Watter's Mou' deren Grundfelsen umschäumten.

Neil, nachdem er des Gefährten Miene eine Zeitlang halb unbewußt beobachtet und dabei den Gedanken des anderen nachgespürt hatte, sagte plötzlich und wie in Beantwortung eines unausgesprochenen Satzes: »So glaubst du also, sie wird, wenn überhaupt, da unten angetrieben werden?« Willy fuhr herum, als hätte der andere ihm einen Hieb versetzt, so sehr empfand er das Aussprechen seiner geheimsten Gedanken als Roheit. Er musterte Neil, konnte aber nichts dergleichen an ihm feststellen. Im Gegenteil, des Gefährten Züge waren jetzt so sanft, daß er mehr denn je seiner Schwester glich – ein Umstand, der Willy einen neuerlichen Stich durch das Herz gab. Doch nicht der Verlust an sich war's, den er so schmerzlich verspürte, sondern es ward ihm in aller Anschaulichkeit vor Augen geführt, *was* er verloren hatte. Neil war nachgerade in Bestürzung versetzt durch die Art, wie Willy ihn anstarrte, doch der Gedanke an das Geschehene erklärte ihm alles, und so konnte er nicht länger an sich halten.

»Oh, Willy«, stieß er hervor, »Willy, wir werden sie nimmer wiedersehen! Nie und nimmermehr, bis die See ihre Toten herausgibt! Was sollen wir tun, Willy, was machen wir nur, was können wir jetzt noch anfangen?«

Das war ein neuer Würgegriff nach Willys Herz: fast die nämlichen Worte hatte gestern Nacht ja Maggie hervorgestoßen, an eben dieser Stelle und im gleichen Ton der Verzweiflung! Und der sie jetzt wiederholte, war nicht nur ihr geliebter Bruder, sondern ward inmitten seines ratlosen Kummers fast schon zu ihrem Ebenbild! Doch Willy wußte keine Antwort und konnte nichts tun, als auch diesen neuen Schmerz standhaft ertragen. Das war freilich nicht viel, aber Willy harrte aus in wortlosem Mitgefühl, bis der Sturm in der Seele des reumütigen Jünglings abgeklungen war. Es währte Minuten, bis Neil sich wieder so weit gefaßt hatte, daß er weitersprechen konnte, und er tat's mit aller Selbstüberwindung, zu der er sich aufraffen konnte:

»Ich geh' jetzt und seh' nach dem Vater. Hab' ihn schon viel zu lange allein gelassen!« Maggies Tod begann seine ersten Früchte zu tragen.

Er schritt übers Feld geradenwegs auf seines Vaters Behausung zu – sie lag am Fuße des Steilabfalls zu den Wassern der Cruden Bay. Willy der Seemann blickte ihm traurig nach, denn alles, woran Maggies Herz gehangen, war auch ihm teuer, und überdies hatte Neils Gegenwart ihm den eigenen Kummer leichter ertragen helfen.

Im Verlaufe der folgenden Stunden war ihm sogar etwas wie Freude beschieden – etwas, das ihn sonderbar anrührte inmitten seiner Bekümmernis. Zeitig am Morgen war nämlich die Kunde von Maggies Verschwinden oben in der Burg ruchbar geworden, und so hatte die gesamte Haushaltung sich voll Eifer an der Suche beteiligt. Durch sein Gespräch mit dem Leutnant und dessen Männern sowie durch den eifrigen Meinungsaustausch der Dorfbewohner hatte der Graf ein recht klares Bild der Ereignisse gewonnen. Maggie war oben auf der Burg Liebkind bei den Frauen gewesen, und so hatte der Graf nicht nur von sich aus, sondern ebensosehr um ihretwillen entschieden, daß der künftige Hafenmeister MacWhirter heißen solle. Daß nun, seit der Alte zum Schmuggler geworden, nicht mehr die Rede von solcher Regelung sein könne, ward von jedermann für sicher angesehen. Deshalb machten schon allerlei Gerüchte und Vermutungen in Anbetracht eines neuen Nachfolgers die Runde. All dem hatte der Graf zugehört ohne sich zu äußern. Später am Tage jedoch war er hinaufgeschlendert auf den Felsen, wo Willy auf Wache stand, und hatte ihn angeredet. Er war ja dem jungen Manne von Herzen gewogen, und als er nun dessen stummen Schmerz mitansehen mußte, ward er von echter Anteilnahme ergriffen und versuchte, ihn mit ein paar hoffnungsvollen Worten aufzurichten. Da er aber sehen mußte, daß dies bei Willy nicht mehr verfing, beschränkte er sich darauf, Maggie nach Kräften zu loben. Willy lauschte voll Begier, als der Graf jene Hingabe, Tapferkeit und Hochherzigkeit, die das Mädchen zu dessen Unternehmen befähigt hatten, so recht hervorhob. Solche Worte waren Balsam für das wunde Herz ihres Geliebten. Allein, die Bitterkeit seines Verlustes war allzu groß, als daß er noch länger hätte an sich halten können, und so fiel er dem Grafen ins Wort:

»Und alles für nichts und wieder nichts! Alles vergebens! Sie ist verloren, ihr Vater ruiniert, sein Ruf wie sein Lebensunterhalt sind dahin – und alles für nichts! Wie kann unser Herrgott es zulassen, daß ein Tod wie der ihre ohne jeden Nutzen sein soll!«

»Ohne jeden Nutzen – mitnichten!« versetzte da der Graf in feierlichem Ernst. »Eine Tat wie diese bleibt niemals vergeblich getan! Gott sieht und hört alles, und Seine Hand ist stark und sicher! So mancher Mann an der Küste von Buchan wird nun so manches Jahr ein ehrenwerteres Leben führen um dessentwillen, was sie getan hat. Und auch so manche Frau wird von ihr lernen, was wahre Geduld und Selbsthingabe vermögen! Gott weiß sehr genau, warum er so edle Gedanken den Seinen ins Herz pflanzt – und auch den Edelmut, sie in die Tat umzusetzen.«

Aber Willy der Seemann hatte dafür nur ein Stöhnen. »Halten Sie mich nicht für undankbar, Herr Graf«, sagte er, »wenn ich Ihre freundlichen Worte nicht nach Gebühr würdige – aber ich bin ganz wirr im Kopfe von alledem, und das Herz will mir schier zerreißen! Mag sein, es ist so, wie Sie sagen – und dennoch – dennoch, das arme Kind ist hinausgefahren, ihren Vater zu retten, und da ist er nun: ruiniert an Besitz, an Ruf, an Aussichten! Denn wer wird ihm schon Arbeit geben wollen, jetzt, wo er sie am nötigsten braucht? Nein, es ist alles dahin – und auch sie noch, die ihm in solcher Stunde Hilfe und Trost hätte sein können!«

Diese Worte gaben dem auf Zuspruch bedachten Grafen eine Idee ein, deren Verwirklichung nicht unwert war jenes Ahnherrn, dessen Heroismus und Selbsthingabe ihm die Grafschaft mit dem Ochsenjoch im Wappen eingetragen hatten. Deshalb schwang ein neuer Ton in des Grafen Stimme, als er sagte:

»Sie meinen die Hafenmeisterei! Nun, das braucht Ihnen keinen Kummer zu machen, mein armer Junge! MacWhirter hat zwar einen kleinen Fehltritt getan, doch sein Charakter war stets untadelig, und nach allem, was ich so höre, hat man ihn arg in Versuchung geführt. Aber schließlich hat er ja nichts angestellt, oder doch zumindest sein unrechtes Vorhaben gar nicht erst ausgeführt. Nein«, sprach er mit feierlichem Nachdruck, »die Warnung der armen Maggie hat den Alten noch zur rechten Zeit erreicht! Solcher Schritt ist nicht vergebens gewesen, davor möge Gott uns bewahren! Das Mädchen und alle ihre Lieben haben einen hohen Preis dafür bezahlt. Aber selbst *wenn* MacWhirter sein Vorhaben ausgeführt und wenn ich darüber zu befinden hätte – ich würde den Beweis führen, daß dies edle Opfer nicht zwecklos, nicht ohne den gebührenden Lohn vollbracht worden ist. Gewiß, dem Alten *allein* würde ich vor der gehörigen Bewährungsfrist nicht über den Weg trauen, dem Vater von *Maggie* MacWhirter jedoch, jenes Mädchens, das ihr Leben für ihn hingegeben hat, vertraue ich weiterhin. Und ich bin so gut wie sicher, daß da kein ehrlicher Mensch, ob Mann oder Frau, an der gesamten Küste von Buchan sich findet, der diese Meinung nicht mit mir teilte! Der Alte soll, wenn er mag, die Hafenmeisterei bekommen. Wir aber werden binnen kurzem erleben, daß er sich aufs neue jedermanns Liebe und Hochachtung erwirbt. Das wird Maggies Monument sein – und ein sehr edles noch dazu, vor Gott wie vor den Menschen!«

Damit ergriff er Willys Rechte, und die Herzen beider Männer, des hochgebornen wie des einfachen, verbanden sich einander, entbrannt an dem nämlichen Feuer.

Wieder alleingelassen, fühlte Willy sich irgendwie erleichtert. Seinem bittersten Leid – der Vergeblichkeit von Maggies Opfer – war nun der Stachel genommen. Das hatten der Zuspruch und die Freundlichkeit des Grafen bewirkt, und so kehrte nun mit Willys Spannkraft auch sein Mannesmut wieder.

Doch sein Denken ward jetzt durch eine neue Erscheinung abgelenkt: das Wetter hatte mittlerweile recht bedrohlich umgeschlagen. Am Vormittag war die Temperatur noch gefallen, doch nunmehr brütete eine drükkende Hitze über allem und jedem, und die Luft war geladen mit einer nahezu tödlichen Stille. Es lag auf der Hand, daß ein neuer Wettersturz unmittelbar bevorstand. Das nächtliche Opfer hatte die Sturmesgötter noch nicht besänftigt, und irgendwo in den unbekannten Regionen des Nordens, wo die Nornen ihre Schicksalsfäden spinnen, braute sich ein Unwetter zusammen, das binnen kurzem hereinbrechen mußte. Dunkler und dunkler färbte sich der Himmel, und immer regloser, stiller und bleierner wurde die Luft, bis der einsame Schrei eines Wasservogels und der Wellenschlag gegen die felsigen Ufer sich vernehmbar machten mit dermaßen gespenstischer Klarheit, daß man hätte glauben mögen, es gebe nur mehr sie und sonst nichts auf der Welt.

Gegen Sonnenuntergang hatte die elektrisch geladene Luft alle belebte Natur so unruhig gemacht, daß kein Mensch mehr stillzusitzen vermochte. Männer wie Weiber strichen planlos und voll Unrast umher, und besonders die Wetterfühligen unter den Frauen hätten am liebsten laut hinausschreien und sich Luft machen mögen gleich der unvernünftigen Kreatur draußen auf den Wiesen, wo das Vieh sich mit brüllenden Lauten bemerkbar machte, während die Vögel ohne Unterlaß in den Lüften kreisten und gellende Schreie ausstießen. Willy Barrow aber harrte aus auf seinem Posten. Ein dunkles, befremdliches Vorwissen sagte ihm, daß nunmehr ein Ereignis bevorstehe. Welcher Art es sein würde, wußte er freilich nicht zu sagen. Da aber all seine Gedanken auf Maggie gerichtet waren, würde es gewißlich mit ihr zusammenhängen. Es mochte ja sein, daß die gewitterschwangere Luft sich nun auszuwirken begann auf diesen bis an die Grenzen des Menschenmöglichen belasteten Organismus, denn Willy hatte nun schon die zweite schlaflose Nacht vor sich. Vielleicht auch waren es die Rückwirkungen des übergroßen Schmerzes, welche seine widerstandsfähige Natur zu einer verzweifelten Tat trieben, wie dergleichen manchmal bei Männern im Kriege der Fall ist, wenn sie sich ins dichteste Schlachtgetümmel und damit dem Tod in die Arme werfen. Oder aber es war ganz einfach der Seemann in ihm, der all seine Schritte lenkte – die überlegten wie die unbewußten –, so daß mit der Vorahnung des Kommenden die Kraft in ihm erwachte, auch noch alles Weitere auf sich zu nehmen. Denn die wahrhaft kämpferischen Naturen wachsen mit den an sie gestellten Aufgaben, und so wuchs auch der Kampfgeist des Seemannes Willy unterm Druck des drohenden Sturms, den es jetzt zu bestehen galt.

Das Unwetter brach herein mit einem einzigen, fürchterlichen Schlag: fast gleichzeitig schienen die Wasser sich zu erheben, und allenthalben bedeckten die Wogenkämme sich mit weißlich-blasigem Schaum. Der Sturm heulte und pfiff in sämtlichen Tonlagen und fuhr kreischend durch das Seilwerk des Flaggenmastes. Noch in das Aufzucken der Blitze hinein erdröhnten die Donnerschläge, und in wahren Sturzbächen rauschte der Regen hernieder, so daß in Sekundenschnelle das gesamte Land zu einer einzigen, trüben Wasserwüste geworden war, darin es zuckte vom Feuer der wolkenspaltenden Blitze, dieweil Bach und Graben und Rinnsal rauschend überschäumten unterm Schwall der vom Himmel stürzenden Fluten. Das gesamte Dorf, so Frauen wie Männer, hatte Unterschlupf gesucht, und nicht einmal die wetterhärtesten Bewohner wagten sich ins Freie. Ein einziger nur hielt weiterhin aus auf der Klippe überm Watter's Mou', spähte unermüdlich hinaus auf die See und warf auch dann und wann einen Blick in die Tiefe zu seinen Füßen. Eine innere Stimme raunte ihm zu, daß Maggie nun auf dem Wege sei zu ihm. Fast vermeinte er ihre Gegenwart schon zu spüren, im Wasser und auch in der Luft ringsum. Immer stärker meldete sich nun das Erinnern an jenen langen, leidenschaftlichen Kuß, mit dem sie sich ihm ganz zu Eigen gegeben, und ward zur lebendigen, blutvollen Gegenwart. Auf und ab patrouillierte er zwischen dem Rande des Steilabfalls und dem Flaggenmast – doch jedesmal kehrte er früher um, als zög' ihn ein verhängnisvoller Zauber immer näher zu der gähnenden Tiefe. Er sah den gewaltigen Wogen zu, wie sie donnernd und sich überstürzend hereinschäumten in die enge Bucht, und wie sie unterm Windschatten des »Schiffshecks« hindurchschwemmten in glatten, schwärzlichen Flecken, welche in der finstern Lautlosigkeit ihres Heranstürmens einen befremdlichen Kontrast formten zu dem weißschäumenden Aufruhr der zu Willys Füßen aufkochenden Wassermassen. Und immer wieder brauste eine besonders hohe Woge heran – »Seemannswoge« nennen sie die Fischer –, brauste heran in der Majestät ihrer alles überwältigenden Macht und löschte im Augenblick ihres Ansturmes die weißgezackten Felsen dort unten aus, ja schäumte hochauf an den Steilufern des Felsenkessels, als hätte sie irgendwelche königliche Botschaft zu überbringen im Auftrag der zürnenden See.

Und in dem Augenblick, als eine weitere dieser gewaltigen Wogen heranbrauste, tat Willys Herz einen lauten Schlag, so daß er sich umblickte, als hätte von irgendwo eine Stimme nach ihm gerufen! Doch gleich danach sah er hinunter und erblickte tief zu seinen Füßen auf dem Kamm jener Woge ein Etwas, das ihn im ungewissen Licht des sturmgepeitschten Abends ein zerschmettertes Boot zu sein dünkte – Spieren und Segel und Tauwerk regellos durcheinandergewirbelt! Und inmitten solch wirbelnder Wrackteile trieb eine Frauengestalt, deren todbleiches Antlitz umflutet war von einer Aureole aufgelöst treibenden Haars! Ohne ein Wort, doch mit wahren Panthersätzen, eilte Willy Barrow bis an den äußersten Vorsprung der Felsenklippe und schnellte sich über deren Rand hinab in die heranbrandende Flut, um jenes kostbaren Treibgutes habhaft zu werden ...

Unten im Dorf besprachen die Männer sich in den Gruppen, zu welchen das so plötzlich hereingebrochne Unwetter die Obdachsuchenden zusammengeweht hatte. Im Raketen-Schuppen gegenüber dem Verkaufsladen der Lachsfischer hatte sich eine größere Anzahl Helfer versammelt und beredete eifrig die Vorfälle der letzten Stunden. Jetzt nahm einer das Wort und sagte:

»He, Leute, sollte nicht jemand hinauf auf den Felsen und sich ein wenig um Willy den Seemann annehmen? Den armen Kerl hat das Unglück ja beinah verrückt gemacht, und so würd' ihm ein bißchen Zuspruch vielleicht ganz gut tun!« Darauf erhob sich ein stämmiger, junger Bursche und sagte im Hinausgehen:

»Ich will mal zu ihm hinaufschauen. Er muß sich ganz schön verlassen vorkommen da droben im Wachhaus heut' Nacht! Und wenn er, wie ich gehört hab', von Michael Watson aus Whinnyfold abgelöst wird, so begleit' ich ihn heim oder nehm' ihn lieber gleich mit nach Hause zu uns! Unsre Mutter wird sich recht gern um ihn kümmern!« Damit zog er das Ölzeug fester um den Hals und trat hinaus in den Sturm. Doch während er noch auf dem Wege zur Anhöhe war, ließ das Unwetter plötzlich nach – die Wolkendecke zerriß, und durch die feuchtkalten Nebelschwaden drang das Dämmerlicht des scheidenden Tags. Und als er ostwärts auf die zürnende See hinausblickte, stellte er fest, daß über den hochgehenden Wogen sich schon ein Schönwetterhimmel spannte! Oben angekommen, schritt der Bursche geradenwegs auf das Wachhaus zu, fand aber dessen Tür versperrt. Er trat ans Fenster und spähte ins Innere. Draußen war es noch hell genug, und so ließ sich unschwer erkennen, daß der Raum leer war. Deshalb ging der Bursche den gesamten Felsen entlang, um nach Willy zu sehen. Es war nun wieder heller geworden, der Himmel war nicht mehr so schwarz, denn die schweren Unwetterwolken hatten sich mittlerweile verzogen. Dennoch, nirgendwo ließ sich auch nur eine Spur des Gesuchten erblicken. So schritt unser junger Mann denn weiter bis zum Watter's Mou', folgte dem hinunterführenden Pfad, durchmaß unten den Streifen Marschlands, welcher nun aufgeweicht war zum Morast und schmatzend nachgab unter jedem Tritt, und gelangte schließlich an die Untiefen vor der Kornmühle. Dort begegnete er einem Mann, der von The Bullers her unterwegs zu der Burg war, und fragte ihn, ob er Willy Barrow irgendwo gesehen habe. Die entschieden verneinende Antwort – »Ich hab' keine Menschenseele gesehen! In solch einer Nacht wagt sich keiner hinaus, der ein Dach überm Kopf hat!« – ließ ihn nun nachgerade schon befürchten, Willy dem Seemann könnte etwas zugestoßen sein. So ging er den Weg wieder zurück und spähte in jeden Winkel und in jeden Felsenspalt. Wieder am Flaggenmast angelangt, traf er dort ein paar der Gefährten an, welche sich inzwischen heraufgewagt hatten, um nach dem Wetter und nach den etwa angerichteten Verheerungen zu sehen. Sobald sie vernommen hatten, daß von Willy keine Spur zu entdecken sei, trennten sie sich und machten sich laut rufend auf die Suche, um sich dem nach ihrer Meinung irgendwo Abgestürzten bemerkbar zu machen.

Sie suchten die ganze Nacht hindurch, denn mit jeder Minute wuchs die Gewißheit in ihnen, daß Willy etwas zugestoßen sein mußte. Aber sie fanden keine Spur von ihm. Nach wie vor brandeten die Wogen mit unverminderter Gewalt gegen Watter's Mou', denn draußen die See kochte noch immer in schäumendem Zorn. Aber mit einsetzender Ebbe hielten die Grundfelsen den Ansturm der Wogen mehr und mehr ab, so daß die Fluten nun weiter draußen unter dumpfem Grollen gegen die Ausmündung anrannten.

Der Himmel im Osten färbte sich schon grau, als ein Fischerjunge zu den Männern heraufgehastet kam, welche sich um das Wachhaus versammelt hatten.

»Da treibt irgendwas Großes im seichten Wasser unter der Kornmühle« rief er aufgeregt. »Kommt hinunter und holt es heraus! Es schaut aus wie ein Mensch!« Unverzüglich eilten alle hinunter zu der angegebenen Stelle. Aber als sie bei den Grasinseln angelangt waren, hatte die Ebbe schon ihren Tiefstand erreicht, und das, was vorhin noch im Wasser getrieben war, auf dem trockenen Grunde zurückgelassen.

An der nämlichen Stelle, von der das Boot seine Ausfahrt genommen, um die Schmuggler zu warnen, häuften sich nun seine Trümmer, und mitten darin lag das tapfere Mädchen. Ihr braunes, aufgelöstes Haar war um den Hals von Willy dem Seemann geschlungen, der die Leblose eng in den Armen hielt.

Das Requiem der beiden waren die fernher grollenden Brecher und die gellenden Schreie der überm Watter's Mou' kreisenden, weißen Wasservögel.

Abel Behennas Wiederkehr

Der kleine Hafen von Pencastle an der Küste von Cornwall lag blankgeputzt im Licht der frühen Aprilsonne, die nach einem langen und bitterkalten Winter sich nun anscheinend zu längerem Verweilen entschlossen hatte. Steil und schwarz hob sich der Fels von dem bläulichen Hintergrund ab, wo das in Nebel und Dunst verdämmernde Himmelsgewölbe den fernen Horizont berührte. Das Meer zeigte eine saphirblaue Färbung, wie man sie vor der Küste Cornwalls vielfach antrifft; nur in den unauslotbaren Tiefen unterhalb der Klippen, wo die Höhlen der Robben ihren grimmigen Rachen aufsperrten, ging sie in ein sattes Smaragdgrün über. Braunes, verdorrtes Gras überzog die Felshänge. Das Dornengestrüpp der Stechginsterbüsche war aschgrau, während das Goldgelb der Blütentrauben den Abhang entlangwogte und, wo das Felsgestein zutage trat, linienförmig auf- und niedertauchte. Dcnn wieder verloren sich die Blütenschnüre in immer entferntere farbige Flecken und Punkte, bis sie schließlich ganz ausblichen, wo die Seewinde die vorspringenden Felsklippen kahlfegten und die Vegetation gleichsam unter dem scharfen Schnitt der ständig wehenden Brise verkümmert war. Der gesamte Felshang – eine einzige braune, gelbgeflammte Fläche – glich dem Gefieder einer riesigen Goldammer.

Vom Meer aus gesehen, lag der kleine Hafen zwischen gewaltigen Klippen unmittelbar hinter einem freistehenden Felsen, der von zahlreichen Höhlen und Löchern zerklüftet war, durch die das Meer bei Sturmflut sich donnernd und mit einem Schwall sprühenden Gischtes seinen Weg bahnte. Von hier wand sich die Bucht serpentinenförmig nach Westen; die Hafeneinfahrt war zu beiden Seiten durch zwei kleine, im schwachen Bogen verlaufende Molen geschützt, die aus dunklen, der Länge nach angeordneten Schieferplatten im Verbund mit dicken, eisenbeschlagenen Balken errichtet war. Dahinter ergoß sich das

Meer in das felsige Bett des Flusses, der sich, da er im Winter reißendes Hochwasser führte, schon in alter Zeit tief in die hügelige Landschaft eingegraben hatte. Der Fluß war zunächst tief und wies gelegentlich, wo er breiter wurde, streckenweise Geröll und Gesteinstrümmer auf, die bei niedrigem Wasserstand freilagen und in deren zahlreichen Löchern man bei Ebbe Taschenkrebse und Hummer fand. Zwischen den Felsbrocken staken grobbehauene Pfähle, um die kleinen Küstenschiffe, die den Hafen anzusteuern pflegten, mit Hilfe von Warpleinen hereinziehen zu können. Weiter oben war die Flußtiefe zwar noch immer beträchtlich, da das Gezeitenwasser sich bis weit ins Landesinnere ausdehnte, doch hatte die Strömung sich bereits besänftigt, weil die Hauptmacht des Sturmes sich unten an der Flußmündung brach. Eine runde Viertelmeile landeinwärts erreichte der Fluß noch immer einen hohen Flutwasserstand, doch auch hier gab es bei Niedrigwasser genau wie weiter unten vereinzelte Stellen mit Felsbrocken und Gesteinstrümmern, durch deren Ritzen und Spalten nach dem Rückgang der Flut das Süßwasser des natürlichen Flusses plätschernd hindurchrieselte. Auch hier ragten Pfähle zum Vertäuen der Fischerboote aus dem Wasser hervor. Auf beiden Seiten des Flusses stand je eine Reihe schmucker und massiv gebauter Häuschen, die – in geschützter Lage – fast auf gleicher Höhe wie der Flutwasserpegel errichtet waren. Vor sämtlichen Häuschen erstreckten sich schmale, gepflegte Gärten, in denen altmodische Pflanzen, Blutjohannisbeersträucher, bunte Primeln, Goldlack und Steinkraut üppig gediehen. An der Vorderseite vieler Häuser rankten Waldrebe und Glyzinien. Fensterrahmen und Türpfosten waren leuchtend weiß getüncht, während der kurze Weg, der zu jedem Haus führte, mit hellen Steinplatten ausgelegt war. An einigen Türen gab es kleine angesetzte Vorbauten, vor anderen wiederum standen schlichte, aus Baumstämmen oder alten Fässern grob zusammengefügte Sitzgelegenheiten, und fast überall auf den Fensterbrüstungen standen Kästen oder Töpfe mit Blumen oder Blattpflanzen.

In Häusern, die über den Fluß hinweg genau einander

gegenüber lagen, wohnten zwei junge Männer, die nicht nur gut aussahen, sondern auch erfolgreich und schon seit ihrer frühesten Kindheit eng miteinander befreundet waren, wiewohl sie ständig sich gegenseitig den Rang streitig zu machen suchten. Der eine von ihnen, Abel Behenna, besaß jene zigeunerhaft dunkle Hautfarbe, die bergbautreibende Phöniker auf ihren Fahrten und Wanderungen als Erbe hinterlassen hatten; der andere, Eric Sanson – nach Ansicht des ortsansässigen Heimatforschers eine Entstellung des Namens Sagamanson –, hatte blondes Haar und eine frische rötliche Gesichtsfarbe, ein untrügliches Zeichen, daß das Blut des Nordländers in seinen Adern floß. Die beiden Männer hatten sich offenbar von Anfang an dazu ausersehen, miteinander zu arbeiten und gemeinsam Erfolge zu erringen, füreinander einzutreten und sich bei all ihren Bemühungen zu unterstützen. Jetzt hatten sie an ihrem Tempel der Eintracht gleichsam den Schlußstein eingefügt: sie verliebten sich in ein und dasselbe Mädchen. Zweifellos war Sarah Trefusis von allen Mädchen in Pencastle die hübscheste, und mancher Jüngling hätte nur allzugern sein Glück bei ihr versucht, wären da nicht die beiden Mitbewerber gewesen, die es auszustechen galt und von denen sich jeder für das stärkste und entschlossenste Mannsbild der ganzen Hafenstadt hielt. Die meisten jungen Männer dünkte ein solches Unterfangen sehr schwierig, und weil dem so war, brachten sie den drei Hauptakteuren bei diesem Spiel keinerlei Wohlwollen entgegen; aber auch die jungen Frauen des Ortes, die aus Furcht, es könnte ihnen Schlimmeres zustoßen, sich mit den Sticheleien ihres Liebsten wohl oder übel abfinden und das darin geäußerte Gefühl, nur die Zweitbeste abbekommen zu haben, schweigend ertragen mußten, waren Sarah freilich ebensowenig freundlich gesonnen. Auf diese Weise traf es sich, daß die beiden Männer und die Frau im Laufe eines Jahres – denn unter einfachen Leuten freit man bedächtig – des öfteren zusammenkamen. Alle waren zufrieden, und so spielte Zeit keine Rolle. Sarah gab sich selbstgefällig und ein wenig frivol, wobei sie sorgsam darauf achtete, sich auf stille, unauffällige Weise an Männern und Frauen gleichermaßen zu rächen. Wenn eine junge Frau nur einen einzigen nicht ganz zufriedengestellten Liebhaber aufweisen kann, mit dem sie ein Verhältnis hat, dürfte sie nicht gerade besonders erfreut sein, wenn ihr Begleiter ständig verliebte Augen einem besser aussehenden Mädchen macht, das gleich von zwei Verehrern umschwärmt wird.

Schließlich kam eine Zeit, vor der Sarah sich fürchtete und die sie immer wieder aufzuschieben versucht hatte: die Zeit, wo sie sich zwischen den zwei Männern entscheiden mußte. Sie mochte alle beide, und in der Tat hätte jeder von ihnen auch die Vorstellungen und Wünsche eines noch anspruchsvolleren Mädchens vollauf zu erfüllen gewußt. Sarahs Gemüt war jedoch so beschaffen, daß sie weniger an ihren möglichen Gewinn dachte, als vielmehr an das, was sie verlieren könnte, und sooft sie glaubte, ihre Entscheidung sei nun endgültig gefallen, kamen ihr alsbald Bedenken, ob sie bei ihrer Wahl klug gehandelt habe. Immer wieder erschien ihr der Mann, den sie dann verloren zu haben meinte, im Lichte einer von Mal zu Mal reicheren Fülle unbestreitbarer Vorzüge, als sie sie ihm im Falle ihres Jaworts jemals zugestanden hätte. Jedem der Männer hatte sie an ihrem Geburtstag die Bekanntgabe ihrer endgültigen Entscheidung in Aussicht gestellt, und dieser Tag, der 11. April, war nun gekommen. Sarah hatte ihr Versprechen den beiden Männern getrennt und vertraulich gegeben, freilich Mannsleuten, die ein solches Versprechen schwerlich vergaßen. Und so kam es, daß an jenem Tage beide Rivalen schon in aller Herrgottsfrühe vor Sarahs Haustür ungeduldig auf und ab gingen. Keiner hatte den anderen in sein Vertrauen gezogen; jeder war lediglich darauf bedacht, möglichst früh eine Antwort zu erhalten und nötigenfalls seinen Anspruch auf Heirat geltend zu machen. Nun nimmt Damon, wenn er einen Heiratsantrag zu machen gedenkt, Phintias in der Regel nicht mit; auch im Herzen der beiden Männer beanspruchten eigene Interessen einen weitaus höheren Rang als freundschaftliche Gefühle. Während des ganzen Tages wich einer dem anderen nicht von der Seite. Die Situation war für Sarah gewiß etwas peinlich, und obwohl die Tatsache, daß sie so umworben wurde, fraglos ihrer Selbstgefälligkeit schmeichelte, gab es doch Augenblicke, wo sie über die Beharrlichkeit der beiden Männer verärgert war. Sie tröstete sich dann damit, wenn sie in den krampfhaft bemüht lächelnden Gesichtern der anderen Mädchen, die an ihrer zwiefach beschützten Haustür vorübergingen, nichts als puren Neid und blanke Eifersucht erkannte. Sarahs Mutter war eine gewöhnliche Frau, die von niedrigen und eigensüchtigen Gedanken beherrscht wurde. Da sie sah, wie die Dinge standen, war ihr nur an einer Sache gelegen, und sie zögerte auch nicht, ihrer Tochter unumwunden klarzumachen, worauf es ihr ankam: Sarah sollte die beiden Freier nach Strich und Faden schröpfen. Berechnenderweise hatte sie sich, als man immer dringender um die Hand ihrer Tochter anhielt, im Hintergrund gehalten, soweit es möglich war, und den Gang der Dinge schweigend verfolgt. Zunächst war Sarah über das Ansinnen ihrer Mutter empört; doch wie gewöhnlich hatte sie sich aus Nachgiebigkeit gefügt und war jetzt mit dem Vorschlag einverstanden. Daher überraschte es sie nicht, daß ihr die Mutter im kleinen Hof hinter dem Haus zuflüsterte:

»Geh ein Weilchen den Hang hinauf; ich will mit den beiden reden. Die sind ja ganz vernarrt in dich! Jetzt ist die beste Zeit, alles ins reine zu bringen.« Sarah wollte etwas einwenden, aber ihre Mutter gebot ihr Ruhe.

»Ich sag dir doch, Mädel, mein Entschluß steht fest! Beide Mannsbilder sind hinter dir her, aber nur einer kann dich bekommen. Bevor du dir den einen angelst, müssen wir die Sache so drehen, daß du alles bekommst, was beide zusammen haben! Keine Widerrede, Kind! Geh ein bißchen spazieren, und wenn du zurückkommst, ist alles ausgestanden. Die Sache ist doch ganz einfach!« Sarah schlenderte also durch das goldgelbe Blütenmeer der Stechginsterbüsche den Berghang hinauf, während Mrs. Trefusis sich zu den beiden Männern gesellte, die im Wohnzimmer des kleinen Hauses warteten.

Mit dem Mut der Verzweiflung, der allen Müttern eigen ist, wenn sie an ihre Kinder denken, wie gemein und schäbig diese Gedanken auch sein mögen, ging sie sofort zum Angriff über. »Also ihr beiden! Ihr seid also beide in meine Sarah verknallt!«

Ihr betretenes Schweigen deutete darauf hin, daß sie dieser umumwundenen Behauptung zustimmten. Mrs. Trefusis fuhr fort: »Keiner von euch besitzt viel!« Wieder nahmen die Männer den gelinden Vorwurf mit Stillschweigen hin. »Ich weiß nicht, ob einer von euch für eine Frau sorgen könnte.« Obwohl keiner ein Wort sprach, drückten Blicke und Haltung der Männer eine völlig andere Meinung aus. Unbeirrt fuhr Mrs. Trefusis fort: »Doch wenn ihr das, was ihr beide habt, zusammenlegt, könntet ihr für einen von euch und für meine Sarah ein gemütliches Zuhause schaffen.« Aus halbgeschlossenen Augen beobachtete sie die Männer eine Weile, und nachdem sie zu der Überzeugung gelangt war, daß man sich mit ihrem Vorschlag abzufinden begann, nahm sie ihre Rede rasch wieder auf, als wollte sie jeden Einwand von vornherein unterbinden:

»Das Mädel mag euch alle beide, und vielleicht fällt es ihr schwer, sich zu entscheiden. Warum laßt ihr nicht das Los entscheiden? Zuerst legt euer Geld zusammen, denn ich weiß, jeder von euch hat etwas auf die hohe Kante gelegt. Der glückliche Gewinner soll das ganze Geld nehmen und damit Geschäfte machen; wenn er dann nach Hause kommt, soll er Sarah heiraten. Keinem ist doch hoffentlich bange davor!? Und keiner von euch soll behaupten, daß er für das Mädel, in das ihr nach euren eigenen Worten beide verliebt seid, nicht soviel übrig hat!«

Abel brach das Schweigen:

»Ist aber nicht gerade anständig, um die Sarah zu losen! Sie selber möchte es bestimmt nicht, und es ist ihr gegenüber ...«

»... alles andere als zuvorkommend«, fuhr Eric dazwischen. Er wußte, daß, falls Sarah sich zwischen beiden entscheiden würde, seine eigenen Chancen nicht so gut standen wie die Abels.

»Habt ihr etwa vorm Zufall Angst?«

»Ich nicht!« erwiderte Abel auftrumpfend. Als Mrs. Trefusis sah, daß ihre Rechnung aufzugehen begann, war sie nur noch darauf bedacht, ihren Vorteil auszunutzen.

»Es ist also abgemacht, daß ihr euer Geld zusammenlegt, um für meine Tochter ein Zuhause zu schaffen, ganz gleich, ob ihr nun um sie das Los werft oder die Wahl ihr überlaßt?«

»Ja«, antwortete Eric rasch, und Abels Stimme klang ebenso fest und entschlossen, als er sein Einverständnis kundtat. In Mrs. Trefusis' listige Blicke trat ein Leuchten. Sie hörte Sarahs Schritte auf dem Hof und sagte:

»Hier kommt sie selber; alles weitere möchte ich daher ihr überlassen.« Und schon war sie aus dem Zimmer.

Während des kurzen Spaziergangs auf dem Abhang hatte Sarah sich ernstlich bemüht, einen Entschluß zu fassen, konnte aber nur Unmut, ja fast Erbitterung gegenüber den Männern empfinden, die sie in diese unangenehme Lage gebracht hatten. Kaum hatte sie das Zimmer betreten, sagte sie in unwirschem Ton:

»Ich will mit euch zweien reden. Kommt 'rauf nach Flagstaff Rock; dort sind wir ungestört.« Sie nahm ihren Hut, verließ das Haus und begann den gewundenen Pfad zur Spitze des Steilfelsens mit seinem hochragenden Flaggenmast hinaufzusteigen, wo einst Strandräuber ihre trügerischen Feuerzeichen entzündet hatten. Dieser Felsen bildete die nördliche Begrenzung des kleinen Hafenbekkens. Der zum Gipfel des Felsens führende Pfad war so schmal, daß nur zwei nebeneinander gehen konnten, und die Tatsache, daß Sarah auf Grund einer Art von stillschweigender Übereinkunft voranschritt, während die Männer Seite an Seite im Gleichschritt folgten, machte deutlich, wie die Dinge standen. Eifersucht hatte die Gefühle der beiden Rivalen aufgepeitscht. Als sie die Spitze des Felsens erreicht hatten, lehnte sich Sarah mit dem Rücken gegen den Flaggenmast, so daß die beiden Männer ihr gegenüber standen. Sie hatte diese Stellung mit Vorbedacht und in voller Absicht eingenommen, denn so konnte sich niemand neben sie drängen. Eine Weile schwiegen sie, dann nahm Sarah lachend das Wort:

»Ich habe euch beiden versprochen, euch heute eine Antwort zu geben. Ich habe immer und immer wieder nachgedacht, bis ich auf euch regelrecht böse wurde, weil ihr mich so quält; und selbst jetzt bin ich einer Entscheidung offenbar um keinen Deut näher als zuvor.« Plötzlich sagte Eric:

»Lassen wir doch das Los entscheiden, Mädel!« Sarah zeigte sich über den Vorschlag keineswegs betroffen oder gar entrüstet; durch den ständigen Einfluß ihrer Mutter hatte sie sich mit einem derartigen Plan bereits abgefunden, wobei ihr unselbständiges Wesen sie noch darin bestärkte, nach jeder Möglichkeit zu greifen, die der verfahrenen Situation ein Ende bereitete. Mit niedergeschlagenen Augen zupfte Sarah verlegen am Saum ihres Kleides, und es sah so aus, als habe sie sich insgeheim mit dem Vorschlag einverstanden erklärt. Die beiden Männer mußten dies instinktiv erkannt haben, denn jeder zog plötzlich eine Münze aus der Tasche, schleuderte sie in die Luft, fing sie mit der ausgestreckten Hand auf und ließ die andere Hand wie zur Bekräftigung darauf fallen. Sie standen schweigend, dann sagte Abel, der der nachdenklichere von beiden war:

»Soll das gelten, Sarah?« Dabei deckte er die Münze auf und steckte sie zurück in die Tasche. Sarah aber war jetzt verärgert.

»Was heißt hier: gelten?! Mir reicht's allemal! Macht doch, was ihr wollt!« stieß sie hervor. Abel war um eine Antwort nicht verlegen:

»So haben wir nicht gewettet, Mädchen! Alles, was dich angeht, ist auch gut genug für mich. Ich dachte ja bloß an dich, damit du nachher die Sache nicht bereust oder enttäuscht bist. Wenn du Eric mehr liebst als mich, dann sag es in Gottes Namen, und ich glaube, daß ich Manns genug bin, um verzichten zu können. Das gleiche gilt aber auch, wenn ich derjenige welcher sein sollte: mach uns beide nicht fürs ganze Leben unglücklich!« Wieder zeigte sich Sarahs Unfähigkeit, selbständig Entscheidungen zu treffen; sie schlug die Hände vors Gesicht und begann zu schluchzen:

»Es war doch immer meine Mutter, die – sie sagt mir immer, was ich tun soll!« Eine Weile herrschte Stille, dann brach Eric das Schweigen und begann Abel heftige Vorwürfe zu machen:

»Kannst du das Mädel nicht in Frieden lassen? Wenn sie sich so entscheiden will, laß sie doch. Für mich ist es allemal gut genug – und für dich auch! Sie hat es eben selber gesagt und muß sich daran halten!« Plötzlich geriet Sarah in Wut und schrie Eric an:

»Halt du doch deinen Mund! Und überhaupt – was geht dich denn das an?« Sie schluchzte und weinte stärker als zuvor. Eric war so verblüfft, daß er nicht ein Wort herausbrachte. Verlegen und der Lächerlichkeit preisgegeben stand er da, mit weitgeöffnetem Mund und ausgestreckten Händen, die noch immer die aufgefangene Münze umschlossen. Unvermittelt nahm Sarah die Hände vom Gesicht und begann hysterisch zu lachen: »Da ihr beide euch nicht entschließen könnt, geh' ich jetzt nach Hause!«

»Hiergeblieben!« fuhr Abel sie gebieterisch an. »Eric, du nimmst die Münze, und wenn ich ›los‹ sage, schleuderst du sie in die Luft. Ehe wir aber die Sache bereinigen, wollen wir eins festhalten: Wer gewinnt, bekommt das ganze Geld, das wir beide besitzen, nimmt es nach Bristol mit, schifft sich dort ein und versucht, es im Ausland durch Handel zu vermehren. Dann kommt er zurück und heiratet Sarah, und das ganze Geld, ganz gleich wieviel, das durch den Handel hereingekommen ist, gehört allen beiden. Sind wir uns darin einig?«

»Ja«, sagte Eric.

»An meinem nächsten Geburtstag werde ich ihn heiraten«, versicherte Sarah. Doch kaum hatte sie diese Worte ausgesprochen, als ihr das Niedrige und Gewinnsüchtige ihrer Handlungsweise zum Bewußtsein kam: Das Blut schoß ihr ins Gesicht und sie wandte sich impulsiv ab. Aus den Blicken beider Männer schien Feuer zu sprühen. »Also übers Jahr«, sagte Eric. »Wer gewinnt, soll ein Jahr Zeit haben.«

»Los!« kommandierte Abel, und die Münze flog in die Luft, Eric fing sie mit ausgestreckten Händen auf.

»Kopf!« schrie Abel, blaß vor innerer Erregung. Als er sich über Erics Hände beugte, lehnte sich auch Sarah nach vorn, so daß sie sich fast berührten. Als er ihr Haar auf seiner Wange spürte, strömte es wie Feuer durch seine Adern. Eric nahm die obere Hand fort: Der Kopf der Münze wies nach oben. Abel ging auf Sarah zu und schloß sie in die Arme, während Eric das Geldstück mit einem Fluch weit ins Meer schleuderte. Dann lehnte er sich gegen den Flaggenmast und blickte – die Hände tief in den Taschen vergraben – finster vor sich hin. Unterdessen flüsterte Abel Worte der Zuneigung und des Entzückens Sarah ins Ohr, und je länger sie ihm zuhörte, um so mehr war sie gewiß, daß das Schicksal ihren geheimen Herzenswunsch richtig gedeutet hatte und daß sie Abel am meisten liebte.

Als Abel wieder aufsah, fiel sein Blick auf Erics Gesicht, dessen natürliche Röte im letzten Licht der untergehenden Sonne an Leuchtkraft gewonnen zu haben schien, so, als würde ihm das Blut aus allen Poren hervorquellen. Abel, der in seinem Innern endlich Ruhe gefunden hatte, nahm Eric die finstere Miene nicht übel, ja er empfand sogar Mitleid mit seinem Freund. Er streckte ihm die Hand entgegen und versuchte, ihn so gut es ging zu trösten:

»Das Glück war mir eben hold, alter Junge. Sei mir drum nicht böse. Ich will mich bemühen, Sarah glücklich zu machen, und du sollst uns beiden ein Bruder sein!«

»Zum Teufel mit dem Bruder!« antwortete Eric und wandte sich zum Gehen. Nachdem er den felsigen Pfad einige Schritte hinabgestiegen war, drehte er sich unvermittelt um und kam noch einmal zurück. Vor Abel und Sarah, die noch immer umschlungen, blieb Eric stehen:

»Du hast ein Jahr Zeit. Nutze sie gut! Und vergiß nicht, Sarah rechtzeitig als deine Frau zu beanspruchen! Sieh zu, daß du das Aufgebot rechtzeitig bekanntgibst, wenn du am 11. April heiraten willst. Andernfalls werde ich mein Aufgebot bekanntmachen lassen, und für dich ist es dann vielleicht zu spät.«

»Was soll das heißen, Eric? Du bist ja wahnsinnig!«

»Nicht mehr als du, Abel Behenna! Du gehst auf

Reisen – dein Risiko! Ich bleibe hier, und das ist meine Chance! Und glaube ja nicht, daß ich lange Umstände machen werde oder untätig bleibe. Noch vor fünf Minuten hatte Sarah für dich nicht mehr übrig als für mich; kann doch sein, daß ihr das wieder einfällt, fünf Minuten, nachdem du weg bist! Bisher hast du nur einen Punkt Vorsprung – das Spiel kann sich aber noch ändern!«

»Das Spiel wird sich nicht ändern!« trumpfte Abel auf. »Sarah, du wirst mir doch treu sein und nicht heiraten, bis ich wieder da bin?!«

»Für ein Jahr«, fügte Eric rasch hinzu, »so ist es abgemacht.«

»Für die Dauer eines Jahres, das verspreche ich«, gelobte Sarah. Abels Gesicht verfinsterte sich, und er wollte etwas sagen, beherrschte sich aber und lächelte.

»Ich darf mich heute abend nicht ärgern. Laß es wieder gut sein, Eric! Wir haben als Rivalen gespielt. Ich habe ehrlich gewonnen. Auch habe ich bei meinen Bemühungen um Sarah stets ein ehrliches Spiel gespielt. Das weißt du ebensogut wie ich. Und wenn ich jetzt auf große Fahrt gehe, erwarte ich von meinem alten und einzigen Freund, daß er mir beisteht.«

»Keinen Finger werde ich für dich krumm machen«, sagte Eric, »so wahr mir Gott helfe!«

»Gott half mir«, erwiderte Abel schlicht.

»Dann soll Er dir auch weiter helfen«, gab Eric unwirsch zurück, »für mich ist der Teufel gut genug!« Und damit stürmte er den abschüssigen Pfad hinunter und verschwand hinter den Felsen.

Als Eric fort war, hoffte Abel, von Sarah ein paar Zärtlichkeiten zu hören, doch schon ihre ersten Worte wirkten wie eine kalte Dusche.

»Wie einsam doch alles ohne Eric ist!« Diese Bemerkung klang ihm noch lange in den Ohren.

Am nächsten Morgen hörte Abel in aller Frühe ein Geräusch an der Tür, und als er hinausging, sah er gerade noch, wie sich Eric rasch entfernte: Ein kleiner Segeltuchbeutel voller Gold- und Silbermünzen lag auf der Schwelle; auf einem angehefteten Zettel war zu lesen:

»Nimm das Geld und geh. Ich bleibe. Gott mit dir! Der Teufel für mich! Denk an den 11. April. E. S.«

Noch am gleichen Nachmittag begab sich Abel nach Bristol, und schon eine Woche später war er mit der *Star of the Sea* unterwegs nach Pahang. Sein Geld einschließlich der Summe, die Eric gehört hatte, war an Bord in Form eines Postens billiger Spielsachen verstaut. Ein gewitzter alter Matrose aus Bristol, mit dem er von früher bekannt war und der sich in den Lebensgewohnheiten der Malaien auskannte, hatte ihm diesen Rat gegeben und vorausgesagt, daß jeder investierte Penny ihm als Shilling zurückerstattet würde.

Im Laufe des Jahres machte sich bei Sarah eine zunehmende Verwirrung ihrer Gefühle bemerkbar. Eric war stets zugegen, wenn es darum ging, ihr in der ihm eigenen meisterhaften Art wiederholt den Hof zu machen, wogegen sie auch nichts einzuwenden hatte. Von Abel kam lediglich ein Brief, in dem er mitteilte, daß seine Spekulationen erfolgreich gewesen seien, daß er ferner runde zweihundert Pfund an die Bank von Bristol überwiesen habe und daß er schließlich mit den restlichen fünfzig Pfund, die in Waren für China investiert waren, noch weiter zu spekulieren gedenke, denn die *Star of the Sea* sei nach China unterwegs, von wo sie wieder nach Bristol auslaufen würde. Er schlug vor, daß Erics Anteil am Risikokapital ihm zusammen mit seinem Gewinnanteil zurückerstattet werden sollte. Dieser Vorschlag stieß bei Eric auf Verbitterung, während er von Sarahs Mutter als schlechthin kindisch abgetan wurde.

Über sechs Monate waren seitdem vergangen, aber Abel ließ nichts von sich hören, und Erics Hoffnungen, die durch den Brief aus Pahang erschüttert worden waren, begannen wieder zu steigen. Ständig lag er Sarah mit dem Wörtchen »wenn« in den Ohren. Wenn Abel nicht zurückkehrte, würde sie ihn dann heiraten? Wenn der 11. April vorübergeht, ohne daß Abel im Hafen auftaucht, würde sie dann auf Abel verzichten? Wenn Abel Erics Vermögen an sich gebracht und nun ein anderes Mädchen vom Fleck weg geheiratet hat, würde sie ihn,

Eric, dann heiraten, sobald die Wahrheit ans Licht gekommen ist?

Und so weiter und so fort in immer wieder neuen Varianten. Erics Willenskraft und sein entschlossenes Handeln gewannen einen zusehends stärkeren Einfluß auf das nachgiebige und wankelmütige Wesen der Frau. Allmählich verlor sie das Vertrauen zu Abel und betrachtete Eric als möglichen Gatten; und ein möglicher Ehemann unterscheidet sich in den Augen einer Frau durchaus von anderen Männern. Eine neuerliche Zuneigung zu ihm begann in Sarah aufzukeimen, und die täglichen Vertraulichkeiten, die sie Eric erlaubt hatte, ließen das anfänglich vage Gefühl nur noch tiefer in ihr Bewußtsein dringen. Sarah betrachtete Abel immer mehr als Hindernis auf ihrem bisherigen Lebensweg, und hätte ihre Mutter sie nicht ständig an das hübsche Sümmchen erinnert, das bereits in der Bank von Bristol lagerte, wäre sie wohl versucht gewesen, die Augen vor der Existenz Abels ein für allemal zu verschließen.

Der 11. April war ein Sonnabend. Damit nun die Trauung an diesem Tage stattfinden konnte, mußte das Aufgebot am Sonntag, dem 22. März, bekanntgegeben werden. Seit Beginn dieses Monats redete Eric nur noch über die Abwesenheit Abels, und seine unverblümte Meinung, letzterer könne nur tot oder verheiratet sein, nahm allmählich auch in Sarahs Vorstellung konkrete Gestalt an. Mit jedem Tag, der verging, wurde Eric zuversichtlicher. Nach dem Gottesdienst am fünfzehnten unternahm er mit Sarah einen Spaziergang zum Flagstaff Rock. Dort wurde er zum ersten Mal deutlich:

»Ich habe Abel und auch dir gesagt, wenn er nicht rechtzeitig hier ist, um sich für den elften aufbieten zu lassen, bestelle ich mein Aufgebot für den zwölften. Jetzt ist es soweit, und ich werde meine Absicht wahr machen. Er hat sein Wort nicht gehalten ...« Hier fand Sarah trotz ihrer Schwäche und Unentschlossenheit den Mut, Eric ins Wort zu fallen:

»Er hat es aber auch noch nicht gebrochen!« Eric knirschte vor Wut mit den Zähnen.

»Wenn du dich für ihn stark machen willst«, sagte er, während er mit den Fäusten wie von Sinnen gegen den Flaggenmast schlug, »schön und gut. Ich jedenfalls halte mich an die Abmachung. Am Sonntag werde ich das Aufgebot bestellen, und es steht dir frei, in der Kirche dagegen Einspruch zu erheben. Wenn Abel am elften in Pencastle ist, kann er ja mein Aufgebot für null und nichtig erklären lassen und sein eigenes bestellen; doch bis dahin behalte ich meinen Kurs bei, und wehe dem, der mir dabei im Wege steht!« Damit rannte er Hals über Kopf den steinigen Pfad hinab, und Sarah konnte nicht umhin, Erics Kraft und Kampfesmut, die er von seinen normannischen Vorfahren geerbt hatte, zu bewundern, als er mit langen Schritten den Abhang überquerte und sich entlang den Klippen in Richtung auf Bude entfernte.

Da auch im Verlauf der Woche Abel nichts von sich hören ließ, bestellte Eric am Sonnabend das Aufgebot der Eheschließung zwischen sich und Sarah Trefusis. Der Geistliche wollte Einwände erheben, denn obwohl die Nachbarschaft amtlicherseits nicht in Kenntnis gesetzt worden war, galt es seit Abels Einschiffung doch als ausgemacht, daß er nach seiner Rückkehr Sarah ehelichen sollte; aber Eric wollte darüber nicht reden.

»Es ist eine recht peinliche Angelegenheit, Hochwürden«, sagte er mit einer Entschlossenheit, die ihre Wirkung auf den noch sehr jungen Pfarrer nicht verfehlte. »Gegen Sarah oder mich ist doch gewiß nichts einzuwenden. Warum dann soviel Aufhebens?«

Der Geistliche drang nicht weiter in ihn, und am nächsten Tag verlas er das Aufgebot zum ersten Mal unter hörbarem Gemurmel der Gemeinde. Entgegen der Gewohnheit war Sarah anwesend, und wiewohl ihre Verlegenheit sie erröten machte, genoß sie ihren Triumph über die anderen Mädchen, deren Aufgebot noch nicht bekanntgegeben worden war. Noch vor Ablauf der Woche begann sie mit der Anfertigung ihres Hochzeitskleides. Eric besuchte sie manchmal, um ihr bei der Arbeit zuzusehen, und schon der Anblick des Brautkleides versetzte ihn in freudige Erregung. Bei derartigen Gelegenheiten flüsterte er Sarah allerlei zärtliche Ungereimtheiten ins Ohr, und beide schwelgten im Vorgefühl erfüllter Liebe.

Am 29. wurde das Aufgebot zum zweiten Mal verlesen. Mit jedem Tag, der verging, sah sich Eric in seiner Zuversicht bestärkt, auch wenn er mitunter schier verzweifeln wollte bei dem Gedanken, daß der Kelch des Glücks noch im allerletzten Augenblick von seinen Lippen gerissen werden konnte. Dann verlor er die Beherrschung; in ohnmächtiger Wut knirschte er mit den Zähnen und ballte verzweifelt die Fäuste, als sei das berserkerhafte Ungestüm seiner Vorfahren in seinem Blut noch immer nicht zur Ruhe gekommen. Am Donnerstag dieser Woche besuchte er Sarah abermals, die im sonnendurchfluteten Zimmer gerade dabei war, letzte Hand an ihr weißes Brautgewand zu legen. Eric war in fröhlicher Stimmung, und der Anblick der Frau, die er so bald heimzuführen gedachte, erfüllte ihn mit unaussprechlicher Freude und raubte ihm fast die Sinne. Er beugte sich über Sarah, küßte sie zärtlich und flüsterte ihr dann ins Ohr:

»Ach, Sarah, was für ein Hochzeitskleid! Und denk mal: für mich!« Als er einen Schritt zurück machte, um sie zu bewundern, warf sie ihm einen herausfordernden Blick zu und sagte: »Vielleicht auch nicht für dich. Abel hat noch über eine Woche Zeit!« Sie stieß einen angstvollen Schrei aus, denn Eric stürzte wild gestikulierend mit einem gräßlichen Fluch auf den Lippen aus dem Hause und schlug mit aller Macht die Tür hinter sich zu. Der Vorfall beunruhigte Sarah mehr, als sie selber es für möglich gehalten hätte, kamen ihr doch erneut alle früheren Befürchtungen und Zweifel sowie ihre Unentschlossenheit zum Bewußtsein. Eine Weile schluchzte sie vor sich hin, dann legte sie das Kleid beiseite und machte sich auf den Weg zum Gipfel von Flagstaff Rock, wo sie, um wieder zu sich selbst zu finden, ausruhen wollte. Oben angelangt, fand sie eine kleine Gruppe von Menschen, die besorgt über das Wetter sprachen. Die See lag spiegelglatt und die Sonne schien schon kräftig, doch jenseits des Meeres zogen sich seltsame, aus Hell und Dunkel geschichtete

Linien hin, und die Felsen in Küstennähe trugen Kronen aus trübem Schaum, der sich je nach der Strömung in großen weißen Bögen und Kreisen ausbreitete. Der Wind war umgesprungen und wehte in scharfen kalten Stößen. Die Brandungskehle, die unterhalb von Flagstaff Rock von der Felsenbucht draußen bis zum eigentlichen Hafen im Innern verlief, erdröhnte in regelmäßigen Abständen, und die Möwen, die über der Hafeneinfahrt ihre endlosen Kreise zogen, schrien unablässig.

»Es sieht böse aus«, hörte Sarah einen alten Fischer zur Küstenwacht sagen, »genau so hab' ich's schon einmal erlebt, damals, als der Ostindienfahrer *Coromandel* in Dizzard Bay zu Bruch ging!« Da hielt es Sarah nicht länger, denn überall, wo Anzeichen drohender Gefahr lauerten, erwies sie sich als ein recht furchtsames Ding, und Berichte über Wracks und Katastrophen konnte sie einfach nicht ertragen. So ging sie nach Hause und nahm die Arbeit an ihrem Brautkleid wieder auf, insgeheim fest entschlossen, Eric, sobald sie ihm begegnete, mit besänftigenden Worten Abbitte zu tun – und bei der ersten besten Gelegenheit nach der Heirat es ihm mit gleicher Münze heimzuzahlen.

Die Wetterprophezeiung des alten Fischers sollte sich bewahrheiten. An diesem Abend brach mit heraufziehender Dämmerung ein furchtbares Unwetter los. Die tobende See peitschte wütend gegen die westlichen Küstenstriche von Skye bis zu den Scilly-Inseln und hinterließ überall Spuren des Verderbens. Sämtliche Matrosen und Fischer von Pencastle hatten sich oben auf den Felsen und Klippen eingefunden und blickten angestrengt hinaus in das brodelnde Dunkel. Plötzlich fuhr ein Blitz hernieder, in dessen grellem Schein die Männer eine Ketsch erkannten, die mit nur einem Klüver etwa eine halbe Meile außerhalb des Hafens dahintrieb. Sofort richteten sich alle Augen und alle Gläser auf das in Seenot geratene Schiff, und als der nächste Blitz die Luft durchzuckte, klang es wie ein Chor, daß das Schiff die *Lovely Alice* sei, die zwischen Bristol und Penzance verkehrte und alle dazwischenliegenden kleinen Häfen anlief. »Möge der Allmächtige ihnen beistehen!« sagte der Hafenmeister, »denn nichts auf der Welt kann sie noch retten, wenn sie zwischen Bude und Tintagel sind und der Wind landeinwärts weht!« Mit fast übermenschlicher Anstrengung hievten und zogen die Männer der Küstenwacht, unterstützt von zahlreichen freiwilligen Helfern, das schwere Gerät zum Abschießen von Leuchtraketen auf den Gipfel von Flagstaff Rock. Blaufeuer wurden entzündet, um der Besatzung der *Lovely Alice* die Einfahrt in das Hafenbecken zu erleichtern, falls das Schiff überhaupt noch manövrierfähig war. An Bord wurde unterdessen verbissen gearbeitet; doch weder Seemannskunst noch Menschenkraft vermochte das Unheil abzuwenden. Unaufhaltsam trieb die *Lovely Alice* auf den großen Inselfelsen an der Hafenmündung zu, der ihr binnen weniger Minuten zum Verhängnis werden sollte. Nur schwach drangen durch das Tosen des Sturms die verzweifelten Schreie der Männer an Bord, als sie sich, in der Hoffnung, zu überleben, ins Meer stürzten. Die Blaufeuer wurden erneuert; auch suchte man angestrengt die Wasseroberfläche ab, ob nicht irgendwo ein Gesicht auftauchen würde, und hielt Seile bereit, die man den Schiffbrüchigen zuwerfen wollte. Weit und breit war jedoch kein menschliches Antlitz zu sehen, und die Arme der Helfer blieben untätig. Auch Eric stand mit seinen Kameraden auf Flagstaff Rock. Nie hätte er seine altisländische Herkunft weniger zu verleugnen vermocht als in dieser Stunde der entfesselten Naturgewalten. Er griff sich ein Seil und schrie dem Hafenmeister ins Ohr: »Ich geh' mal 'runter auf den Felsen über der Robbenhöhle. Die Flut steigt, und vielleicht wird jemand dort angetrieben!« »Zurück, Mann! Bist du wahnsinnig? Ein falscher Schritt auf der Felsklippe, und du bist verloren! Keiner kann sich bei solchem Sturm an so einer gefährlichen Stelle halten, und dazu noch bei Dunkelheit!«

»Ich bin durchaus nicht wahnsinnig«, entgegnete Eric. »Du erinnerst dich doch noch bestimmt, daß Abel Behenna mich aus Seenot rettete, als mein Boot am Möwenfelsen zerschellte. Er zog mich aus dem Wasser der Robbenhöhle in allerletzter Minute, und genau wie ich damals kann doch auch jetzt jemand hineingeschleudert worden sein!« Und schon war er in der Dunkelheit verschwunden. Der vorspringende Fels verdeckte das Signalfeuer auf Flagstaff Rock, aber er kannte den Weg zu gut, um sein Ziel zu verfehlen. Im Vertrauen auf seine Unerschrockenheit stand er sicheren Fußes hoch oben auf dem rundgipfligen Felsen, der weiter unten durch die zerstörerische Kraft der anbrandenden Wogen ausgewaschen war, unmittelbar über dem Eingang zur Robbenhöhle, wo sich das Wasser in unergründlichen Tiefen verlor. Dort also stand Eric in verhältnismäßiger Sicherheit, denn die ausgekehlte Form des Felsens schlug die Wellen gleichsam zurück und nahm ihnen so ihre verderbenbringende Kraft; obwohl es in der See unter ihm wie in einem siedenden Kessel zu brodeln schien, entdeckte er in unmittelbarer Nähe eine Stelle, wo offenbar fast Windstille herrschte. Auch der Felsen schien hier das Brausen des Sturms zu dämpfen, und Eric lauschte und spähte angestrengt in die Nacht hinaus. Als er so mit wurfbereitem Seil breitbeinig auf der Felsspitze verharrte, glaubte er unter sich, etwas außerhalb des wirbelnden Wassers, einen schwachen verzweifelten Schrei zu hören. Er schrie zurück und wartete, bis das Echo verebbt war, und als der nächste Blitzstrahl herniederzuckte, schleuderte er das Seil weit hinaus in jene Richtung, wo er vorhin in dem wirbelnden Gischt ein Gesicht erkannt hatte. Das Seil wurde offenbar ergriffen, denn er spürte, wie es sich straffte, und wieder schrie Eric mit seiner weithin schallenden Stimme:

»Schling – dir – das – Seil – um – die – Hüfte, dann – zieh' – ich – dich – hoch!« Als das Seil nicht mehr nachgab, ging er vorsichtig am Felsrand entlang hinüber auf die andere Seite der Robbenhöhle, wo das tiefe Wasser etwas ruhiger war und wo er sicher genug stehen konnte, um den Geretteten auf die überhängende Felsplatte zu hieven. Er begann zu ziehen, und bald erkannte er an der Länge des eingeholten Seiles, daß der Mann, den er jetzt aus Seenot rettete, jeden Augenblick über dem Rand des Felsvorsprungs auftauchen mußte. Er ruhte sich eine Weile aus, dann atmete er tief ein, in der Hoffnung, die

Bergungsaktion beim nächsten Anlauf abschließen zu können. Eric hatte sich gerade wieder niedergebeugt, um sich an die Arbeit zu machen, als ein neuerlicher Blitz den nachtdunklen Himmel zerriß. Im Bruchteil einer Sekunde hatten die beiden Männer sich erkannt – der Retter und der Gerettete.

Eric Sanson und Abel Behenna schauten sich gegenseitig ins Auge; und niemand sonst wußte von dieser Begegnung, nur sie allein – und Gott.

Erbitterung und Zorn stiegen in Eric auf. Alle seine Hoffnungen waren zunichte und wie weiland Kain fühlte auch er jetzt nichts als unbändigen Haß. Auf Abels Gesicht glaubte er in der kurzen Spanne des Erkennens die Freude darüber widergespiegelt zu sehen, daß ausgerechnet die Hand des früheren Rivalen ihm Hilfe bot. Erics Haß schlug in ohnmächtige Wut um. In äußerster Erregung sprang er zurück und ließ dabei das Seil aus den Händen gleiten. Zwar regte sich nach der Woge des Hasses sogleich sein besseres Ich, doch es war schon zu spät.

Ehe er noch einen Halt finden konnte, verstrickte sich Abel in das Seil, das ihm zur Rettung hatte dienen sollen, und stürzte mit einem markerschütternden Schrei zurück in die undurchdringliche Finsternis der brodelnden See.

Plötzlich war Eric, als laste auf ihm die Wahnsinnstat und Verblendung des Brudermörders Kain, und wie von Sinnen rannte er, der Gefahr nicht achtend, über die Felsen zurück, nur um so schnell wie möglich wieder unter anderen Menschen zu sein, deren Lebensäußerungen ihn jenen letzten gräßlichen Schrei vergessen machen würden, den er, wie er meinte, in seinen Ohren noch immer fortklingen hörte. Als er auf Flagstaff Rock eintraf, drängten sich die Männer um ihn, allen voran der Hafenmeister, dessen Worte Eric wegen des wütenden Unwetters nur wie aus weiter Ferne vernahm: »Wir hatten schon Angst um dich, als wir den Schrei hörten! Du bist ja kreidebleich! Wo ist denn dein Seil? Wurde jemand an Land getrieben?«

»Nein, niemand«, gab er, noch ganz erschöpft, zur Antwort, denn nie würde er imstande sein, den anderen zu erklären, daß er seinen alten Freund und Kameraden hatte wieder ins Meer zurückstürzen lassen, dazu noch an genau derselben Stelle und unter genau den gleichen Umständen, unter denen jener Freund ihm – Eric – sein eigenes Leben gerettet hatte. Durch eine dreiste Lüge hoffte er die Angelegenheit ein für allemal aus der Welt zu schaffen. Es gab keinen Zeugen – und wenn ihm Abels leichenblasses Gesicht auch nicht aus dem Sinn gehen und jener verzweifelte Schrei auch ewig in den Ohren klingen sollte – so würde doch zumindest keiner je davon erfahren. »Nein, wirklich nicht eine Seele«, wiederholte er lauter als zuvor. »ich glitt auf dem Felsen aus, und dabei fiel das Seil ins Wasser!« Und mit diesen Worten lief er den abschüssigen Weg hinunter, erreichte schließlich sein Haus, wo er unverzüglich die Tür hinter sich verriegelte.

Den Rest der Nacht brachte Eric damit zu, daß er angekleidet und reglos auf seinem Bett lag und unverwandt an die Decke des Zimmers starrte, wo er in der Dunkelheit ein bleiches, im fahlen Schein des Blitzes feucht schimmerndes Gesicht zu sehen vermeinte, dessen Züge sich von der Freude über das Erkennen des Freundes jäh zu furchtbarer Verzweiflung verzerrten, und ihm war, als höre er jenen gellenden Schrei unaufhörlich in sich fortklingen.

Am nächsten Morgen war das Unwetter vorüber und alles lag im heiteren Licht des Tages; nur die Brandung des Meeres donnerte mit ungeschwächter Kraft gegen die Klippen. Große Wrackteile trieben in den Hafen; weitere Schiffstrümmer schwammen verstreut auf der Wasseroberfläche rings um den Inselfelsen. Auch zwei Leichen wurden an Land gespült: der Kapitän der Ketsch und ein fremdländisch aussehender Matrose, den niemand kannte.

Erst gegen Abend schaute Eric bei Sarah kurz vorbei. Er kam nicht zu ihr ins Haus, sondern begnügte sich damit, den Kopf durchs offene Fenster zu stecken.

»Nun, Sarah«, rief er mit lauter Stimme, aus der sie aber Unaufrichtigkeit herauszuhören glaubte, »ist das Hochzeitskleid schon fertig? Sonntag in einer Woche, denk dran! Sonntag in einer Woche!«

Sarah war froh, daß die Aussöhnung mit Eric keine Schwierigkeiten bereitete; doch als sie merkte, daß der Sturm sich gelegt hatte und ihre eigenen Befürchtungen sich als grundlos erwiesen, gewann das typisch Weibliche in ihr wieder die Oberhand, und wie unter einem Zwang brach aus ihr noch einmal hervor, was Eric so verärgert hatte.

»Bei Sonntag bleibt es auch«, erwiderte sie, ohne aufzublicken, »das heißt, wenn Abel bis Sonnabend nicht zurück ist!« Dann warf sie ihm einen herausfordernden Blick zu, obwohl sie insgeheim einen erneuten Zornesausbruch ihres ungestümen Liebhabers befürchtete. Aber das Fenster war leer; Eric hatte bereits das Weite gesucht, und mißgelaunt machte Sarah sich wieder an ihre Arbeit. Erst am Sonntagnachmittag, nachdem das Aufgebot zum dritten Mal verlesen worden war, tauchte er vor allen Leuten mit der Miene des stolzen Besitzers erneut bei Sarah auf, die sich zwar sehr geschmeichelt fühlte, sein Gebaren aber auch wieder als lästig empfand.

»Noch nicht, mein Herr!« Und sie schob ihn unter dem Kichern der anderen Mädchen beiseite. »Warte gefälligst bis zum nächsten Sonntag, wenn ich bitten darf – den Tag nach Sonnabend!« fügte sie hinzu und sah ihn schnippisch an. Wieder steckten die Mädchen kichernd die Köpfe zusammen, während die jungen Männer sich nicht zu halten wußten und in schallendes Gelächter ausbrachen. Sie waren der Meinung, daß die barsche Zurechtweisung durch Sarah ihn empfindlich getroffen hatte und darum, als er sich jetzt forttrollte, leichenblaß werden ließ. Sarah jedoch, die mehr wußte, lachte nur, denn hinter dem schmerzlichen Zucken, das sich in Erics Gesicht malte, glaubte sie Siegesgewißheit aufleuchten zu sehen.

Die Woche verstrich ohne besondere Ereignisse; doch je näher der Sonnabend heranrückte, desto häufiger verspürte Sarah würgende Angst und um so öfter lief Eric des Nachts wie ein Besessener umher. Wenn andere in der Nähe waren, hielt er sich zurück, doch gelegentlich rannte er unten zwischen den Felsklippen laut schreiend in den Brandungshöhlen und Strudellöchern umher.

Diese Wanderungen schafften ihm, wie es schien, eine gewisse Erleichterung, und für einige Zeit gelang es ihm auch, sich besser zu beherrschen. Den ganzen Sonnabend über ging er nicht aus dem Haus. Da er am nächsten Tag in den Stand der Ehe treten sollte, hielten die Nachbarn sein sonderbares Benehmen für Schüchternheit und störten ihn nicht und schenkten ihm weiter keinerlei Beachtung. Nur einmal verlor Eric die Fassung, als einer der Bootsvermieter des Ortes ihn aufsuchte und ihm nach kurzer Pause erzählte:

»Hör mal zu, Eric, ich war da gestern in Bristol, um mir beim Reepschläger die Rolle Tauwerk zu besorgen, die du in der Sturmnacht verloren hast. Dort traf ich Michael Heavens, der in Bristol Verkäufer ist, und der hat mir nun erzählt, daß Abel Behenna vorletzte Woche mit der *Star of the Sea* aus Kanton zurückgekehrt ist und daß er bei der Bank von Bristol eine hübsche Stange Geld auf den Namen Sarah Behenna eingezahlt hat. Das hat er Michael Heavens selber erzählt, und auch, daß er auf der *Lovely Alice* eine Schiffsreise nach Pencastle gebucht hatte. Du darfst jetzt nicht den Mut sinken lassen, alter Junge ...« Stöhnend hatte Eric den Kopf auf die Knie gelegt und verbarg sein Gesicht in den Händen – »ich weiß, er war dein Kamerad und Freund, aber du konntest ihm nicht mehr helfen. Er muß in jener fürchterlichen Nacht zusammen mit den anderen untergegangen sein. Ich dachte, es wäre besser, wenn ich es dir gleich erzähle, damit du es nicht auf andere Weise erfährst und du vielleicht Sarah Trefusis den Schrecken ersparen kannst. Die beiden waren ja einmal eng miteinander befreundet, und Frauen nehmen sich solche Dinge ohnehin leicht zu Herzen. Es wäre nicht gut, Sarah an ihrem Hochzeitstag damit zu behelligen!« Der Bootsverleiher erhob sich und ließ Eric allein, der noch immer fassungslos vor Enttäuschung den Kopf auf den Knien hielt.

»Armer Kerl, dieser Eric«, murmelte der Bootsverleiher vor sich hin, »wie nahe ihm die Sache geht! Nun ja, aber was sag' ich, sie waren stets gute Kameraden, und Abel hat ihm sogar das Leben gerettet!«

Als die Kinder des Ortes am frühen Nachmittag dieses Tages aus der Schule kamen, strolchten sie am Kai umher und auf den schmalen Fußpfaden neben den Klippen, wie sie es an schulfreien Nachmittagen gewohnt waren. Plötzlich kamen ein paar Kinder ganz aufgeregt in den Hafen gerannt, wo Männer gerade damit beschäftigt waren, eine Ketsch mit Kohle zu entladen, während andere die Arbeit beaufsichtigten.

»In der Hafenmündung ist ein Delphin«, rief eines der Kinder, »wir haben ihn durch ein Brandungsloch in den Klippen kommen sehen! Das Tier hatte einen langen Schwanz und schwamm tief unter Wasser!«

»Es war kein Delphin«, sagte ein anderes Kind, »es war eine Robbe, aber einen langen Schwanz hat es gehabt! Es kam aus der Robbenhöhle heraus!« Wieder andere Kinder wollten eine ganze Reihe verschiedener Tiere gesehen haben, doch in zwei Punkten waren sich alle einig – es war, was immer »es« sein mochte, durch ein Brandungsloch im Felsen tief unter der Wasseroberfläche gekommen und hatte einen langen, dünnen Schwanz – einen Schwanz, der so lang war, daß die Kinder nicht das Ende hatten sehen können. Zunächst wurden die Kinder ob ihrer Beobachtungen von den Ladearbeitern gescholten und ausgelacht, doch da feststand, daß sie irgend etwas gesehen hatten, machten sich einige Männer und Frauen, jüngere und ältere, auf den Weg, um diesen Zuwachs der Meeresfauna in Form eines langschwänzigen Tümmlers oder einer ebenso langschwänzigen Robbenspezies persönlich in Augenschein zu nehmen. Inzwischen war die Flut gestiegen. Es wehte eine leichte Brise, und die Wasseroberfläche schlug kleine Wellen, so daß man nur gelegentlich bis in die tieferen Schichten blicken konnte. Nach einer Weile schrie eine Frau, sie habe etwas auf die Hafeneinfahrt zutreiben sehen, und zwar genau unterhalb der Klippe, wo sie stehe. Sofort rannten alle zu der angegebenen Stelle, doch ehe sich die Menge wieder zusammengefunden hatte, war der Wind aufgefrischt, so daß man unter der Wasseroberfläche nichts deutlich erkennen konnte. Auf verschiedene Fragen beschrieb die Frau zwar, was sie gesehen hatte, doch derart zusammenhanglos und unlogisch, daß man das Ganze als Produkt ihrer überhitzten Phantasie abzutun bereit war; und wäre es nicht die Schilderung der Kinder gewesen, dann hätte man ihr nicht den geringsten Glauben geschenkt. Bei ihrer fast hysterisch hervorgeschluchzten Behauptung, was sie gesehen habe, sei »einem Schwein mit heraushängenden Gedärmen nicht unähnlich« gewesen, dachte sich lediglich ein alter Küstenwachtmann sein Teil, der darüber dauernd den Kopf schüttelte, aber seine Meinung für sich behielt. Den ganzen Sonnabend über streifte dieser Mann unablässig auf den Felsbänken umher und spähte angestrengt ins Wasser, doch sooft er auch aufblickte, stets malte sich auf seinem Gesicht tiefe Enttäuschung, als habe er das, wonach er suchte, noch immer nicht gefunden.

Am nächsten Morgen stand Eric in aller Frühe auf; er hatte die ganze Nacht über nicht geschlafen und empfand es nun als Erleichterung, bei Tageslicht in seinem Zimmer umherzugehen. Er rasierte sich sorgfältig mit ruhiger Hand und legte dann die Hochzeitstracht an. In seinem Gesicht lag etwas Abgehärmtes, und denen, die ihn kannten, schien es, als sei er in den letzten Tagen um Jahre gealtert. Noch immer war sein Blick durch jenen seltsam fiebrigen und unruhig flackernden Glanz getrübt; immer und immer wieder murmelte er vor sich hin:

»Heut ist mein Hochzeitstag! Heut ist mein Hochzeitstag! Jetzt kann Abel sie mir nicht mehr wegnehmen – lebendig oder tot – lebendig oder tot! Lebendig oder tot!« Er setzte sich in den Lehnstuhl und wartete mit einer schier unheimlichen Ruhe auf die Stunde des Kirchgangs. Als die Glocke zu läuten begann, stand er auf, trat aus dem Haus und verschloß hinter sich die Tür. Er sah auf den Fluß und wurde gewahr, daß die Flut zurückgegangen war. In der Kirche saß Eric neben Sarah und ihrer Mutter, wobei er die ganze Zeit Sarahs Hand fest in der seinen hielt, als fürchtete er noch immer, sie zu verlieren. Als der Gottesdienst zu Ende war, standen sie gemeinsam auf und wurden im Beisein der vollzählig versammelten Gemeinde für rechtmäßige Eheleute erklärt. Beide gaben ihr Jawort klar und deutlich – Eric sogar mit einer Spur von Trotz. Nach vollzogener Trauung nahm Sarah den Arm ihres Gatten, und die Neuvermählten verließen gemessenen Schrittes das Gotteshaus. Die kleineren Jungen und Mädchen wurden von ihren älteren Artgenossen durch Rippenstöße zu schicklichem Betragen ermuntert, denn nur allzu gern hätten sich die Knirpse dem Brautpaar an die Fersen geheftet.

Der Weg von der Kirche führte hinab zur Rückseite des Hauses, in dem Eric wohnte und das vom Nachbarhaus durch einen schmalen Gang getrennt war. Als das neuvermählte Paar Arm in Arm eben durch diesen Gang schritt, hörten die übrigen Gemeindemitglieder, die den Eheleuten in einiger Entfernung gefolgt waren, einen langen schrillen Schrei der Braut. Im Nu stürzten alle durch den engen Verbindungsweg und fanden auf der Uferböschung Sarah, die stumm und mit wirrem Blick auf das Flußbett gegenüber der Haustür von Eric Sanson wies.

Steif und nackt lag der Leichnam Abel Behennas auf dem Felsgestein, wohin er durch das Fallen des Flutwassers gespült worden war. Das von der Hüfte lose herabhängende Seil hatte sich infolge der starken Strömung um den Vertäuungspfosten geschlungen und den Körper auf diese Weise festgehalten, während das Wasser weiter zurückgegangen war. Der rechte Ellbogen steckte in einer Felsspalte, die Hand schien mit der Innenfläche nach oben auf Sarah zu weisen, so als wollte Abel mit seinen blutlosen, zusammengekrümmten Fingern ein letztes Mal seine Bereitschaft kundtun, den Bund mit Sarah durch einen Händedruck zu besiegeln.

Was danach geschah, drang nie ganz in Sarah Sansons Bewußtsein. Sooft sie sich daran zu erinnern versuchte, spürte sie nur ein feines Summen in den Ohren, ihr Blick trübte sich, und alles versank im Nebel des Vergessens. Das einzige, woran sie sich auch später noch ganz genau erinnerte und was sie niemals vergessen sollte, waren Erics Worte, die er, gepackt von namenlosem Entsetzen, kaum verständlich und mit keuchendem Atem hervorstieß:

»Teufels Hilfe! Teufels Wort! Teufels Lohn!«

Inhalt

Das Rattentöchterlein.
(Japanisches Kindermärchen)._Nº

Das Rattentöchterlein.
(Japanisches Kindermärchen)._Nº 2.

Das Rattentöchterlein.
(Japanisches Kindermärchen). _Nº 3.